Donato Carrisi

O CAÇADOR DA ESCURIDÃO

TRADUÇÃO
Aline Leal

1ª edição

EDITORA RECORD
RIO DE JANEIRO • SÃO PAULO
2023

CIP-BRASIL. CATALOGAÇÃO NA PUBLICAÇÃO
SINDICATO NACIONAL DOS EDITORES DE LIVROS, RJ

C312c Carrisi, Donato
      O caçador da escuridão / Donato Carrisi ; tradução Aline Leal. - 1. ed. - Rio de Janeiro : Record, 2023.

      Tradução de: Il cacciatore del buio
      ISBN 978-65-5587-801-1

      1. Ficção italiana. I. Leal, Aline. II. Título.

23-85569   CDD: 853
                   CDU: 82-3(450)

Meri Gleice Rodrigues de Souza - Bibliotecária - CRB-7/6439

Título em inglês:
Il Cacciatore del buio

Longanesi & C. © 2014 — Milão

Este livro foi publicado mediante contribuição do Ministério das Relações Exteriores e de Cooperação Internacional da Itália.

Texto revisado segundo o Acordo Ortográfico da Língua Portuguesa de 1990.

Todos os direitos reservados. Proibida a reprodução, no todo ou em parte, através de quaisquer meios. Os direitos morais do autor foram assegurados.

Direitos exclusivos de publicação em língua portuguesa somente para o Brasil adquiridos pela
EDITORA RECORD LTDA.
Rua Argentina, 171 – Rio de Janeiro, RJ – 20921-380 – Tel.: (21) 2585-2000, que se reserva a propriedade literária desta tradução.

Impresso no Brasil

ISBN 978-65-5587-801-1

Seja um leitor preferencial Record.
Cadastre-se no site www.record.com.br e receba informações sobre nossos lançamentos e nossas promoções.

Atendimento e venda direta ao leitor:
sac@record.com.br

Índice

Prólogo
 O caçador da escuridão — 9

Primeira parte
 O menino de sal — 23

Segunda parte
 O homem com cabeça de lobo — 123

Terceira parte
 O psicopata sábio — 239

Quarta parte
 A menina de luz — 303

Epílogo
 O dominador dos monstros — 391

Uma conversa com o autor — 414

Agradecimentos — 419

"Jesus, de fato, mandara que o espírito imundo saísse daquele homem do qual tinha se apossado havia muito tempo e, até quando o prendiam com correntes e o mantinham em troncos, partia as amarras e era arrastado pelo demônio nos desertos. Jesus lhe perguntou: 'Qual é seu nome?' E ele respondeu: 'Legião', porque muitos demônios haviam entrado nele."

O Evangelho segundo Lucas, 8, 29-30

"Nós somos para os deuses o que as moscas são para os moleques.
Eles nos matam por diversão."

Shakespeare, *Rei Lear*

Prólogo

O caçador da escuridão

Viemos ao mundo e morremos esquecendo.
O mesmo havia acontecido com ele. Nascera uma segunda vez, mas antes tivera de morrer. O preço tinha sido esquecer quem era.
Eu não existo, continuava a repetir para si mesmo, porque era a única verdade que conhecia.
A bala que perfurara sua têmpora levou embora o passado e, com ele, a própria identidade. Mas não afetara a memória geral e os centros da linguagem, e — estranhamente — ele falava várias línguas.
Aquele talento peculiar para os idiomas era a única coisa certa a seu respeito.
Enquanto esperava descobrir quem era em um leito de hospital em Praga, uma noite acordara e, na cabeceira, encontrara um homem de aparência dócil, com os cabelos pretos divididos para o lado e o rosto de menino. O homem sorrira para ele, dizendo somente uma frase.
Eu sei quem você é.
Aquelas palavras deveriam tê-lo libertado, mas foram apenas o prelúdio de um novo mistério, porque, naquele momento, o homem vestido de preto pusera diante dele dois envelopes lacrados.

Em um, ele explicara, estava um cheque ao portador de vinte mil euros e um passaporte com um nome inventado, no qual faltava apenas a fotografia.

No outro estava a verdade.

O homem lhe dera todo o tempo que queria para decidir. Porque nem sempre é uma vantagem saber tudo de si e, aliás, ele tinha ganhado uma segunda chance.

— Pense bem — ele o aconselhara. — Quantos homens desejariam estar na sua condição? Quantos gostariam que uma amnésia apagasse para sempre cada erro, fracasso ou dor do passado para recomeçar do zero, em qualquer lugar que desejassem? Se você escolher este caminho, jogue o outro envelope fora sem nem abri-lo, escute o que estou dizendo.

Para facilitar a decisão, ele lhe revelara que, do lado de fora, ninguém o estava procurando nem esperando. Porque não tinha amores nem família.

Depois o homem foi embora, levando seus segredos.

Já ele ficara observando os dois envelopes pelo resto da noite e também nos dias seguintes. Algo lhe dizia que aquele homem, lá no fundo, já sabia o que ele escolheria.

O problema era que ele mesmo não sabia.

A ideia de que o conteúdo do segundo envelope pudesse não lhe agradar estava implícita naquela estranha proposta. "Não sei quem sou", repetia a si próprio, mas logo compreendeu que conhecia bem uma parte de si: a que não poderia passar o resto da vida com aquela dúvida.

Por isso, na noite anterior à da alta do hospital, desfizera-se do envelope com o cheque e o passaporte com a identidade fictícia — para que não mudasse de ideia. Depois, abriu o envelope que deveria lhe revelar tudo.

Ele continha uma passagem de trem para Roma, um pouco de dinheiro e o endereço de uma igreja.

San Luigi dei Francesi.

Levara um dia inteiro para chegar ao destino. Sentara-se em um dos bancos no fundo da nave central daquela obra-prima — síntese perfeita entre Renascimento e Barroco — e ficara ali por horas. Os turistas que lotavam o local de culto, distraídos pela arte, não davam importância à sua presença. E ele também havia descoberto a maravilha de se ver rodeado por tanta beleza. Entre os conhecimentos inéditos dos quais sua memória virgem se alimentava, não seria fácil esquecer os que diziam respeito às obras que havia à sua volta, ele estava certo disso.

Mas ainda não sabia qual relação tinham com ele.

Quando, tarde da noite, as comitivas de visitantes começaram a sair em massa da igreja, pressionadas por um temporal iminente, ele se escondera em um dos confessionários. Não sabia para onde ir.

Os portões haviam sido trancados, as luzes se apagaram; apenas as velas votivas clareavam o ambiente. Do lado de fora, a chuva começava a cair. O resmungo das nuvens fazia o ar vibrar dentro da igreja.

E então surgiu uma voz que ecoava.

— Venha ver, Marcus.

Era assim que se chamava. Ouvir pronunciarem seu nome não lhe causara o efeito esperado. Era um som como qualquer outro, nada familiar.

Marcus saiu do esconderijo e começou a procurar o homem que tinha encontrado uma única vez, em Praga. Ele o havia visto do outro lado de uma coluna: de pé, em frente a uma capela lateral. Estava de costas e não se mexia.

Quem sou eu?

O homem não respondera. Continuava a olhar para a frente: nas paredes da capelinha havia três grandes quadros.

— Caravaggio fez estas pinturas entre 1599 e 1602. A Vocação, a Inspiração e o Martírio de São Mateus. Meu preferido é justamente este último — e indicara o quadro à direita. Depois, dirigira-se a Marcus. — Segundo a tradição cristã, São Mateus, apóstolo e evangelista, foi assassinado.

No quadro, o santo estava deitado no chão enquanto seu homicida brandia uma espada contra ele, pronto para matá-lo com um golpe. Ao redor, os presentes fugiam horrorizados pelo que estava prestes a acontecer, abrindo espaço ao mal que se consumaria dali a pouco. Mateus, em vez de se esquivar do próprio destino, abria os braços à espera do ataque que lhe daria o martírio e, com este, a santidade eterna.

— *Caravaggio era um libertino, frequentava a parte mais podre e corrompida de Roma e, para criar suas obras, costumava se inspirar no que via nas ruas. Neste caso, a violência. Por isso, tente imaginar que não há nada de sagrado ou de redentor nesta cena, tente representá-la com pessoas comuns... O que vê agora?*

Marcus pensara um instante.

— *Um homicídio.*

O outro concordara, devagar, e depois dissera:

— *Alguém atirou na sua cabeça em um quarto de hotel em Praga.*

O barulho da chuva tornara-se mais forte, intensificado pelo eco da igreja. Marcus achava que o homem havia lhe mostrado a pintura com um objetivo específico: induzi-lo a se perguntar quem poderia ser ele próprio naquela cena. A vítima ou o algoz?

— *As outras pessoas veem a salvação neste quadro, mas eu só consigo enxergar o mal — dissera Marcus. — Por quê?*

Enquanto um raio iluminava os vitrais, o homem sorria.

— *Meu nome é Clemente. Nós somos padres.*

A revelação abalara Marcus profundamente.

— *Uma parte sua, que você esqueceu, consegue enxergar os sinais do mal. As anomalias.*

Marcus não podia acreditar que tinha um talento como aquele.

Naquele momento, Clemente pousara a mão em seu ombro.

— *Existe um lugar onde o mundo da luz encontra o mundo das trevas. É lá que tudo acontece: na terra das sombras, onde tudo é rarefeito, confuso, incerto. Você era um guardião designado para defender essa fronteira. Porque, às vezes, algo consegue passar. Sua função era atirá-lo de volta.*

O padre deixara que o som daquela frase se dissolvesse no estrondo do temporal.

— *Há muito tempo você fez um juramento: ninguém deverá saber da sua existência. Nunca. Você poderá dizer quem é somente no tempo que existe entre o relâmpago e o trovão.*

No tempo que existe entre o relâmpago e o trovão...
— Quem sou eu? — Marcus se esforçava para entender.
— O último representante de uma ordem sagrada. Um penitencieiro. Vocês se esqueceram do mundo, mas o mundo também se esqueceu de vocês. Antigamente, porém, as pessoas os chamavam de caçadores da escuridão.

A Cidade do Vaticano é o menor Estado soberano do mundo.

Apenas meio quilômetro quadrado em pleno centro de Roma. Espalha-se atrás da basílica de São Pedro. Suas fronteiras são protegidas por uma poderosa muralha.

No passado, a Cidade Eterna inteira pertencia ao papa. Mas, desde que Roma foi anexada ao recém-nascido Reino da Itália, em 1870, o pontífice retirou-se para dentro daquele pequeno enclave, onde poderia continuar a exercer seu poder.

Como Estado autônomo, o Vaticano tem um território, um povo e órgãos de governo. Seus cidadãos dividem-se entre eclesiásticos e laicos, caso tenham feito ou não os votos. Alguns moram do lado de dentro do muro, outros, do lado de fora, em território italiano, e, todos os dias, vão de um lado ao outro para chegar ao local de trabalho ou a um dos muitos escritórios e congregações, atravessando uma das cinco "portas" pelas quais se pode entrar.

Do lado de dentro do muro, há infraestruturas e serviços. Um supermercado, um correio, um pequeno hospital, uma farmácia, um tribunal que julga com base no direito canônico e uma pequena central elétrica. Há também um heliporto e até uma estação de trem, mas para uso exclusivo dos deslocamentos do pontífice.

A língua oficial é o latim.

Além da basílica, da residência papal e dos prédios do governo, a área da pequena cidade é ocupada pelos vastíssimos jardins e pelos museus vaticanos, visitados todos os dias por milhares de turistas vindos do mundo todo, que encerram sua excursão admirando, com os olhos voltados para o teto, a maravilhosa abóbada da Capela Sistina com o afresco do *Juízo final*, de Michelangelo.

Foi justamente ali que começou a emergência.

Por volta das 16 horas, duas horas antes do fechamento oficial dos museus, os vigias começaram gentilmente a fazer os visitantes saírem, sem dar qualquer explicação. No mesmo momento, no restante do pequeno Estado, foi solicitado aos laicos que fossem para suas residências, fora ou dentro dos muros. Os que moravam do lado de dentro não poderiam se afastar de casa até novas determinações. A recomendação também valia para os religiosos, que, de fato, foram convidados a voltar para as casas privadas ou se dirigir aos vários conventos internos.

Os guardas suíços, o corpo de soldados mercenários do papa, cujos membros eram recrutados desde 1506 exclusivamente nos cantões suíços católicos, receberam a ordem de fechar todas as entradas para a cidade, começando pela principal, a de Sant'Anna. As linhas telefônicas diretas foram interrompidas, e o sinal de celular, cortado.

Às 18 horas daquele dia frio de inverno, a cidadezinha estava completamente isolada do resto do mundo. Ninguém podia entrar, sair ou se comunicar com o lado de fora.

Ninguém, com exceção dos dois indivíduos que percorriam o pátio de San Damaso e a galeria de Rafael, no escuro.

A central elétrica havia interrompido o abastecimento de energia em toda a vasta área dos jardins. Os passos deles ressoavam no silêncio total.

— Vamos rápido, só temos meia hora — disse Clemente.

Marcus tinha consciência de que o isolamento não podia durar muito tempo; o risco era de que alguém do lado de fora desconfiasse. Segundo o que o amigo lhe relatara, já havia sido preparada uma versão para a mídia: o motivo oficial daquela espécie de quarentena era o ensaio geral de um novo plano de evacuação em caso de perigo.

O verdadeiro motivo, porém, deveria permanecer absolutamente em segredo.

Os dois padres acenderam as lanternas para entrar nos jardins, que ocupavam 23 hectares, metade do território total do Estado Vaticano. Dividiam-se em jardim italiano, inglês e francês e abrigavam espécies botânicas provenientes do mundo todo. Elas eram o orgulho dos pontífices. Muitos papas haviam passeado, meditado e rezado em meio àquelas plantas.

Marcus e Clemente percorreram as alamedas costeadas pelas sebes de buxo, modeladas à perfeição pelos jardineiros como se fossem esculturas de mármore. Transitaram sob as grandes palmeiras e os cedros do Líbano, acompanhados pelo som das cem fontes que ornavam o parque. Avançaram pelo roseiral idealizado por João XXIII, no qual, na primavera, floresciam as rosas que levavam o nome do papa santo.

Depois dos muros altos, havia o caos do trânsito de Roma. Mas, do lado deles, o silêncio e a tranquilidade eram absolutos.

No entanto, aquilo não era paz, considerou Marcus. Não mais, pelo menos. Havia sido arruinada pelo que tinha acontecido naquela mesma tarde, quando foi feita a descoberta.

No lugar para onde os dois penitencieiros estavam se dirigindo, a natureza não havia sido domesticada como no restante do parque. No interior do pulmão verde, de fato, havia uma área onde as árvores e as plantas podiam crescer livremente. Um bosque de dois hectares.

A única manutenção que se fazia nele periodicamente era a remoção dos galhos secos. E era justamente disso que cuidava o jardineiro que dera o alarme.

Marcus e Clemente subiram um montinho. Quando chegaram ao topo, apontaram as lanternas para o curto vale abaixo deles, em cujo centro a gendarmaria — o corpo de polícia vaticana — havia delimitado uma pequena zona com fita amarela. Os agentes já haviam realizado as investigações do caso e feito todas as perícias, depois receberam ordem para abandonar a área.

Para que nós pudéssemos chegar, disse Marcus a si mesmo. Então, aproximou-se da fronteira marcada pela fita e, com a ajuda da lanterna, viu.

Um torso humano.

Estava nu. Lembrou-se de imediato do *Torso Belvedere*, a gigantesca estátua mutilada de Hércules conservada nos museus vaticanos e na qual se inspirara Michelangelo. Mas não havia nada de poético nos restos da pobre mulher que sofrera aquele tratamento animal.

Alguém havia arrancado de chofre cabeça, pernas e braços. Estavam caídos a poucos metros, espalhados junto com as roupas escuras, rasgadas.

— Sabemos quem é?

— Uma freira — respondeu Clemente. — Há um pequeno convento de clausura depois do bosque — disse, apontando para a frente. — A identidade dela é um segredo, é uma das normas da ordem à qual pertence. Mas não acho que faça diferença, a essa altura.

Marcus inclinou-se em direção ao chão para olhá-la melhor. A pele cândida, os seios pequenos e o sexo mostrado impudicamente. Os cabelos loiros e curtíssimos, antes cobertos pelo véu, agora estavam expostos sobre a cabeça decepada. Os olhos azuis, erguidos ao céu como em uma súplica. Quem é você?, perguntou-lhe o penitencieiro com o olhar. Porque existia um destino pior que a morte: morrer sem um nome. Quem fez isso com você?

— De vez em quando as freiras passeiam pelo bosque — continuou Clemente. — Quase ninguém vem aqui, e elas podem rezar sossegadas.

A vítima escolhera a clausura, pensou Marcus. Fizera os votos para se isolar da humanidade junto com as coirmãs. Mais ninguém veria seu rosto. Em vez disso, tornara-se a exibição obscena da crueldade de alguém.

— É difícil compreender a escolha dessas freiras. Muitos acham que poderiam ir fazer o bem no meio das pessoas, em vez de se trancarem entre os muros de um convento — afirmou Clemente, como se lesse seu pensamento. — Mas minha avó sempre dizia: "Você não sabe quantas vezes essas freirinhas salvaram o mundo com suas preces."

Marcus tinha dúvidas se acreditava ou não. Pelo que sabia, diante de uma morte como aquela, o mundo não podia se dizer salvo.

— Ao longo de tantos séculos, um fato semelhante nunca tinha acontecido aqui — acrescentou o amigo. — Não estávamos preparados.

A gendarmaria realizará investigações internas, mas não tem os meios para enfrentar um caso assim. Por isso, nada de médico-legista ou polícia científica. Nada de autópsia, impressões digitais ou DNA.

Marcus virou-se para olhá-lo.

— Por que então não pedir a ajuda das autoridades italianas?

De acordo com os tratados que uniam os dois Estados, o Vaticano podia recorrer à polícia italiana em caso de necessidade. Mas essa ajuda era usada apenas para controlar os numerosos peregrinos que afluíam à basílica, ou para prevenir os pequenos crimes que aconteciam na praça em frente. A polícia italiana não tinha jurisdição para além da base da escadaria que levava à entrada de São Pedro. A não ser que houvesse uma solicitação específica.

— Isso não vai acontecer, já foi decidido — afirmou Clemente.

— Como farei para investigar dentro do Vaticano sem que alguém repare em mim ou, pior ainda, descubra quem eu sou?

— Pois bem, você não vai fazer isso. Quem quer que tenha sido, veio de fora.

Marcus não entendia.

— Como você sabe?

— Conhecemos o rosto dele.

A resposta pegou o penitencieiro de surpresa.

— O corpo está aqui há pelo menos oito, nove horas — continuou Clemente. — Esta manhã, muito cedo, as câmeras de segurança filmaram um homem suspeito que circulava na área dos jardins. Estava vestido de servente, mas consta que um uniforme foi roubado.

— Por que ele?

— Veja você mesmo.

Clemente lhe deu a impressão de um fotograma. Nele estava um homem vestido de jardineiro, com o rosto parcialmente coberto pela viseira de um boné. Caucasiano, idade indefinível, mas certamente com mais de 50 anos. Levava uma bolsa cinza a tiracolo, em cujo fundo se via uma mancha mais escura.

— Os gendarmes têm certeza de que ali dentro havia um pequeno machado ou um objeto semelhante. Ele devia tê-lo usado havia pouco tempo, a mancha que você está vendo provavelmente é sangue.

— Por que logo um machado?

— Porque era o único tipo de arma que podia encontrar aqui. Está fora de cogitação que tenha conseguido trazer algo de fora, atravessando as passagens de segurança, os guardas e os detectores de metal.

— Mas ele o levou embora para apagar os rastros, caso os gendarmes recorressem à polícia italiana.

— Na saída é muito mais simples, não há nenhuma inspeção. E, além do mais, para ir embora sem dar na vista basta se misturar com o fluxo de peregrinos ou de turistas.

— Uma ferramenta de jardinagem…

— Ainda estão verificando se não falta nada.

Marcus observou de novo os restos da jovem freira. Sem se dar conta, apertou a medalhinha que levava no pescoço, com São Miguel Arcanjo brandindo a espada de fogo. O protetor dos penitenciários.

— Temos que ir — afirmou Clemente. — O tempo acabou.

Naquele momento, um chiado correu pelo bosque. Vinha na direção deles. Marcus levantou a cabeça e viu avançar uma fila de sombras que surgiam da escuridão. Algumas com uma vela na mão. No fraco brilho daquelas pequenas chamas, reconheceu um grupo de vultos com a cabeça coberta. Usavam um pano escuro no rosto.

— As coirmãs — disse Clemente. — Vieram buscá-la.

Em vida, somente elas podiam conhecer sua aparência. Na morte, eram as únicas que podiam tomar conta de seus restos mortais. Era a regra.

Clemente e Marcus recuaram para deixar a cena livre. Assim, as freiras organizaram-se em silêncio ao redor dos pobres restos mortais. Cada uma já sabia o que fazer. Algumas estenderam panos brancos, outras recolheram do chão as partes do cadáver.

Só então Marcus notou o som. Um murmúrio em uníssono que vinha de sob os panos que cobriam aqueles rostos. Uma litania. Rezavam em latim.

Clemente agarrou-lhe o braço, puxando-o para longe. Marcus fez menção de segui-lo, mas, naquele momento, uma das freiras passou ao seu lado. E então ele ouviu nitidamente uma frase.
— *Hic est diabolus.*
O diabo está aqui.

PRIMEIRA PARTE

O menino de sal

1

Uma Roma fria e noturna aos pés de Clemente.

Ninguém diria que o homem vestido de escuro, apoiado à balaustrada de pedra do terraço do Pincio, era um sacerdote. Diante dele, uma vastidão de edifícios e de cúpulas sobre as quais dominava a basílica de São Pedro. Um panorama majestoso, inalterado havia séculos, que fervilhava de uma vida minúscula e provisória.

Clemente ficou contemplando a cidade, despreocupado com o ruído dos passos que se aproximavam por trás dele.

— E aí, qual é a resposta? — perguntou antes que Marcus chegasse ao seu lado. Estavam sozinhos.

— Nada.

Clemente concordou, nem um pouco surpreso, e depois se virou para observar o companheiro. Marcus tinha um semblante abatido, a barba comprida de alguns dias.

— Hoje já faz um ano.

Clemente não disse nada por um momento, examinando-o nos olhos. Sabia do que estava falando: era o primeiro aniversário da descoberta do corpo desmembrado da freira nos jardins vaticanos. Naquele longo período, as investigações do penitencieiro não haviam levado a nada.

Nenhuma pista, nenhum indício, nem sequer um suspeito. *Nada*.

— Você pretende se render? — perguntou.

— Por quê, eu poderia fazer isso? — respondeu-lhe Marcus em tom de desaforo. Aquela história o pusera à dura prova. A caça ao homem do fotograma das câmeras de segurança (caucasiano, com mais de 50 anos) permanecera sem êxito. — Ninguém o conhece, ninguém nunca o viu. O que me dá mais raiva é que temos a cara dele. — Ele fez uma pausa e olhou o amigo. — Devemos averiguar de novo os laicos que prestam serviços no Vaticano. E, se não surgir nada, teremos que passar aos religiosos.

— Nenhum deles corresponde à foto, por que perder tempo?

— Quem nos garante que o assassino não era favorecido por um apoio interno? Por alguém que o cobria? — Marcus não conseguia se acalmar. — As respostas estão dentro dos muros: é lá que eu deveria investigar.

— Você sabe, existe uma restrição. Não se pode fazer isso por questões de privacidade.

Marcus sabia que as questões de privacidade eram apenas uma desculpa. Simplesmente tinham medo de que, intrometendo-se na vida deles, ele também pudesse descobrir algo que não tinha nenhuma relação com aquela história.

— Meu único interesse é pegar o assassino. — Ele foi para a frente do amigo. — Você precisa convencer a prelazia a suspender a restrição.

Clemente logo descartou a hipótese com um gesto da mão, como se fosse uma bobagem.

— Nem sei quem tem o poder de fazer isso.

Abaixo deles, a piazza del Popolo era atravessada por comitivas de turistas em um passeio noturno pelas belezas da cidade. Sabe-se lá se tinham conhecimento de que justamente ali, no passado, havia a nogueira sob a qual estava enterrado o imperador Nero, o "monstro", que, de acordo com um boato inventado por seus inimigos, em 64 d.C. havia mandado incendiar Roma. Os romanos acreditavam que aquele lugar era infestado de demônios. Por isso, por volta do ano 1000, o pontífice Pascoal II mandou queimar a nogueira junto com as cinzas exumadas do imperador. Depois, foi construída a igreja de Santa Maria del Popolo, que ainda guardava, no altar maior, baixos-relevos que mostravam o papa ocupado em cortar a árvore de Nero.

Esta é Roma, pensou Marcus por um breve instante. Um lugar onde cada verdade revelada escondia, por sua vez, um segredo. E o conjunto era ocultado como lenda. Assim, ninguém podia saber, de fato, o que se escondia por trás de cada coisa. Tudo para não perturbar as almas dos homens. Pequenas e insignificantes criaturas, que ignoravam a guerra que se combatia o tempo todo e às escondidas em torno delas.

— Deveríamos começar a considerar a possibilidade de que nunca o pegaremos — disse Clemente.

Mas Marcus não aceitava uma rendição dessas.

— Quem quer que tenha sido, sabia como se movimentar do lado de dentro dos muros. Estudou os lugares, os procedimentos de controle, esquivou-se das medidas de segurança.

O que tinha feito à freira era animalesco, brutal. Mas o modo como havia tramado tudo escondia uma lógica, um planejamento.

— Entendi uma coisa — afirmou o penitencieiro, seguro. — A escolha do local, da vítima, as modalidades de execução: são uma mensagem.

— Para quem?

Hic est diabolus, pensou Marcus. O diabo havia entrado no Vaticano.

— Alguém quer mostrar que algo de terrível mora no Vaticano. É uma prova, não entende? É um teste... Ele tinha previsto que isso aconteceria, que diante das dificuldades de se chegar a uma resposta as investigações parariam. E que as altas esferas prefeririam ser devoradas pela dúvida que cavar fundo, com o risco de pôr em evidência sabe-se lá o quê. Talvez alguma outra verdade enterrada.

— Sua acusação é grave e você sabe disso, não é?

— Mas você não entende que é justamente isso que o assassino quer? — prosseguiu Marcus, impassível.

— Como pode ter certeza?

— Ele teria matado de novo. Se não fez isso, é porque lhe basta saber que a desconfiança já se arraigou e que o assassinato feroz de uma pobre freira é pouca coisa, pois existem segredos mais terríveis a serem protegidos.

Clemente tentou ser conciliador, como sempre.

— Você não tem provas. É só uma teoria, fruto de suas considerações.

Mas Marcus não desistia.

— Por favor, você tem que me deixar falar com eles, eu poderia convencê-los. — Referia-se às hierarquias eclesiásticas das quais o amigo obtinha instruções e ordens.

Desde quando, três anos antes, ele o tirara de um leito de hospital em Praga, sem memória e cheio de medos, Clemente nunca lhe dissera uma mentira. Muitas vezes havia esperado o momento certo para lhe revelar as coisas, mas jamais havia mentido.

Por isso, Marcus confiava nele.

Mais do que isso, era possível dizer que Clemente era toda a sua família. Naqueles três anos, com raras exceções, havia sido seu único contato com o gênero humano.

— Ninguém deve saber de você e do que faz — ele lhe dizia constantemente. — Estão em jogo a sobrevivência do que representamos e o destino da missão que nos foi confiada.

Seu guia sempre lhe dissera que as altas hierarquias sabiam somente da existência dele.

Apenas Clemente conhecia seu rosto.

Quando Marcus lhe perguntara o porquê de tanto sigilo, o amigo respondera:

— Assim você pode protegê-los de si mesmos. Não entende? Se todas as outras medidas falharem, se as barreiras se revelarem inúteis, ainda haverá alguém vigiando. Você é a última defesa deles.

E Marcus sempre se perguntara: se ele representava o degrau mais baixo daquela escada — o homem das missões silenciosas, o servidor devotado, chamado a pôr as mãos na matéria sombria e se sujar com ela — e Clemente era só um intermediário, quem ocupava o topo?

Naqueles três anos empenhara-se muito, tentando parecer devotado aos olhos de quem — ele tinha certeza — avaliava seu comportamento do alto. Esperava que isso lhe permitisse ter acesso a um conhecimento superior, encontrar finalmente alguém que lhe explicasse por que havia sido criada uma missão tão ingrata. E por que justo ele tinha sido escolhido para realizá-la. Como perdera a memória, não era capaz de dizer se havia sido decisão sua, se o Marcus antes de Praga tivera um papel naquilo tudo.

Mas não era assim.

Clemente lhe transmitia ordens e tarefas que pareciam responder apenas à prudente e às vezes indecifrável sabedoria da Igreja. Por trás de cada determinação, porém, mesmo assim se percebia a sombra de alguém.

Toda vez que ele tentava saber algo a mais, Clemente encerrava o assunto usando uma frase, dita em tom paciente e temperada com uma expressão benévola do rosto. Usou-a agora também, naquele terraço, diante do esplendor que protegia a cidade secreta, para barrar as intenções de Marcus.

— Não podemos perguntar, não podemos saber. Devemos apenas obedecer.

2

Três anos antes, os médicos lhe disseram que ele havia nascido uma segunda vez.

Não era verdade.

Estava morto e ponto final. E o destino dos mortos era desaparecer para sempre ou permanecer prisioneiro da vida anterior como um fantasma.

Era assim que se sentia. *Eu não existo.*

É triste o destino de um fantasma. Observa as exigências cinzentas dos vivos, seus sofrimentos, enquanto se atormentam correndo atrás do tempo, enquanto se irritam por coisas insignificantes. Ele os olha se debatendo com os problemas que o destino os obriga a enfrentar todos os dias. E sente inveja deles.

Um fantasma rancoroso, disse a si mesmo. É isso que sou. Porque os vivos sempre teriam uma vantagem sobre ele. Tinham uma saída: ainda podiam morrer.

Marcus andava pelas ruelas do velho bairro, as pessoas passavam a seu lado sem notá-lo. Diminuía a velocidade no meio do fluxo de pedestres. Em geral, bastava tocá-los de leve. Aquele contato mínimo era a única coisa que ainda o fazia sentir-se parte do gênero humano. Mas, se morresse ali, naquele momento, recolheriam seu corpo da calçada, acabaria em um necrotério e, como ninguém apareceria para reivindicar o cadáver, o enterrariam em uma fossa sem nome.

Era o preço de seu ministério. Um tributo de silêncio e abnegação. Às vezes, porém, era penoso aceitá-lo.

O bairro de Trastevere sempre foi o coração da Roma popular. Distante da nobre imponência dos prédios do centro, tinha seu charme especial. A alternância das épocas era perceptível na arquitetura: edifícios medievais construídos ao lado de casas setecentistas; o conjunto era harmonizado pela história. Os *sampietrini* — os bloquinhos de leucita que desde o papa Sisto V revestiam as ruas de Roma — eram um manto de veludo preto estendido por ruas estreitas e tortuosas, e davam ao passo dos transeuntes um som inigualável. Antigo. Dessa forma, todos que transitavam por aqueles lugares tinham a impressão de ser projetados no passado.

Marcus diminuiu o passo, aproximando-se de uma esquina da via della Renella. Diante dele, o rio de gente que passava pelo bairro todas as noites continuou a fluir placidamente ao som da música e das conversas nos bares que faziam de Trastevere um atrativo para os jovens turistas de meio mundo. Por mais que fossem diferentes, aos olhos de Marcus aquelas pessoas eram sempre iguais.

Passou um grupinho de americanas na casa dos 20 anos que usavam shorts curtos demais e chinelos de dedo, talvez enganadas pela ideia de que em Roma fosse eternamente verão. As pernas estavam arroxeadas de frio e elas aceleravam o passo, apertando-se nos moletons da faculdade, à procura de um bar onde encontrar abrigo e álcool para se aquecerem.

Um casal de namorados de cerca de 40 anos saiu de uma *trattoria*. Demoraram-se na porta. Ela ria, ele a envolvia com o braço. A mulher inclinou-se levemente para trás, apoiando-se no ombro do parceiro. Ele acolheu o convite e a beijou. Um vendedor ambulante bengalês de rosas e isqueiros os olhou fixamente e parou, esperando que a troca de carinhos terminasse, com a esperança de quererem selar aquele encontro com uma flor, ou simplesmente que tivessem vontade de fumar.

Três garotos davam uma volta com as mãos no bolso, olhando para os lados. Marcus tinha certeza de que procuravam droga para comprar. Ainda não sabiam, mas, do lado oposto da rua, aproximava-se um magrebino que logo os satisfaria.

Graças à sua invisibilidade, Marcus tinha um ponto de vista privilegiado sobre os homens e suas fraquezas. Mas isso podia acontecer com qualquer espectador atento. Seu talento — sua maldição — era outro bem diferente.

Ele via aquilo que os outros não viam. Ele via o mal.

Conseguia enxergá-lo nos detalhes, nas *anomalias*. Minúsculos rasgos na trama da normalidade. Um infrassom escondido no caos.

Acontecia com ele o tempo todo. Embora não quisesse esse dom, ele o tinha.

Viu primeiro a menina. Andava rente ao muro, pouco mais que uma mancha escura em movimento no reboco esfolado dos prédios. Tinha as mãos enfiadas nos bolsos da jaqueta acolchoada e as costas curvadas. Olhava para baixo. Um cacho fúcsia escondia o rosto. As botas estilo militar a faziam parecer mais alta do que de fato era.

Marcus notou o homem que andava à frente dela apenas porque este diminuiu o passo para se virar e controlá-la. Ele a mantinha na rédea curta com o olhar. Certamente tinha mais de 50 anos. Um sobretudo claro, de caxemira, e sapatos marrons, reluzentes e caros.

A um olhar inexperiente, poderiam parecer pai e filha. Ele, empresário ou profissional estabelecido, tinha ido buscar a adolescente rebelde em algum bar a fim de levá-la para casa. Mas não era tão simples.

Ao chegarem perto de um portão, o homem esperou que a garota entrasse, mas depois fez uma coisa que destoava da trama daquela cena: antes de atravessar a soleira, ele olhou ao redor para se assegurar de que ninguém os observava.

Anomalia.

O mal desfilava diante dele todos os dias, e Marcus sabia que não havia solução. Ninguém poderia corrigir todas as imperfeições do mundo. E, embora não gostasse, havia aprendido uma nova lição.

Para sobreviver ao mal, às vezes é preciso ignorá-lo.

O que o distraiu do portão que se fechava foi uma voz.

— Obrigada pela carona — disse a mulher loira saindo de um carro, falando com a amiga que a trouxera.

Marcus foi para a esquina e se escondeu melhor, e ela passou à sua frente com o olhar fixo na tela do celular que segurava em uma das mãos. Com a outra, carregava uma bolsa grande.

Marcus costumava ir ali só para olhá-la.

Haviam se encontrado apenas quatro vezes, quando ela, quase três anos antes, viera de Milão a Roma para descobrir como seu marido havia morrido. Marcus lembrava-se bem de cada palavra que trocaram, e de cada detalhe de seu rosto. Era um dos efeitos positivos da amnésia: uma memória nova a ser preenchida.

Sandra Vega era a única mulher com a qual tinha se comunicado naquele tempo todo. E a única estranha para quem havia se revelado.

Lembrava-se das palavras de Clemente. Em sua vida anterior, Marcus tinha feito um juramento: ninguém deveria saber de sua existência. Para todos, ele era invisível. Um penitenciário só podia se mostrar aos outros, revelando a verdadeira identidade, *no tempo que existe entre o relâmpago e o trovão*. Um intervalo frágil que pode durar um instante ou uma pequena eternidade, não há como saber. Tudo é possível naquela circunstância em que o ar está carregado de energia prodigiosa e espera trepidante. É aquele o momento, precário e incerto, em que os fantasmas voltam a assumir a forma humana. E aparecem para os vivos.

Assim havia acontecido com ele, durante um forte temporal, na entrada de uma sacristia. Sandra lhe perguntara quem era e ele respondera: "Um padre." Havia sido um risco. Não sabia exatamente por que o correra. Ou talvez soubesse, mas só agora conseguia admitir.

Nutria um estranho sentimento por ela. Havia algo de familiar que o ligava àquela mulher. E, além disso, ele a respeitava, porque havia conseguido deixar a dor para trás. E escolhera aquela cidade para recomeçar. Pedira transferência para um novo escritório e alugara um pequeno apartamento em Trastevere. Tinha novos amigos, outros interesses. Voltara a sorrir.

Marcus sempre sentia um certo espanto diante das mudanças. Talvez porque, para ele, elas fossem impossíveis.

Conhecia a rotina de Sandra, seus horários, seus pequenos hábitos. Sabia a qual supermercado ia, onde amava comprar suas roupas, a pizzaria na qual comia aos domingos depois de ir ao cinema. Às vezes, como naquela noite, chegava tarde em casa. Mas não parecia exausta, somente cansada: a consequência aceitável de uma vida vivida intensamente, uma sensação que pode ser eliminada com um banho quente e um bom sono. A escória da felicidade.

De vez em quando, numa daquelas noites em que a esperava de tocaia em frente a seu prédio, pensava em como seria dar um passo fora da sombra e se plantar em frente a ela. Sabe-se lá se o reconheceria.

Mas nunca tinha feito isso.

Ainda pensava nele? Ou o deixara para trás, junto com a dor? A simples ideia lhe fazia mal. Como aquela que, mesmo se tomasse coragem para se aproximar dela, seria inútil, porque não poderia haver uma continuação.

Ainda assim, não conseguia parar de procurá-la.

Viu-a entrar em um prédio e, das janelas dos corredores dos andares, subir as poucas escadas até seu apartamento. Parou diante da porta, vasculhando a bolsa em busca das chaves. Mas a porta se abriu e apareceu um homem.

Sandra sorriu e ele se inclinou para beijá-la.

Marcus queria desviar o olhar, mas o manteve. Viu-os entrar em casa e fechar a porta. E, com esta, o passado, os fantasmas como ele e todo o mal do mundo.

Ruídos eletrônicos. O homem estava nu, deitado de barriga para cima na cama de casal, na penumbra. Enquanto esperava, jogava um videogame no celular. Pausou a partida e levantou a cabeça para olhar além do estômago proeminente.

— Ei, vai logo — repreendeu, falando com a garota de cabelos fúcsia que, no banheiro, injetava uma dose de heroína no braço. Então voltou a jogar.

De repente, algo agradavelmente macio caiu em cima de seu rosto. Mas a sensação que a caxemira lhe causou durou apenas alguns instantes; logo depois sentiu falta de ar.

Alguém estava pressionando seu sobretudo em sua cara, com violência.

Instintivamente, debateu-se com os braços e as pernas à procura de algo em que se agarrar: estava se afogando e não havia água. Segurou os antebraços do desconhecido que o aprisionava e tentou se soltar, mas, quem quer que fosse, era mais forte. Queria gritar, mas da boca saíram apenas gemidos e gorgolejos estridentes. Então, escutou um sussurro no ouvido.

— Você acredita em fantasmas?

Não tinha condições de responder. E, mesmo se conseguisse, não saberia dar uma resposta.

— Que monstro é você? Um lobisomem, um vampiro?

Um estertor. Os pontinhos coloridos que dançavam sobre seus olhos haviam se tornado flashes luminosos.

— Eu deveria atirar em você com uma bala de prata ou enfiar uma estaca de freixo no seu coração? Sabe por que justamente o freixo e não outra madeira? Porque a cruz de Cristo era de freixo.

A força do desespero era o único recurso que lhe restava, porque a asfixia estava começando a agir em seu organismo. Lembrou-se do que o professor de mergulho lhe explicara durante a viagem com a mulher e os filhos às Maldivas, dois anos antes. Todas as recomendações sobre os sintomas de hipóxia. Não serviam de nada naquele momento, mas lembrou-se delas mesmo assim. Tinham se divertido mergulhando para ver a barreira de corais, as crianças gostaram. Haviam sido férias boas.

— Quero fazer você renascer. Mas, antes, deve morrer — afirmou o desconhecido.

A ideia de se afogar em si mesmo o aterrorizava. Não agora, não neste momento, disse a si mesmo. Ainda não estou pronto. E, enquanto isso, começava a perder as forças. Suas mãos soltaram a pegada nos antebraços do agressor e ele começou a mexê-las no ar de um jeito descomedido.

— Eu sei o que significa morrer. Daqui a pouco tudo estará acabado, você vai ver.

O homem deixou os braços caírem ao longo dos quadris, a essa altura sua respiração estava tão leve quanto inútil. Quero dar um telefonema, pensou. Só um telefonema. Dizer adeus.

— Você está perdendo os sentidos. Quando acordar, *se* acordar, vai voltar para sua família, para seus amigos e para quem quer que o ame um pouco nesta porcaria de mundo. E você vai ser diferente. Eles nunca saberão, mas você, sim. E, se tiver sorte, esquecerá esta noite, aquela garota e todas as outras como ela. Mas não vai se esquecer de mim. E eu farei a mesma coisa. Por isso, escute bem... Estou salvando sua vida. — Depois, marcou bem as sílabas: — Trate de merecer.

O homem não se mexia mais.

— Morreu?

A garota observava-o aos pés da cama. Estava nua e cambaleava. Em seus braços, as manchas roxas do excesso de injeções.

— Não — disse Marcus, soltando a cabeça do homem do sobretudo de caxemira.

— Quem é você? — Ela apertava os olhos como se tentasse focalizar a cena, apatetada pelos efeitos da droga.

Marcus viu uma carteira em cima da mesinha de cabeceira. Pegou-a e tirou todo o dinheiro. Levantou-se para se aproximar da garota, que, instintivamente, recuou, correndo o risco de perder o equilíbrio. Ele a segurou pelo braço e pôs o dinheiro na mão dela.

— Vá embora daqui — ele a intimou, duramente.

A garota demorou um pouco para elaborar o conceito da frase, vagando com o olhar no rosto de Marcus. Então, inclinou-se para catar a roupa e se vestiu enquanto dirigia-se até a porta. Abriu-a, mas, antes de ir embora, virou-se, como se houvesse esquecido algo.

E apontou para o próprio rosto.

Instintivamente, Marcus levou a mão à face e sentiu uma substância pegajosa nas polpas do dedo.

A epistaxe.

Ele perdia sangue pelo nariz quando decidia não aplicar a lição que dizia que, às vezes, é preciso *ignorar* o mal para sobreviver a ele.

— Obrigado — disse, como se ela o houvesse salvado, e não o contrário.

— Não tem de quê.

3

Era o quinto encontro deles.
Já saíam juntos havia quase três semanas. Tinham se conhecido na academia. Eles a frequentavam nos mesmos horários. Ela desconfiava de que ele aparecia lá de propósito quando ela estava, e isso a lisonjeava.
— Oi, meu nome é Giorgio.
— Diana.
Tinha 24 anos, três a mais que ela. Fazia faculdade e estava prestes a se formar. Economia. Diana era louca por seus cabelos crespos e os olhos verdes. E aquele sorriso de dentes perfeitos, com exceção do incisivo esquerdo, que era um pouco saliente. Um detalhe rebelde que ela adorava. Porque perfeição demais também pode cansar.
Diana sabia que era bonita. Não era alta, mas tinha consciência de suas formas no lugar certo, seus olhos castanhos e lindos cabelos pretos. Havia parado de estudar depois do ensino médio e trabalhava como vendedora em uma perfumaria. O salário não era grande coisa, mas ela gostava de dar conselhos às clientes. E, além do mais, a dona da loja simpatizara com ela. Mas o que desejava mesmo era encontrar um bom rapaz e se casar. Não achava que era pedir demais à vida. E Giorgio poderia ser "o cara certo".
Haviam se beijado na primeira saída e depois também fizeram outras coisas, mas pouco. Aquela hesitação era agradável, fazia tudo parecer melhor.

Naquela manhã, porém, chegou uma mensagem em seu celular.

Te pego às nove? Te amo.

O torpedo provocou uma energia inesperada nela. Muitas vezes se perguntara do que era feita a felicidade. Agora sabia que era uma coisa secreta, impossível de explicar aos outros. Era como se alguém tivesse criado aquela sensação sob medida para cada um.

Era exclusividade.

A felicidade de Diana foi parar em todos os seus sorrisos e em todas as frases durante o dia inteiro, como uma espécie de alegre contaminação. Sabe-se lá se as clientes ou as colegas de loja perceberam. Ela tinha certeza de que sim. Saboreou a espera, mas, de vez em quando, o coração lhe mandava um solavanco para lembrá-la de que o encontro estava chegando.

Às nove, enquanto descia as escadas do prédio para encontrar Giorgio, que a aguardava lá embaixo, aquela felicidade, privada da espera, assumiu uma forma diferente. Diana era grata por aquele dia. E, se não fosse pela promessa secreta do futuro, desejaria que nunca terminasse.

Pensou de novo na última mensagem de Giorgio. Ela havia respondido apenas com um *Sim* e uma carinha sorridente. Não havia retribuído o *Te amo*, porque pretendia fazer isso pessoalmente naquela noite.

Sim, ele era "o cara certo", para quem dizer uma coisa do tipo.

Ele a levou à praia, em Ostia, para comer no restaurantezinho que havia mencionado na primeira vez que saíram juntos. Parecia que uma eternidade havia se passado desde a noite em que os dois ficaram só de papo, talvez temendo que até um breve silêncio pudesse comprometer a ideia de que eles pudessem dar certo. Beberam um vinho branco espumante. Com a cumplicidade do álcool, Diana começou a lhe dar sinais inconfundíveis.

Por volta das onze, entraram no carro para voltar a Roma.

Ela sentia frio, de saia, e Giorgio regulou o aquecedor no máximo. Mas, mesmo assim, do assento, ela se esticou na direção dele, para se apoiar em seu ombro enquanto ele dirigia. Ela o fitava, olhando para cima, e nenhum dos dois falou.

No aparelho de som tocava um CD do Sigur Rós.

Dando impulso com os calcanhares, ela tirou os sapatos. Primeiro um, depois o outro caíram com um barulhinho no tapete. Àquela altura, ela era sua namorada, podia tomar a liberdade de ficar à vontade.

Sem deixar de olhar para a estrada, ele esticou a mão para fazer carinho na perna dela. Ela se esfregou ainda mais em seu braço, quase ronronando. Então, sentiu a palma da mão dele subir pela meia-calça, até passar pela barra da saia. Ela o deixou fazer aquilo e, quando percebeu que seus dedos se moviam para o centro, abriu levemente as pernas. Mesmo através da meia-calça e da calcinha, ele podia sentir como seu desejo já estava forte.

Ela semicerrou os olhos e percebeu que o carro havia diminuído a velocidade para deixar a rua principal e se enfiar nas ruelas que levavam ao grande pinheiral.

Diana tinha desejado que acontecesse.

Percorreram em baixa velocidade algumas centenas de metros por uma alameda costeada por pinheiros altíssimos. Suas folhas pontiagudas acumuladas no asfalto crepitavam embaixo dos pneus. Então, Giorgio guinou para a esquerda, avançando na vegetação.

Por mais que fossem devagar, o carro dava solavancos no terreno. Para evitar os trancos, Diana se endireitou no assento.

Pouco depois, Giorgio parou o carro e o desligou. A música também parou de tocar. Ouvia-se apenas o tique-taque residual do motor e, principalmente, o vento que soprava entre as árvores. Antes não era possível percebê-lo, e agora ela achou que tivessem descoberto um barulho secreto.

Ele puxou o banco um pouco para trás, depois a abraçou. Beijou-a. Diana sentiu a carícia de sua língua entre os lábios. Retribuiu. Depois, ele começou a mexer nos botõezinhos de seu *twin-set*. Levantou a blusa dela, à procura do sutiã. Parou por um instante, apalpando o tecido que cobria a barbatana. Então enfiou os dedos e, dando um impulso, tirou um dos seios, pegando-o de imediato com a mão.

Como é única a sensação de ser descoberta pela primeira vez por alguém, pensou Diana. Entregar-se a ele e, ao mesmo tempo, conseguir imaginar o que sente. Sentir sua excitação, sua surpresa.

Esticou as mãos para tirar o cinto e desabotoar a calça dele, enquanto ele tentava puxar sua saia junto com a meia-calça. Tudo isso com as bocas se procurando quase o tempo todo, como se, sem aqueles beijos, corressem o risco de sufocar.

Por um instante, Diana olhou a hora no visor do painel do carro, esperando que não fosse tarde demais, com o leve medo de que seu celular pudesse tocar a qualquer momento com uma chamada da mãe e quebrasse o encanto.

Os gestos de ambos se tornaram mais rápidos, e as carícias, mais profundas. Em pouco tempo estavam sem roupa, contemplando-se nos poucos instantes em que, entre os beijos, abriam os olhos. Mas não precisavam se olhar, estavam aprendendo a se conhecer com os outros sentidos.

Então, ele pousou a mão em sua bochecha e ela entendeu que tinha chegado o momento. Soltou-se dele, certa de que Giorgio perguntaria o porquê, talvez imaginando que ela havia mudado de ideia. Estava quase lhe dizendo aquele "te amo" que tinha segurado o dia todo. Mas, em vez de olhar para ela, Giorgio virou-se devagar em direção ao para-brisa. Aquele gesto feriu o orgulho de Diana, como se de repente ela não merecesse sua total atenção. Queria lhe pedir explicações, mas parou. Havia um espanto de dúvida no olhar de Giorgio. E então Diana também se virou.

De pé, em frente ao capô, havia alguém. E estava olhando para eles.

4

Ela fora jogada para fora da cama com um telefonema.

A ordem era se dirigir o quanto antes ao pinheiral de Ostia, sem mais detalhes.

Enquanto vestia o uniforme, às pressas e em silêncio para não acordar Max, Sandra tentou esvaziar a mente. Ligações como aquela eram raras. Mas, quando aconteciam, era como receber um soco de adrenalina e medo no estômago.

Por isso, era melhor se preparar para o pior.

Quantas cenas de crime ela havia visitado com sua máquina fotográfica? Quantos cadáveres encontrara à sua espera? Mutilados, humilhados ou simplesmente imóveis em uma postura absurda. Sandra Vega tinha a missão ingrata de captar a última imagem deles.

De quem seria a fotorrecordação da própria morte desta vez?

Não foi fácil achar o ponto exato. Ainda não havia nenhum cordão de isolamento que mantivesse à distância qualquer um que não tivesse credenciais para estar ali. Nenhum pisca-pisca ligado. Nenhuma fileira de veículos e equipamentos. Quando ela chegava, o grosso da tropa ainda devia aparecer e servia apenas para fazer cena. Para a mídia, para as autoridades, ou para que as pessoas se sentissem mais seguras.

De fato, no momento havia apenas uma patrulha na entrada da rua que dava no bosque. Pouco mais adiante, um furgão e dois carros. Ainda nenhuma ostentação para estes mortos novatos. O tempo suntuoso do desdobramento de forças só estava adiado.

Mas o exército chegava ao campo de batalha já derrotado.

Por isso, todas as pessoas que de fato eram necessárias à investigação já estavam ali, reunidas naquele pelotão minguado. Antes de se juntar ao grupo, Sandra pegou do porta-malas a bolsa grande com o equipamento e vestiu o macacão branco e o capuz para não contaminar a cena, sem saber ainda o que esperar.

O comissário Crespi foi ao seu encontro. Resumiu a situação em uma frase concisa.

— Você não vai gostar.

Em seguida, avançaram juntos na vegetação.

Antes que a polícia científica se pusesse à caça de provas e de achados. Antes que os colegas policiais começassem a se perguntar o que havia acontecido e por quê. Antes que o ritual da investigação tivesse início oficialmente, era a vez dela.

E estavam todos ali, à espera. Sandra sentia-se a convidada atrasada de uma festa. Cochichavam entre si em voz baixa, olhando-a de soslaio enquanto ela passava, desejando apenas que terminasse logo para poderem começar a trabalhar. Alguns policiais interrogavam o corredor que, durante seu treino matinal, havia descoberto o horror que os levara até ali. Estava agachado em um tronco seco e apoiava a cabeça nas mãos.

Sandra caminhava atrás de Crespi. A tranquilidade irreal do pinheiral era arruinada pelo barulho dos passos sobre as folhas de pinheiro, mas, principalmente, pelo toque abafado de um celular. Ela mal reparou, concentrando-se na cena que começava a ver.

Os colegas tinham se limitado a demarcá-la com a fita vermelha e branca. No centro do perímetro havia um carro com todas as portas escancaradas. Como mandava o procedimento, a única pessoa que atravessara aquela fronteira até o momento era o médico-legista.

— Astolfi acabou de certificar os óbitos — anunciou o comissário Crespi.

Sandra o viu; era um homenzinho magro com aparência de funcionário público. Ao concluir sua função, atravessara de volta a fita e agora fumava de modo mecânico um cigarro, juntando as cinzas na palma da mão. Mas ainda observava o carro, como se estivesse hipnotizado por sabe-se lá qual pensamento.

Quando Sandra e Crespi chegaram ao lado dele, o homem falou sem desviar o olhar da cena.

— Para a perícia, preciso de pelo menos duas fotos de cada ferida.

Foi nesse momento que Sandra compreendeu o que estava capturando a atenção do legista.

O toque do celular ao fundo.

E também entendeu por que ninguém tinha o poder de fazer aquele som parar. Vinha do carro.

— É o da garota — disse Crespi, sem que ela perguntasse. — Está na bolsa, no banco de trás.

Alguém estava alarmado porque ela não havia voltado para casa aquela noite. E agora a procurava.

Sabe-se lá havia quanto tempo aquilo estava acontecendo. E os policiais não podiam fazer absolutamente nada a respeito. O espetáculo precisava respeitar o roteiro, ainda era cedo demais para o número final. E ela deveria realizar o procedimento de perícia em fotografia criminal com aquele acompanhamento martirizante.

— Olhos abertos ou fechados? — perguntou.

A pergunta fazia sentido apenas para os visitantes das cenas de crime. Às vezes os assassinos, até os mais brutais, fechavam as pálpebras das vítimas. Não era um gesto de piedade, mas sim de vergonha.

— Olhos abertos — respondeu o médico-legista.

Aquele assassino, porém, queria ser visto.

O celular continuava a espalhar seu chamado sonoro, indiferente.

A tarefa de Sandra era congelar a cena, antes que o tempo e a busca por respostas pudessem alterá-la. Usava a máquina fotográfica como um escudo entre si e o horror, entre ela e a dor. Mas, por causa do toque do aparelho, aquelas emoções corriam o risco de transbordar para além da barreira de segurança e machucá-la.

Refugiou-se na rotina de sua profissão, nas regras aprendidas anos antes, durante o treinamento. Se seguisse o esquema da perícia em fotografia criminal, logo estaria tudo acabado e talvez pudesse voltar para casa e se enfiar de novo na cama junto com Max, buscar o calor de seu corpo e fingir que aquele dia gélido de inverno nunca havia começado.

Do geral ao detalhe, pegou a reflex e começou a clicar.

Os clarões do flash se quebravam feito ondas repentinas no rosto da garota, antes de se dissolverem na fria e inútil luz da aurora. Sandra havia se posicionado à frente do capô, mas, depois de ter feito uma dezena de fotos do carro, abaixou a máquina fotográfica.

A garota a encarava através do para-brisa.

Existia uma regra tácita em seu treinamento. Ela e os colegas a aplicavam escrupulosamente.

Se o cadáver estiver de olhos abertos, faça com que nunca estejam virados para a objetiva.

Era para evitar um impiedoso efeito de "ensaio fotográfico com modelo morta". A garota por último, disse a si mesma. Resolveu começar pelo segundo corpo.

Estava a alguns metros do carro. De bruços no chão, com o rosto mergulhado nas folhas de pinheiro, os braços esticados para a frente. Nu.

— Homem, idade aproximada entre 20 e 25 anos — disse Sandra no microfone de arco que usava na cabeça, conectado ao gravador enfiado no bolso do macacão. — Ferida por arma de fogo na nuca.

Os cabelos em volta do furo de entrada apresentavam marcas evidentes de queimadura, sinal de que o homicida tinha atirado de muito perto.

Com a reflex, Sandra procurou as pegadas do rapaz. Identificou algumas na terra úmida. A parte do calcanhar era tão profunda quanto a ponta. Não estava escapando; ele andava.

Não fugiu, pensou Sandra.

— O assassino fez o garoto sair do carro e pôs-se atrás dele. Em seguida, abriu fogo.

Havia sido uma execução.

Ela identificou outras pegadas. Desta vez, eram de sapatos.

— Marcas de pisoteio, cobrem uma área circular.

Pertenciam ao assassino. Ela seguiu os passos impressos no terreno, deixando ir à frente a máquina fotográfica, que continuava a diligente coleta de imagens que depois se depositariam na memória digital. Chegou perto de uma das árvores. Na base havia um quadradinho sem folhas de pinheiro. Ela deu as coordenadas ao gravador.

— Três metros a sudeste: a terra foi mexida na superfície. Como se tivesse sido limpa.

Foi aqui que tudo começou, pensou. Foi aqui que ele ficou de tocaia. Ela levantou a objetiva, tentando replicar a perspectiva do assassino. Daquele ponto, através do bosque, era possível ter uma boa visão do carro dos jovens sem ser visto.

Você curtiu o espetáculo, não foi? Ou sentiu raiva? Quanto tempo ficou aqui observando os dois?

Dali, voltou a clicar para trás, movendo-se por uma diagonal ideal em direção ao carro e reproduzindo os passos do homicida. Quando chegou novamente em frente ao capô, Sandra sentiu de novo o olhar da garota sobre ela; parecia estar justamente à sua procura.

Ignorou-o outra vez, dedicando-se ao automóvel.

Foi em direção ao banco de trás, onde estavam espalhadas as roupas das duas vítimas. Sentiu um aperto no coração. Veio à sua mente a imagem dos dois namorados se preparando para sair juntos: a emoção que sentiram em frente ao armário pensando no que vestir para parecerem mais atraentes aos olhos do outro, um prazer completamente altruístico.

Será que já estavam nus quando o monstro os surpreendeu, ou ele os obrigou a se despirem? Ele os observou enquanto faziam amor ou apareceu para interrompê-los? Sandra deixou de lado aquelas ideias: não cabia a ela dar as respostas, por isso, tentou recuperar a concentração.

No meio das roupas estava a bolsinha preta de onde vinham os toques do celular. Felizmente dera uma trégua a todos, mas logo recomeçaria. A policial acelerou as operações. Era uma fonte de dor. E ela não queria estar perto demais daquele aparelho.

A porta escancarada do lado do passageiro revelava o corpo nu da garota. Sandra agachou-se perto dela.

— Mulher, idade aproximada: 20 anos. O cadáver está sem roupas.

Braços apertados ao lado dos quadris, imobilizada no lugar por uma corda de alpinista que a amarrava ao assento reclinado a cerca de 120º. Uma parte rodeava o encosto de cabeça e a estrangulava.

Entre as tramas daquele emaranhado estava fincado um grande facão de caça. O cabo despontava do esterno. Havia sido enfiado com tanta força que não pôde ser removido e obrigou o assassino a deixá-lo ali, concluiu Sandra.

A reflex imortalizou o rastro de sangue seco que descia pelo ventre da vítima e havia ensopado o banco, para depois se juntar em uma pequena poça no tapete, entre os pés descalços e um par de sapatos de salto. Sapatos de salto elegantes, a policial se corrigiu mentalmente. E então ficou clara para ela a imagem de uma noite romântica.

Por fim tomou coragem e passou a fotografar o rosto em primeiro plano.

A cabeça estava levemente inclinada para o lado esquerdo, os cabelos pretos despenteados. Sandra sentiu o impulso de ajeitá-los, feito uma irmã. Notou que era muito bonita, com os traços delicados que só a juventude sabe esculpir. E onde as lágrimas não haviam derretido ainda era possível ver um vestígio de maquiagem. Parecia ter sido aplicada com cuidado, para refinar e dar destaque, como se a garota tivesse prática naquela atividade.

Ela era esteticista ou talvez trabalhasse em uma perfumaria, pensou Sandra.

A boca, porém, estava curvada para baixo de um jeito não natural. Um batom brilhoso cobria seus lábios.

Sandra teve uma estranha sensação. Havia algo de errado, mas na hora não conseguiu intuir o que era.

Inclinou-se para dentro do carro para captar melhor o rosto. Respeitando a regra dos peritos em fotografia criminal, buscou ângulos que permitissem evitar o olhar direto. E, além do mais, não conseguia fitar aquelas pupilas, mas sobretudo não queria que elas a fitassem.

O celular voltou a tocar.

Infringindo o próprio treinamento, a policial fechou instintivamente os olhos, deixando que a reflex realizasse sozinha os últimos cliques. E foi obrigada a pensar nas pessoas que estavam presentes naquela cena, embora não fisicamente. Na mãe e no pai da garota, à espera de uma resposta da filha para livrá-los do assédio da angústia. Nos pais do garoto, que talvez ainda não tivessem percebido que o filho não havia voltado para casa aquela noite. No artífice de tanta dor, que a quilômetros dali, sabe-se lá onde, gozava do prazer secreto dos assassinos — uma sádica cócega no coração —, deleitando-se com a própria invisibilidade.

Sandra Vega deixou que a reflex terminasse seu trabalho e, então, saiu daquele antro apertado, que fedia a urina e a sangue jovem demais.

— Quem?

Era a pergunta recorrente na cabeça dos presentes. Quem foi o artífice? Quem quis aquilo?

Quando não se pode dar um rosto ao monstro, qualquer um se parece com ele. As pessoas olham umas às outras com desconfiança, perguntando-se o que se esconde por trás daquela aparência, conscientes de que estão sendo observadas com a mesma pergunta no olhar.

Quando um homem comete um crime terrível, a dúvida acomete não apenas ele, mas o gênero humano ao qual pertence.

Por isso, até os policiais, naquela manhã, evitavam cruzar muito os olhares. Somente a captura do culpado os livraria da maldição da desconfiança.

Faltava identificar as vítimas.

A moça ainda não tinha um nome. E isso era um fato positivo para Sandra. Não queria saber qual era. Pela placa do carro, porém, tinham chegado ao nome do rapaz.

— Ele se chamava Giorgio Montefiori — disse Crespi ao médico-legista.

Astolfi tomou nota em um dos módulos empilhados em uma pasta. Para escrever, havia se apoiado no furgão do necrotério, que acabara de chegar à cena a fim de pegar os corpos.

— Quero fazer a autópsia imediatamente — disse o patologista.

Sandra achava que a pressa fosse por causa da vontade de contribuir com as investigações, mas foi obrigada a mudar de ideia quando ouviu o seguinte:

— Hoje já terei que cuidar de um acidente de carro e ainda preciso escrever uma perícia para o tribunal — afirmou, sem um mínimo de piedade.

Burocrata, pensou Sandra. Não tolerava que aqueles dois jovens mortos recebessem menos compaixão do que tinham direito.

Enquanto isso, a equipe científica tomava conta da cena para começar a perícia e a coleta das provas. E, justamente no momento em que enfim se podia tirar o celular da garota, o aparelho parou de tocar de novo.

Sandra desviou o olhar do diálogo entre o legista e o comissário para dirigi-lo a um dos técnicos que, depois de pegar o celular da bolsa no carro, ia em direção ao limite da fita vermelha e branca para entregá-lo a uma policial.

Caberia a ela atender assim que alguém ligasse de novo. Não a invejava.

— Você consegue ainda de manhã?

Sandra estava distraída e não escutou a última frase de Crespi.

— O quê?

— Eu estava perguntando se você pode entregar o material esta manhã — repetiu o comissário, apontando para a reflex apoiada no compartimento das bagagens.

— Ah, sim, claro — ela rapidamente o tranquilizou.

— Pode fazer isso agora?

Ela queria ir embora e cuidar daquilo quando chegasse à delegacia. Mas, diante da insistência do superior, não pôde se negar.

— Tudo bem.

Pegou o laptop para conectar a máquina fotográfica e transferir as imagens salvas no cartão de memória. Depois, ela as enviaria em um e-mail e, finalmente, sairia daquele pesadelo.

Era uma das primeiras pessoas a chegar às cenas de crime, mas também era a primeira a ir embora. Seu trabalho acabava ali. Ao contrário dos colegas, ela podia esquecer.

Enquanto conectava a reflex ao laptop, outro policial levou a Crespi a carteira da garota morta. O comissário abriu-a para conferir se havia um documento. Sandra a reconheceu na foto da carteira de identidade.

— Diana Delgaudio — leu Crespi, com um fio de voz. — Vinte e um anos, que droga.

Um breve silêncio reforçou a descoberta.

Sem tirar os olhos do documento, o comissário fez o sinal da cruz. Era um sujeito religioso. Sandra o conhecia pouco, não era do tipo que gostava de aparecer. Na delegacia, era mais estimado pelo tempo de serviço do que por méritos efetivos. Mas talvez fosse o homem certo para um crime como aquele. Uma pessoa capaz de administrar o horror sem tentar tirar vantagens dele com a imprensa ou para fazer carreira.

Para os dois jovens mortos, um tira piedoso era uma vantagem.

Crespi dirigiu-se de novo ao policial que lhe entregara a carteira e a devolveu. Inspirou e expirou profundamente.

— Muito bem, vamos avisar aos pais.

Afastaram-se e deixaram Sandra trabalhando. Enquanto isso, as fotos que tinha tirado começavam a aparecer no monitor do computador, à medida que passavam de uma memória à outra. Ao observá-las, ela percorreu novamente o trabalho da manhã. Eram quase quatrocentos cliques. Um após o outro, os fotogramas de um filme mudo.

Distraiu-se com o toque do celular que todos estavam esperando. Virou-se para a colega que conferia no visor o nome ligado à chamada. Ela passou a mão na testa e enfim atendeu:

— Bom dia, sra. Delgaudio, aqui é a polícia.

Sandra não tinha como saber o que a mãe estava dizendo do outro lado, mas podia imaginar o que havia sentido ao ouvir uma voz desconhecida e a palavra "polícia". Aquilo que até então não passava de um mau pressentimento começava a tomar as feições de um monstro de dor.

— Uma patrulha está indo à sua casa lhe explicar a situação — a colega tentou acalmá-la.

Sandra não aguentava assistir àquilo. Voltou a se concentrar nas imagens que se sucediam no computador, torcendo para que o programa as carregasse rapidamente. Decidira que não teria filhos, porque seu maior medo era que acabassem em uma foto como aquelas que passavam diante dela naquele momento. O rosto de Diana. A expressão ausente. Os cabelos pretos despenteados. A maquiagem derretida pelas lágrimas. Aquela boca curvada em uma espécie de sorriso triste. O olhar que contemplava o espetáculo do nada.

O programa do computador tinha quase terminado a operação de transferência quando, por um breve instante, surgiu um primeiro plano diferente dos outros.

Por instinto, Sandra apertou uma tecla e interrompeu o processo. Com o coração batendo forte, voltou manualmente para verificar. À sua volta, tudo desapareceu como se tivesse sido sugado por um buraco negro. Havia apenas aquela imagem na tela. Como ela não tinha reparado naquilo?

Na foto, o rosto da garota permanecia imóvel.

Sandra virou-se rapidamente para a cena delimitada pela fita branca e vermelha. E então começou a correr.

Diana Delgaudio tinha movido os olhos em direção à objetiva.

5

— Será que eu posso saber como isso aconteceu?

Os gritos do delegado retumbavam no teto cheio de afrescos da sala de reuniões, ecoando por todo o segundo andar do antigo prédio da via San Vitale, sede da polícia de Roma.

Quem sofria as consequências eram as pessoas que estavam na cena do crime naquela manhã.

Diana Delgaudio havia sobrevivido. Mas, como não lhe prestaram socorro a tempo, agora a garota estava à beira da morte em uma sala de cirurgia.

Os insultos do delegado eram principalmente para o médico-legista. O Dr. Astolfi estava curvado em uma cadeira, atravessado pelos olhares. Havia sido o primeiro a intervir e certificara as duas mortes; cabia a ele responder por tamanha negligência.

De acordo com seu relato, a garota não tinha pulsação. A temperatura noturna à qual seu corpo nu havia sido exposto e também a gravidade das feridas sofridas eram incompatíveis com a sobrevivência.

— Naquelas condições, era suficiente uma análise objetiva para concluir que não havia nada a fazer — defendeu-se Astolfi.

— Mas, apesar disso, ela sobreviveu — rebateu o delegado, cada vez mais furioso.

Tratou-se de uma "feliz combinação de acontecimentos". No centro de tudo estava a faca enfiada no esterno. Encaixara-se entre as costelas e o assassino nem sequer tentou removê-la, foi obrigado a deixá-la ali. Mas isso também impediu que a vítima perdesse sangue demais. A lâmina, então, cravara-se sem lesar nenhuma artéria. Porém, foi também a imobilidade absoluta, determinada pelo fato de que o corpo estava travado pela corda de alpinista, que salvou a vida da garota. Tal condição contribuiu para estabilizar as hemorragias internas, evitando que se tornassem letais.

— A hipotermia, então, transformou-se em uma vantagem — concluiu o médico. — Permitiu que ela preservasse as funções vitais.

Sandra não conseguia ver nenhuma "feliz combinação" naquela sequência. O quadro clínico de Diana Delgaudio era muito grave. Por mais que a desesperada intervenção cirúrgica à qual ela estava sendo submetida naquele exato momento fosse bem-sucedida, ninguém poderia determinar que tipo de vida a esperava.

— Tínhamos acabado de comunicar ao pai e à mãe que a filha havia falecido — disse o delegado, deixando que os presentes intuíssem o tamanho do estrago que aquele erro acarretava à imagem da polícia.

Sandra olhou ao redor. Talvez alguns colegas achassem que aqueles pais tinham ganhado uma esperança, pelo menos. Certamente o comissário Crespi pensava assim. Mas, em seu caso, o católico praticante superava o policial. Para um homem de fé, Deus age de acordo com planos imperscrutáveis e, em cada coisa, até na mais dolorosa, sempre se esconde uma mensagem, uma prova ou um ensinamento. Mas ela não acreditava nisso. Ou melhor, tinha certeza de que, dali a pouco, o destino se apresentaria de novo para aqueles pais, como um entregador que deixou um presente por engano e volta para pegá-lo.

Uma parte de Sandra estava secretamente aliviada pelo fato de Astolfi ter sido apontado por todos como o responsável pelo fracasso daquela manhã.

No entanto, ela também se sentia culpada.

Se, ao fim da perícia não tivesse fechado os olhos enquanto a reflex fazia os últimos cliques, teria visto antes o movimento no olhar de Diana. O silencioso e desesperado chamado por socorro.

Foi o celular da garota que a distraiu, mas isso não era um atenuante. O pensamento de como poderiam ter sido as coisas se ela tivesse percebido horas depois, talvez quando houvesse voltado para casa ou estivesse no laboratório da polícia, a torturava.

Ela também podia ser cúmplice do homicida daquela noite. Eu a salvei? Fui eu mesma?, perguntou-se. A verdade era que Diana se salvou sozinha. E Sandra levaria o mérito, injustamente. E deveria se calar para livrar a cara da polícia. Por isso não conseguia condenar totalmente o legista.

Enquanto isso, o delegado havia terminado seu ataque de fúria.

— Tudo bem, deem o fora daqui.

Todos se levantaram, mas Astolfi foi o primeiro a deixar a sala.

— A senhora não, agente Vega.

Sandra virou-se para olhar o superior, perguntando-se por que queria que ela ficasse ali. Mas ele logo se dirigiu a Crespi.

— O senhor também pode ficar, comissário.

Sandra reparou que, na soleira da porta por onde saíam os colegas, outro grupo estava pronto para tomar lugar na sala.

Eram os membros do Serviço Central Operativo, o SCO. O núcleo especial cuidava de criminalidade organizada, operações sob cobertura, caça aos foragidos, delitos em série e crimes cruéis.

Enquanto se sentavam, Sandra reconheceu o subdelegado Moro.

Era um policial jovem, mas já tinha fama de veterano consumado. Ele a ganhou quando capturou um chefão da máfia procurado por trinta anos. Ficou no pé dele com tanta obstinação, abrindo mão de ter uma vida e jogando um casamento para o espaço que, no fim, o foragido chegou até a parabenizá-lo enquanto ele lhe punha as algemas.

Era muito respeitado. Todos queriam entrar na equipe de Moro. Uma elite na elite da polícia de Estado. Mas o subdelegado quase sempre trabalhava com os mesmos homens, mais ou menos quinze. Pessoas de confiança, com as quais havia compartilhado dificuldades e sacrifícios. Homens acostumados a sair de casa de manhã sem saber quando veriam de novo os entes queridos. Moro escolhia profissionais solteiros, dizia que não gostava de dar explicações a viúvas e órfãos. Eles próprios eram uma família. Mesmo fora do trabalho, estavam sempre juntos. A unidade era sua força.

Aos olhos de Sandra, pareciam monges zen. Unidos por um voto que ia além do uniforme que usavam.

— Ele vai agir de novo.

Moro fez tal anúncio de costas para a plateia, enquanto se aproximava do interruptor para apagar as luzes da sala. A informação caiu sobre os presentes junto com a escuridão. O silêncio que se seguiu provocou um arrepio em Sandra. Por um instante, sentiu-se dispersa no escuro. Mas, depois, o feixe iridescente do projetor de vídeo cuidou de fazer o mundo à sua volta reaparecer.

Na tela surgiu uma das fotos da cena do crime que ela havia tirado pela manhã.

O carro com as portas abertas, a garota com o facão enfiado no esterno.

Nenhum dos presentes desviou o olhar; estavam horrorizados. Eram homens preparados para tudo, mas também era verdade que, com o passar das horas, piedade e aversão tinham dado lugar a um sentimento diferente. Era aquilo que a perita em fotografia criminal chamava de "a ilusão da distância". Não é indiferença: é força do hábito.

— Isso é só o início — continuou Moro. — Vai demorar um dia, um mês, dez anos, mas ele voltará a agir, podem ter certeza. Por isso, precisamos detê-lo antes. Não temos escolha. — Moveu-se para o centro do telão. A imagem, agora, estava projetada sobre ele também, impedindo que enxergassem seu rosto; como se ele estivesse perfeitamente mimetizado no horror. — Estamos investigando a fundo a vida dos dois jovens para verificar se alguém tinha motivos para alimentar ódio ou rancor em relação a eles ou às famílias: ex-namorados desiludidos, amantes, parentes ressentidos, credores ou devedores irritados, conluio com a criminalidade, um deslize cometido com a pessoa errada... Embora ainda não tenhamos certeza, estou convencido de que podemos descartar estas hipóteses desde já. — O subdelegado indicou a tela com o braço: — Mas agora não vou falar de investigações, provas, pistas ou *modus operandi*. Vamos deixar de lado por um tempo toda a atividade dos policiais, esqueçam os procedimentos. Quero que vocês se concentrem nestas imagens. Olhem bem para elas. — Moro se calou, enquanto passava as fotos com um controle remoto. — Existe um método nisso tudo, não acham? Não é um sujeito que improvisa: ele o estudou. Mesmo se parecer estranho para vocês, não há ódio em suas ações. É diligente, escrupuloso. Coloquem na cabeça que este é o trabalho dele, e ele o faz desgraçadamente bem.

A abordagem de Moro impressionou Sandra. O subdelegado tinha posto de lado os métodos tradicionais de investigação porque queria deles uma reação emotiva.

— Peço que memorizem bem estas fotografias, porque, se procurarmos uma explicação racional, nunca o pegaremos. Em vez disso, temos que sentir o que ele sente. No início, não vamos gostar de fazer isso, mas é o único jeito, acreditem em mim.

Surgiram os primeiros planos do rapaz morto. A ferida na nuca, o sangue, a nudez pálida e ostentada: parecia uma encenação. Alguns colegas acabavam sorrindo diante de cenas do tipo. Sandra tinha visto acontecer várias vezes, mas não era falta de respeito ou cinismo. Era uma forma de defesa. A mente deles rejeitava a realidade com a mesma reação com a qual se repele um absurdo, ridicularizando-o. Moro tentava evitar isso tudo. Precisava da raiva deles.

O subdelegado continuou a passar as fotos no telão.

— Não se deixem enganar pelo caos desse massacre: é aparência, ele não deixa nada ao acaso. Ele pensou, planejou e pôs em ação. Não é louco. Ao contrário, é provável que seja socialmente entrosado.

Para um profano, essas palavras podiam parecer dissonantes, como **se brot**assem de uma admiração sincera. Mas Moro estava simplesmente evitando cometer o erro de muitos policiais: subestimar o adversário.

O subdelegado se afastou do feixe de luz do projetor para encarar os presentes:

— É um homicídio com fundo sexual, porque ele escolheu um casal de jovens que fazia amor, mas não abusa das vítimas. Os médicos nos garantiram que a moça não sofreu estupro, e os resultados preliminares da autópsia excluíram isso para o rapaz também. Por isso, nosso homem, quando mata, não se deixa levar pelo instinto ou pela impaciência de atingir o orgasmo. Não vai se masturbar em cima dos cadáveres, se for isso que vocês estiverem esperando. Ele ataca, desaparece e, principalmente, observa: de agora em diante, observará a nós, a polícia. Ele já se mostrou, sabe que não pode se dar ao luxo de cometer erros. Mas ele não é o único que está sendo posto à prova, nós também estamos. No fim, não vencerá o melhor, mas só quem terá sido capaz de se aproveitar melhor das falhas do outro. E ele tem uma vantagem sobre nós... — O subdelegado girou o punho para mostrar o relógio à plateia. — O tempo. Temos que ganhar desse filho da mãe no tempo. Mas isso não significa ter pressa, a pressa é um péssimo aliado. Precisamos ser tão imprevisíveis quanto ele. Só assim conseguiremos detê-lo. Porque, podem ter certeza, ele já está planejando mais alguma coisa. — O subdelegado parou a sucessão das imagens justamente na última.

O primeiro plano de Diana Delgaudio.

Sandra imaginou o desespero da garota que, paralisada e semi-inconsciente, tentava mostrar que ainda estava viva. Ao olhar seu rosto rígido, porém, lembrou-se também da sensação que experimentou quando tirava aquela foto. A maquiagem borrada pelas lágrimas, mas ainda bem arrumada. A sombra, o blush, o batom.

Sim, havia mesmo algo de errado.

— Olhem bem para ela — retomou o subdelegado, interrompendo os pensamentos de Sandra. — É isso que ele faz, porque é isso que gosta de fazer. Se Diana Delgaudio, por algum motivo milagroso, sobreviver, teremos uma testemunha capaz de reconhecê-lo.

Ninguém comentou a afirmação, nem com um gesto da cabeça. Tratava-se de uma esperança secreta, nada mais.

De repente, Moro dirigiu-se a Sandra.

— Agente Vega.

— Sim, senhor.

— Fez um ótimo trabalho hoje de manhã.

Aquele elogio deixou Sandra agitada.

— Gostaríamos que trabalhasse conosco, agente Vega.

Temia aquele convite. Qualquer outro colega se sentiria lisonjeado com a oferta de uma vaga na equipe de Moro. Ela, não.

— Não sei se estou à altura, senhor.

Na penumbra, o subdelegado tentou focalizá-la com o olhar.

— Não é o momento de ser modesta.

— Não é modéstia. É que nunca cuidei desse tipo de crime.

Sandra percebeu que o comissário Crespi estava balançando a cabeça para repreendê-la.

Moro apontou para a porta.

— Então vamos colocar assim: não somos nós do SCO que precisamos da senhora, mas dois jovens que vão dar uma volta lá fora sem saber que daqui a pouco será a vez deles. Porque é isso que vai acontecer. Eu sei e a senhora sabe, agente Vega. E com essa discussão já desperdiçamos demais o tempo que resta a eles.

Ele estava decidido. Sandra não teve forças para rebater e Moro, por outro lado, já havia desviado o olhar para passar a outro assunto.

— Nossos homens ainda estão concluindo as perícias no pinheiral de Ostia; assim, depois poderemos analisar os achados, reconstruir a dinâmica e o *modus operandi* do homicida. Enquanto isso, quero que se concentrem no que sentem na barriga, nos ossos, na parte mais íntima e inconfessável de vocês. Vão para casa, reflitam com calma. A partir de amanhã, começaremos a estudar as provas. E amanhã não quero ver nenhum sinal de emoção — esclareceu bem. — Devem estar lúcidos e racionais. A reunião acabou.

O subdelegado foi o primeiro a dirigir-se à porta, depois os demais se levantaram para deixar a sala. Já Sandra permaneceu sentada em seu lugar, ainda fitando a imagem de Diana no telão. Enquanto todos passavam à sua frente, ela não conseguia desviar o olhar daquela foto. Queria que alguém desligasse o projetor; ela achava inútil e desrespeitosa mais aquela exposição.

Moro havia feito com eles uma espécie de treinamento emotivo, contudo, no dia seguinte, ele os queria "lúcidos e racionais". Mas já agora Diana Delgaudio não era mais uma garota de 20 anos com sonhos, ambições, planos. Ela perdera a identidade. Tornara-se material de investigação, o indivíduo genérico que, tendo sofrido um crime, a partir de então podia ostentar o evanescente título de "vítima". E a transfiguração havia acontecido ali dentro mesmo, diante de todos, durante a reunião.

A força do hábito, lembrou Sandra. O anticorpo que permitia que os tiras sobrevivessem ao mal. Assim, enquanto todos ignoravam a foto de Diana, a policial sentiu-se no dever de prestar atenção nela, pelo menos até ficar sozinha na sala. E, quanto mais observava aquele primeiro plano, mais aflorava nela a consciência de estar diante de algo impreciso.

Um detalhe fora do lugar.

Na máscara de maquiagem desfeita que cobria o rosto da menina havia algo que definitivamente não estava certo. Sandra enfim identificou o que era.

O batom.

6

— Aprendam a fotografar o vazio.

O instrutor de perícia em fotografia criminal na academia dissera exatamente isso. Na época, Sandra tinha pouco mais de 20 anos e, para ela e seus colegas, aquelas palavras soaram absurdas. Ela achava que era só mais uma frase feita, uma coisa típica de policiais, passada adiante feito lição de vida ou dogma absoluto, como "aprenda com seu inimigo" ou "colegas nunca abandonam outros colegas". Para ela, tão segura de si, tão atrevida, expressões assim faziam parte da lavagem cerebral dada aos recrutas para não ter que dizer a verdade. Isto é, que a raça humana é nojenta e, trabalhando nessa profissão, logo, logo sentiriam repulsa por fazer parte dela.

— A indiferença é o maior aliado de vocês, porque não importa o que têm diante da objetiva, mas o que não está presente — acrescentara o instrutor, para depois repetir: — Aprendam a fotografar o vazio.

Depois, ele os mandara entrar, um de cada vez, em um cômodo para fazer os exercícios. Era uma espécie de cenário: a sala de estar mobiliada de uma casa comum. Mas antes ele havia anunciado que ali dentro acontecera um crime. A tarefa deles era entender qual.

Nada de sangue, nem cadáveres, nem armas. Apenas uma decoração comum.

Para alcançar o objetivo, tinham que aprender a ignorar as marcas de papinha no sofá, que indicavam que naquela casa morava uma criança.

Assim como o perfume do aromatizador de ambiente, escolhido certamente por uma mulher dedicada. As palavras cruzadas largadas em uma poltrona e preenchidas pela metade — sabe-se lá se alguém as terminaria. As revistas de viagem espalhadas pela mesinha de centro, colocadas ali por quem imagina ter um futuro feliz pela frente e não sabe que está para lhe acontecer algo de ruim.

Detalhes de uma existência interrompida bruscamente. Mas a lição era clara: a empatia confunde. E, para fotografar o vazio, era preciso criá-lo, antes de mais nada, dentro de si.

E Sandra havia conseguido, espantando-se consigo mesma. Havia se identificado com a possível vítima, não com o que sentia. Utilizara o ponto de vista da pessoa, não o seu. Imaginando que a vítima estivesse deitada e de barriga para cima, deitara-se ela também. E, assim, descobrira um bilhete debaixo da cadeira.

FAB

A cena era a reprodução de um caso real em que uma mulher moribunda encontrou a força de traçar com o próprio sangue as primeiras três letras do nome de seu assassino.

Fabrizio. O marido.

E, assim, ela encurralou o cônjuge.

Sandra descobriu em seguida que, por 25 anos, aquela mulher constara da lista de pessoas desaparecidas, enquanto o marido chorava por ela em público e nos pedidos de ajuda pela TV. E que a verdade escondida debaixo da cadeira só foi revelada quando ele decidiu vender a casa com a mobília. A descoberta foi feita pelo novo morador.

A ideia de que uma justiça póstuma também era possível a confortou. Um assassino jamais pode se sentir em segurança. Apesar da solução do mistério, porém, o cadáver da mulher nunca foi encontrado.

— Aprender a fotografar o vazio — Sandra repetiu para si mesma agora, no silêncio de seu carro. No fundo, era isso que o subdelegado Moro pedia: dar um belo mergulho na própria emotividade, mas, depois, quando estiver fora, recuperar a frieza necessária.

Sandra, porém, não voltou para casa a fim de refletir sobre o que sentia com a aproximação da reunião do dia seguinte, quando a caça ao monstro começaria oficialmente. Diante dela, para além do para-brisa, estava o pinheiral de Ostia iluminado pelos holofotes. O barulho dos geradores a diesel e o bruxuleio intenso das luzes halógenas lhe lembravam as festas dançantes no campo. Mas não era verão e nenhuma música começaria. Em vez disso, havia um inverno cruel e, no bosque, ecoavam apenas as vozes dos policiais de macacão branco, que se moviam na cena do crime como em uma dança de fantasmas.

As perícias haviam continuado a manhã toda. Sandra voltou à cena no fim de seu turno, assistindo de longe ao trabalho dos colegas. Ninguém lhe perguntou por que estava ali, esperando que todos fossem embora. Mas havia um motivo.

Sua intuição sobre o batom de Diana.

A garota trabalhava em uma perfumaria. Sandra não se enganara quando, depois de ter notado a maquiagem em seu rosto, havia presumido que ela era uma especialista no assunto. Mas ter adivinhado esse aspecto de sua vida diminuíra ainda mais a distância entre elas. E isso não era um fato positivo. Nunca deveria deixar-se envolver demais. Era perigoso.

Ela aprendeu por conta própria dois anos antes, quando o marido morreu e ela foi obrigada a investigar sozinha aquilo que, às pressas, foi arquivado como um "acidente". Ela precisou de muita lucidez para não confundir as ideias pela raiva e pela saudade. E, de todo modo, o risco foi altíssimo. Mas, na época, estava sozinha, então podia até se permitir fazer isso.

Agora, tinha Max.

Ele era perfeito para a vida que ela escolhera. A mudança para Roma, a casa em Trastevere, outros rostos, outros colegas. O lugar e o tempo certos para semear novas lembranças. Max era o companheiro ideal para compartilhá-las.

Professor de história em um liceu, ele vivia para os livros. Passava horas lendo, enfurnado em seu escritório. Sandra tinha certeza de que, se não fosse por ela, ele se esqueceria até de comer ou de ir ao banheiro. Era o que mais distante existia da carreira de policial. O único horror que ele corria o risco de assistir era a uma péssima prova oral.

Quem se dedica às palavras não pode ser tocado pelas crueldades do mundo.

Max se empolgava quando Sandra lhe pedia para falar sobre sua matéria. Então se lançava em uma narrativa apaixonada, gesticulando animadamente, com brilho nos olhos. Havia nascido em Nottingham, mas morava na Itália havia vinte anos.

— Só existe um lugar no mundo para um professor de história — afirmava —, e é Roma.

Sandra não o decepcionaria lhe contando o quanto mal se concentrava naquela cidade. Por isso nunca conversava com ele sobre o próprio trabalho. Mas, desta vez, ela faria mais: mentiria para ele. Digitou o número de telefone e esperou ouvir a voz.

— Vega, você deveria estar em casa faz tempo — disse de brincadeira. Ele a chamava pelo sobrenome, como os outros tiras.

— Aconteceu um caso importante aqui e me pediram para ficar até mais tarde — disse ela, repetindo a desculpa que escolhera.

— Tudo bem, então jantamos um pouco mais tarde.

— Acho que não vou conseguir jantar, provavelmente vou ficar na rua muito tempo.

— Ah — foi a única reação de Max à notícia. Não estava irritado, só desnorteado. Era a primeira vez que acontecia de ela precisar fazer uma hora extra tão demorada.

Sandra semicerrou os olhos; sentia-se um lixo. Sabia que tinha que preencher aquele breve silêncio antes que minasse a credibilidade da história.

— Você não imagina que chatice. Pelo que entendi, na equipe dos peritos houve uma espécie de epidemia de gripe ou sei lá o quê.

— Você está bem agasalhada? Vi a previsão do tempo, vai fazer frio esta noite.

A preocupação com ela a fez se sentir pior ainda.

— Claro.

— Quer que eu espere acordado?

— Não precisa — disse, apressada. — Sério, vai para a cama. Quem sabe eu consigo resolver tudo rapidamente.

— Tudo bem, mas me acorde quando chegar.

Sandra desligou. O sentimento de culpa não a fez mudar de ideia. Tinha colocado na cabeça que fizera mal seu trabalho aquela manhã porque, assim como o médico-legista, tivera pressa de ir embora da cena do crime. A descoberta final que a elevou na consideração dos colegas e do subdelegado Moro era fruto apenas de uma coincidência. Se tivesse seguido rigorosamente o protocolo de perícia em fotografia criminal, teria protegido as provas, não a si mesma. Em vez de usar a máquina fotográfica para investigar a cena do crime, serviu-se dela como escudo.

Precisava consertar isso. O único jeito era repetir o procedimento, para ter certeza de não ter negligenciado mais nada.

No pinheiral, os colegas e os técnicos da polícia científica estavam começando a diminuir o ritmo. Em breve estaria sozinha. Tinha uma missão a realizar.

Fotografar o vazio.

O carro dos jovens havia sido removido, os veículos da polícia que vigiavam a área não estavam mais ali. Haviam se esquecido de tirar a fita branca e vermelha. O vento a fazia balançar junto com os galhos dos pinheiros, mas, a essa altura, circundava um espaço vazio.

Sandra conferiu a hora: passava da meia-noite. Perguntou-se se ter estacionado a trezentos metros era suficiente. Não queria que ninguém visse seu carro.

A luz da lua estava embaçada por uma fina camada de nuvens. A policial não podia usar uma lanterna sem correr o risco de ser vista e, além disso, alteraria a percepção dos lugares. Ela utilizaria o visor infravermelho da reflex para se orientar no procedimento, mas, enquanto isso, deixou que os olhos se acostumassem com o pálido brilho lunar.

Saiu do carro e andou em direção ao núcleo da cena. Enquanto percorria o pinheiral, o pensamento de talvez estar fazendo uma bobagem brotou em sua mente. Ela estava se expondo a um perigo. Ninguém sabia que estava ali e ela não tinha ideia das intenções do homicida. E se por acaso ele tivesse voltado para verificar as coisas? Ou para reviver as sensações experimentadas na noite anterior, como em uma espécie de *amarcord* do horror? Alguns assassinos faziam isso.

Sandra sabia que, na realidade, aquela visão pessimista fazia parte de uma espécie de ritual supersticioso. As pessoas se preparam para o pior com o único objetivo de serem desmentidas. Mas justo naquele momento um raio de lua conseguiu superar a barreira das nuvens, pousando no solo.

Foi então que a policial notou a silhueta escura entre as árvores a uma centena de metros dela.

Em alerta, diminuiu o passo, mas sem conseguir parar imediatamente. O medo tomara posse de seu corpo e ela deu mais um passo crepitante nas folhas de pinheiro.

Enquanto isso, a sombra se movia naquilo que havia sido a cena do crime, olhando ao redor. Sandra estava petrificada. Então, viu o homem fazer algo inesperado.

O sinal da cruz.

Por um instante, sentiu-se aliviada, pois estava diante de um homem de fé. Mas com um segundo de atraso sua mente compreendeu melhor o que tinha visto, em câmera lenta.

Ele o tinha feito ao contrário: *da direita para a esquerda, de baixo para cima*.

— Se abaixe.

A frase surgiu da escuridão como um sussurro, a poucos metros dela. Para Sandra, foi como acordar com um sobressalto, mas passando de um pesadelo a outro. Estava quase gritando, mas o homem que havia falado andou para a frente. Tinha uma cicatriz na têmpora e fez um gesto para que se agachasse com ele atrás de uma árvore. Sandra o conhecia, mas demorou alguns segundos para se dar conta disso.

Marcus. O penitencieiro que tinha encontrado dois anos antes.

Ele fez de novo sinal para que ela se acocorasse, aproximou-se e pegou sua mão, puxando-a devagar para baixo. A policial obedeceu e depois o fitou, ainda incrédula. Mas ele olhava para a frente.

Diante deles, o desconhecido havia se ajoelhado e apalpava o terreno com a palma da mão, como se procurasse algo.

— O que ele está fazendo? — perguntou Sandra em voz baixa, com o coração batendo muito forte.

O penitencieiro não respondeu.

— Temos que agir — disse ela, então. A frase estava no meio do caminho entre uma pergunta e uma afirmação, porque Sandra não tinha certeza de nada naquele momento.

— Você tem uma arma?

— Não — admitiu ela.

Marcus balançou a cabeça, como se dissesse que não podiam correr riscos.

— Você quer deixá-lo ir embora? — Estava incrédula.

No meio-tempo, o desconhecido voltou a ficar de pé. Permaneceu mais alguns instantes parado. Então, começou a andar na escuridão, na direção oposta ao lugar onde eles estavam.

Sandra disparou para a frente.

— Espere. — Marcus tentou pará-la.

— A placa — disse ela, referindo-se ao carro com o qual ele provavelmente tinha chegado ali.

O desconhecido pareceu andar mais rápido, sem perceber que estava sendo seguido. Sandra tentava ficar atrás dele, mas com seus passos nas malditas folhas de pinheiro corria o risco de ser descoberta, então foi obrigada a diminuir a velocidade.

Foi justamente graças a isso que notou algo familiar. Talvez dependesse do modo como o desconhecido se movia ou de sua postura. A sensação foi evanescente e durou somente um instante.

O homem passou por cima de uma lombada e saiu do campo de visão da policial. Enquanto se perguntava onde ele tinha ido parar, ela ouviu o barulho de uma porta de carro se fechando, e depois um motor sendo ligado.

Sandra começou a correr o mais rápido que podia. Tropeçou em um galho, mas conseguiu manter o equilíbrio. Com o tornozelo dolorido, forçou o passo a fim de não o perder. As imagens dos dois jovens mortos passaram diante de seus olhos. Se ele fosse mesmo o assassino, não podia deixá-lo escapar assim. Não, ela não permitiria.

Ao chegar aos limites do bosque, porém, viu o carro se afastando de faróis apagados. À fraca luz da lua, a placa de trás estava ilegível.

— Merda — xingou. Depois se virou. Marcus estava parado a poucos passos, atrás dela. — Quem era? — perguntou a ele.

— Não sei.

Ela queria ter recebido uma resposta diferente. Estava impressionada com sua reação tão controlada. Parecia que o penitencieiro não se importava em ter perdido a chance de dar um rosto e um nome ao monstro. Ou talvez ele fosse mais pragmático do que ela.

— Você estava aqui por ele, não é? Você também o está perseguindo.

— Sim. — Não queria lhe dizer que estava ali por ela. Que costumava ficar de tocaia em frente a seu prédio, ou esperava que terminasse de trabalhar para acompanhá-la até em casa às escondidas. Que gostava de observá-la a distância. E que quando naquela noite, ao fim de seu turno, não havia voltado a seu apartamento, decidiu segui-la desde a delegacia.

Mas Sandra estava envolvida demais com o que tinha acabado de acontecer para compreender que ele havia mentido.

— A gente estava tão perto dele...

Ele permaneceu impassível, olhando-a. Então, virou-se de repente.

— Vamos — disse.

— Aonde?

— Quando ele se ajoelhou, talvez tenha enterrado algo.

7

Usando a luz do celular de Sandra, começaram a procurar o local onde o desconhecido havia cavado.

— É aqui — anunciou Marcus.

Os dois se inclinaram por cima de um pequeno monte de terra levemente mexida.

O penitencieiro tirou do bolso do blazer uma luva de borracha e a colocou. Então, começou a retirar a terra, devagar e com cuidado. Sandra observava a operação com impaciência, iluminando o ponto com o telefone. Pouco depois, Marcus parou.

— E aí, por que não continua? — perguntou a policial.

— Não tem nada aqui.

— Mas você tinha dito que...

— Eu sei — ele a interrompeu com calma. — Eu não entendo. A terra estava remexida, você também viu.

Puseram-se de pé e ficaram um pouco em silêncio. Marcus temia que Sandra pudesse lhe perguntar de novo o que fazia ali. Para não causar suspeitas, viu-se obrigado a ganhar tempo.

— O que você sabe dessa história?

Ela pareceu pensar por um momento, em dúvida sobre o que fazer.

— Você não é obrigada a me dizer. Mas talvez eu possa dar uma ajuda.

— De que jeito? — perguntou, desconfiada.

— Troca de informações.

Sandra avaliou a proposta. Tinha visto o penitencieiro em ação dois anos antes, sabia que era competente e que via as coisas de uma maneira diferente em relação a um policial. Não era capaz de "fotografar o vazio" como ela com sua reflex, mas conseguia enxergar a marca invisível que o mal deixava nas coisas. Assim, decidiu confiar e começou a contar sobre os dois jovens e o incrível episódio daquela manhã, em que Diana Delgaudio havia sobrevivido a uma ferida profunda e ao frio de uma madrugada de inverno.

— Posso ver as fotos? — perguntou Marcus.

Mais uma vez, Sandra enrijeceu-se.

— Se você quer entender o que aconteceu esta noite e o que aquele sujeito fazia aqui, precisa me mostrar as imagens da cena do crime.

Pouco depois, Sandra voltou de seu carro com duas lanternas e um tablet. Marcus esticou a mão. Mas, antes de entregar-lhe, quis esclarecer as coisas.

— Estou violando o regulamento e a lei também. — Em seguida, passou-lhe o tablet junto com uma lanterna.

O penitencieiro olhou as primeiras fotos. Retratavam a árvore onde o assassino pusera-se à espreita.

— Foi dali que ele os espiou — disse ela.

— Me mostre o ponto.

Ela o levou até o local. No terreno ainda estava visível a mancha sem as folhas de pinheiro. Sandra não sabia o que aconteceria. Era uma metodologia completamente nova em relação às que os *profilers* da polícia usavam.

Marcus olhou primeiro para baixo, depois levantou a cabeça e começou a observar o que tinha à frente.

— Está bem, vamos começar.

Antes de tudo, o penitencieiro fez o sinal da cruz, mas não ao contrário como havia feito o desconhecido pouco antes. Sandra notou que o rosto de Marcus mudava. Eram transformações imperceptíveis. As rugas em volta dos olhos relaxavam, a respiração ficava mais profunda. Não estava simplesmente concentrado; algo estava surgindo nele.

— Fiquei aqui por quanto tempo? — perguntou a si mesmo, começando a assumir a identidade do monstro. — Dez, quinze minutos? Eu os estudo bem e, enquanto isso, curto o momento antes de entrar em ação.

Sei o que você sentiu, disse Marcus a si mesmo. A adrenalina subindo e aquela sensação de alerta na barriga. Excitação misturada com agitação. Como quando você era criança e brincava de se esconder. Aquela coceirinha na nuca, o arrepio elétrico que faz os pelos dos braços se eriçarem.

Sandra começava a entender o que estava acontecendo: ninguém podia entrar na psique de um assassino, mas o penitencieiro era capaz de evocar o mal que este carregava dentro de si. Resolveu participar da simulação e se dirigiu a ele como se fosse de fato o homicida.

— Você os seguiu até aqui? — perguntou. — Talvez você conhecesse a garota, gostava dela e foi atrás.

— Não. Eu os esperei. Não os conheço. Não escolhi as vítimas, só o terreno de caça: eu o examino e, enquanto isso, me preparo.

O pinheiral de Ostia virava o refúgio dos namorados, sobretudo no verão. Mas, no inverno, somente poucos se aventuravam a ir àquele lugar. Sabe-se lá por quantos dias o monstro percorreu o bosque à espera de uma oportunidade. No fim, foi premiado.

— Por que você limpou a terra?

Marcus abaixou a cabeça.

— Trouxe uma bolsa, talvez uma mochila. Não quero que se suje com as folhas de pinheiro. Gosto muito dela, porque é lá que guardo meus truques, meus passes de mágica. Porque sou como um mago.

Ele escolhe o momento certo e se aproxima devagar das vítimas, refletiu. Conta com o efeito surpresa: faz parte do número de magia.

Marcus afastou-se da árvore e começou a avançar em direção ao centro da cena. Sandra o seguia de perto, espantada pelo que estava acontecendo, a reconstituição do fato.

— Cheguei até o carro sem ser visto. — Marcus analisou as fotos sucessivas. As vítimas nuas.

— Eles já estavam sem roupa ou você os obrigou a tirá-la? Tinham consumado o ato ou estavam só nas preliminares?

— Escolho os casais porque não consigo me relacionar com os outros. Não posso ter uma relação afetiva ou sexual. Tenho algo que afasta as pessoas. Ajo por inveja. Sim, eu os invejo... Por isso gosto de olhar. E depois eu os mato, para punir a felicidade deles.

Ele disse aquilo com uma indiferença que gelou Sandra. De repente, sentiu medo dos olhos inexpressivos do penitencieiro. Não havia raiva nele, apenas um distanciamento lúcido. Marcus não estava apenas se identificando com o assassino.

Ele se transformara no monstro.

A policial sentiu-se atordoada.

— Sou sexualmente imaturo — continuou o penitencieiro. — Tenho uma idade entre 25 e 45 anos. — Em geral, era naquela faixa que explodia a frustração acumulada por uma vida sexual insatisfeita. — Não abuso das minhas vítimas.

De fato, não houve violência sexual, lembrou-se Sandra.

O penitencieiro observou a foto do carro e se pôs na altura do capô.

— Apareci do nada e apontei o revólver para impedir que ele se mexesse e fugisse. Quais objetos tenho comigo?

— Um revólver um facão de caça e uma corda de alpinista — resumiu Sandra.

— Entreguei a corda ao garoto e o *convenci* a amarrar a namorada ao assento.

— Você o obrigou, quer dizer.

— Não é uma ameaça. Eu nunca levanto a voz, digo as coisas gentilmente: sou um sedutor. — Ele não precisara sequer dar um tiro de advertência, nem que fosse só para demonstrar que estava falando sério. Bastara fazer o rapaz acreditar que tinha uma chance de se salvar. Que, caso lhe obedecesse e se comportasse bem, no fim seria premiado. — O garoto, obviamente, fez o que eu lhe disse. Assisti à operação, para garantir que a amarrasse bem.

O penitencieiro tinha razão, considerou Sandra. As pessoas costumavam ignorar o poder de persuasão de uma arma de fogo. Sabe-se lá por que, todos acreditavam que podiam administrar uma situação do tipo.

Passando as fotos, Marcus chegou à imagem da moça com a faca enfiada no esterno.

— Você a esfaqueou, mas ela teve sorte — afirmou Sandra, arrependendo-se de ter usado essa palavra. — A hemorragia só parou porque você deixou a arma onde estava. Se a tivesse tirado para levá-la embora, provavelmente ela não teria se salvado.

Marcus balançou a cabeça.

— Não fui eu que matei a garota. Foi por isso que deixei a faca. Para vocês, para vocês saberem.

Sandra estava incrédula.

— Eu propus uma troca ao rapaz: a vida dele em troca da vida da garota.

A policial parecia transtornada.

— Como pode dizer isso?

— Você vai ver, no cabo da faca encontrarão as impressões digitais do garoto, não as minhas. — Ele quis humilhar o que sentiam um pelo outro, pensou. — É uma prova de amor.

— Mas, se ele lhe obedeceu, por que depois o matou? Quer dizer, você o mandou sair do carro e atirou nele na nuca, à queima-roupa. Foi uma execução.

— Porque minhas promessas são mentiras, exatamente como o amor que os casais dizem sentir um pelo outro. E se eu demonstrar que outro ser humano é capaz de matar por puro egoísmo, então minhas ações serão absolvidas de qualquer culpa.

O vento se intensificou, sacudindo as árvores. Um único, grande arrepio, que atravessou o bosque para depois se perder na escuridão. Mas, para Sandra, aquele vento sem vida parecia vir de Marcus.

O penitencieiro notou a perturbação e, onde quer que estivesse naquele momento, foi trazido de volta de repente. Ao enxergar o medo nos olhos da mulher, sentiu vergonha. Não queria que ela o olhasse assim. Viu-a dar um pequeno passo para trás instintivamente, como se quisesse impor uma distância segura.

Sandra desviou o olhar, constrangida. Mas, ao mesmo tempo, depois do que tinha visto, não conseguia esconder o desconforto. Para sair do impasse, pegou o tablet das mãos dele.

— Quero lhe mostrar uma coisa.

Passou as fotos até chegar a um primeiro plano de Diana Delgaudio.

— A garota trabalhava em uma perfumaria — disse. — A maquiagem que tem no rosto, no lugar onde não se desfez com as lágrimas, foi passada com cuidado. Até o batom.

Marcus observou a imagem. Ainda estava abalado, talvez por isso não tenha captado de imediato o sentido daquele esclarecimento.

Sandra tentou se explicar melhor.

— Quando tirei a foto, me pareceu estranho. Havia algo de errado, mas só depois entendi o que é. Agora há pouco você afirmou que estamos diante de um assassino com uma índole voyeurística: ele espera que o ato sexual comece para se manifestar. Mas se Diana e o namorado estavam trocando carícias, por que ela ainda está com o batom nos lábios?

Marcus chegou lá.

— Foi ele que pôs o batom nela, depois.

Sandra fez que sim.

— Acho que ele a fotografou. Aliás, tenho certeza.

O penitencieiro registrou a informação com interesse. Ainda não sabia como encaixá-la no *modus operandi* do homicida, mas estava convencido de que tinha um lugar determinado no ritual.

— O mal é aquela anomalia diante dos olhos de todos, mas que ninguém consegue ver — disse quase para si mesmo.

— Do que está falando?

Marcus voltou a olhá-la.

— As respostas estão todas aqui, e é aqui que você tem de procurá-las. — Era como no quadro do *Martírio de São Mateus*, em San Luigi dei Francesi; bastava apenas saber observar. — O assassino ainda está aqui, mesmo sem o vermos. Temos de caçá-lo neste lugar, e não em outro.

A policial entendeu.

— Você está falando do homem que vimos há pouco. Não acredita que ele seja o monstro.

— Qual seria o sentido de voltar aqui horas depois? — admitiu Marcus. — Um assassino esgota sua carga mórbida e destrutiva com a morte e a humilhação das vítimas. Seu instinto é satisfeito. É um sedutor, lembra? Ele já está mirando a próxima conquista.

Sandra tinha certeza de que não era tudo, que Marcus estava escondendo o verdadeiro motivo. Aquela era uma motivação racional, mas, pela inquietação do penitencieiro, intuiu que havia mais alguma coisa.

— É porque ele fez o sinal da cruz, não é?

De fato, aquele sinal da cruz feito ao contrário também tinha impressionado Marcus.

— Então quem você acha que era? — insistiu Sandra.

— Procure a anomalia, agente Vega, não se detenha nos detalhes. O que ele veio fazer aqui?

Sandra voltou a pensar ao que tinham assistido.

— Ele se ajoelhou na terra, cavou um buraco. Mas não havia nada ali dentro...

— Exatamente — afirmou Marcus. — Ele não enterrou algo. Ele desenterrou.

— Esta é a segunda aula do seu treinamento — anunciara Clemente.

Ele encontrara para Marcus uma acomodação em uma mansarda na via *dei Serpenti*. Não era muito grande. A decoração consistia apenas em um abajur e uma cama dobrável encostada na parede. Mas da pequena janela podia-se desfrutar de uma vista única dos telhados de Roma.

Marcus levara a mão ao curativo que ainda cobria a ferida na têmpora. Aquilo tinha virado uma espécie de tique nervoso, ele o fazia quase sem se dar conta. Depois da perda da memória, às vezes lhe parecia que tudo era fruto de um sonho ou da própria imaginação. Era como se aquele gesto, então, lhe servisse para provar a si mesmo que ele era real.

— Tudo bem, estou pronto.

— Eu serei sua única referência. Você não terá outros contatos, não saberá de onde virão suas ordens e suas missões. Além disso, deverá reduzir ao mínimo as relações com outras pessoas. Anos atrás, você fez um voto de solidão. Sua clausura, porém, não acontece entre os muros de um convento, mas no mundo que o rodeia.

Marcus tentara pensar se era de fato possível resistir em uma condição daquelas. Uma parte dele, porém, lhe dizia que não precisava dos outros, que já se acostumara a estar sozinho.

— Existem algumas categorias de crimes que chamam a atenção da Igreja — o outro continuara. — São diferentes porque contêm uma "anomalia". Ao longo dos séculos, tal anomalia recebeu definições variadas: mal absoluto, pecado mortal, diabo. Mas são apenas tentativas imperfeitas de denominar *algo inexplicável: a maldade secreta da natureza humana. Desde sempre a Igreja busca os delitos com esta característica, os analisa, os classifica. Para fazer isso, utiliza uma categoria especial de sacerdotes: os penitencieiros, os caçadores da escuridão.*

— Era isso que eu fazia antes?

— Sua tarefa é encontrar o mal em nome e por conta da Igreja. Sua preparação não será diferente daquela de um criminologista ou de um profiler da polícia, mas, além disso, você será capaz de identificar os detalhes que os outros não percebem. — Depois, acrescentara: — Existem coisas que os homens não querem admitir nem ver.

Mas ele ainda não conseguia compreender totalmente o sentido de sua missão.

— Por que eu?

— O mal é a regra, Marcus. O bem é a exceção.

Embora Clemente não tivesse respondido à sua pergunta, a frase o marcara mais do que qualquer outra afirmação. O sentido era claro. Ele era um instrumento. Diferentemente dos outros, tinha a consciência de que o mal era uma constante da existência. Na vida de um penitencieiro não havia lugar para coisas como o amor por uma mulher, os amigos, uma família. A alegria era uma distração, e ele tinha que aceitar abrir mão dela.

— Como vou entender quando estarei pronto?

— Você vai entender. Mas, para conhecer o mal, você deve antes aprender a agir para o bem. — Naquele momento, Clemente lhe dera um endereço e lhe entregara um objeto.

Uma chave.

Marcus fora ao local sem saber o que esperar.

Tratava-se de uma casa de dois andares, em um bairro de periferia. Ao chegar, percebera que do lado de fora havia uma aglomeração. Na entrada estava afixada uma cruz de veludo roxo: o símbolo inequívoco da presença de um defunto.

Entrara, passando em meio a amigos e parentes da família sem que ninguém o notasse. Falavam entre si em voz baixa; ninguém chorava, mas a atmosfera estava carregada de uma aflição explícita.

A desgraça que se abatera na casa se referia à morte de uma moça. Marcus reconhecera os pais no mesmo instante: no cômodo, enquanto os outros estavam de pé, eles eram os únicos sentados. No rosto deles havia mais aturdimento do que dor.

Por um instante, o penitencieiro cruzara rapidamente com o olhar do pai. Um homem robusto, com cerca de 50 anos, do tipo que poderia entortar uma barra de aço com as mãos. Mas agora parecia derrotado, o símbolo de uma força impotente.

O caixão estava aberto e os presentes lhe prestavam homenagens. Marcus se misturara àquela procissão. Ao ver a garota, logo compreendera que a morte começara a agir nela quando ainda estava viva. Captando as conversas de algumas pessoas, descobrira que sua doença havia sido ela mesma.

A droga consumira rapidamente sua existência.

Marcus, porém, não entendia como poderia fazer o bem naquela circunstância. Tudo parecia já perdido, irremediável. Então, pegara no bolso a chave que Clemente lhe dera, observando-a na palma da mão.

O que ela abria?

Diligentemente, fizera a única coisa que podia fazer: testá-la em cada porta. Assim, começara a circular pela casa, tomando cuidado para não chamar atenção, procurando a porta certa. Mas sem sorte.

Estava quase desistindo, quando notou uma porta nos fundos. Era a única sem fechadura. Ele a abrira simplesmente empurrando-a com a mão. Havia uma escada. Então, descera na penumbra que levava a um porão.

Havia móveis velhos, uma bancada com utensílios de artesanato. Mas, ao se virar, notara um compartimento de madeira. Uma sauna.

Aproximara-se da janelinha na porta. Tentara olhar para dentro, mas o vidro era grosso e estava escuro demais. Assim, decidira testar a chave. Para sua grande surpresa, a fechadura começara a girar.

Abrira e fora atacado de imediato pelo mau cheiro. Vômito, suor, excrementos. Instintivamente recuara, mas depois voltara a avançar.

No chão daquele antro apertado havia alguém. As roupas estavam rasgadas, os cabelos, encrespados, e a barba, comprida. Havia sido surrado algumas vezes, e com violência. Deduzia-se pelo olho completamente inchado, pelo sangue seco que cobria o nariz e os cantos da boca e pelos numerosos hematomas. Na pele dos braços, escurecida pela sujeira, viam-se partes de tatuagens: cruzes e caveiras. No pescoço havia uma suástica.

Pelas condições em que se encontrava, Marcus logo compreendera que estava trancado havia muito tempo.

Virando-se para ele, o homem protegera com a mão o único olho saudável, porque até aquela luz fraca o incomodava. Em seu olhar havia um medo explícito.

Depois de alguns segundos, percebera que Marcus era um novo personagem daquele pesadelo. Talvez por isso, naquele momento, encontrara a coragem de falar com ele.

— Não foi culpa minha... Aqueles caras vêm até mim dispostos a fazer tudo pelo negócio... Ela tinha me pedido para se prostituir, precisava de dinheiro... Eu só fiz o que ela queria, não tenho nada a ver com isso...

O ardor com o qual começara aquele discurso apagara-se aos poucos, e, com ele, a esperança. O homem deitara-se de novo, resignado. Parecia até um cão raivoso acorrentado, que late, mas depois volta para a caminha porque sabe que nunca será solto.

— A garota morreu.

Ao ouvir aquilo, o homem baixara o olhar.

Marcus o fitara, perguntando-se por que Clemente o submetera a tal prova. A pergunta exata, porém, era outra.

O que era certo fazer?

Estava diante de um homem mau. Os símbolos que tatuara diziam claramente de que lado estava. Merecia um castigo, mas não daquele jeito. Se ele o soltasse, provavelmente continuaria a fazer mais pessoas sofrerem. Então a culpa também seria dele. Assim como se tornaria cúmplice de uma crueldade se resolvesse deixá-lo ali.

Onde estava o bem e onde estava o mal naquela circunstância? O que deveria fazer? Soltar o prisioneiro ou trancar a porta e ir embora?

O mal é a regra. O bem, a exceção. Mas, naquele momento, ele não conseguia distinguir um do outro.

8

Usavam um correio de voz para se comunicar.

Sempre que um dos dois precisava contar algo ao outro, ligava para o número e deixava uma mensagem. O número mudava de tempos em tempos, mas não havia uma data fixa. Podiam usá-lo por alguns meses, ou Clemente o trocava depois de apenas poucos dias. Marcus sabia que existia uma questão de segurança, mas nunca tinha perguntado do que dependia a decisão a cada vez. Até mesmo essa situação banal, porém, indicava a existência de um mundo inteiro que o amigo escondia dele. E, a essa altura, o penitencieiro suportava, contrariado, ser deixado de fora. Embora Clemente agisse assim com boas intenções ou para proteger o segredo deles, sentia-se usado. Era por esse motivo que a relação dos dois andava tão tensa ultimamente.

Depois da noite que havia passado com Sandra no pinheiral de Ostia, Marcus ligou para a caixa postal e pediu que se vissem. Mas, para sua surpresa, o amigo se antecipou a ele.

O encontro estava marcado para as 8 horas na basílica menor de Sant'Apollinare.

O penitencieiro atravessou a piazza Navona, que, àquela hora, começava a se encher de barracas de artistas que expunham quadros com os recortes mais bonitos de Roma. Os bares arrumavam as mesinhas ao ar livre e, no inverno, elas eram reunidas em volta de grandes estufas de gás.

Sant'Apollinare ficava na pracinha homônima a curta distância dali. A igreja não era suntuosa nem particularmente bonita, mas sua arquitetura simples combinava bem com o equilíbrio das construções que a rodeavam. Fazia parte de um conjunto de edifícios que, no passado, havia sido a sede do Colégio Germânico-Húngaro. Fazia alguns anos, porém, que hospedava a Pontifícia Universidade da Santa Cruz.

A peculiaridade da pequena basílica, no entanto, devia-se a duas histórias, uma mais antiga e outra mais recente. Ambas tinham a ver com uma presença secreta.

A primeira se referia a uma imagem de Nossa Senhora que remonta ao século XV. Quando em 1494 os soldados de Carlos V da França acamparam em frente à igreja, os fiéis cobriram a efígie sacra com reboco para poupar a Virgem da visão das obscenidades dos militares. Mas a imagem fora esquecida assim por um século e meio, até que um terremoto em 1647 derrubara a proteção que a escondia.

A segunda história, muito mais recente, dizia respeito à estranha sepultura, na igreja, de Enrico De Pedis, conhecido como "Renatino", integrante da sanguinária Banda della Magliana, a organização criminosa que se alastrou em Roma a partir da metade dos anos 1970, implicada nos acontecimentos mais obscuros da cidade, que com frequência envolveram também o Vaticano. Extinta por causa de processos e homicídios, a gangue ainda agia nas sombras, segundo algumas pessoas.

Marcus sempre se perguntara por que havia sido concedida ao mais cruel de seus membros uma honra reservada no passado apenas aos santos e aos grandes benfeitores da Igreja, além dos papas, cardeais e bispos. O penitencieiro lembrava-se do escândalo que surgiu quando alguém revelou ao mundo aquela presença ambígua, a ponto de obrigar as autoridades eclesiásticas a desalojarem o cadáver. Mas isso somente após longas insistências contrárias a uma firme e incompreensível oposição da Cúria.

Além disso, alguns informantes afirmaram que, junto com o criminoso, estavam sepultados os restos mortais de uma jovem que desaparecera havia anos, justamente a poucos passos de Sant'Apollinare, e de quem não se soube mais nada. Emanuela Orlandi era a filha de um funcionário da Cidade do Vaticano e a hipótese era de que ela havia sido raptada para chantagear o papa. Mas a exumação do cadáver de De Pedis revelou que se tratava apenas de mais uma pista falsa que ofuscava aquela história.

Relembrando tudo isso, Marcus se perguntou por que Clemente tinha escolhido justo aquele lugar para o encontro deles. Não havia gostado do enfrentamento que tiveram da última vez, nem do modo como o amigo liquidara seu pedido para conhecer os superiores no caso da freira que havia sido despedaçada um ano antes nos jardins vaticanos.

— Não podemos perguntar, não podemos saber. Devemos apenas obedecer.

Marcus esperava que a convocação de Clemente fosse um sinal de que tinha sido perdoado e que ele havia mudado de ideia. Por isso, ao chegar à pracinha de Sant'Apollinare, o penitencieiro apertou o passo.

Quando entrou, a igreja estava deserta. As pisadas ecoavam no mármore da nave central, onde estavam gravados os nomes de cardeais e bispos.

Clemente já estava sentado em um dos primeiros bancos. Em seu colo havia uma bolsa preta de couro. Ele virou-se para olhá-lo e, tranquilamente, fez um sinal para que Marcus ocupasse o lugar ao lado dele.

— Imagino que você ainda esteja furioso comigo.

— Você me fez vir aqui porque os superiores resolveram colaborar?

— Não — respondeu com naturalidade.

Marcus estava desapontado, mas não queria demonstrar.

— Então o que houve?

— Ontem de madrugada aconteceu uma coisa terrível no pinheiral de Ostia. Um rapaz morreu, uma moça talvez não sobreviva.

— Li a história no jornal — mentiu Marcus. Na verdade, ele já sabia de tudo graças a Sandra. Mas era óbvio que não podia lhe revelar que seguia uma mulher às escondidas porque, talvez, sentisse alguma coisa por ela. Alguma coisa que, porém, ele não sabia o que significava.

Clemente o fitou como se tivesse intuído a mentira.

— Você precisa cuidar do caso.

O pedido o desnorteou. No fundo, a polícia já havia posto em ação seus melhores recursos e homens: o SCO tinha todos os meios para deter o monstro.

— Por quê?

Clemente nunca era explícito a respeito das razões que podiam existir por trás de uma investigação deles. Costumava mencionar motivos de oportunidade ou um interesse genérico da Igreja para que um crime fosse solucionado. Por isso, Marcus nunca sabia o que de fato se escondia por trás de sua ordem. Mas, desta vez, o amigo lhe concedeu uma explicação.

— Existe uma séria ameaça pesando sobre Roma. Isso que aconteceu na noite passada está abalando profundamente as consciências. — O tom de Clemente era inesperadamente alarmado. — Não é o crime em si, mas o que ele representa: o fato está repleto de elementos simbólicos.

Marcus lembrou-se da encenação do assassino: o garoto obrigado a matar para salvar a própria vida, depois a execução com um tiro na nuca, a sangue-frio. O homicida sabia que, depois dele, seria a polícia que estaria diante da cena e se faria perguntas que permaneceriam sem resposta. O espetáculo era apenas para os olhos deles.

E, além disso, havia o sexo. Embora o monstro não houvesse abusado das vítimas, era evidente a raiz sexual do comportamento. Os crimes dessa natureza eram mais preocupantes porque geravam um interesse mórbido na opinião pública. Apesar de muitas pessoas negarem, sentiam uma atração perigosa que depois disfarçavam com o desprezo. Mas havia outra coisa.

O sexo era um veículo perigoso.

Cada vez que, por exemplo, uma estatística sobre os estupros vinha a público, nos dias sucessivos eles aumentavam exponencialmente. Em vez de provocar indignação, aquele número — sobretudo se fosse alto — gerava emulação. Era como se estupradores em potencial, que até então haviam conseguido controlar os próprios impulsos, de repente também se sentissem autorizados a entrar em ação por uma anônima e solidária maioria.

O delito é menos grave se a culpa é compartilhada, lembrou Marcus. Por isso, as polícias de meio mundo não divulgavam mais os dados sobre os crimes sexuais. Mas o penitencieiro tinha certeza de que havia mais coisa.

— Qual o motivo desse interesse repentino pelo que aconteceu no pinheiral de Ostia?

— Está vendo aquele confessionário? — Clemente indicava a segunda capela a partir da esquerda. — Nunca nenhum padre entra nele. Mas algumas vezes certas pessoas o usaram para se confessar mesmo assim.

Marcus estava curioso para saber o que havia por trás daquilo.

— No passado, os criminosos serviam-se dele para passar mensagens às forças da ordem. No confessionário há um gravador. Ele é acionado sempre que alguém se ajoelha. Tínhamos inventado esse recurso para que quem precisasse pudesse falar com a polícia sem correr o risco de ser preso. Às vezes, as mensagens continham informações preciosas e, em troca, os policiais faziam vista grossa sobre certos assuntos. Mesmo que isso o surpreenda, as partes se comunicavam entre si através de nós. Embora as pessoas não devam saber disso, nossa mediação poupou muitas vidas.

O fato de até pouco tempo antes estarem guardados ali os restos mortais de um criminoso como De Pedis se devia a esse acordo. Agora, o significado da sepultura estava claro para Marcus também: Sant'Apollinare era um porto franco, um local seguro.

— Você falou do passado, então isso não acontece mais.

— A essa altura existem meios mais eficazes para a comunicação — disse Clemente. — E a intercessão da Igreja não é mais necessária ou é vista com desconfiança.

Marcus começava a entender.

— Apesar disso, o gravador permaneceu no mesmo lugar...

— Pensamos em manter ativo esse precioso instrumento de contato, considerando que um dia pudesse voltar a ser útil. E não nos enganamos. — Clemente abriu a bolsa preta de couro que havia trazido e tirou dela um antigo toca-fitas. Então, pôs uma fita cassete no compartimento. —

Antes que os dois jovens fossem agredidos no pinheiral de Ostia, cinco dias atrás, alguém se ajoelhou naquele confessionário e disse as seguintes palavras...

Apertou a tecla *play*. Um chiado encheu a nave, espalhando-se no eco. A qualidade da gravação era péssima. Mas, pouco depois, daquele rio cinza e invisível surgiu uma voz.

— *...uma vez... Aconteceu de madrugada... E todos correram para onde estava fincada sua faca...*

Era quase um sussurro distante. Nem masculino, nem feminino. Era como se viesse de outro mundo, outra dimensão. Era a voz de um morto que tentava imitar os vivos, porque talvez tivesse esquecido que estava morto. De vez em quando sumia no ruído estático de fundo, levando com ela fragmentos de frases.

— *...tinha chegado sua hora... os filhos morreram... os falsos portadores do falso amor... e ele foi impiedoso com eles... do menino de sal... se não for detido, não vai parar.*

A voz não disse mais nada. Clemente interrompeu a reprodução.

Para Marcus, logo ficou claro que aquela gravação não era um acaso.

— Fala de si na terceira pessoa, mas é ele. — Naquela fita estava registrada a voz do monstro. Suas palavras eram inequívocas, pelo menos tanto quanto o rancor que as inspirava.

— *...E todos correram para onde estava fincada sua faca...*

Enquanto Clemente o observava em silêncio, o penitencieiro começou a analisar a mensagem.

— "Uma vez" — repetiu Marcus. — Falta a primeira parte da frase: uma vez o quê? E por que ele fala no passado do que aconteceria no futuro?

Além das proclamações e das ameaças, que faziam parte do repertório dos assassinos exibicionistas, algumas passagens tinham chamado sua atenção.

— "Os filhos morreram" — repetiu em voz baixa. A escolha da palavra "filhos" era intencional. Significava que o objetivo era também atacar os pais dos dois jovens de Ostia. O assassino havia atingido o sangue do sangue deles e, inevitavelmente, os matara da mesma forma. Seu ódio se reverberara como um abalo de terremoto. O epicentro eram os dois jovens, mas a partir deles se propagava uma onda sísmica perversa que continuava a ferir quem estivesse ao redor deles (familiares, amigos, conhecidos) até alcançar todas aquelas mães e aqueles pais que não tinham laços com o rapaz e a moça, mas que naquelas horas participavam com angústia e dor daquilo que havia ocorrido no pinheiral, pensando que podia acontecer com os próprios filhos.

— "Os falsos portadores do falso amor" — disse ainda o penitencieiro, e se lembrou da prova à qual o monstro havia submetido Giorgio Montefiori, iludindo-o com a promessa de que poderia escolher entre a própria morte e a de Diana. Giorgio preferiu viver e aceitou esfaquear a garota que confiava nele e acreditava que a amava.

— Devemos fazer esta fita chegar a quem está investigando — afirmou Marcus por fim, com convicção. — É evidente que o assassino quer ser detido, caso contrário, não anunciaria o que estava prestes a fazer. E, se antigamente o confessionário era usado para se comunicar com a polícia, então a mensagem é endereçada a eles.

— Não — disse Clemente no mesmo instante. — Você terá que agir sozinho.

— Por quê?

— Foi decidido assim.

Mais uma vez, um nível superior misterioso estabelecia as regras com base em uma razão imponderável e aparentemente incompreensível.

— O que é o menino de sal?

— A única pista que você tem.

9

Quando voltou para casa naquela noite, ela acordou Max com um beijo e depois fizeram amor.

Foi estranho. O ato devia servir para que se livrasse de algo, para tirar o mal-estar aninhado no fundo da barriga. O cansaço do sexo lavou sua alma, mas não fez a imagem do penitencieiro desaparecer.

Porque, enquanto fazia amor com Max, ela havia pensado nele.

Marcus representava toda a dor que ela havia deixado para trás. Encontrá-lo de novo devia ter trazido antigos traumas à tona, como um pântano que, com o tempo, devolve tudo o que engoliu. E, de fato, na vida de Sandra haviam reaparecido velhos móveis cheios de lembranças, casas onde tinha morado, roupas que deixara de usar. E uma estranha nostalgia. Mas, para sua grande surpresa, não era de seu marido morto.

Marcus era o responsável por aquilo.

Quando Sandra acordou, por volta das 7 horas, continuou na cama refletindo sobre esses pensamentos. Max já tinha se levantado, mas ela esperou que ele saísse para ir à escola. Não queria enfrentar perguntas dele; temia que tivesse percebido algo e que pudesse lhe pedir explicações.

Enfiou-se debaixo do chuveiro, mas antes ligou o rádio para ouvir o noticiário.

O jato de água quente escorria em sua nuca, enquanto ela se deixava acariciar de olhos fechados. O locutor estava fazendo o balanço do dia na área política.

Sandra não escutava. Tentou se concentrar no que havia acontecido naquela noite. Ter visto o penitencieiro em ação causara nela uma espécie de choque. O modo como percorreu o labirinto na mente do assassino a fez experimentar a sensação de estar diante do verdadeiro monstro.

Uma parte dela estava admirada; a outra, horrorizada.

"Procure a anomalia, agente Vega, não se detenha nos detalhes." Foi o que ele dissera. "O mal é aquela anomalia diante dos olhos de todos, mas que ninguém consegue ver."

E o que ela havia visto naquela noite? Um homem que circulava pelo pinheiral como uma sombra na luz da lua. E que se inclinava para cavar um buraco.

"Ele não enterrou algo. Ele desenterrou." Marcus havia afirmado.

Desenterrou o quê?

O desconhecido tinha feito o sinal da cruz. Mas ao contrário: *da direita para a esquerda, de baixo para cima.*

O que isso significava?

Naquele momento, o locutor do rádio passou às notícias policiais. Sandra desligou o chuveiro para prestar atenção e ficou no boxe, com a mão apoiada na parede de azulejos, pingando.

A notícia principal era a agressão ao rapaz e à moça. Os tons de voz eram preocupados, recomendava-se que os casais de jovens evitassem se afastar para áreas isoladas. A polícia aumentaria o número de homens e de viaturas a fim de garantir a segurança dos cidadãos. Para desencorajar o assassino, as autoridades anunciaram rondas noturnas nas zonas de periferia, do campo e no interior. Mas Sandra sabia que era tudo propaganda: tratava-se de um território enorme, era impossível cobri-lo por inteiro.

Quando terminou de explicar como as forças da ordem estavam reagindo à emergência, o locutor passou a dar um boletim sobre as condições de saúde da vítima sobrevivente.

Diana Delgaudio também havia superado a difícil cirurgia. Agora estava em um estado de coma induzido, mas os médicos não liberavam o prognóstico. Na prática, não eram capazes de dizer quando e, principalmente, se ela acordaria.

Sandra olhava para baixo; era como se as palavras que saíam do rádio confluíssem junto com os regatos de água no ralo do chuveiro. Pensar na menina se tornara a doença dela. Se Diana continuasse naquele estado, que vida a esperaria? O escárnio era que talvez ela nem sequer conseguisse dar indicações úteis para a captura de quem a deixara daquele jeito. E Sandra concluiu que o monstro havia atingido seu objetivo, de todo modo, porque é possível matar uma pessoa apesar de deixá-la viva.

Portanto, não era Diana, mas sim o assassino que tivera sorte.

Se Sandra pensasse sobre os acontecimentos das duas noites anteriores, havia coisas demais que não faziam sentido. A agressão aos dois jovens e depois o passeio do desconhecido à luz da lua. E se o monstro tivesse deixado alguma coisa na cena do crime de propósito? E se a tivesse enterrado para que outra pessoa a desenterrasse? Não era compreensível por que devia usar um artifício desses, mas a primeira das duas perguntas era cabível.

O que quer que fosse, não foi ele que a enterrou, disse a si mesma. Fora alguém que apareceu depois. Havia escondido o objeto a fim de pegá-lo em seguida com toda a calma. Uma pessoa que queria que ninguém descobrisse o que tinha encontrado.

Quem?

Enquanto seguia o homem no pinheiral, por um instante experimentou uma sensação de familiaridade. Não soube identificar o motivo, mas foi mais do que uma simples percepção.

Só então Sandra se deu conta de que estava com frio, justamente como na noite anterior ao lado de Marcus. Mas não era porque fazia mais de cinco minutos que estava encharcada dentro do boxe e com o chuveiro desligado. Não, aquele frio vinha de dentro dela. Levado por uma intuição. Uma intuição perigosa que podia ter consequências gravíssimas.

— O mal é aquela anomalia diante dos olhos de todos, mas que ninguém consegue ver — repetiu em voz baixa.

A garota ainda viva era a anomalia.

* * *

A reunião do SCO estava marcada para as 11 horas. Sandra tinha tempo. No momento, não pretendia falar com ninguém sobre sua iniciativa, até porque não saberia como justificar aquela ideia.

O departamento de medicina legal ficava em um pequeno prédio de quatro andares dos anos 1950. A fachada era anônima, caracterizada por janelas altas. O acesso se dava por uma escada encostada a uma rampa, que permitia aos veículos estacionarem em frente à entrada. Os furgões mortuários utilizavam um ingresso mais discreto, nos fundos. Dali chegava-se logo ao subsolo com as celas frigoríficas e as salas para as autópsias.

Sandra escolheu a entrada principal e dirigiu-se ao velho elevador. Estivera ali poucas vezes, mas sabia que os médicos ocupavam o último andar.

Os corredores cheiravam a desinfetante e a formol. Diferentemente do que se podia imaginar, havia um vaivém de pessoas e o clima era o de um ambiente de trabalho comum. Embora o assunto do qual tratassem fosse a morte, ninguém parecia dar peso demais à coisa. Nos anos que passou na polícia, Sandra havia conhecido diversos médicos-legistas. Todos tinham um senso de humor marcante e eram dotados de um cinismo positivo. Com exceção de um.

O escritório do Dr. Astolfi era na última sala à direita.

Enquanto se aproximava, a policial notou que a porta estava aberta. Ela parou na entrada e viu o médico sentado à escrivaninha. Ele usava um jaleco branco e escrevia algo, concentrado. A seu lado estava o indefectível maço de cigarros com um isqueiro em cima.

Sandra bateu no umbral da porta e esperou. Astolfi deixou alguns segundos se passarem antes de tirar os olhos dos papéis. Quando a viu, pareceu imediatamente se perguntar por que havia uma agente de uniforme diante dele.

— Pode entrar.

— Bom dia, doutor. Sou a agente Vega, lembra?

— Sim, lembro. — Soava antipático, como de costume. — O que houve?

Sandra entrou na sala. Com uma rápida olhada intuiu que aquele homem ocupava o local fazia pelo menos trinta anos. Havia prateleiras de livros com capas amareladas e um sofá de couro que já tivera dias melhores. As paredes precisavam de pintura e havia atestados e diplomas desbotados. Sobre tudo aquilo reinava um ranço de nicotina.

— Teria alguns minutos para mim? Preciso falar com o senhor.

Sem soltar a caneta, Astolfi indicou que ela se sentasse.

— Desde que seja uma coisa rápida, estou com pressa.

Sandra se acomodou em frente à escrivaninha.

— Queria lhe dizer que sinto muito que a culpa tenha caído toda em cima do senhor ontem.

O médico estudou-a de esguelha.

— Como assim? O que a senhora tem a ver com isso?

— Bem, eu poderia ter percebido antes que Diana Delgaudio estava viva. Se eu não tivesse evitado olhá-la nos olhos...

— A senhora não percebeu, mas nem seus colegas da polícia científica que chegaram logo depois perceberam. A culpa é só minha.

— Na verdade eu vim aqui porque gostaria de lhe oferecer a possibilidade de se redimir.

No rosto de Astolfi surgiu uma careta de incredulidade.

— Me tiraram do cargo, não cuido mais do caso.

— Acho que aconteceu algo grave — ela o pressionou.

— Por que não fala com seus superiores?

— Porque ainda não tenho certeza.

Astolfi parecia aborrecido.

— Então eu deveria lhe dar a certeza.

— Pode ser.

— Está bem, do que se trata?

Sandra estava satisfeita por ele ainda não a ter expulsado.

— Enquanto eu olhava de novo as fotos que tirei no pinheiral, me dei conta de que deixei um detalhe de lado na revelação — mentiu.

— Pode acontecer. — O médico a confortou, mas apenas para acelerar seu relato.

— Só depois descobri que no terreno, ao lado do carro dos jovens, havia um ponto em que a terra tinha sido mexida.

Desta vez Astolfi não disse nada, mas apoiou a caneta na mesa.

— Minha hipótese é que o assassino possa ter enterrado algo.

— É um pouco arbitrário, não acha?

Bom, a policial disse a si mesma: o médico não havia perguntado por que ela estava contando aquilo justamente para ele.

— Sim, mas depois fui conferir.

— E aí?

Sandra o encarou.

— Não tinha nada.

Astolfi não desviou o olhar de imediato, nem perguntou quando ela tinha ido confirmar a suspeita.

— Agente Vega, não tenho tempo para bater papo.

— E se tiver sido um dos nossos homens? — Sandra disse a frase de supetão, sabendo que seria um ponto sem volta. Era uma acusação grave; se ela estivesse enganada, haveria sérias consequências. — Um dos nossos homens furta uma prova da cena do crime. Como não pode correr o risco de levá-la embora, ele a esconde debaixo da terra e volta para pegá-la em um segundo momento.

Astolfi parecia horrorizado.

— A senhora está falando de um cúmplice, agente Vega. Entendi bem?

— Sim, doutor. — Ela tentou parecer o mais firme possível em suas convicções.

— Um agente da científica? Um policial? Ou quem sabe até eu. — Estava fora de si. — Sabe que poderia ser responsabilizada por uma acusação dessas?

— Me desculpe, mas o senhor não entendeu bem o sentido da coisa: eu também estava presente na cena, portanto, poderia ser envolvida juntamente com os outros. Aliás, a lacuna do meu relatório me faz pular para o primeiro lugar na lista dos suspeitos.

— Sugiro que deixe essa história de lado, e digo isso para o seu bem. A senhora não tem provas.

— E o senhor tem um registro de serviço impecável — rebateu Sandra. — Eu verifiquei. Há quantos anos faz esse trabalho? — Não o deixou responder. — Não percebeu mesmo que a menina ainda estava viva? Como é possível cometer um erro desses?

— A senhora enlouqueceu, agente Vega.

— Se a cena do crime tiver sido realmente alterada, então o fato de ninguém ter verificado se Diana Delgaudio ainda estava viva também deve ser lido de acordo com uma perspectiva diferente. Não uma simples bobeada, mas um ato deliberado para favorecer o assassino.

Astolfi ficou de pé, apontando o dedo para ela.

— São apenas conjecturas. Se a senhora tivesse provas, não estaria aqui falando comigo, mas teria ido diretamente ao subdelegado Moro.

Sandra não disse uma palavra. Em vez disso, devagar, fez o sinal da cruz, mas ao contrário: *da direita para a esquerda, de baixo para cima*.

Pela expressão de Astolfi, a policial intuiu que ele era justamente o homem no bosque na noite anterior. E o médico deduziu que ela o havia visto.

Sandra levou deliberadamente a mão ao cinto onde estava preso o coldre com o revólver.

— Foi o senhor que matou os dois jovens. Depois, voltou ao pinheiral na função de médico-legista, descobriu que Diana ainda estava viva e decidiu deixá-la morrer. No meio-tempo, limpou da cena as provas que poderiam implicá-lo. O senhor as escondeu e foi pegá-las de volta quando não havia mais ninguém.

— Não — rebateu o outro, calmo, mas decidido. — Fui chamado para fazer meu trabalho. Existe uma ordem de serviço, eu não podia premeditar nada.

— Um golpe de sorte — replicou Sandra, embora não acreditasse em coincidências. — Ou então é verdade: não foi o senhor quem os atacou, mas sabe quem foi e o está acobertando.

Astolfi se jogou na cadeira.

— É minha palavra contra a sua. Mas, se sair por aí contando essa história, estou acabado.

Sandra não disse nada.

— Preciso fumar. — Sem esperar seu consentimento, pegou o maço de cigarros e acendeu um.

Ficaram em silêncio, olhando-se, como dois estranhos em uma sala de espera. O médico estava certo: Sandra não tinha nenhuma prova para demonstrar suas acusações. Não tinha o poder de prendê-lo, nem de obrigá-lo a acompanhá-la à delegacia mais próxima. Mas, apesar disso, ele não a mandava embora.

Era evidente que Astolfi estava buscando um modo de se safar, e não apenas por correr o risco de ver sua carreira arruinada. Sandra estava convencida de que, se o doutor fosse investigado, apareceria algo comprometedor. Talvez o objeto que havia roubado da cena do crime, embora ela tivesse certeza de que o médico já havia se livrado dele. Ou não?

Astolfi apagou o cigarro em um cinzeiro e pôs-se de pé, mantendo os olhos fixos na policial. Dirigiu-se a uma porta fechada que provavelmente dava para o banheiro particular. O olhar do médico era um desafio.

Sandra não tinha poder para impedi-lo.

Ele entrou no cômodo e trancou a porta. Merda, disse ela a si mesma, levantando-se para tentar ouvir o que o homem estava aprontando.

Do outro lado fez-se um longo silêncio, interrompido pelo repentino escoamento de uma descarga.

Fui burra, eu tinha que ter previsto isso, pensou, irritando-se consigo mesma. Mas, enquanto esperava Astolfi sair do banheiro, achou ter ouvido gritos. Perguntou-se se era só imaginação sua.

Não vinham do prédio, mas de fora.

Ela foi até a janela. Notou que algumas pessoas corriam em direção ao edifício. Abriu-a e olhou para a rua.

Quatro andares abaixo dela, no asfalto, jazia o corpo do médico-legista.

Sandra ficou desnorteada por um instante; depois, virou-se novamente para a porta do banheiro.

Precisava fazer alguma coisa.

Tentou forçar o umbral da porta com o ombro. Um, dois golpes. Por fim, a fechadura cedeu. Ela se viu projetada para o lado de dentro. Foi invadida pela corrente que vinha da janela escancarada de onde o legista tinha pulado. Ignorou-a, jogando-se de quatro na direção do vaso sanitário. Sem hesitar, enfiou o braço na água transparente, com a esperança de que, qualquer que fosse a coisa que Astolfi tivesse mandado pela descarga, não tivesse ido muito fundo. Empurrou a mão o mais baixo que pôde e seus dedos tocaram em algo, depois o agarraram, depois o perderam de novo. Por fim, conseguiu segurar o objeto. Tentou puxá-lo para si, mas, antes que conseguisse, o objeto lhe escapou.

— Merda! — xingou.

No entanto, imediatamente se deu conta de que as pontas dos dedos haviam memorizado por um instante uma forma: algo redondo e com algumas protuberâncias presas, e era áspero. A imagem que lhe veio à mente foi a de um feto. Mas depois pensou melhor.

Tratava-se de um tipo de boneco.

10

SX era o nome da casa noturna.

Não havia letreiros, apenas uma plaquinha preta com as duas letras douradas ao lado da porta. Para entrar, era preciso interfonar. Marcus apertou o botão e esperou. Não fora até ali por instinto, mas por uma simples constatação: se o monstro tinha escolhido o confessionário de Sant'Apollinare para se comunicar, então conhecia o ambiente criminal bem o suficiente. Se fosse esse o caso, o penitencieiro estava no lugar certo.

Após alguns minutos, uma voz feminina atendeu. Um lacônico "Sim?", com uma música heavy metal em volume altíssimo martelando ao fundo.

— Cosmo Barditi — foi tudo o que ele disse.

A mulher demorou para responder.

— Tem hora marcada?

— Não.

A voz sumiu, como que engolida pelo estrondo. Passaram-se alguns segundos e então a fechadura abriu-se automaticamente.

Marcus empurrou a porta e se viu em um corredor com paredes de cimento. A única luz vinha de uma lâmpada fluorescente que emitia ruídos como se estivesse prestes a explodir.

No fim daquela passagem havia uma porta vermelha.

O penitencieiro seguiu em frente. Ouvia-se, abafada, a batida dos baixos da canção. À medida que ele avançava, a música crescia. A porta se abriu antes que chegasse até ela, liberando aqueles sons horríveis, que o receberam festivos como demônios saídos do inferno.

Apareceu a mulher que presumivelmente tinha falado com ele ao interfone pouco antes. Usava saltos finos e altíssimos, uma saia de couro muito curta e um top prateado com decote profundo. Tinha uma mariposa tatuada no seio esquerdo, cabelos loiros platinados e usava uma maquiagem exagerada. Enquanto o esperava, mastigava um chiclete e apoiava o braço no umbral da porta. Examinou-o da cabeça aos pés, não disse uma palavra, e então lhe deu as costas e começou a andar, deixando claro que queria ser seguida.

Marcus entrou na casa noturna. SX vinha de "Sex", mas sem o "e". De fato, não havia como não saber que tipo de lugar era aquele. O estilo era decididamente sadomasoquista.

Uma sala grande com o teto baixo. As paredes eram pretas. No centro havia um estrado circular onde estavam fincadas três barras de pole dance. À volta, pequenos sofás de couro vermelho e mesinhas da mesma cor. As luzes eram difusas e telas exibiam imagens pornográficas de torturas e castigos corporais.

No palco, uma garota com os seios à mostra se apresentava apaticamente em uma espécie de número de dança com uma motosserra, no ritmo da música heavy metal. O cantor repetia obsessivamente: *"Heaven is for those who kill gently."*

Enquanto ia atrás da mulher de cabelos loiros platinados, Marcus contou apenas seis clientes espalhados pela sala. Todos homens. Não ostentavam caveiras ou tachas nem pareciam cruéis como era de esperar. Eram apenas sujeitos anônimos de idades variadas, com roupas sociais de trabalho e parecendo levemente entediados. Em um canto, um sétimo cliente se masturbava na sombra.

— Ei, bota esse troço para dentro! — A loira repreendeu o homem.

O sujeito a ignorou. Ela balançou a cabeça, contrariada, mas não fez nada. Depois de terem atravessado a sala toda, entraram em um corredor estreito onde ficavam os quartos privativos. Havia um banheiro para os homens e, depois, uma porta que dizia "Proibida a entrada".

A mulher parou e olhou Marcus.

— Ninguém aqui chama Cosmo pelo nome verdadeiro. Por isso ele resolveu ver você.

Ela bateu à porta e lhe fez sinal para entrar. Marcus a viu se afastar e entrou.

Havia pôsteres de filmes *hardcore* dos anos 1970, um balcão de bar, armários de parede com um aparelho de som e vários objetos de decoração. A sala era iluminada apenas por um abajur que criava uma espécie de bolha de luz em volta de uma escrivaninha preta muito arrumada.

Cosmo Barditi estava sentado atrás dela.

Marcus fechou a porta e deixou a música do lado de fora, mas ficou por um momento no limiar da sombra a fim de observá-lo melhor.

Usava pequenos óculos de leitura na ponta do nariz, que destoavam dos cabelos raspados na máquina zero e da camisa jeans de mangas enroladas. O penitencieiro logo reparou nas cruzes e nas caveiras tatuadas nos antebraços. E também na suástica no pescoço.

— E então, quem é você, porra? — disse o homem.

Marcus deu um passo à frente, para que ele pudesse olhá-lo bem.

Cosmo ficou perplexo por um longo instante, tentando focalizar a memória naquele rosto.

— É você — disse por fim.

O prisioneiro da sauna o reconhecera.

O penitencieiro ainda se lembrava da prova que Clemente o obrigara a superar, mandando-o para a casa de pais destroçados pela dor da morte da filha com apenas uma chave nas mãos.

O mal é a regra. O bem, a exceção.

— Achei que depois de tê-lo soltado você mudaria de vida.

O homem sorriu.

— Não sei se você sabe, mas é difícil arrumar um emprego fixo com um passado como o meu.

Marcus apontou para as coisas à volta.

— Mas por que justamente isso?

— É um trabalho, não é? Minhas garotas são todas limpas, não usam drogas e não transam com os clientes: aqui só se pode olhar. — Então, ficou sério. — Tenho uma mulher que me ama, agora. E uma filha de dois anos também. — Queria demonstrar que merecia aquilo.

— Bom para você, Cosmo. Bom para você — falou Marcus devagar.

— Você veio apresentar a conta?

— Não, vim pedir um favor.

— Eu nem sei quem você é e o que fazia lá naquele dia.

— Não importa.

Cosmo Barditi coçou a nuca.

— O que tenho que fazer?

Marcus deu um passo em direção à escrivaninha.

— Estou procurando um homem.

— Eu o conheço ou deveria conhecer?

— Não sei, mas acho que não. Mas você poderia me ajudar a encontrá-lo.

— Por que logo eu?

Quantas vezes Marcus tinha feito essa pergunta a si mesmo ou a Clemente? A resposta era sempre a mesma: o destino, ou, para quem acreditava, a Providência.

— Porque o homem que procuro tem gostos peculiares em relação ao sexo, e acho que no passado experimentou as fantasias dele em lugares como este.

Marcus sabia que sempre existe uma fase de incubação antes da violência. O assassino ainda não sabe que quer matar. Alimenta a fera que carrega dentro de si com experiências de sexo extremo e, enquanto isso, aproxima-se aos poucos da parte mais íntima de si mesmo.

Barditi parecia interessado.

— Me fale dele.

— Ele gosta de facas e revólveres, é provável que tenha problemas de natureza sexual; as armas são o único modo de se satisfazer. Gosta de olhar os outros transarem: casais jovens, mas talvez também tenha frequentado casas noturnas de trocas de casais. Gosta de fotografar: acho que guarda as imagens de todos os encontros que teve nos últimos anos.

Cosmo tomava nota como um aluno diligente. Em seguida, tirou os olhos da folha na qual estava escrevendo.

— Algo mais?

— Sim, a coisa mais importante: sente-se inferior aos outros e isso o irrita. Para demonstrar que é melhor do que eles, ele os põe à prova.

— Como?

Marcus lembrou-se do rapaz que teve que apunhalar a mulher que amava até a morte, iludindo-se que salvaria a própria vida.

Os falsos portadores do falso amor.

Assim os definira o monstro na mensagem de Sant'Apollinare.

— É uma espécie de jogo sem recompensa, só serve para humilhar.

Cosmo pensou a respeito por um momento.

— Por acaso isso tem algo a ver com o que aconteceu em Ostia?

O penitencieiro não respondeu.

Cosmo explodiu em uma risada rápida.

— A violência aqui dentro é só espetáculo, meu amigo. Os homens que você viu lá fora vêm ao meu clube porque se acham transgressores, mas no mundo real valem menos que nada e não seriam capazes de fazer mal a uma mosca. Você está falando de uma coisa séria, que certamente não é obra de um dos meus fracassados.

— Então onde eu deveria procurar?

Cosmo desviou o olhar por um momento, ponderando bem a situação e, principalmente, se era conveniente para ele confiar em Marcus.

— Não estou mais no circuito, mas ouvi falar de uma coisa... Existe um grupo de pessoas que se reúnem para "celebrar" sempre que acontece algo sanguinário em Roma. Dizem que, cada vez que a vida de um inocente é sacrificada, energias negativas são liberadas. Eles fazem essas festinhas onde reevocam o acontecimento, mas é só um pretexto para consumirem drogas e transarem.

— Quem as frequenta?

— Sujeitos com problemas mentais sérios, na minha opinião. Mas pessoas com dinheiro também. Você não imagina quanta gente acredita nessas bobagens. É tudo anônimo, só se pode entrar com determinadas condições; eles fazem questão da privacidade. Hoje à noite haverá uma com o tema do que aconteceu em Ostia.

— Você consegue me fazer entrar?

— Eles sempre escolhem lugares diferentes para se encontrarem. Não é tão fácil saber. — A indecisão de Cosmo era evidente: ele não queria se envolver com aquele negócio, talvez pensasse na segurança da mulher e da filha que o esperavam em casa. — Vou ter que voltar a entrar em contato com meu antigo ambiente — afirmou, contrariado.

— Tenho certeza de que não será um problema.

— Vou dar uns telefonemas — prometeu Cosmo. — Em lugares como aquele, só se entra com convite. Mas você precisa tomar muito cuidado, porque são pessoas perigosas.

— Tomarei minhas precauções.

— E se eu não conseguir ajudar você?

— Quantos mortos quer na consciência?

— Tudo bem, entendi. Vou fazer o possível.

Marcus chegou perto da mesa, pegou a caneta e a folha onde pouco antes Cosmo estava tomando nota e começou a escrever.

— Assim que descobrir como me fazer entrar na festa, me ligue no número deste correio de voz.

Quando lhe devolveu o pedaço de papel, Cosmo viu que além do número havia outra coisa escrita.

— O que é o "menino de sal"?

— Se, por acaso, nos seus telefonemas, você quiser mencionar isso também, eu agradeceria muito.

O homem fez que sim, pensativo. Marcus tinha terminado, podia ir embora. Mas, justamente quando estava quase na saída, Barditi lhe fez uma pergunta.

— Por que você me soltou naquele dia?

O penitencieiro respondeu sem se virar.

— Não sei.

11

Battista Erriaga, aos 60 anos, considerava-se um homem prudente.

Mas nem sempre fora assim. Quando era só um garoto, nas Filipinas, não sabia o que era a prudência. Aliás, havia desafiado algumas vezes o destino — e a morte — por causa de seu péssimo caráter. Olhando bem, a única vantagem que tirava de certos comportamentos de valentão tinha a ver com o orgulho.

Nada de dinheiro, nenhum poder, muito menos respeito.

Mas justamente o orgulho seria a causa de uma grande desgraça. Aquele acontecimento marcaria o resto de sua vida, mas Battista ainda não tinha como saber.

Na época, com apenas 16 anos, armava o cabelo para parecer mais alto. Adorava a própria juba negra, era sua vaidade. Lavava a cabeça toda noite e depois a friccionava com óleo de palma. Tinha um pente de marfim que roubara de uma barraca. Carregava-o em um dos bolsos de trás da calça e, de vez em quando, o pegava para reavivar o topete farto sobre a testa.

Andava empertigado pelas ruas de sua cidadezinha, com a calça **jeans** justa que a mãe havia costurado usando o tecido de uma barraca de acampamento, as botas de couro que comprara de um sapateiro por poucos trocados, porque na realidade eram de papelão prensado e tingido com polidor de sapatos, e uma camisa verde com a gola pontuda, passada à perfeição e sempre imaculada.

No povoado, era conhecido como "Battista, o bonitão". Ele tinha orgulho desse apelido, até descobrir que, na verdade, debochavam dele e, às escondidas, o chamavam de "o filho do macaco amestrado", porque o pai, um alcoólatra, estava disposto a fazer qualquer coisa em troca de um trago e costumava se exibir para divertir os clientes da taverna, humilhando-se em pequenos espetáculos ridículos só para conseguir uma bebida.

Battista odiava o pai. Odiava o jeito como sempre tinha vivido, arrebentando as costas nas plantações e depois mendigando para manter os vícios. Só conseguia dar uma de durão com a mulher, quando voltava para casa bêbado à noite e descontava nela todos os abusos que havia suportado dos outros. A mãe de Battista poderia se defender e derrotá-lo com facilidade, pois o sujeito não se aguentava em pé. Mas se submetia passivamente às pancadas só para não responder a uma humilhação com outra. Apesar de tudo, ele era seu homem, e aquele era seu modo de amá-lo e de protegê-lo. Por isso, Battista a odiava também.

Por conta do sobrenome espanhol, na cidadezinha, os Erriaga faziam parte de uma espécie de casta inferior. Havia sido o bisavô de Battista quem escolhera se chamar assim, no distante ano de 1849, sob o governador general Narciso Clavería. Os filipinos não usavam sobrenomes e Clavería os obrigou a escolherem um. Muitos adotaram os sobrenomes dos colonizadores para garantirem sua benevolência, sem saber que, assim, marcariam a si próprios e às gerações futuras: desprezados pelos espanhóis, que não suportavam ter isso em comum com eles, e odiados pelos outros filipinos, por terem traído as próprias origens.

Além disso, para Battista havia também o peso de seu nome, escolhido pela mãe para reforçar a fé católica deles.

Somente uma pessoa parecia não se importar nem um pouco com nada daquilo. Chamava-se Min e era o melhor amigo de Battista Erriaga. Era grande e gordo, um gigante. Provocava temor em quem o via pela primeira vez, mas na realidade não era capaz de machucar ninguém. Não que fosse burro, mas era muito ingênuo. Um grande trabalhador que sonhava em ser padre.

Battista e Min passavam muito tempo juntos. Havia uma diferença de idade considerável, porque o amigo tinha mais de 30 anos, mas eles não ligavam para isso. Pelo contrário, podia-se dizer que Min tinha tomado o lugar do pai na vida de Battista. Ele o protegia e lhe dava conselhos preciosos. Por isso, Battista não lhe dissera nada do que estava tramando.

De fato, na semana do acontecimento que mudaria sua vida, o jovem Erriaga tinha conseguido ser aceito em uma gangue: *Los soldados del diablo*. Ele flertava com o grupo havia meses. Tinham mais ou menos sua idade. O mais velho, que também era o líder, tinha 19 anos.

Para entrar, Battista teve que enfrentar algumas provas: atirar em um porco, atravessar uma fogueira de pneus, roubar uma casa. Ele superou todas elas com excelência e ganhou uma pulseira de couro que era o símbolo do bando. Graças àquele sinal de reconhecimento, os membros tinham direito a uma série de privilégios, como beber de graça nos bares, sair com prostitutas sem pagar e passar à frente de qualquer pessoa que encontrassem na rua. Na realidade, ninguém havia concedido a eles tais direitos, estes eram apenas o fruto da prepotência.

Battista fazia parte do grupo havia poucos dias e se sentia à vontade. Finalmente tinha resgatado o próprio nome da covardia do pai. Mais ninguém ousaria faltar ao respeito com ele, mais ninguém o chamaria de "o filho do macaco amestrado".

Até que, certa noite, enquanto estava com os novos companheiros, encontrou Min.

Ao vê-lo junto com a gangue, com a postura de fanfarrão e com aquela pulseira de couro ridícula, o amigo começou a tirar sarro dele. Chamou-o até de "macaco amestrado", como seu pai.

As intenções de Min eram boas; Battista sabia que, no fundo, ele só queria que o amigo entendesse que estava cometendo um erro. Mas sua atitude e o jeito como o tratou não lhe deixaram escolha. Começou a empurrá-lo com força e a bater nele, até porque tinha certeza de que Min não reagiria. Mas o amigo começou a rir mais alto ainda.

Battista nunca saberia explicar exatamente o que aconteceu, onde encontrou o bastão, quando desferiu o primeiro golpe. Não se lembrava de nada daqueles momentos. Depois, era como ter acordado de uma espécie de sono: estava suado e sujo de sangue, seus companheiros haviam sumido no nada, deixando-o sozinho, e o cadáver do amigo sorria e tinha a cabeça despedaçada.

Battista Erriaga passou os 15 anos seguintes na prisão. A mãe adoeceu gravemente e, no povoado onde havia nascido e crescido, ele não era mais digno sequer de um apelido que o ridicularizasse.

Mas a morte de Min, o gigante que desejava se tornar padre, apesar de tudo, foi um fato positivo.

Muitos anos depois daquele dia, Battista Erriaga pensou naquele acontecimento dentro do avião que o levava de Manila a Roma.

Após tomar conhecimento do que havia ocorrido no pinheiral de Ostia, embarcou no primeiro voo disponível. Viajou na classe econômica, usando roupas comuns e um boné para se misturar com os compatriotas que iam à Itália a fim de trabalhar como domésticos ou servos. Durante toda a viagem, não falou com ninguém, por medo de que pudessem reconhecê-lo. Mas teve tempo para refletir.

Ao chegar à cidade, arrumou um quarto em um modesto hotel turístico do centro.

Agora estava sentado em uma colcha surrada, assistindo ao noticiário da TV para saber mais sobre o sujeito que, àquela altura, todos haviam batizado de "o monstro de Roma".

Aconteceu mesmo, disse a si próprio. Aquele pensamento o torturava. Mas talvez ainda houvesse um jeito de reparar aquilo.

Erriaga tirou o áudio da televisão e foi até a mesinha onde havia colocado seu tablet. Apertando um botão na tela, deu início à gravação.

— ...*uma vez... Aconteceu de madrugada... E todos correram para onde estava fincada sua faca... havia chegado sua hora... os filhos morreram... os falsos portadores do falso amor... e ele foi impiedoso com eles... do menino de sal... se não for detido, não vai parar.*

Poucas frases de uma mensagem obscura deixada em um confessionário em Sant'Apollinare, usado antigamente pelos criminosos para se comunicarem com a polícia.

Erriaga virou-se de novo para a tela muda da televisão. O monstro de Roma, repetiu para si mesmo. Pobres tolos, porque não sabiam o perigo que realmente os ameaçava.

Ele desligou o aparelho com o controle remoto. Tinha um trabalho a fazer, mas devia ser prudente.

Ninguém podia saber que Battista Erriaga estava em Roma.

12

— Um boneco?
— Sim, senhor.

O subdelegado Moro queria ter certeza de que havia entendido bem. Sandra estava convicta, mas, com o passar do tempo, tinha posto em discussão a própria percepção.

Depois de saber da notícia do suicídio do médico-legista e, principalmente, que ele fizera o gesto de desespero por ter sido descoberto furtando uma prova da cena do crime, Moro ativou os procedimentos de sigilo, reivindicando para si e para o SCO a inteira gestão da investigação.

Daquele momento em diante, nada do que estivesse relacionado ao caso podia ser tocado ou jogado fora, mesmo que fosse uma anotação feita por acaso em um pedaço de papel. Havia sido montada uma sala de operações com computadores interconectados e dependentes de um servidor diferente do servidor da delegacia. Para impedir o vazamento de informações, os telefonemas que saíam e que entravam seriam gravados. Embora não fosse possível monitorar as utilizações de celulares ou telefones de casa, as pessoas que trabalhavam na investigação deveriam assinar um documento no qual se comprometiam a não divulgar informações, sob pena de serem demitidas e incriminadas pelo delito de favorecimento.

O medo principal do subdelegado, porém, era de que outros elementos probatórios fossem destruídos.

Pelo que Sandra sabia, enquanto eles estavam em reunião na nova sala de operações, técnicos especializados, com a colaboração da equipe científica, inspecionavam as tubulações de descarga do departamento de medicina legal. A policial nem se atrevia a imaginar em que condições aqueles homens deveriam estar trabalhando, mas a instalação do edifício era velha e havia realmente esperança de que o boneco que pensou ter reconhecido pelo tato no banheiro de Astolfi ainda estivesse ali.

— Então, ontem de madrugada a senhora voltou ao pinheiral para conferir se tinha realizado com exatidão o procedimento de perícia em fotografia criminal. — Moro inclinou-se em direção a ela.

— Sim — respondeu Sandra, tentando disfarçar o constrangimento.

— E viu um homem desenterrar algo. Achou que se tratava do Dr. Astolfi, por isso hoje de manhã foi falar com ele. — O policial do SCO estava repetindo a versão dos fatos que ela acabara de lhe dar, mas parecia que o fazia apenas para que a perita se desse conta do quanto era absurda.

— Eu achei que antes de avisar alguém deveria oferecer ao médico-legista a chance de se explicar. — Sandra melhorou o discurso para parecer mais plausível. — Fiz mal?

Moro pensou um momento.

— Não. Eu teria feito o mesmo.

— É claro que eu não podia prever que, encurralado, ele resolveria se suicidar.

O subdelegado tamborilava com um lápis na escrivaninha e não desgrudava os olhos dela. Sandra sentia-se sob pressão. Obviamente, omitiu a presença do penitencieiro.

— Na sua opinião, agente Vega, Astolfi conhecia o monstro?

Além das tubulações do departamento de medicina legal, os homens do SCO estavam revirando a vida do médico. O escritório e a casa estavam sendo submetidos a uma minuciosa revista. Verificavam as chamadas telefônicas, os computadores, o e-mail. Analisavam as contas bancárias, os gastos. Uma reconstrução de trás para a frente no tempo que não deixaria nada de fora: familiares, conhecidos, colegas de trabalho, até pessoas com quem ele ocasionalmente se encontrava. Moro estava convencido de que algo surgiria, mesmo que apenas um pequeníssimo elemento, para que se pudesse compreender o motivo que levara Astolfi a pegar para ele uma prova da cena do crime e se empenhar para que Diana Delgaudio não sobrevivesse. Em ambas as atividades, porém, o médico tinha quase fracassado. Ou talvez fosse melhor dizer que ele tinha quase conseguido. Mas, apesar dos recursos e da tecnologia postos em ação, Moro precisava ser confortado por um parecer pessoal. Por isso havia feito aquela pergunta a Sandra.

— Astolfi pôs em perigo a própria reputação, a carreira, a liberdade — disse ela. — Uma pessoa não arrisca tudo isso se não for incentivada por uma motivação poderosa. Portanto, sim, acho que ele sabia quem foi. A demonstração disso é que preferiu morrer a revelá-lo.

— Uma pessoa muito próxima, como um filho, um parente, um amigo. — Moro fez uma pausa. — Mas o doutor não tinha ninguém. Nem mulher, nem filhos; era um sujeito solitário.

Sandra intuiu que a pesada inspeção que acontecia na vida do legista não estava dando os frutos que o subdelegado desejava.

— Como Astolfi chegou à cena do crime? Foi por acaso, ou existe algo por trás? Honestamente, senhor, acho inacreditável que o médico conhecesse o assassino e também tenha acabado trabalhando no caso por pura fatalidade.

— Os médicos-legistas têm turnos de sobreaviso que variam a cada semana. Astolfi não tinha dotes de adivinhação que lhe permitissem escolher justamente aquele turno. Ou melhor, naquela manhã a vez nem era dele, só foi chamado porque era o maior especialista de Roma em crimes violentos.

— Resumindo, um predestinado.

— É bem esse o ponto. — Moro deu voz às suas dúvidas. — Considerando sua competência específica, era natural que chamassem exatamente ele. E Astolfi sabia bem disso.

O subdelegado levantou-se e foi para o outro lado da sala.

— Ele certamente teve um papel no crime. Acobertou alguém. Talvez tenha reconhecido o *modus operandi* do assassino porque já o tinha visto em ação no passado, por isso estamos verificando os casos antigos de que ele cuidou.

Sandra o seguiu.

— Senhor, foi possível levar em consideração minha hipótese de que o assassino maquiou Diana Delgaudio? Estou cada vez mais convencida de que ele também a fotografou. Caso contrário, para que se dar ao trabalho?

Moro parou ao lado de um dos computadores. Inclinou-se em direção ao monitor para conferir algo e respondeu sem olhá-la.

— A história do batom... Pensei nisso, e acho que a senhora tem razão. Mandei acrescentarem esse fato na relação. — Moro indicou a parede atrás deles.

Havia uma tabela enorme onde estavam descritas as pistas do caso, fruto dos relatórios da polícia científica e dos legistas. Estavam resumidas em uma lista.

Objetos: mochila, corda de alpinista, facão de caça, revólver Ruger SP101.

Impressões digitais do rapaz na corda de alpinista e no facão deixado no esterno da moça: mandou que amarrasse a garota e a golpeasse se quisesse salvar a própria vida.

Mata o garoto disparando um tiro em sua nuca.

Põe o batom na moça (para fotografá-la?).

A balística tinha identificado a arma de fogo do assassino, um Ruger. Mas Sandra estava surpresa principalmente por Moro ter entendido que o monstro fizera Giorgio matar Diana. A mesma conclusão do penitencieiro. Mas, enquanto o subdelegado conseguiu aquele resultado com o auxílio da ciência e da tecnologia, Marcus tinha intuído tudo observando as fotos da cena do crime e o lugar onde havia se realizado.

— Venha comigo — disse Moro, interferindo em seus pensamentos.
— Quero lhe mostrar uma coisa.

* * *

Levou-a para uma sala vizinha. Era estreita, sem janelas. A única luz vinha de uma mesa luminosa no centro. A atenção de Sandra logo se concentrou nas paredes que rodeavam o móvel, inteiramente cobertas pelas fotos da cena do crime. Panorâmicas e detalhes. A atividade de perícia em fotografia criminal que ela começara tinha continuado com os colegas da polícia científica que fizeram observações, medidas, exames de todos os tipos.

— Gosto de vir aqui para pensar — disse Moro.

E Sandra se lembrou do que Marcus lhe dissera sobre ser necessário procurar o culpado no local do crime. "O assassino ainda está aqui, mesmo sem o vermos. Temos de caçá-lo neste lugar, e não em outro", o penitencieiro tinha dito.

— É aqui que o pegaremos, agente Vega. Nesta sala.

Sandra ignorou as fotos nas paredes por um momento e virou-se para ele. Só então percebeu que na mesa luminosa havia dois pacotes de celofane transparente, parecidos com os de uma lavanderia. Dentro deles estavam roupas dobradas. A policial as reconheceu. Pertenciam a Diana Delgaudio e Giorgio Montefiori. Eram os trajes que tinham escolhido para saírem juntos e que estavam jogados de qualquer jeito no assento de trás do carro onde haviam sido agredidos.

Sandra observou-as com uma sensação de angústia e mal-estar. Porque era como se os jovens estivessem em cima daquela mesa, um ao lado do outro.

Elegantes como um casal fantasma.

Não tinha sido necessário lavar aquelas roupas, não havia sangue que as manchassem. E não constituíam objeto de prova.

— Vamos devolvê-las às famílias — disse Moro. — A mãe de Giorgio **Montefiori** não para de vir aqui pedir a entrega dos objetos pessoais do filho. Não sei por que faz isso. Parece inútil, sem sentido aparente. Mas cada um tem seu próprio jeito de reagir à dor. Sobretudo os pais. Às vezes parece que a dor os enlouquece. E então os pedidos deles se tornam absurdos.

— Ouvi dizer que Diana Delgaudio está tendo progressos, talvez possa nos dar mesmo uma ajuda.

Moro balançou a cabeça e abriu um sorriso amargo.

— Se está falando das notícias que correm na imprensa, seria melhor que ela não tivesse sobrevivido à cirurgia.

A policial não esperava uma resposta daquela.

— O que quer dizer?

— Que ela vai ficar em estado vegetativo. — Moro aproximou-se, respirando quase em cima dela. — Quando isso tudo tiver terminado e olharmos o assassino na cara, vamos todos nos sentir uns idiotas, agente Vega. Nós o observaremos e perceberemos que ele não é nem um pouco como o tínhamos imaginado. Antes de tudo, vamos constatar que não é um monstro, e sim uma pessoa normal, como nós. Ou melhor, até se parece conosco. Vamos investigar a fundo sua vidinha de homem comum e só encontraremos tédio, mediocridade e rancor. Descobriremos que ele gosta de matar pessoas, mas, quem sabe, odeia quem maltrata os animais, e adora cachorros. Que tem filhos, uma família, até mesmo alguém que ama sinceramente. Vamos parar de ter medo dele e ficaremos surpresos conosco mesmos, por termos sido enganados por um ser humano tão banal.

Sandra ficou impressionada com o jeito de falar do subdelegado. Ainda se perguntava por que ele a levara até ali.

— Fez um ótimo trabalho até aqui, agente Vega.

— Obrigada, senhor.

— Mas nunca mais se atreva a me deixar de fora como fez com Astolfi. Eu tenho que estar a par de qualquer iniciativa dos meus homens, até do que pensam.

Diante da dureza pacata do subdelegado, Sandra sentiu-se profundamente constrangida e abaixou o olhar.

— Está bem, senhor.

Moro não disse nada por um longo instante, depois mudou de tom:

— A senhora é uma mulher atraente.

Sandra não esperava aquele elogio, sentiu que ficou vermelha de vergonha. Achou inoportuno seu superior falar com ela daquela maneira.

— Há quanto tempo não empunha uma arma?

Sandra ficou perplexa com a pergunta, que destoava claramente do que o subdelegado tinha afirmado pouco antes. Mas tentou responder mesmo assim.

— Faço o treinamento mensal no polígono, como exige o regulamento, mas nunca fui designada para o serviço ativo.

— Tenho um plano — afirmou Moro. — Para desentocar o monstro, decidi atraí-lo com algumas iscas: carros comuns com homens e mulheres, que na realidade são agentes à paisana. A partir desta noite, cobrirão as áreas periféricas da cidade, deslocando-se a cada hora para um lugar diferente. Chamei esse procedimento de "operação escudo".

— Falsos casais de jovens.

— Isso mesmo. Mas estamos com poucas agentes mulheres, por isso eu lhe perguntei há quanto tempo não empunha uma arma.

— Não tenho certeza, senhor, se ainda sou capaz de usar uma arma.

— Eu a libero do turno de hoje à noite, mas a partir de amanhã gostaria que participasse também. Precisamos de todos os recursos para... — O subdelegado foi interrompido pelo toque do celular. Atendeu, ignorando completamente Sandra, que ficou ali plantada, sem saber para onde olhar.

Durante o telefonema, Moro limitou-se a responder ao interlocutor com monossílabos secos, como se estivesse simplesmente registrando as informações. Não durou muito e, quando terminou, ele voltou a falar com ela.

— Acabaram de inspecionar as tubulações e as descargas do departamento de medicina legal. Sinto muito, agente Vega, mas não acharam nenhum boneco nem nada parecido.

O mal-estar de Sandra aumentou sensivelmente. Tinha esperança de que uma boa notícia pudesse fazê-la ganhar um pouco de consideração.

— Como é possível? Eu lhe garanto, senhor, que toquei em algo com a ponta dos dedos, não foi imaginação minha — afirmou, exaltada.

Moro passou um tempo em silêncio.

— Suponho que possa lhe parecer irrelevante... Mas, quando me contou que o médico, antes de se suicidar, se desfez de um objeto jogando-o no vaso sanitário, eu pedi à científica que analisasse as mãos do cadáver. Nunca se sabe, um golpe de sorte pode sempre acontecer.

Sandra não acreditava na sorte, mas agora torcia por isso.

— Em uma das mãos encontraram traços de alúmen de potássio. — Moro fez mais uma pausa. — Foi por isso que não achamos o objeto que a senhora tocou, agente Vega: ele se dissolveu na água da descarga. O que quer que fosse, era feito de sal.

13

Roma havia sido fundada sobre um assassinato.

Segundo a lenda, Rômulo matou o irmão Remo, dando o próprio nome à cidade e tornando-se seu primeiro rei.

Mas esse era apenas o primeiro de uma série de acontecimentos sanguinários. A epopeia da cidade eterna estava repleta de numerosos homicídios, e muitas vezes não era possível distinguir quais eram fruto fantasioso do mito e quais eram filhos sinceros da história. Podia-se honestamente afirmar que a grandiosidade de Roma se alimentara com sangue. Um fato que contara com a contribuição do papado ao longo dos séculos.

Por isso, não seria de surpreender se a cidade, ainda hoje, em segredo, celebrasse a morte violenta.

Cosmo Barditi havia cumprido com a palavra: arrumara um jeito para que Marcus entrasse na festinha particular que aconteceria naquela noite e que tinha como tema macabro o ocorrido em Ostia. O penitencieiro ainda não sabia o que esperar, mas de uma cabine telefônica da rodoviária de Tiburtina escutou atentamente a mensagem que seu informante lhe deixara no correio de voz.

— *Cada convidado tem seu código alfanumérico. Você deve decorá-lo, pois não pode escrevê-lo de jeito nenhum.*

Aquilo não era um problema; os penitencieiros nunca anotavam nada para não correrem o risco de deixar pelo caminho rastros da própria existência.

— *689A473CS43*.

Marcus o repetiu na cabeça.

— *O encontro é à meia-noite.*

Depois, Cosmo lhe passou um endereço na Appia Antica. Decorou-o também.

— *Mais uma coisa: talvez eu tenha uma pista promissora... Preciso checar minhas fontes, por isso não quero antecipar nada.*

Marcus perguntou-se o que podia ser. Em todo caso, o tom de voz de Cosmo, vagamente satisfeito, era um sinal de esperança.

A mensagem terminou com uma recomendação:

— *Se você decidir ir à mansão, não poderá se arrepender depois. Uma vez lá dentro, não se volta atrás.*

A zona da Appia Antica levava o nome da rua idealizada pelo censor e cônsul romano Appio Claudio Cieco, em 312 a.C.

Os latinos a chamavam de *regina viarum* porque, diferentemente de outras ruas, era uma verdadeira obra-prima da engenharia, na vanguarda para a época. O calçamento em placas de pedra permitia o percurso de todos os meios de transporte e sob qualquer condição meteorológica. Em caso de chuva, o sistema de drenagem evitava que as rodas atolassem. A rua original tinha mais de quatro metros de largura e permitia a locomoção dos veículos em mão dupla. Além disso, era ladeada por calçadas para possibilitar a passagem dos pedestres.

A obra havia sido tão revolucionária que da via Appia ainda restavam grandes trechos, perfeitamente conservados. Ao redor das ruínas surgiram magníficas mansões, que agora eram moradias de ricos e privilegiados.

A que interessava a Marcus era a mais isolada.

Tinha uma fachada em estilo *liberty*, coberta pela metade por uma hera trepadeira que, sem folhas, parecia o esqueleto de uma gigantesca cobra pré-histórica. Uma torre dominava o lado oeste e terminava com um observatório. Havia grandes vitrais escuros. De vez em quando passava um carro e, iluminando as janelas com os faróis, revelava os desenhos coloridos de grandes orquídeas, magnólias, pavões e papagaios.

Um enorme portão de ferro forjado, que parecia um emaranhado de galhos e flores, levava a uma alameda ladeada por pinheiros romanos de mais de quinze metros de altura, com troncos longilíneos e levemente inclinados sobre os quais repousavam os globos esmagados da copa, como velhas senhoras usando o chapéu de domingo.

A casa parecia desabitada havia décadas. O que revelava a presença de alguém era uma câmera empoleirada em uma coluna que, de vez em quando, se movia para vigiar a rua da frente, iluminada por um único poste que emitia uma luz alaranjada.

Marcus chegou ao local muito antes do horário marcado. Pôs-se à espreita a cerca de trinta metros da entrada, de pé em uma reentrância do muro. Dali estudou atentamente a mansão enquanto esperava dar meia-noite.

Um frio intenso havia caído sobre o campo e tudo parecia hibernar, até os sons. O ar estava imóvel e era como se tudo estivesse suspenso. O penitencieiro experimentou uma profunda sensação de solidão, como quem se vê tendo de enfrentar aquilo que se esconde além da própria morte. A poucos metros dele havia a passagem para entrar em um mundo secreto, distante dos olhos das pessoas comuns.

Já tivera mais de uma vez a sensação de estar a um passo da entrada de um tipo de inferno.

Acontecera a bordo do charter que partia do aeroporto de Ciampino todas as terças-feiras às duas da manhã, que só levava passageiros do sexo masculino. A cabine tinha as luzes baixas para evitar o peso dos olhares recíprocos, embora todos estivessem ali para o mesmo objetivo. Passando entre os assentos, perscrutara o rosto daqueles homens normais, imaginando-os em suas vidas à luz do dia — trabalhadores respeitáveis, pais de família, amigos com quem torcer junto em um jogo de futebol. De fachada, tinham adquirido uma viagem para um lugar tropical, mas, na realidade, iam para algum país de Terceiro Mundo a fim de comprar jovens vidas que satisfizessem o vício de cuja existência mães, esposas, namoradas, conhecidos e colegas de trabalho não desconfiavam nem nunca deveriam desconfiar.

A mesma angústia havia invadido Marcus diante do olhar apagado pela resignação das prostitutas nigerianas, atraídas para o Ocidente com a promessa de um trabalho e que acabaram em um porão escuro para serem vendidas por um preço variável, que podia chegar a incluir até mesmo a tortura.

Marcus não esqueceria a sensação de aturdimento e de horror que experimentou depois de ter tido acesso à dimensão paralela de pornografia extrema que existia na internet. Uma rede escondida na rede. Um lugar onde as crianças não eram mais crianças e a violência virava um instrumento de prazer. Um lugar onde qualquer pessoa, protegida na própria casa, podia encontrar material para satisfazer aos instintos mais íntimos e inconfessáveis, talvez usando pantufas e pijama, comodamente.

E agora, o que encontraria na mansão onde se preparava para entrar?

Enquanto elaborava aqueles pensamentos, o relógio deu meia-noite. Pontuais, os convidados começaram a chegar à festa.

Saíam de táxis ou carros com motorista que depois seguiam em frente. Alguns chegavam a pé, sabe-se lá de onde. Vinham em dupla ou sozinhos. Debaixo de sobretudos e casacos de pele, vestiam roupas elegantes. E tinham um chapéu ou uma echarpe que cobria o rosto. Ou simplesmente usavam o colarinho levantado para não serem reconhecidos.

Todos agiam da mesma maneira: diante do portão, tocavam a campainha e esperavam um som do alto-falante — uma breve nota musical. Em seguida, recitavam o código alfanumérico. A fechadura destravava e então podiam entrar.

Marcus esperou até quase uma hora da manhã e contou pelo menos uma centena de pessoas. Então, saiu da sombra onde estava entocado e foi para a entrada.

— 689A473CS43 — repetiu ao interfone, depois da nota musical.

A fechadura destravou; ele podia entrar.

* * *

Foi recebido por um sujeito robusto, certamente um funcionário da segurança, que sem falar com ele o levou por um corredor. Estavam sozinhos; não havia sinal das pessoas que Marcus vira entrar na mansão pouco antes. O que mais o impressionou, porém, era que não havia nenhum barulho na casa.

O homem o convidou a entrar em um cômodo, seguindo-o logo depois e plantando-se atrás dele. O penitencieiro se viu diante de uma mesa de mogno, à qual estava sentada uma jovem mulher usando um vestido púrpura chique que a deixava com um dos ombros de fora. Tinha mãos bem torneadas e olhos verdes, de gata. Os cabelos pretos estavam recolhidos em um elegante coque. Ao lado dela, havia uma bandeja de prata com uma jarra de água e um monte de copos.

— Bem-vindo — ela lhe disse com um sorriso cúmplice. — É a primeira vez?

Marcus fez que sim.

— A regra é simples e é uma só: aqui tudo é permitido quando o outro está de acordo. Mas, quando o outro diz não, é não.

— Entendi.

— Trouxe celular?

— Não.

— Armas ou objetos que poderiam machucar alguém?

— Não.

— Temos de revistá-lo mesmo assim. Tudo bem?

Marcus sabia que não tinha escolha. Esticou os braços e esperou que o homem atrás dele cumprisse seu dever. Quando terminou, voltou ao seu lugar.

Naquele momento, a mulher encheu um dos copos ao lado dela. Em seguida, abriu uma gaveta, fechou-a e pôs diante dele uma pílula preta brilhante.

Marcus hesitou.

— Esta é a chave — ela o tranquilizou, estendendo-lhe a pastilha na palma da mão. — Você precisa tomá-la, caso contrário, não poderá entrar.

O penitencieiro esticou o braço, pegou a pílula com os dedos, levou-a à boca e engoliu junto com a água.

Mal teve tempo de pousar o copo vazio e uma onda quente e repentina subiu lá do fundo, percorrendo todo seu corpo, até explodir nos olhos. Os contornos de tudo o que o rodeava começaram a oscilar. Estava com medo de perder o equilíbrio, quando sentiu que duas mãos fortes o seguravam.

Ouviu claramente uma risada que logo se partiu feito cristal.

— Daqui a alguns segundos terá se acostumado. Enquanto isso, deixe fazer efeito, não oponha resistência — disse a mulher, achando graça. — Vai durar cerca de três horas.

Marcus tentou seguir o conselho. Dali a pouco, sem saber como, viu-se apoiado na parede de uma sala abarrotada de vozes. Eram como pássaros aprisionados em um viveiro. Tudo estava mergulhado em uma semiescuridão que, aos poucos, clareava. Percebeu que seus olhos estavam se acostumando com a mudança de luminosidade.

Quando se sentiu seguro o suficiente do próprio equilíbrio, deu os primeiros passos no cômodo. Uma música clássica permeava a atmosfera, talvez Bach. As luzes eram difusas e pareciam halos distantes. O cheiro era de cera e velas, mas também do odor penetrante do sexo.

Havia outras pessoas com ele. Não conseguia vê-las com clareza, mas as sentia.

Ele devia ter tomado uma espécie de hipnótico que ampliava as sensações, impedindo, ao mesmo tempo, que memorizasse o que havia ao redor. Olhava um rosto e logo o esquecia. Era este o objetivo adicional da droga: ninguém reconheceria ninguém.

Vultos humanos passavam a seu lado, tocavam-no com o olhar ou **sorriam para** ele. Uma mulher o acariciou e depois se afastou. Algumas pessoas estavam nuas.

Em um sofá havia um emaranhado de corpos sem rosto. Eram apenas seios, braços, pernas. E bocas que procuravam outras bocas, famintas de prazer. Tudo passava diante de Marcus como um filme muito rápido e fugaz.

No entanto, se não podia enxergar aquelas pessoas, tinha sido inútil ir até ali. Precisava pensar em algo. Percebeu que o conjunto era evanescente, mas os detalhes, não. Devia se concentrar naquilo. Se baixasse o olhar, a visão se tornava mais nítida. Algo não desaparecia.

Os sapatos.

Marcus conseguia memorizá-los. De salto, ou amarrados. Pretos, lustrosos, vermelhos. Ele andava entre os calçados e deixava-se ir. Até que, de repente, todos juntos começaram a se deslocar. Como um fluxo, convergiam em direção ao centro da sala, atraídos por algo. O penitencieiro abriu caminho naquela direção. Quando passou pela barreira das costas dos convidados, viu um corpo nu, deitado com a cara no chão. Parecia que jorrava sangue de sua nuca.

Giorgio Montefiori, pensou Marcus de imediato. Duas mulheres estavam ajoelhadas ao lado dele e o acariciavam.

"Havia chegado sua hora... os filhos morreram...", assim dissera o monstro na mensagem de Sant'Apollinare.

Um pouco mais distante, havia um banco de carro e uma garota nua amarrada a ele, os seios apertados por uma corda de alpinista. Usava uma máscara de papel: o rosto sorridente de Diana Delgaudio, roubado da foto de um jornal ou da internet.

— *...os falsos portadores do falso amor...*

Montado na menina estava um homem forte. O físico esculural era coberto de óleo. Usava um capuz preto, de couro. Com a mão sacudia uma faca com a lâmina prateada.

— *...e ele foi impiedoso com eles... do menino de sal...*

A cena dos dois jovens atacados no pinheiral de Ostia era o núcleo maléfico do qual se originava todo o resto. De vez em quando, alguns espectadores se separavam dos outros e se afastavam juntos, para irem transar.

— *...se não for detido, não vai parar.*

Marcus sentiu uma ânsia de vômito chegar de repente. Virou-se e, abrindo caminho com os braços, conseguiu ir para um canto da sala. Apoiou-se com a mão na parede e respirou fundo. Queria vomitar e, assim, livrar-se de parte da droga para poder ir embora dali. Mas também sabia que seria difícil para o próprio organismo sair rapidamente daquela espécie de transe caleidoscópico. E, além do mais, não podia recuar logo agora. Tinha que ir até o fim, não havia outro jeito.

Foi naquele momento que, ao levantar a cabeça, notou uma sombra humana que observava o espetáculo, mantendo-se apartada. Usava um jaleco, ou talvez uma capa, ou um casaco grande demais. Mas o que o impressionou foi o estranho objeto preto que surgia debaixo de uma barra daquele tecido. A sombra tentava escondê-lo. Parecia uma pistola.

Marcus se perguntou como ele tinha conseguido entrar com aquilo na festa. Não havia sido revistado na entrada? Mas então se deu conta de que não era de fato uma arma.

Era uma máquina fotográfica.

Lembrou-se das palavras de Sandra sobre o batom que o monstro tinha passado nos lábios de Diana Delgaudio.

"Acho que ele a fotografou. Aliás, tenho certeza."

Veio aqui para pegar um suvenir, disse o penitencieiro a si mesmo. Então, afastou-se da parede e andou em sua direção. Enquanto avançava até ele, esforçou-se para focalizar os traços de seu rosto. Mas era como olhar uma miragem: quanto mais se aproximava, mas ele esvanecia.

A sombra percebeu a presença dele, porque se virou para olhá-lo.

Marcus sentiu sobre si mesmo o poder daqueles dois olhos pretos que, como pontas de alfinetes, o imobilizavam — como uma mariposa pregada em um relicário. Tomou coragem e tentou andar em direção a ela, mas a sombra recuou. Marcus acelerou o passo, mas caminhar rapidamente era tão impossível quanto se mover em um oceano de água e areia.

A sombra começou a se afastar dele, virando-se de vez em quando como se quisesse conferir se ele ainda estava perto.

Marcus tentava, mas com esforço. Chegou até a esticar o braço, com a ilusão de poder pará-la. Mas já estava ofegante, como se andasse por uma subida muito íngreme. Então, teve uma ideia. Parou e esperou que a sombra o olhasse de novo.

Quando aconteceu, o penitencieiro fez um sinal da cruz ao contrário.

A sombra diminuiu a velocidade, como se tentasse entender o significado daquele gesto. Mas depois seguiu em frente.

Marcus continuou a avançar e a viu passar por uma porta-balcão que levava ao lado de fora da mansão. Era provável que tivesse entrado justamente por ali, evitando a fiscalização no acesso à casa. Pouco depois, ele também atravessou aquela fronteira e recebeu a chicotada benéfica do frio noturno que, por um instante, pareceu despertar seus sentidos entorpecidos pela droga.

A sombra andava na direção do bosque e já estava longe. Marcus não tinha intenção de deixá-la escapar.

— ...*se não for detido, não vai parar.*

Mas justo quando estava se recuperando do efeito da droga, um peso repentino se abateu em sua nuca. A dor foi um flash. Alguém tinha batido nele por trás. Enquanto caía, perdia os sentidos. E, enquanto perdia os sentidos, a poucos centímetros de seu rosto, viu que o agressor usava um par de *sapatos azuis*.

SEGUNDA PARTE

O homem com cabeça de lobo

1

O vento chegava com rajadas repentinas. Depois descia.

A previsão do tempo tinha anunciado grande instabilidade para aquela noite. Entre as árvores, via-se um céu esbranquiçado e pesado. Depois, o frio tornara-se mais duro, como um presságio.

E ela usava uma maldita minissaia.

— Você acha que a gente precisa se beijar?

— Vai à merda, Stefano — respondeu ela.

De todos os colegas possíveis para o trabalho, tinha que sobrar para ela justo aquele imbecil do Carboni.

Estavam de tocaia no meio do campo, em um Fiat 500 branco. Deviam parecer um casalzinho que se afastara para buscar um pouco de intimidade, mas a agente Pia Rimonti não conseguia ficar tranquila. Não gostava da ideia da "operação escudo", achava que era um desperdício inútil de funcionários e recursos. Cobrir as periferias de Roma era uma tarefa impossível com apenas cerca de quarenta carros-isca.

Capturar o monstro com aquele método era mais ou menos como tentar ganhar na loteria no primeiro jogo.

E, além do mais, havia algo de sexista no modo como fizeram seu recrutamento.

Como outras agentes mulheres, ela fora escolhida sobretudo pela beleza. A prova de que, para seus parceiros, o critério usado era diferente estava justamente na presença de Stefano Carboni, o menos desejável e o mais pegajoso dos homens da delegacia.

No dia seguinte, tinha que falar com as outras colegas que estavam trabalhando naquela noite. Precisavam ir ao sindicato.

Mas havia outra verdade que Pia Rimonti não contava a si mesma. Era que estava com medo. E o arrepio que sentia subir pelas pernas não era só por causa da minissaia.

De vez em quando, levava a mão à bolsa da porta do carro, à procura da coronha da pistola. Sabia que estava ali, mas tocá-la lhe dava segurança.

Já Carboni parecia se divertir. Não conseguia acreditar que estava sozinho em um automóvel junto com a agente de quem dava em cima havia mais de dois anos e meio. Ele realmente tinha a ilusão de que aquela situação mudaria as coisas? Que idiota. De fato, não parava de provocá-la com frases espirituosas e duplos sentidos.

— Tem noção? Vou poder dizer que passamos a noite juntos — ironizou ele.

— Por que não para com isso e se concentra no trabalho?

— Que trabalho? — disse Carboni, apontando para o campo à volta. — Estamos no meio do nada e ninguém vai aparecer. Aquele metido do Moro não entende porra nenhuma, vai por mim. Mas estou feliz de estar aqui. — Então, inclinou-se na direção dela com um meio sorriso. — E, já que estamos, vamos aproveitar.

Pia o afastou, pondo a mão em seu tórax.

— Acho que você não vai gostar se eu contar para o Ivan.

Ivan, seu namorado, era ciumentíssimo. Mas era bem provável que, como todos os homens ciumentos, fosse ficar com raiva principalmente dela por causa daquela situação. Jogaria na sua cara que ela poderia ter evitado tudo aquilo avisando os superiores, e que deveria pedir que lhe designassem outro colega. Ele a acusaria de, no fundo, gostar daquele flerte, como todas as mulheres. Em suma, no fim das contas, a culpa seria só dela. Era inútil lhe explicar que, além das dificuldades da profissão, uma policial também tinha que demonstrar o tempo todo estar à altura dos colegas homens. Por isso, não podia ir choramingar com os superiores toda vez que alguém não a tratasse como uma princesinha. Deixaria Ivan fora daquela história.

Stefano Carboni era um merda e, no dia seguinte, se vangloriaria com os colegas, mesmo se não conseguisse fazer nada naquela noite. Em todo caso, era melhor deixá-lo falar, só teria de mantê-lo à distância até o fim do turno.

Mas o verdadeiro problema no momento era o xixi.

Havia mais de uma hora que o segurava e sentia que ia explodir a qualquer instante. Era culpa do frio e da tensão. No entanto, ela encontrara um jeito de aguentar, cruzando as pernas e apoiando o peso sobre o quadril esquerdo.

— O que você está fazendo, cacete?

— Vou botar uma musiquinha, está a fim?

Carboni tinha ligado o rádio, mas Pia o desligou quase na mesma hora.

— Quero ouvir se alguém chegar perto do carro.

O policial à paisana bufou.

— Vamos lá, Rimonti, relaxe. Está parecendo minha namorada.

— Você tem namorada?

— Claro que tenho namorada — rebateu ele, indignado.

Pia não conseguia acreditar.

— Espere, você vai ver. — Carboni pegou o celular e lhe mostrou a foto que usava como descanso de tela. Ele na praia, abraçado com uma garota.

Era bonitinha, notou Pia. E então pensou: tadinha.

— Ela não ficaria irritada se soubesse que você está dando em cima de mim? — a policial o alfinetou.

— Ei, um homem precisa cumprir seu papel — defendeu-se ele. — Se eu não tentasse algo com você em uma situação dessas, não mereceria ser definido como um macho. Não acho que minha mulher gostaria de saber que está com um meio-homem.

Pia balançou a cabeça. Era uma lógica sem sentido. Mas, em vez de achar graça, aquilo a fez se lembrar de Diana Delgaudio. O rapaz com quem saíra na noite do ataque no pinheiral de Ostia não a tinha defendido. Pelo contrário: para salvar a si mesmo, aceitara enfiar um facão no esterno dela. O quanto era homem um homem assim? E Ivan, como teria se comportado no lugar dele?

E Stefano Carboni?

De fato, a pergunta que evitara se fazer a noite inteira era justamente essa. Se realmente fossem atacados pelo monstro, o colega seria capaz de protegê-la? Ou o mesmo homem que a paquerava insistentemente havia mais de duas horas se prestaria a satisfazer ao assassino?

Enquanto pensava naquilo, uma voz surgiu do rádio de serviço:

— *Rimonti, Carboni, tudo certo por aí?*

Era a central de operações. A cada hora faziam um controle das patrulhas espalhadas pelos campos para saber como iam as coisas. Pia segurou o transmissor.

— Afirmativo, nada acontecendo aqui.

— *Olhos abertos, pessoal. A noite ainda é longa.*

A policial encerrou a comunicação e viu que o relógio digital no painel marcava apenas uma da manhã. É longa mesmo, pensou. Naquele momento, Carboni pôs a mão em sua perna. Pia primeiro o olhou, furiosa, depois lhe deu um soco no antebraço.

— Ai! — reclamou ele.

A policial não estava com raiva do gesto; o pior daquilo era que a obrigara a mudar de posição no assento. Agora, a vontade de urinar se tornara insuportável. Ela pegou o colega pelo colarinho.

— Escute, vou lá fora procurar uma árvore.

— Para fazer o quê?

Pia não conseguia acreditar que ele fosse mesmo tão burro. Não respondeu e continuou.

— Você vai ficar ao lado do carro, e não se mexa até eu acabar. Entendeu?

Carboni fez que sim.

***

Pia saiu do automóvel, empunhando a pistola. O colega a imitou.

— Pode ir tranquila, parceira. Eu estou aqui.

A policial balançou a cabeça e começou a se afastar. Atrás dela, Carboni começou a assoviar e depois ouviu-se o barulho de um jato de líquido que esguichava no terreno. Ele também quis fazer xixi.

— A vantagem de ser homem é que a gente pode fazer onde e quando quiser — gabou-se ele em voz alta, antes de voltar a assoviar.

Já Pia tinha dificuldade de andar no solo acidentado. Sua bexiga doía e a maldita minissaia atrapalhava os movimentos. E, além do mais, havia aquele vento desgraçado que, feito uma mão invisível e desaforada, a puxava.

Levava a pistola e o celular. Tentava entender aonde ir, usando a luz do visor. Por fim, achou uma árvore e acelerou o passo.

Ao chegar ao lado da planta, olhou bem ao redor. Pôs a arma e o telefone no chão. Depois, com um pouco de temor, abaixou as meias e a calcinha, levantou bem a saia e se agachou.

Sentia frio no bumbum e estava desconfortável. Mas, apesar da vontade urgente, não conseguia se aliviar. Era como se estivesse paralisada.

— Porfavorporfavorporfavor — disse ao xixi que não queria saber de sair. Era o medo.

Pegou a pistola e a segurou firme acima do ventre. O assobio de Carboni ecoava no bosque, longe, fazendo-a se sentir mais tranquila. Mas, a cada rajada de vento, sumia. E, de repente, parou por completo.

— Por favor, você poderia voltar a assoviar? — gritou ela, logo se arrependendo de ter usado um tom de súplica.

— Claro! — respondeu ele, e então recomeçou.

Enfim, sua bexiga se soltou. Pia semicerrou os olhos pelo prazer de se **aliviar**. O líquido quente saía dela com um jato impetuoso.

Carboni parou de assoviar de novo.

— Que babaca — disse para si mesma, embora depois o colega tenha recomeçado.

Pia tinha quase acabado quando uma lufada mais forte que as outras a fez cambalear. Foi então que ouviu um estouro.

Ela ficou rígida. O que foi aquilo? Era real ou tinha apenas imaginado? Havia sido rápido demais e o vento o abafara. Agora queria que o colega parasse de assoviar porque ela não conseguia ouvir mais nada.

Foi invadida por um medo irracional. Levantou-se, puxando as meias de qualquer jeito. Pegou celular e pistola e, então, começou a correr, com a minissaia que subira até o umbigo. Não devia ser um espetáculo bonito; ela estava em pânico.

Projetou-se para a frente, correndo o risco de cair o tempo todo, guiando-se apenas pelo assobio de Carboni.

Eu te imploro, não pare.

Pia tinha a impressão de estar sendo seguida. Podia ser fruto da própria imaginação, mas não importava. Só tinha pressa de voltar para o carro.

Quando finalmente chegou à pequena clareira onde tinham estacionado, viu que o colega estava sentado no automóvel e tinha deixado a porta aberta. Correu para o lado dele.

— Stefano, pare de assoviar, tem alguém aqui! — disse, alarmada.

Mas ele não parou. Quando Pia foi para a frente dele, queria lhe dar um tapa por ser tão imbecil, mas se deteve diante dos olhos esbugalhados, da boca escancarada. No tórax de Carboni havia um furo de onde jorrava sangue preto e pegajoso. O estouro havia sido um tiro.

E alguém continuava a assoviar, em algum lugar à sua volta.

2

Quando amanheceu, ele foi acordado pelos pássaros.

Marcus abriu os olhos e reconheceu o canto. Mas foi logo atacado por uma fisgada que perfurou seu crânio. Tentou entender de onde vinha a dor, mas tudo fazia mal.

E sentia frio.

Estava no chão, jogado de qualquer jeito. O lado direito do rosto esmagado contra o solo duro, os braços largados ao lado dos quadris, uma das pernas esticada e a outra dobrada de mau jeito sobre o joelho.

Devia ter caído pesadamente com o rosto para baixo, sem fazer resistência com as mãos.

Primeiro, tentou erguer os quadris. Depois, ajudando-se com os cotovelos, começou a se levantar. Tudo girava. Tinha que resistir à tentação de fechar os olhos. O medo de desmaiar de novo foi mais forte do que qualquer tontura.

Ele conseguiu se sentar e olhou para baixo. Sua silhueta escura ficara no terreno; tudo ao redor era um tapete de geada noturna. Sentia a umidade no corpo, nas costas, na parte posterior das pernas e dos braços e na nuca.

A nuca, pensou. Era ali a fonte primária da dor.

Tocou-a com a mão para sentir se estava ferido. Mas no ponto onde havia sido atingido não havia sangue. Só um calombo enorme e talvez uma leve escoriação.

Morria de medo de perder a memória de novo. Então, tentou conferir rapidamente suas lembranças.

Sabe-se lá por que, a primeira coisa que veio à sua cabeça foi a imagem da freira desmembrada nos jardins vaticanos, no ano anterior. Mas ele a expulsou de imediato ao pensar em Sandra, no beijo que a vira dar no homem por quem era apaixonada, no encontro deles no pinheiral de Ostia. Depois, chegou o resto também... O gravador na igreja de Sant'Apollinare, as palavras de Clemente: "Existe uma séria ameaça pesando sobre Roma. Isso que aconteceu na noite passada está abalando profundamente as consciências." O menino de sal... E, enfim, a festa com a orgia perversa a que havia assistido na noite anterior, a sombra humana que carregava uma máquina fotográfica, a perseguição sob o efeito da droga, a pancada na cabeça. A última imagem de que lembrava, porém, era a dos pés de seu agressor enquanto se afastava. Usava um par de sapatos azuis.

Alguém estava protegendo a sombra. *Por quê?*

Finalmente, Marcus conseguiu ficar de pé. Sentia os efeitos de um princípio de hipotermia. Sabe-se lá em qual momento de sua vida passada, antes que acontecesse o corte da amnésia, seu corpo aprendera a resistir ao gelo.

A luz pálida da aurora dava ao jardim da mansão um aspecto fantasmagórico. O penitencieiro voltou para a porta-balcão de onde tinha saído, mas agora ela estava fechada. Tentou empurrá-la, mas não tinha força suficiente. Então, catou uma pedra e a arremessou no vidro. Enfiou o braço e a abriu.

Lá dentro não havia sinal da festa. A casa parecia realmente desabitada fazia décadas. Os móveis estavam cobertos por panos brancos e no ar havia cheiro de ambiente fechado.

Seria possível que tivesse imaginado tudo? A droga que tomara era tão poderosa assim? Mas depois ele percebeu um detalhe — uma anomalia — que revelou que tudo tinha sido real.

Não havia poeira.

Estava tudo limpo demais; o véu do abandono ainda não tinha descido sobre as coisas.

Tirou um lençol que cobria um sofá e o pôs nas costas, para se aquecer. Então, tentou ligar um interruptor, mas não havia corrente elétrica. Assim, tateando, subiu a escada que levava ao andar de cima, à procura de um banheiro.

Encontrou-o dentro de um quarto.

Das tábuas da persiana vazava a fraca luz do dia. Marcus lavou o rosto algumas vezes na pia. Depois, ergueu-se para se olhar no espelho. Os olhos estavam rodeados de preto por causa da pancada que levara. Talvez tenha sofrido um traumatismo craniano.

Pensou em Cosmo Barditi, em sua mensagem na caixa postal. *"Mais uma coisa: talvez eu tenha uma pista promissora... Preciso checar minhas fontes, por isso não quero antecipar nada."*

— Cosmo — repetiu Marcus em voz baixa. Tinha lhe contado sobre a festinha, depois deu um jeito de fazê-lo entrar na mansão. Seria possível que fosse ele o traidor?

Algo, porém, lhe dizia que Cosmo não tinha nada a ver com aquilo. Aconteceu porque ele começou a seguir a sombra. Mas talvez não tenha sido aquilo que o fez merecer a pancada na cabeça, talvez a tenha provocado fazendo o sinal da cruz ao contrário. Mas a sombra não soube decifrar o gesto. Embora não pudesse se lembrar do rosto por causa do hipnótico, o penitencieiro ainda recordava ter notado uma incerteza no modo como o homem parou para olhá-lo.

Mas outra pessoa compreendeu. *Sapatos azuis.*

Precisava informar Clemente e, depois, saber de Cosmo se tinha mesmo novidades para ele. No momento, porém, só queria ir embora da mansão.

Pouco depois, entrou na cafeteria de um posto de gasolina. A mulher atrás do balcão o olhou como se tivesse visto um cadáver.

Marcus ainda não conseguia se manter direito em pé, dirigira até ali com grande dificuldade. Devia estar com uma aparência horrível. Vasculhou os bolsos em busca de algumas moedas, então pôs dois euros na **superfície do caixa.**

— Um café grande, por favor.

Enquanto esperava a bebida, levantou o olhar para uma televisão em um canto do salão.

O enviado de um telejornal estava em um lugar isolado, no meio do campo. Atrás dele havia um vaivém de agentes. Marcus reconheceu Sandra.

— ...Os dois policiais assassinados esta noite se chamavam Stefano Carboni e Pia Rimonti — disse o jornalista. — Com eles, o monstro seguiu quase o mesmo ritual da primeira vez: atirou no tórax do homem e depois no estômago da mulher, talvez porque tenha percebido que estava armada. Mas não a matou logo: depois de machucá-la, prendeu-a em uma árvore e golpeou-a com o facão. Pelo que apuramos, de acordo com o médico-legista, a tortura teria sido longa. Nas próximas edições daremos mais detalhes...

Marcus viu um telefone público em um canto. Esqueceu o café e correu para a cabine. Discou o número da caixa postal e estava a ponto de deixar uma mensagem, quando uma voz eletrônica lhe informou que já havia uma, ainda não escutada.

O penitencieiro inseriu a senha e esperou. Certo de que ouviria a voz de Clemente, reconheceu a de Cosmo Barditi. Ele lhe deixara uma segunda mensagem depois do recado da noite anterior. Mas, diferentemente da primeira, o tom de voz do homem não estava nem um pouco tranquilo: desta vez, revelava uma profunda ansiedade, misturada com verdadeiro terror.

— *Precisamos nos ver imediatamente...* — arfava. — *É muito pior do que eu podia imaginar...* — Estava tão agitado que parecia chorar. — *Estamos em perigo, em grave perigo* — reforçou. — *Não posso dizer nada agora, por isso, venha à minha casa noturna assim que ouvir esta mensagem. Vou esperá-lo por lá até as oito, depois pegarei minha filha e minha mulher e vou tirá-las de Roma.*

O recado terminou. Marcus olhou o horário: 7h10. Ainda podia conseguir, mas precisava correr.

No momento, não estava tão interessado na descoberta de Cosmo, e sim por que ele estava tão assustado.

3

Sandra conhecia Pia Rimonti.

Costumavam conversar. Da última vez, tinham trocado comentários sobre uma loja de roupas esportivas. Ela também frequentava uma academia e pretendia começar a fazer aulas de pilates.

Não era casada, mas, pelo que dizia, percebia-se que desejava formar uma família com o namorado, que, se bem lembrava, chamava-se Ivan. Pia lhe dissera que o rapaz era ciumento e possessivo e que, justamente por isso, ela solicitara a transferência do serviço ativo para uma função burocrática, assim pelo menos ele sempre saberia onde ela estava. Pia era uma garota apaixonada e, apesar de seu sonho sempre ter sido usar um uniforme, ela aceitaria a mudança com prazer. Sandra não se esqueceria de seu sorriso cristalino e que ela gostava de tomar café com uma pedrinha de gelo na cafeteria da delegacia.

Após ter fotografado seu corpo nu e dilacerado naquela manhã, não conseguia mais raciocinar direito. Tinha concluído a perícia em fotografia criminal de modo mecânico, como se uma parte dela estivesse anestesiada contra o horror. Não gostava de se sentir assim, mas sem aquela couraça repentina não poderia aguentar mais do que alguns minutos.

Naquela noite, quando o monstro entendeu que estava diante de dois policiais, atacou Pia de um jeito feroz. Depois de ter atirado em seu estômago para torná-la inofensiva, ele a despiu, agredindo-a violentamente por pelo menos meia hora. Encontraram seu cadáver abraçado ao tronco de uma árvore, algemado. O monstro cortou sua carne com um facão de caça. Stefano Carboni teve mais sorte. Segundo o médico-legista, o assassino atirou em seu tórax, acertando uma artéria. Ele morreu imediatamente.

Quando a central de operações tentou entrar em contato com os dois agentes pelo rádio, como fazia em média a cada sessenta minutos, não obteve resposta. Naquele momento, uma patrulha foi verificar, fazendo a descoberta macabra.

A imprensa já estava a par do que tinha acontecido, apesar das precauções adotadas pela delegacia para evitar que as notícias vazassem.

O duplo homicídio havia acontecido nos arredores da via Appia Antica, onde naquela madrugada se registrara um incomum movimento de carros: por ora, era a única estranheza na qual se agarrar.

O subdelegado Moro estava fora de si de tanta raiva. A "operação escudo" se revelara um desastre. E a morte de dois agentes pesava sobre a polícia como o pior dos fracassos.

Além disso, o monstro havia ultrajado o cadáver de Pia Rimonti, maquiando-o com blush e batom. Nesse caso, também, talvez tivesse tirado algumas fotos de recordação da própria obra. Qualquer que fosse o objetivo do ritual, Sandra o achava repulsivo.

Desta vez, também, nada de DNA do assassino nem impressões digitais.

Junto com os homens do SCO, com Moro à frente, Sandra atravessou a entrada da delegacia, voltando da cena do crime. Havia uma multidão de jornalistas e fotógrafos à espera do subdelegado, que, irritado, abriu caminho até o elevador, sem dar declarações.

Entre os presentes no saguão, Sandra notou a mãe de Giorgio Montefiori. A mulher, que tinha insistido tanto para que a polícia lhe entregasse as roupas do filho, agora estava ali e segurava um pacote de plástico com o qual tentava chamar a atenção de Moro.

O subdelegado se dirigiu a um de seus homens, falando em voz baixa, mas Sandra conseguiu entender as palavras dele.

— Tirem essa mulher do meu pé. Sejam gentis, mas decididos.

Sandra sentiu pena dela, mas também compreendia a irritação de Moro. Dois dos seus haviam sido assassinados, não havia espaço para satisfazer o delírio de uma mãe, mesmo justificado pela dor.

— Esta investigação recomeça do zero — anunciou o subdelegado pouco depois para a plateia reunida na sala de operações. Então, começou a atualizar a tabela das pistas importantes, acrescentando aquelas coletadas na nova cena do crime.

Homicídio pinheiral de Ostia:
Objetos: mochila, corda de alpinista, facão de caça, revólver Ruger SP101.
Impressões digitais do rapaz na corda de alpinista e no facão deixado no esterno da moça: mandou que amarrasse a garota e a golpeasse se quisesse salvar a própria vida.
Mata o garoto disparando um tiro em sua nuca.
Põe o batom na moça (para fotografá-la?).
Deixa um artefato de sal ao lado das vítimas (um bonequinho?).

Homicídio agentes Rimonti e Carboni:
Objetos: facão de caça, revólver Ruger SP101.
Mata o agente Stefano Carboni com um tiro no tórax.
Dispara na agente Pia Rimonti, ferindo-a no estômago. Depois a despe, para, em seguida, algemá-la em uma árvore, torturá-la e finalmente matá-la com um facão de caça. Ele a maquia (para fotografá-la?).

Enquanto Moro escrevia, Sandra logo reparou na diferença entre os elementos colhidos na primeira e na segunda cenas do crime. Na segunda, eram em menor número e também pareciam menos relevantes.

E, desta vez, o assassino não deixou nada para eles. Nenhum fetiche, nenhuma assinatura.

Quando terminou, o subdelegado dirigiu-se à plateia.

— Quero que vocês desentoquem cada pervertido ou maníaco com antecedentes por crimes sexuais desta cidade. Vocês devem dar uma prensa neles, fazer com que desembuchem tudo o que sabem. Temos de ler de novo os perfis deles, palavra por palavra, verificar todos os deslocamentos dos últimos meses, até dos últimos anos, se necessário. Quero conhecer o conteúdo de seus computadores, saber quais sites visitaram e com quais nojeiras se masturbaram. Vamos arranjar as planilhas dos telefonemas e ligaremos para aqueles números, um a um, até surgir alguma coisa. Eles precisam se sentir acuados, sob pressão. Nosso homem não pode ter aparecido do nada, ele tem de ter um passado. Por isso, releiam os progressos da investigação, agarrem-se a qualquer mínimo detalhe que deixamos passar. E me tragam algo sobre esse filho da puta. — Moro concluiu a invectiva com um soco na mesa. A reunião tinha acabado.

Sandra teve a confirmação de que, de fato, não tinham nada nas mãos. Essa ideia lhe provocou uma repentina sensação de insegurança. Tinha certeza de que não era a única a sentir uma emoção semelhante. No semblante dos colegas, era evidente a perplexidade.

Enquanto todos deixavam a sala, interceptou o comissário Crespi com o olhar. O velho policial parecia cansado, como se os acontecimentos dos últimos dias o tivessem posto duramente à prova.

— E aí, como foi na casa de Astolfi? — perguntou-lhe ela.

Crespi cuidara da revista na casa do médico-legista suicida.

— Nenhuma ligação com o homicídio.

Sandra estava surpresa.

— Então, como explica o que ele fez?

— Vai entender... Os homens do SCO reviraram a vida dele de cabo a rabo, sem encontrar nada.

Não era possível, ela não acreditava naquilo.

— Em primeiro lugar, ele podia nos ajudar a salvar Diana Delgaudio, mas, em vez disso, quis que ela morresse. E depois escondeu e destruiu uma prova. Uma pessoa não se torna cúmplice de um crime se não tiver algum interesse pessoal.

Crespi percebeu que seu tom de voz era alto demais, então a pegou pelo braço e a levou para longe dos outros.

— Escute, não sei o que deu na cabeça de Astolfi, mas pense bem: por que ele precisava destruir um bonequinho de sal? A verdade é que era um homem sozinho, esquivo e, convenhamos, com quem ninguém simpatizava. Talvez tivesse motivos para sentir rancor em relação à delegacia ou à espécie humana, sei lá. Isso acontece com alguns sociopatas, eles fazem coisas horríveis e incompreensíveis.

— Está me dizendo que Astolfi era louco?

— Louco, não, mas talvez tenha perdido a cabeça. — Ele fez uma pausa. — Uma vez prendi um pediatra que a cada 111 prescrições anotava o remédio errado. Depois, aquelas pobres crianças ficavam muito mal e não se entendia o motivo.

— Por que justamente 111?

— Vai saber... Mas foi justamente essa precisão que ferrou com ele. De resto, ele era um bom médico, cuidadoso e atento como poucos são. Talvez só precisasse soltar seu lado obscuro de vez em quando.

Mas aquela explicação não convencia Sandra.

Crespi pousou a mão em seu braço.

— Sei que isso a corrói, porque foi você que desmascarou aquele filho da mãe. Mas os assassinos em série não têm cúmplices, você sabe: são solitários. E, além do mais, a probabilidade de que Astolfi conhecesse o monstro e que, por acaso, fosse convocado justamente à cena do primeiro crime é baixíssima.

Mesmo a contragosto, a policial teve que admitir que as palavras do comissário faziam sentido. Mas aquela verdade a fazia sentir-se ainda mais frágil e impotente diante do mal que havia sido cometido. Perguntou-se onde estaria o penitencieiro naquele momento. Queria falar com ele para que a tranquilizasse.

Marcus chegou à SX faltando poucos minutos para as 8 horas. A rua onde ficava a casa noturna estava deserta àquela hora da manhã. Foi até a porta, interfonou e esperou que alguém atendesse. Em vão.

Então se perguntou se Cosmo, não o vendo chegar, teria decidido antecipar a fuga com a família. Aquele homem estava com medo, e era impossível prever como funcionava a mente de quem se sentia ameaçado.

Mas Marcus não podia deixar nenhuma pista escapar, nem mesmo a mais modesta. Assim, depois de se certificar de que realmente não havia ninguém na rua, pegou do bolso a pequena chave de fenda retrátil que levava sempre consigo e usou-a para abrir a fechadura.

Percorreu o longo corredor de cimento que levava à porta vermelha. A lâmpada fluorescente que costumava iluminá-lo estava apagada. Repetiu a operação que realizara pouco antes no portão e entrou na casa.

Havia apenas uma luz e vinha do palco central.

O penitencieiro atravessou a sala, tomando cuidado para não esbarrar em sofás e mesinhas. Pouco depois, avançou para os fundos, onde ficava o escritório de Cosmo. Ao chegar diante da porta, parou.

Havia algo de estranho em todo aquele silêncio.

Antes mesmo de tocar a maçaneta, sentiu a premonição de que do outro lado lhe esperava um cadáver.

Quando por fim entrou na sala, entreviu na sombra o corpo de Cosmo Barditi caído sobre a escrivaninha. Aproximou-se e acendeu o abajur na mesa: o homem segurava uma pistola em uma das mãos e tinha um furo na têmpora. Tinha os olhos arregalados e a bochecha esquerda estava esmagada em uma poça de sangue que chegava até a borda da mesa e depois pingava no chão.

Era para parecer um suicídio, mas Marcus sabia que não era verdade. Embora não houvesse sinais de luta que fizessem pensar na presença de um assassino, Cosmo nunca tiraria a própria vida. Tinha uma filha, agora, falara dela com orgulho. Nunca a abandonaria.

Alguém o matou porque ele descobrira algo importante. Na última mensagem que deixara na caixa postal, tinha dito frases inquietantes.

"*É muito pior do que eu podia imaginar... Estamos em perigo, em grave perigo.*"

Do que Barditi estava falando? O que o assustara?

Com a esperança de que, antes de morrer, o homem tivesse deixado uma pista, Marcus começou a procurar em volta do cadáver. Depois de colocar luvas de látex, abriu as gavetas da escrivaninha, vasculhou os bolsos do morto, empurrou móveis e adornos, revistou o cesto de lixo.

Mas teve a impressão de que alguém já tinha feito isso.

Teve a confirmação quando percebeu que não encontrava o celular de Barditi. Quem o matou se apropriou dele? Talvez ali estivessem guardados vestígios dos telefonemas feitos por Cosmo para obter informações. Talvez, justamente graças aos seus contatos no circuito de luzes vermelhas, tivesse conseguido descobrir algo tão importante a ponto de determinar sua morte.

Talvez.

Marcus deu-se conta de que eram apenas conjecturas. Pelo que sabia, Cosmo podia até nunca ter tido um celular.

Mas havia um telefone fixo no escritório. O penitencieiro pegou o fone e apertou a tecla que chamava o último número discado no aparelho. Alguns toques depois, uma voz feminina atendeu.

— Cosmo, é você? Cadê você?

O tom era apreensivo. Marcus desligou. Provavelmente era sua companheira, que, não o vendo chegar, estava ansiosa.

O penitencieiro deu uma última olhada na sala, mas não havia nada que pudesse interessar-lhe. Quando estava quase saindo, fitou mais uma vez a suástica tatuada no pescoço de Cosmo.

Alguns anos antes, Marcus salvara a vida dele. Ou melhor: dera a ele a chance de mudá-la. Aquele símbolo de ódio não representava mais Cosmo Barditi, mas qualquer pessoa que encontrasse seu cadáver pensaria que sim, e talvez não sentisse por ele a piedade que merecia.

Marcus levantou a mão e lhe deu a bênção. Às vezes, lembrava-se de que também era um padre.

4

O segredo tinha três níveis. O primeiro era o "menino de sal".

Mesmo se alguém tivesse sido capaz de revelar essa parte do enigma, havia ainda as outras duas a serem decifradas.

Ninguém tinha conseguido até aquele momento.

Apesar disso, Battista Erriaga não estava tranquilo. Tinha sonhado com Min, o amigo bom e gigante que matara quando era garoto nas Filipinas. Andou pensando muito nele nos últimos dias, talvez fosse o motivo. Mas, a cada vez que acontecia, Battista era invadido pela agitação. Nunca era um bom sinal. Era como se Min quisesse preveni-lo de algo. O perigo tomava volume feito um temporal à sua volta. Mas o terrível segredo de sua juventude era bem pequeno, comparado com o que tentava proteger agora.

Os acontecimentos estavam se desenrolando com muita rapidez. Desencadeara-se um mecanismo arriscado, e ele não sabia como desacelerá-lo.

Havia ocorrido um novo ataque naquela noite que desembocara em um duplo homicídio.

A morte não o indignava, e a dos inocentes não lhe causava compaixão. Simplesmente fazia parte das coisas. Não era um hipócrita. A verdade era que, diante da morte dos outros, choramos por nós mesmos. Não é um sentimento nobre; é medo, porque um dia será nossa vez.

A única coisa que lhe importava era que, agora, foram dois policiais que morreram. Isso complicaria tudo.

Tinha que admitir, porém, que acontecera um golpe de sorte. O suicídio do médico-legista constituiu um freio. Aquele idiota do Astolfi deixou-se descobrir, mas tinha sido bastante precavido ao acabar com a própria vida antes que a polícia pudesse entender seu papel em toda a história.

Mas Erriaga precisava descobrir a todo custo se alguém estava seguindo a pista do menino de sal, embora em determinado momento acabassem se vendo diante de um muro intransponível.

E então seu segredo estaria a salvo.

Muitos anos antes, um erro havia sido cometido: um grave perigo fora subestimado. Chegara a hora de reparar aquilo. Mas as coisas, de fato, estavam indo rápido demais. Por isso, precisava saber com exatidão em que pé estava a investigação da polícia.

Só havia um modo de descobrir: tinha que infringir a ideia inicial de ficar em Roma completamente anônimo.

Uma pessoa tomaria conhecimento de sua chegada à cidade.

O Hotel De Russie ficava no fim da via del Babuino, uma rua elegante que unia a piazza del Popolo à piazza di Spagna e que levava o nome da estátua de um sileno deitado em uma pequena fonte datada de 1571. O rosto da escultura tinha tão pouca graciosidade que os romanos logo o compararam a um babuíno.

Battista Erriaga entrou no hotel de luxo com a viseira do boné abaixada sobre os olhos para não ser notado e dirigiu-se ao Stravinskij Bar, um lugar exclusivo que servia ótimos drinques e pratos sofisticados e que, desde a primavera, ocupava uma área sugestiva no jardim do grande hotel.

Naquele momento, acontecia um café da manhã de trabalho. Um homem com cerca de 70 anos, de aparência respeitável e refinada, entretinha seus sócios chineses.

Chamava-se Tommaso Oghi. Romano havia várias gerações, descendente de uma família paupérrima, fizera fortuna na construção civil na época em que a cidade fora depredada por empresários sem escrúpulos que tinham o único objetivo de enriquecer. Oghi era amigo de poderosos, ligado a figuras políticas de moral duvidosa e filiado à maçonaria.

Suas especialidades eram a especulação e a corrupção, e ele era mestre em ambas. Havia sido envolvido em algumas investigações da magistratura por crimes diversos e a acusação mencionara que ele tinha interesses comuns com a criminalidade. Mas sempre se safara sem que sequer um respingo de lama grudasse nele.

Por mais estranho que pareça, personagens como ele, que conseguiam passar ilesos por qualquer tipo de tempestade, ganhavam prestígio com os outros e adquiriam cada vez mais poder. De fato, Tommaso Oghi era considerado um dos donos de Roma.

Erriaga era cerca de dez anos mais novo do que ele, mas ainda assim invejava seu estilo de vida. Aquela bela cabeça cheia de cabelos grisalhos, penteados ordenadamente para trás; a camada de bronzeado discreto que lhe dava um aspecto saudável e luminoso. Reconheceu-o no bar na mesma hora, em seu elegante terno Caraceni, com os sapatos ingleses feitos sob medida. Battista conseguiu papel e caneta com um garçom e então escreveu um bilhete e lhe indicou o homem a quem devia entregá-lo.

Quando Tommaso Oghi recebeu a mensagem, sua expressão mudou de repente. O bronzeado sumiu junto com o sorriso, dando lugar a uma palidez preocupada. O empresário pediu licença aos convidados e se despediu momentaneamente para ir ao banheiro, seguindo as instruções.

Quando abriu a porta e se viu diante de Erriaga, o homem logo o reconheceu.

— Então é você mesmo.

— Ninguém além de você pode saber que estou em Roma — esclareceu Battista na mesma hora, tirando o boné e trancando a porta.

— Ninguém vai saber — garantiu Oghi. — Mas estou com algumas pessoas lá fora, não posso deixá-las esperando.

Erriaga pôs-se à frente dele, para olhá-lo bem nos olhos.

— Não vamos demorar muito, só tenho um pequeno pedido.

Oghi, que era um homem esperto, pareceu entender imediatamente que "o pequeno pedido" que Battista mencionava não devia ser tão pequeno assim, pois havia se rebaixado a falar com ele em um banheiro. Não era típico do homem.

— Do que se trata?

— O monstro de Roma. Quero que você me arrume a cópia dos relatórios da polícia.

— Não é suficiente o que dizem os jornais?

— Quero saber também os detalhes que não são divulgados à imprensa.

Oghi começou a rir.

— A investigação foi entregue ao subdelegado Moro, um cão de guarda do SCO. Ninguém consegue chegar perto dele.

— Por isso recorri a você. — Ele deu uma risadinha.

— Nem eu posso fazer algo desta vez. Sinto muito.

Erriaga balançou a cabeça, estalando a língua algumas vezes no céu da boca de um jeito irritante.

— Assim você me decepciona, meu amigo. Eu achava que fosse mais poderoso.

— Bem, está enganado. Existem pessoas que não posso alcançar.

— Mesmo com seus conhecimentos e tráficos? — Erriaga se divertia lembrando aos outros como eram dissimulados e mesquinhos.

— Mesmo com meus conhecimentos e tráficos — repetiu Oghi sem temor, tentando demonstrar segurança.

Battista virou-se para o grande espelho acima das pias. Encarou o outro no reflexo.

— Quantos netos você tem? Onze, doze?

— Doze — confirmou o empresário, desconfortável.

— Uma bela família numerosa, meus parabéns. E me diga uma coisa: quantos anos eles têm agora?

— A mais velha fez 16. Por que está me perguntando isso?

— O que ela diria se soubesse que a diversão do seu vovozinho é se envolver com garotinhas da idade dela?

Oghi estava furioso, mas tinha que manter a calma. Estava em desvantagem.

— De novo essa história... Quantas vezes você vai usá-la, Erriaga?

— Eu já teria parado há um tempo. Mas parece que você quer justamente o contrário, meu amigo. — Virou-se de novo para ele. — Vi as fotos das suas últimas férias em Bangladesh. Você saiu ótimo, de mãos dadas com aquela menor de idade. E sei o endereço da mulher que deixa você se entreter com a filha todas as tardes de terça-feira aqui na periferia. Você a ajuda no dever de casa, por acaso?

Oghi pegou-o pelo colarinho.

— Não vou mais deixar você me chantagear.

— É aí que você se engana, eu nunca chantageio ninguém. Só tomo o que é meu por direito. — Erriaga segurou sua mão com calma e a tirou de cima dele. — E lembre-se: eu o conheço melhor do que você se conhece. Mesmo que esteja com raiva, vai fazer exatamente como pedi. Porque sabe que não vou expor você agora. Sabe que vou deixá-lo em paz e que esperarei a próxima vez que você tocar em uma menor de idade, e só então vou contar tudo à mídia. Me diga, meu amigo: você seria capaz de resistir às tentações?

Tommaso Oghi não respondeu.

— Não é o medo de perder a reputação que ferra você, mas a ideia de não poder mais fazer o que gosta... Não estou certo? — Battista Erriaga pegou do chão o boné que caíra pouco antes sem que percebesse. Colocou-o na cabeça. — Quando você morrer, sua alma irá para o inferno, você sabe. Mas, enquanto estiver aqui, pertence somente a mim.

5

A operação escudo havia sido descoberta pela imprensa.

Ao longo das horas seguintes ao segundo homicídio duplo, os jornalistas atacaram o SCO e, em especial, o subdelegado Moro com acusações pesadas. O trabalho da equipe especial estava sendo criticado; os termos recorrentes eram "inadequação" e "ineficiência". Na opinião pública, o sentimento de comiseração pela morte dos dois policiais havia sido substituído por uma raiva crescente.

Era o medo que condicionava as pessoas. O monstro estava ganhando o jogo.

Moro viu-se obrigado a cancelar a operação escudo para evitar mais polêmicas. Depois, barricou-se na delegacia com seus homens fiéis, em busca de uma nova estratégia para a investigação.

— O que está acontecendo? — A pergunta de Max continha certa apreensão. — Você não está correndo perigo, certo?

— Não ligue para os noticiários da TV — respondeu-lhe Sandra. — Não sabem o que dizem, eles só precisam vender as notícias ao público e, por isso, usam tons alarmantes. — Sabia que aquela informação não era totalmente verdadeira, mas não podia fazer outra coisa para tranquilizá-lo.

— Quando vai voltar para casa?

— Assim que acabarmos aqui. — Mais uma mentira. Na realidade, não tinham muito com que trabalhar, estavam apenas analisando de novo os elementos do caso e procurando homens com antecedentes por crimes sexuais para interrogar. De resto, debatiam-se no escuro.

— Você está bem?

— Estou bem.

— Não é verdade, Vega. Sei pelo seu tom de voz.

— Tem razão — admitiu ela. — É a investigação. Eu não estava mais acostumada com essa violência.

— Faz alguns dias que você está evasiva.

— Desculpe, mas não posso conversar sobre isso agora. — Ela se refugiara no saguão para dar aquele telefonema. Não aguentava mais ficar com os outros e aproveitara que o prédio da delegacia havia sido parcialmente esvaziado com a chegada da noite para buscar um pouco de privacidade. Mas agora estava arrependida de ter tido a ideia de ligar para Max. Temia que ele tivesse compreendido o motivo principal que a deixava daquele jeito. — Não posso estar sempre cem por cento. Você entende isso, não é?

— Então por que não deixa para lá?

Já tinham falado sobre aquilo. Na opinião dele, a solução para tudo era que Sandra mudasse de emprego. Não conseguia entender como alguém podia escolher estar no meio de pessoas assassinadas e criminosos.

— Você tem a escola, as aulas de história, os alunos... Eu tenho isso — respondeu ela, tentando ser paciente.

— Respeito o que você faz. Estou dizendo apenas que, quem sabe, você poderia considerar a ideia de uma vida diferente. Só isso.

Em parte, ele tinha razão; Sandra estava envolvida demais. Sentia um peso no fundo do estômago, como se ali tivesse se escondido um grande parasita que estava tirando suas forças e devolvendo-lhe, em troca, descargas de angústia.

— Quando meu marido morreu, todos me diziam que eu deveria mudar de profissão. Minha família, meus amigos. Eu fui tão teimosa que disse a eles que seria capaz de continuar. Na verdade, nos últimos três anos, tentei evitar os casos mais violentos. Quando não conseguia, eu me escondia atrás da minha máquina fotográfica. O resultado é que queria fugir logo do sangue e não ia até o fim com o trabalho como deveria: por isso não percebi imediatamente que Diana Delgaudio ainda estava viva. Foi culpa minha, Max. Eu estava naquela cena, mas era como se não estivesse.

Do outro lado da linha, Max suspirou.

— Te amo, Vega, e sei que posso parecer egoísta, mas tenho que dizer que você ainda está se escondendo. Não sei do quê, mas está fazendo isso.

Sandra sabia que ele falava para o bem dela, porque Max estava sinceramente angustiado em relação ao futuro deles.

— Talvez você esteja certo, sou eu que exagero. Mas prometo que quando essa história tiver passado vamos conversar de novo sobre o assunto.

Aquelas palavras tiveram o poder de tranquilizá-lo.

— Volte cedo para casa, eu espero você.

Sandra desligou, mas depois ficou olhando o celular na palma da mão. Estava bem mesmo? Desta vez era ela, e não Max, que fazia a pergunta. Mas, assim como não soubera responder a ele, também não era capaz de responder a si mesma.

Havia sido um dia exaustivo e estava tarde. Mas ninguém da equipe de Moro deixaria o prédio sem ter dado tudo pela investigação, que agora também dizia respeito a dois colegas mortos.

Sandra estava a ponto de ir pegar o elevador para voltar à sala de operações do SCO quando percebeu que, no saguão, sentada em uma das cadeiras de plástico reservadas aos visitantes, ainda estava a mãe de Giorgio Montefiori. Esperava de um jeito composto. E segurava no colo o pacote de plástico que tinha tentado entregar a Moro algumas horas antes.

A policial lhe deu as costas, por medo de que a mulher a tivesse visto com o subdelegado e falasse com ela. Apertou o botão para chamar o elevador. Mas, quando as portas se abriram, não conseguiu entrar. Depois que se fecharam, Sandra virou-se e foi em direção à mulher.

— Boa noite, senhora Montefiori. Meu nome é Sandra Vega, eu colaboro com o SCO. Posso ajudá-la em alguma coisa?

A mulher apertou com pouca convicção a mão que ela lhe estendia, talvez porque não acreditasse que alguém pudesse prestar atenção nela.

— Falei com alguns colegas seus, que me disseram para esperar, mas eu não posso esperar — justificou-se ela.

Seu tom de voz era nervoso. Sandra temia que ela pudesse perder os sentidos a qualquer momento.

— A cafeteria da delegacia está fechada, mas temos algumas máquinas automáticas aqui. Por que não come alguma coisa?

A mulher respirou fundo.

— Perder um filho é devastador.

Sandra não entendeu o nexo daquilo, mas a mulher continuou falando.

— Mas ninguém nos diz a coisa mais verdadeira: que é, acima de tudo, cansativo. — Havia amargura em seu olhar, mas também uma consciência lúcida. — É cansativo ter que se levantar da cama de manhã, é cansativo andar, até mesmo ir ao banheiro ou simplesmente olhar para a parede. Enquanto a observo, tenho dificuldade de abrir e fechar as pálpebras, consegue acreditar?

— Sim, eu acredito — disse Sandra.

— Então não me pergunte se preciso comer alguma coisa, mas escute o que tenho a dizer.

Sandra compreendeu: aquela mãe não precisava de compaixão, mas de atenção.

— Tudo bem, estou aqui. Pode falar.

A mulher mostrou-lhe o pacote de plástico.

— Houve um engano.

— Que engano? Não estou entendendo...

— Eu tinha pedido que me devolvessem os objetos pessoais de Giorgio.

— Sim, eu sei. — Sandra se lembrava dos envelopes de celofane transparente, parecidos com os de uma lavanderia, onde estavam dobradas as roupas de Diana e do namorado. Moro havia mostrado a ela, dizendo-lhe que a mãe de Giorgio insistira que devolvessem as roupas do filho. O subdelegado tinha descrito aquele comportamento como um dos muitos absurdos produzidos pela dor.

— Eu conferi — disse, abrindo o pacote para mostrar o que tinha dentro: uma camisa branca. — Isto aqui não é do meu filho. Vocês me deram a roupa de outra pessoa.

Sandra observou-a; era exatamente a camisa que tinha visto, espalhada com as outras roupas no banco de trás do carro, durante o procedimento de perícia em fotografia criminal depois do homicídio.

Mas a mulher insistia.

— Quem sabe é de algum outro rapaz que morreu. E a mãe dele agora deve estar se perguntando que fim levou a camisa do filho.

Sandra queria lhe dizer que não havia nenhum outro rapaz morto e nenhuma outra mãe desesperada. Era terrível o que o sofrimento estava fazendo com aquela mulher, por isso, tentou se mostrar paciente.

— Tenho certeza de que não houve engano, senhora.

Mesmo assim, a senhora Montefiori tirou a camisa do pacote.

— Olhe, olhe aqui: o tamanho é M, Giorgio usava G. — Então, mostrou-lhe uma das mangas. — E, além do mais, não há as iniciais dele no punho. Todas as camisas dele têm as iniciais, sou eu mesma que bordo.

A mulher parecia muito séria. Em outra ocasião, Sandra acabaria com aquela conversa gentilmente, mas sendo dura. No entanto, foi invadida por um pressentimento repentino, um arrepio que atravessou suas costas. E se não fosse um engano?

Só havia uma explicação para o que estava acontecendo.

Entrou correndo na sala de operações do SCO e foi logo para a tabela que resumia os elementos importantes do caso. Pegou a caneta marcadora e escreveu:

Depois de matar, ele troca de roupa.

Moro, que estava sentado com os pés em cima de uma escrivaninha, ergueu-se e observou-a com ar de dúvida. Os demais presentes também não entenderam o que estava acontecendo.

— Como você sabe? — perguntou o subdelegado.

Sandra mostrou o pacote de plástico com a camisa.

— Foi a mãe de Giorgio Montefiori que trouxe, dizendo que não é do filho. Ela acha que houve um erro, e tem razão: só que não fomos nós que cometemos. — A policial estava eletrizada pela descoberta. — Demos a ela a roupa encontrada no carro dos dois jovens no pinheiral de Ostia, mas a troca foi feita antes: no escuro, o assassino levou a camisa de Giorgio achando que era a dele. E isso só pode ser explicado de um jeito...

— Ele tira a roupa no local — disse Moro. Uma nova consciência crescia dentro dele, levando embora o desânimo que o afligira o dia inteiro. — Talvez caso se sujasse de sangue, ou para não dar na vista depois.

— Isso mesmo — afirmou Sandra, radiante. Mas a medida de precaução, comum a outros assassinos, neste caso implicava uma outra e inesperada consequência. — Por isso, se a camisa no pacote é do monstro...

O subdelegado falou antes dela:

— Então temos o DNA dele aqui.

6

Ele tinha esperado na rua que alguém encontrasse o cadáver de Cosmo Barditi.

No fim, a macabra descoberta coube a uma das garotas que trabalhavam na casa noturna. Marcus, de tocaia a poucos passos da entrada da SX, ouviu o grito e se afastou.

Tinha que retomar o fio da pista seguida pelo seu informante, caso contrário, o fato de ter salvado sua vida anos antes e sua morte agora seriam inúteis.

Mas o que Cosmo havia descoberto de tão grave a ponto de pôr em perigo a própria vida?

À tarde, o penitencieiro voltou à mansarda onde morava, na via dei Serpenti. Precisava organizar as ideias. Uma enxaqueca feroz agredia suas têmporas. Deitou-se na cama dobrável. O ponto na nuca onde havia sido atingido doía e o estômago ainda estava revirado por causa da droga que tinha tomado antes da festa. Uma vaga sensação de náusea brotava de vez em quando.

As paredes do cômodo, parecido com uma cela, eram vazias, exceto por uma foto pendurada com um preguinho: o fragmento da filmagem das câmeras de segurança que retratava o suposto assassino da freira nos jardins vaticanos. O homem com a bolsa cinza a tiracolo que Marcus procurara por um ano, sem sucesso.

— *Hic est diabolus.*

Marcus a prendera ali para não esquecer. Mas, naquele momento, havia fechado os olhos. E pensara em Sandra.

Queria falar com ela de novo. Sabe-se lá se ele já tinha estado com uma mulher. Não lembrava. Clemente lhe revelara que seus votos tinham sido feitos muitos anos antes, quando ainda era um rapaz, na Argentina. Como será que um homem se sente quando é amado e desejado por alguém?

Pegou no sono com aqueles pensamentos. Então um sonho o fez virar-se na cama. Era sempre idêntico e se repetia: quando parecia ter acabado, recomeçava do início. Havia a sombra do desconhecido com a máquina fotográfica que se afastava no jardim da mansão na Appia Antica. Toda vez que Marcus estava prestes a alcançá-lo e a ver seu rosto, era atingido pelas costas, na nuca. Naquela noite, a morte lhe dera um aviso. Naquela noite, a morte usava sapatos azuis.

Quando abriu os olhos, já estava escuro.

Ergueu-se e conferiu o horário. Eram mais de 23 horas. Havia um lado positivo naquilo: a dor de cabeça dera uma trégua.

Tomou um banho rápido no pequeno banheiro. Deveria comer algo, mas não estava com fome. Vestiu-se com roupas limpas, sempre de cor escura como o resto das coisas que deixava dentro de uma mala aberta no chão, em um canto do cômodo.

Tinha que ir a um lugar.

Embaixo de um tijolo da mansarda ele escondia o dinheiro que Clemente lhe dava. Usava-o para as missões, gastando pouco consigo mesmo. Não precisava de muito.

Contou dez mil euros e saiu.

Meia hora mais tarde, estava em frente à porta da casa de Cosmo Barditi. Tocou a campainha e esperou. Notou uma sombra atrás do olho mágico. Ninguém lhe perguntou quem era. Mas Marcus sabia que, do outro lado, estava a companheira do homem e que ela estava compreensivelmente preocupada com uma visita àquela hora.

— Sou amigo de Cosmo — mentiu. Na realidade, nunca tinham sido amigos. — Salvei a vida dele há três anos.

Aquela informação podia ser a chave para vencer as resistências da mulher, porque somente Marcus e Cosmo estavam a par da história. Ele esperava que o homem houvesse dividido aquele segredo com a mulher.

Depois de alguns instantes de hesitação, ouviu a fechadura se abrindo, e então apareceu uma moça à porta. Tinha cabelos compridos que desciam pelas costas e olhos claros, vermelhos de tanto chorar.

— Ele me falou do senhor — disse de imediato. Tinha um lenço embolado na palma da mão. — Cosmo morreu.

— Eu sei — afirmou Marcus. — É por isso que estou aqui.

A casa estava escura e ela o acomodou na cozinha. Pediu que não fizesse barulho para não acordar a filha. Sentaram-se à mesa onde a família fazia suas refeições, sob um lustre baixo que emitia uma luz quente e acolhedora.

A mulher queria fazer um café para ele, mas Marcus recusou a oferta.

— Vou fazer mesmo assim — insistiu ela. — Se não quiser, não precisa beber, mas eu não consigo ficar parada de jeito nenhum.

— Cosmo não se suicidou — disse o penitencieiro enquanto ela lhe dava as costas. Viu-a se enrijecer. — Alguém o matou porque ele estava me ajudando.

A mulher ficou calada por um momento e então, por fim, falou:

— Quem foi? Por quê? Ele nunca fez nada de errado, eu tenho certeza.

Estava quase começando a chorar e Marcus desejou que aquilo não acontecesse.

— Não posso dizer mais nada. É para sua segurança e para a segurança de sua filha. Tem que confiar em mim: é melhor que saiba o mínimo possível dessa história.

Por um momento, o penitencieiro queria que ela reagisse, que começasse a agredi-lo, que o pusesse para fora. Mas não foi o que ela fez.

— Ele estava preocupado — admitiu a moça, com um fio de voz. — Ontem voltou para casa e me pediu que fizesse as malas. Quando pedi uma explicação, ele mudou de assunto. — Enquanto a cafeteira fervia no fogo, ela virou-se para Marcus. — Se o senhor se sente culpado pela morte dele, não deveria. Cosmo teve três anos a mais para viver, por mérito seu. Três anos para mudar, para se apaixonar por mim e para pôr no mundo uma filha. Acho que, no lugar dele, qualquer um teria escolhido o mesmo destino.

Era um consolo pequeno demais para o penitencieiro.

— Talvez ele tenha morrido por nada, por isso estou aqui... Ele não deixou nada para mim? Um bilhete, um número, alguma coisa...

A mulher fez que não.

— Ele chegou muito tarde ontem à noite. Me disse aquilo das malas, mas sem dizer aonde iríamos. Devíamos ir embora hoje de manhã. Acho que ele queria ir para o exterior, pelo menos foi o que entendi. Ficou só uma hora em casa. Colocou nossa filha na cama, ele tinha comprado um livro de fábulas para ela. Acho que, no fundo, sabia que corria o risco de não a ver mais, por isso lhe deu o presente.

Marcus experimentou uma estranha sensação de impotência e raiva ouvindo a história. Era melhor mudar de assunto.

— Cosmo tinha celular?

— Tinha, mas a polícia não o encontrou no escritório. E também não estava no carro.

Ele registrou a informação. O desaparecimento do telefone reforçava a tese do homicídio.

Barditi devia ter ligado para alguém que lhe passara uma informação. Quem?

— O senhor salvou Cosmo, Cosmo me salvou — disse a mulher. — Acho que existe uma coisa que, se uma pessoa faz uma boa ação, depois ela se repete.

Marcus queria afirmar que era assim mesmo, mas pensou que apenas o mal tinha um talento semelhante. Reverberava como um eco. De fato, Cosmo Barditi era inocente, mas pagou a conta das más ações cometidas no passado.

— Vocês precisam ir mesmo assim — disse o penitencieiro. — Aqui não é seguro.

— Mas não sei para onde e não tenho dinheiro! Cosmo investiu tudo na casa noturna, e as coisas não estavam indo bem.

Marcus pôs na mesa os dez mil euros que trouxera.

— Isso deve ser suficiente por um tempo.

A mulher olhou a pilha de notas. Então começou a chorar, contidamente. Marcus queria se levantar para ir abraçá-la, mas não sabia como fazer certos gestos. Via pessoas trocando afeto e compaixão o tempo todo, mas ele não conseguia.

A cafeteira no fogo passou a soltar baforadas de vapor enquanto a bebida começava a sair. A mulher, no entanto, não a tirava da boca do fogão. Marcus se levantou e o fez, no lugar dela.

— É melhor eu ir agora — disse.

A mulher assentiu, soluçando. O penitencieiro andou sozinho em direção à saída. Percorrendo o corredor no sentido contrário, notou uma porta levemente encostada, da qual vazava uma fraca luz azul. Aproximou-se.

Um abajur em forma de estrela clareava docemente a penumbra. Uma menina de cabelos loiros dormia serena em sua caminha. Estava deitada de lado, com uma chupeta na boca e as mãos juntas. Havia tirado a coberta com os pés. Marcus chegou perto e, com um gesto inesperado até para ele, puxou o cobertor para cima.

Ficou observando a criança, perguntando-se se aquele era o prêmio por ter salvado Cosmo Barditi anos antes. Se, no fundo, aquela nova vida também fosse mérito dele.

O mal é a regra, o bem, a exceção, lembrou a si mesmo.

Por isso, não, ele não tinha nada a ver com aquilo. Decidiu ir embora logo daquela casa, porque se sentia deslocado.

Mas, justamente quando estava a ponto de dar um passo em direção à porta, seu olhar caiu na capa de um livro apoiado em uma prateleira do quartinho. Era a fábula que Cosmo Barditi tinha dado à filha na noite anterior. O título o atingiu como um soco.

A extraordinária história do menino de vidro.

A terceira aula de Clemente acontecera em uma tarde abafada de verão.

Haviam marcado um encontro na piazza Barberini e, dali, passearam pela rua de mesmo nome, antes de se enfiarem nas vielas que levavam à Fontana di Trevi.

Prosseguiram, abrindo caminho por entre a massa de turistas aglomerados em volta do monumento, concentrados em tirar fotos e em jogar moedinhas na água, respeitando o ritual propiciatório segundo o qual quem o realizava voltaria a Roma durante a vida.

Enquanto os visitantes olhavam a Cidade Eterna, deixando sua beleza arrebatá-los, Marcus os observava, consciente da própria estranheza em relação ao restante do gênero humano. Seu destino era semelhante ao das sombras que corriam nos muros como se quisessem escapar da luz do sol.

Naquele dia, Clemente parecia mais sereno. Depositava grande confiança no treinamento e tinha certeza de que, em pouquíssimo tempo, Marcus estaria pronto para iniciar sua missão.

O passeio deles terminara diante da igreja barroca de San Marcello al Corso, que, com a fachada côncava, parecia querer abraçar os fiéis.

— Esta igreja esconde uma grande lição — anunciara Clemente.

Quando entraram, um frescor repentino os acolheu. Era como se o mármore respirasse. O ambiente não era muito grande e tinha uma única nave central para a qual davam cinco capelas de cada lado.

Clemente dirigira-se ao altar central, que ficava sob um esplêndido crucifixo de madeira escura, da escola de Siena dos anos 1300.

— Olhe aquele Cristo — dissera-lhe ele. — É bonito, não é?

Marcus concordara. Mas não entendia se Clemente se referia à obra de arte ou, enquanto padre, a uma qualidade espiritual daquele símbolo.

— De acordo com os habitantes de Roma, aquele crucifixo é milagroso. É importante que você saiba que esta igreja, como a vemos hoje, foi reconstruída depois que um incêndio a destruiu na noite de 23 de maio de 1519. A única coisa que se salvou das chamas foi aquele Cristo que você está vendo acima do altar.

Impressionado com a história, Marcus começara a fitar a obra com outros olhos.

— E isso não é tudo — continuara Clemente. — Em 1522, a peste se abateu sobre Roma, matando centenas de pessoas. O povo se lembrou do crucifixo milagroso e decidiu-se levá-lo em procissão pelas ruas da cidade, apesar da oposição das autoridades, que temiam que a aglomeração de pessoas atrás do cortejo pudesse facilitar a difusão da epidemia. — Naquele momento, o amigo fizera uma pausa. — A procissão durou dezesseis dias, e a peste sumiu de Roma.

Diante daquela revelação inesperada, Marcus não conseguira dizer nada, também ele enfeitiçado pelo poder místico daquele pedaço de madeira.

— Mas preste atenção — Clemente logo o advertira. — Existe outra história relacionada a essa obra... Observe bem o rosto daquele Cristo sofredor na cruz.

As marcas da dor naquela face eram vívidas. Era quase possível perceber um lamento vir da madeira. Aqueles olhos, os lábios, as rugas narravam fielmente a emoção da morte.

Clemente ficara sério.

— O artista que esculpiu a escultura permaneceu anônimo. Mas dizem que estava imbuído de uma fé tão grande que queria entregar aos cristãos uma obra capaz de emocionar e, ao mesmo tempo, impressionar pelo realismo. Por esse motivo, ele se transformou em um assassino. Escolheu como modelo um pobre carvoeiro e então o matou muito devagar, para captar suas expressões e seu sofrimento enquanto morria.

— Por que me contou as duas histórias? — perguntara Marcus, intuindo o objetivo daquilo.

— *Porque, durante séculos, o povo se divertiu contando ambas. Os ateus, obviamente, preferiam a mais macabra. Os religiosos gostavam da primeira... mas não rejeitavam a segunda, pois a natureza humana é atraída pelo mistério da maldade. Mas o ponto é: em qual você acredita?*

Marcus refletira um pouco.

— *Não, a verdadeira pergunta é: pode nascer algo bom de algo perverso?*

Clemente parecera satisfeito com a resposta.

— *Bem e mal nunca são categorias definidas. Muitas vezes é necessário decidir o que é um e o que é o outro. O discernimento depende de nós.*

— *Depende de nós* — *repetira Marcus, como se estivesse assimilando as palavras.*

— *Quando você observar a cena de um crime, talvez uma em que foi derramado sangue inocente, não poderá se deter apenas no "quem" e no "por quê". Em vez disso, deverá imaginar o autor daquele crime no passado que o levou até ali, sem negligenciar quem o ama ou o amou. Terá que visualizá-lo enquanto ri e enquanto chora, quando está feliz ou triste. Quando era pequeno, no colo da mãe. E como adulto, enquanto vai ao mercado ou pega o ônibus, enquanto dorme e enquanto come. E enquanto ama. Porque não existe homem, até mesmo o mais terrível, que não saiba experimentar esse sentimento.*

Marcus compreendera a lição.

— *O modo para capturar uma pessoa má é entender como ela consegue amar.*

7

O subdelegado Moro percorria a avenida marginal leste a bordo de um carro sem identificação.

Eram as viaturas sem identificação que os policiais usavam para realizar perseguições ou emboscadas sem serem reconhecidos. Costumavam ser veículos apreendidos porque tinham sido utilizados para cometer crimes. Em seguida, eram colocados à disposição das delegacias.

O carro que Moro dirigia, em especial, tinha pertencido a um traficante de drogas. Parecia um sedã como muitos, mas na realidade era dotado de um motor turbinado e de uma lataria dupla: no vão entre as duas, os agentes da alfândega haviam encontrado um carregamento de cinquenta quilos de cocaína puríssima.

Moro tinha se lembrado daquele forro debaixo do automóvel e achara que seria o ideal para transportar algo sem dar na vista.

Havia usado uma saída secundária do prédio da polícia da via San Vitale para despistar eventuais jornalistas. Àquela altura, estavam atrás dele para conseguir uma declaração e, ao mesmo tempo, o atacavam por causa da morte dos dois agentes. Oficialmente, o subdelegado nunca dava importância às polêmicas; ao longo de sua brilhante carreira, algumas vezes acabou tropeçando na imprensa e sendo posto à prova. Era um dos preços a pagar pela popularidade, embora fossem pequenas feridas no orgulho. Mas, desta vez, era diferente. Se os jornalistas descobrissem o que estava tentando esconder com todas aquelas precauções, a conta seria altíssima.

Um sol pálido e furta-cor iluminava a manhã romana, sem conseguir aquecê-la. O trânsito fluía devagar. Existem coisas que são perigosas de mostrar, pensava Moro enquanto observava os rostos dos ocupantes dos outros carros em fila. Existem coisas que é melhor não saber. Aquelas pessoas não entenderiam. Então era melhor deixá-las viver em paz, sem abalar suas existências com histórias que nem ele seria capaz de explicar.

O subdelegado levou quase uma hora para chegar ao destino: um grande prédio de cimento no meio de outros idênticos, construído no período em que certas áreas da cidade eram terra de conquista para os especuladores imobiliários.

Estacionou em uma rua lateral. Um de seus homens à paisana, que o esperava na entrada do conjunto habitacional, foi ao encontro dele, e Moro lhe entregou a chave do carro.

— Estão todos lá em cima — anunciou.

— Muito bem — disse o subdelegado, encaminhando-se para a entrada.

Pegou o elevador estreito e apertou o botão do 11º andar. Ao chegar ao corredor, identificou a porta que lhe interessava e tocou a campainha. Um técnico de macacão branco abriu para ele.

— Em que ponto vocês estão? — perguntou Moro.

— Estamos quase acabando.

O subdelegado entrou. O ar estava impuro, reconheciam-se as exalações dos reagentes químicos utilizados pela polícia científica, mas, por baixo — como uma camada persistente —, havia o cheiro inconfundível de nicotina rançosa e de ambiente fechado.

O apartamento não era muito grande e estava escuro. Estendia-se ao longo de um corredor apertado com quatro cômodos. Na entrada havia um móvel com um grande espelho; em um canto estava um cabide coberto de sobretudos.

Moro avançou, parando diante dos aposentos. O primeiro era um escritório. Havia uma estante com volumes de anatomia e medicina, mas também uma escrivaninha cheia de folhas de jornal, onde se via a miniatura de um navio de três mastros inacabada, ao lado de colas, pincéis e uma luminária telescópica.

Havia maquetes de aviões, navios e trens, arrumadas nas prateleiras ou apoiadas em qualquer lugar, até mesmo no chão. Moro reconheceu um De Havilland *DH.95 Flamingo* da Segunda Guerra Mundial com os distintivos da RAF, uma birreme fenícia e uma das primeiras locomotivas elétricas.

Todas as miniaturas estavam cobertas por uma grossa camada de poeira, a ponto de fazer com que o cômodo parecesse um cemitério de sucatas. E provavelmente era isso mesmo: uma vez que o objetivo fosse atingido, o criador delas perdia o interesse. Não tinha ninguém a quem mostrar a própria obra, pensou Moro, olhando o cinzeiro repleto de guimbas. O tempo e a solidão haviam se aliado; os cigarros eram a prova disso.

Os técnicos da científica estavam ocupados com lâmpadas ultravioleta e equipamentos fotográficos em volta dos destroços abandonados. Era como assistir à cena de um desastre em miniatura.

Na cozinha, dois deles esvaziavam e catalogavam o conteúdo de uma geladeira, um modelo que certamente tinha mais de trinta anos. Ali também reinava uma bagunça que parecia ter se sedimentado, ano após ano.

O terceiro cômodo era um banheiro. Azulejos brancos, uma banheira com a cerâmica amarelada, um vaso sanitário e uma pilha de revistas e vários rolos de papel higiênico ao lado. Na pia, uma prateleira com apenas um spray de espuma de barbear e um barbeador de plástico.

Depois do primeiro casamento fracassado, agora Moro também estava solteiro. Mas se perguntou como era possível que alguém chegasse àquele estado.

— Astolfi era um solitário e a casa é nojenta.

Quem falou foi o comissário Crespi. Era ele o responsável pela busca. O subdelegado se virou.

— Deixou Vega fora disso?

— Sim, senhor. Quando ela me perguntou, eu disse que não tínhamos achado nada de relevante nesta casa. Eu a convenci de que Astolfi tinha perdido a cabeça e levado com ele uma prova da cena do crime porque teve uma espécie de ato de loucura, sem nenhum objetivo.

— Muito bem. — Moro ficou satisfeito, embora não tivesse certeza absoluta de que Sandra Vega aceitaria aquela desculpa sem se fazer perguntas. Era bem esperta, não se contentaria. Mas talvez aquela versão dos fatos a mantivesse quieta por um tempo. — O que os vizinhos dizem de Astolfi?

— Alguns nem sabiam que tinha morrido.

O funeral havia sido justamente naquela manhã, mas ninguém participara. Era uma coisa triste, pensou Moro. Ninguém se importava com a morte do médico-legista. Aquele homem havia criado um vazio ao redor de si mesmo. Uma distância desejada e alimentada ao longo dos anos com o desinteresse. Os únicos seres humanos com quem se relacionava eram os cadáveres que dissecava em sua mesa de autópsia. Mas, a julgar pelo lugar onde morava, Astolfi havia começado a fazer parte daquele grupo silencioso muito antes de se suicidar.

— Ele fez um testamento? Para quem vão seus bens?

— Não deixou determinações e não tinha parentes — disse Crespi. — Você consegue imaginar uma solidão dessas?

Não, de fato Moro não conseguia. No entanto, já tivera provas de que existiam homens assim. Mais de uma vez deparou com casas como aquela e com pessoas que tinham o dom da invisibilidade. Só eram notadas na morte, quando o fedor de seus cadáveres chegava às casas dos vizinhos. Mas, quando o mau cheiro desaparecia, delas não restava nada e podiam voltar ao anonimato, como se nunca tivessem existido.

Já Astolfi havia deixado algo. Algo pelo qual não seria esquecido.

— Quer ver o resto? — perguntou Crespi.

Existem coisas que são perigosas de mostrar, lembrou Moro. Existem coisas que é melhor não saber. Mas ele fazia parte da categoria de pessoas que não podiam se esquivar.

— Está bem, vamos ver.

* * *

O quarto era o último ao fundo. Era ali que tinham feito a descoberta.

Havia a cama de solteiro onde Astolfi dormia. Ao lado, uma mesinha de cabeceira com uma superfície de mármore na qual estavam um velho despertador que precisava de pilhas novas, um abajur de leitura, um copo de água e o indefectível cinzeiro. Havia um armário de madeira escura, que dava a ideia de ser muito pesado. Uma poltrona de veludo puída e um cabideiro. Um lustre de três braços e uma janela com a veneziana abaixada.

Um quarto normalíssimo.

— Vim em um carro sem identificação com um fundo falso — anunciou Moro. — Quero que os achados sejam levados à delegacia sem dar na vista. Agora, me conte tudo...

— Verificamos o conteúdo de cada móvel — explicou Crespi. — Aquele doido não jogava nada fora. Foi como percorrer sua vida inútil. Acumulava coisas, mas não tinha lembranças. O que mais me espantou é que não encontramos fotos dele quando pequeno, nem dos pais. Nenhuma carta de amigo, nem sequer um cartão-postal.

Acumulava coisas, mas não tinha lembranças, repetiu Moro para si mesmo enquanto olhava ao redor. Era realmente possível viver assim, sem um objetivo? Mas talvez Astolfi quisesse que eles acreditassem nisso.

Um mundo de segredos obscuríssimos se esconde dentro das pessoas.

— Tínhamos acabado de revirar o apartamento todo e estávamos quase indo embora, quando...

— O que aconteceu exatamente?

Crespi virou-se para a parede ao lado da porta.

— Há três interruptores — ele lhe mostrou. — O primeiro acende o lustre, o segundo é conectado ao abajur na mesinha de cabeceira. Mas, e o terceiro? — O comissário fez uma pausa. — Em uma casa velha, pode acontecer que exista algum interruptor que não se use mais. Fica ali durante anos e, no fim, você nem lembra para o que servia antes.

Mas não era este o caso. Moro esticou a mão e apertou os botões que apagavam as luzes do lustre e da mesinha de cabeceira. O quarto ficou escuro de repente. Naquele momento, o subdelegado ativou o terceiro interruptor.

Uma luz fraca se introduziu no quarto. Vazava do rodapé de uma das paredes. Uma longa e finíssima linha luminosa que ia de um canto ao outro.

— A parede é de gesso acartonado — disse o comissário. — Do outro lado se percebe um vão concebido para reduzir o tamanho original do cômodo.

Moro respirou fundo, perguntando-se o que tinha pela frente.

— O acesso é pela direita. — Crespi indicou um ponto embaixo, onde se entrevia uma espécie de portinha de cerca de cinquenta centímetros de largura com pouco menos de quarenta centímetros de altura. Então se aproximou e a empurrou com a palma da mão. A fechadura embutida destravou, revelando uma entrada.

Moro agachou-se para dar uma olhada na gruta.

— Espere — o comissário o deteve. — O senhor precisa entender bem com o que estamos lidando...

Naquele momento, apertou o interruptor de novo, apagando a luz do outro lado da parede. Então lhe deu uma lanterna.

— Quando estiver pronto, me fale — Crespi o instruiu.

Moro virou-se para a entrada escura. Deitou-se de bruços e, fazendo força nos braços, deslizou na abertura.

Assim que chegou do outro lado, sentiu-se como se estivesse isolado do resto do mundo.

— Tudo bem? — A voz de Crespi chegava abafada e distante, embora estivessem separados por uma espessura de poucos centímetros.

— Sim — disse Moro, ficando de pé. Em seguida, acendeu a lanterna que tinha na mão.

Apontou-a primeiro para a direita e depois para a esquerda. E, justamente naquele canto, ao fundo, do lado oposto daquela espécie de corredor estreito, havia algo.

Uma mesinha de madeira. Em cima, havia uma espécie de estrutura estilizada. Parecia leve como uma teia de aranha ou uma arapuca. Tinha cerca de trinta centímetros de altura e era feita de galhinhos sobrepostos e entrelaçados.

Moro aproximou-se com cautela, tentando entender o sentido da composição. A forma não revelava nada, parecia que os raminhos haviam sido colocados ao acaso. Um trabalho perfeito de modelismo, disse a si mesmo, pensando nas colas e nos pincéis que tinha visto no escritório. Quando ficou bem de frente para o objeto, percebeu que havia se enganado.

Não eram galhos, mas ossos. Ossos pequenos e escurecidos. Mas não eram humanos, e sim de animais.

O subdelegado perguntou-se como era possível uma coisa daquelas. Que mente podia conceber aquilo?

Notou a lâmpada pendurada em um fio que descia perpendicularmente do teto e terminava bem atrás daquela espécie de escultura macabra.

— Estou pronto — disse em voz alta.

Apagou a lanterna e, logo depois, de fora, Crespi acionou de novo o interruptor. A lâmpada ganhou vida, difundindo sua luz amarelada.

Moro, porém, não entendia. O que havia de estranho?

— Agora vire-se — disse o comissário.

O subdelegado obedeceu-lhe. Quando viu, deu um pequeno pulo. Um sobressalto que lembraria pelo resto da vida.

Na parede oposta, sua sombra se sobrepunha àquela projetada pela estrutura de ossos iluminada pela lâmpada.

Aqueles ossinhos não haviam sido postos ao acaso. A prova era a imagem que se formara na parede.

Uma figura alta e antropomorfa. *Corpo humano e cabeça de lobo.*

Um lobo sem olhos, com as órbitas cavadas. Mas a coisa mais inquietante era que abria os braços. Era a imagem que dera um susto em Moro.

A sombra da criatura abraçava a sua.

8

Sandra o viu no banco da estação de metrô da piazza della Repubblica. Tentava se misturar com os outros passageiros, mas era evidente que estava esperando por ela.

Ela saltou do vagão e viu que o penitencieiro se afastava com a clara intenção de ser seguido. Ela o seguiu. Subiu as escadas que levavam à saída e o viu virar à esquerda. Mantinha distância, enquanto ele avançava sem pressa. Então o viu parar em frente a uma porta de metal onde havia a placa "acesso reservado aos funcionários". Mas ele entrou mesmo assim. Pouco depois, ela também passou pela porta.

— Eu estava certo: alguém roubou uma prova da cena do crime, não foi? — começou Marcus. Sua voz ecoava no vão de uma escada de serviço.

— Não posso falar da investigação com você — disse logo Sandra, na defensiva.

— Não quero que se sinta obrigada — respondeu ele, sereno.

A policial se irritou com ele.

— Então você sabia... Sabia que alguém tinha pego alguma coisa e suspeitava de um de nós.

— Sim, mas quis que você chegasse a essa conclusão sozinha. — Ele fez uma pausa. — Li sobre o suicídio do médico-legista. Talvez não tenha suportado o sentimento de culpa por ter quase deixado Diana Delgaudio morrer...

Nenhum sentimento de culpa, Sandra queria rebater. Mas tinha certeza de que o penitencieiro havia entendido aquela parte da história também.

— Pare de brincar comigo — ela o advertiu.

— Era um artefato de sal, não era?

Sandra estava impressionada.

— Como você...? — Mas, depois, falou logo: — Astolfi conseguiu destruir o objeto antes que o encontrássemos. Eu o toquei por um momento, parecia um boneco pequeno.

— Provavelmente era uma espécie de estatueta. — Então, Marcus tirou do paletó o livro de fábulas que havia encontrado no quarto da filha de Cosmo Barditi.

— *A extraordinária história do menino de vidro* — leu Sandra, e depois o olhou. — O que significa?

Marcus não respondeu.

A policial começou a folhear o livro. Tinha poucas páginas, cheias de figuras, principalmente. Era a história de um menino diferente dos outros, pois era feito de vidro. Era muito frágil, mas cada vez que uma parte dele se quebrava ele também corria o risco de machucar as crianças de carne e osso.

— Ele vai conseguir virar um menino normal — afirmou Marcus, antecipando o que acontecia no fim.

— Como?

— É uma espécie de parábola educativa: há duas páginas vazias antes do final. Acho que a solução é pedida à criança que lê o livro.

Sandra folheou para conferir. De fato, nas duas últimas páginas os desenhos eram substituídos por linhas, como as de um caderno. Alguém havia apagado os escritos, mas ainda era possível ver algumas marcas a lápis. A policial fechou o livro e verificou a capa.

— Não tem o autor nem quem publicou.

Marcus já havia percebido a estranheza.

— Por que esta fábula teria alguma coisa a ver com o boneco de sal?

— Porque um homem morreu para me arrumar esta pista. — Marcus não mencionou a gravação de Sant'Apollinare, o monstro que tinha deixado uma mensagem no confessionário da igreja cinco dias antes de atacar os dois jovens no pinheiral de Ostia. Em vez disso, disse: — Eu o vi.

— Como... — Sandra estava incrédula.

— Vi o assassino. Ele tinha uma máquina fotográfica e, quando reparou em mim, fugiu.

— Você viu o rosto dele?

— Não.

— Onde foi isso?

— Em uma mansão na Appia Antica. Aconteceu um tipo de festa ou de orgia. Pessoas que celebravam a morte violenta. E ele estava lá.

A Appia Antica, a mesma área onde acontecera o homicídio dos dois policiais da operação escudo.

— Por que você não o deteve?

— Porque alguém me deteve, batendo na minha nuca. — O homem de sapatos azuis, lembrou.

Sandra continuava sem entender.

— O médico-legista que rouba uma prova, o assassinato do meu informante, a minha agressão... Sandra, o monstro tem proteção.

A policial sentiu um mal-estar: o comissário Crespi lhe garantira que Astolfi não tinha nada a ver com aquela história, que o que fez tinha sido um ato de loucura, porque, ao vasculhar a vida dele, não surgira nada. E se tivesse mentido?

— Temos o DNA dele — ela se pegou dizendo, sem nem saber por quê. Ou talvez soubesse: só confiava no penitencieiro.

— Isso não vai fazer com que vocês o capturem, acredite em mim. Aqui não se trata mais só dele. Existem outras forças que se movem na sombra. Forças poderosas.

Sandra intuiu que o penitencieiro queria algo dela, caso contrário, não a teria procurado.

— Certa vez, um amigo me disse que, para capturar uma pessoa má, precisamos entender como ela consegue amar.

— Você acredita mesmo que um ser assim seja capaz?

— Talvez agora não mais, porém no passado, sim. Esta é uma história de crianças, Sandra. Se eu conseguir achar o menino de sal, vou descobrir quem ou o que se tornou quando virou adulto.

— E o que você quer que eu faça?

— Cosmo Barditi, meu informante que foi assassinado. Tentaram dar a entender que foi suicídio, e é plausível, pois, pelo que diz sua mulher, ele estava cheio de dívidas. Mas eu sei que não é o caso. — Marcus sentia-se ferver por dentro, pensando que era culpa dele também. — Alguém pegou o celular de Barditi depois de matá-lo. Talvez por ele ter dado alguns telefonemas para arranjar o livro de fábulas, e certamente encontrou alguém.

A policial sabia aonde ele queria chegar com aquela conversa.

— Para conseguir as planilhas da companhia telefônica é necessária a autorização de um juiz.

Marcus a encarou.

— Se quiser mesmo me ajudar, não existe outra escolha.

Sandra apoiou-se na balaustrada da escada de ferro. Sentia-se como se estivesse aprisionada entre duas barreiras que avançavam aos poucos em sua direção, feito uma mordida. De um lado havia o que devia fazer; do outro, o que era certo fazer. E ela não sabia o que escolher.

O penitencieiro parou em frente a ela.

— Eu posso detê-lo.

Conhecia bem o inspetor a quem havia sido designada a investigação sobre a morte de Barditi. Sandra tinha certeza de que, se tratando de suicídio, a questão se encerraria com o arquivamento do caso.

Não poderia pedir um favor ao colega, quem sabe com um pretexto. Era uma perita em fotografia criminal, não tinha uma desculpa viável e, em todo caso, ele não acreditaria nela.

Embora não fosse um caso relevante, não podia ter acesso ao dossiê. A documentação estava no banco de dados da delegacia, e a senha para consultá-la pertencia ao titular da investigação e ao escritório que havia instruído o processo.

Ao longo da manhã, Sandra saiu algumas vezes da sala de operações do SCO para ir ao andar de baixo, onde ficava o escritório do colega. Parava para conversar com os demais policiais, só para vigiá-lo.

A porta da sala estava sempre aberta e ela notou que o inspetor tinha o hábito de tomar notas em folhas soltas que deixava espalhadas pela mesa.

Teve uma ideia. Esperou que ele saísse para almoçar e então se armou da reflex. Não tinha muito tempo, alguém poderia vê-la. Quando não havia ninguém nos corredores, entrou na sala dele e tirou uma série de fotos da escrivaninha.

Pouco depois, ela as olhou no computador, tentando enxergar algo de interessante. A esperança era que o colega tivesse anotado a senha do caso Barditi para não correr o risco de esquecê-la.

Sandra encontrou um código em um dos post-its. Inseriu-o no único terminal da sala de operações do SCO conectado ao banco de dados da delegacia, e o arquivo apareceu.

Tinha que ser rápida. Havia o risco de que alguém desconfiasse. Por sorte, Moro e Crespi estavam fora fazia horas.

Como era de imaginar, a documentação sobre Cosmo Barditi era bem escassa. Havia seus antecedentes por tráfico de drogas e exploração de prostituição, além de suas fotos de identificação. Sandra também se sentiu irritada ao ver a suástica que Barditi tinha tatuada no pescoço. Perguntou-se como o penitencieiro podia confiar nele, pois Marcus parecia sinceramente abalado com a morte do homem. Talvez fosse apenas preconceito dela, Sandra sabia disso, talvez Barditi fosse melhor do que parecia. Mas, de todo modo, aquele homem havia gravado em si mesmo um símbolo de ódio.

Sandra preferiu não se perder em certas reflexões. Continuou a consultar o arquivo e percebeu que faltava uma solicitação ao juiz para conseguir as planilhas telefônicas do suicida. Tratou de preencher o módulo e, antes de enviá-lo, atribuiu a ele prioridade máxima. Provavelmente o inspetor nem se daria conta daquilo.

A procuradoria autorizou e, por volta do meio da tarde, finalmente a companhia telefônica lhe mandou o que tinha pedido.

Ao passar os olhos pela longa lista de chamadas realizadas por Barditi durante seu último dia de vida, Sandra logo notou que o homem havia se empenhado muito para descobrir informações. Os titulares daqueles números eram todos fichados. A policial não sabia como o penitencieiro faria para encontrar a pessoa que procurava, pois todos eram suspeitos. Mas então reparou que justamente um daqueles contatos se repetia pelo menos cinco vezes na lista. Ela o marcou junto com o nome relacionado a ele.

Meia hora depois, de acordo com as instruções recebidas, as planilhas impressas, acompanhadas da ficha penal do homem para quem Cosmo Barditi havia telefonado com mais frequência, eram deixadas dentro de uma caixinha de doações na igreja dei Santi Apostoli.

9

Sandra Vega havia mantido a palavra. Ou melhor, fizera muito mais do que isso. Conseguira um nome para ele.

Mas era impossível encontrar Nicola Gavi.

O celular estava desligado e, quando Marcus fez uma visita ao apartamento dele, teve a impressão de que o homem estivesse fora de casa havia pelo menos alguns dias.

Nicola Gavi tinha 32 anos, mas, de acordo com sua ficha criminal, havia passado grande parte desse tempo entre reformatórios e prisão. Tinha na consciência uma longa série de crimes: tráfico, roubo, assalto a mão armada, agressão.

Ultimamente, para se sustentar e manter a dependência do crack, ele se prostituía.

Marcus se informou a respeito dos lugares onde atraía a clientela — casas noturnas exclusivas para homens, locais de prostituição masculina. Então começou a procurá-lo, pedindo informações e oferecendo dinheiro. A última vez que alguém o vira havia sido 48 horas antes.

O penitencieiro chegou a uma conclusão: Nicola havia morrido, ou estava se escondendo porque tinha medo.

Decidiu acreditar na segunda hipótese, até porque havia um modo de verificá-la. Se fazia realmente dois dias que o homem não aparecia nos lugares que costumava frequentar, então significava que havia chegado ao limite e logo sairia em busca de uma dose.

O crack era a resposta. A abstinência o desentocaria, impelindo-o a correr riscos.

Marcus não acreditava que Nicola tivesse uma reserva de dinheiro — conhecia os drogados, tinha certeza de que gastavam até o último centavo com o consumo. Como não trabalhava fazia dias, deveria procurar um cliente que lhe pagasse a dose. O penitencieiro podia voltar a procurá-lo nos locais de prostituição. No fim, porém, havia um único lugar aonde ele certamente iria.

O bairro do Pigneto era o reino dos traficantes de crack. Ao escurecer, Marcus começou a percorrer a zona na esperança de vê-lo.

Por volta das 19h30, quando o ar da noite se tornara mais gélido, o penitencieiro estava de tocaia a poucos metros de uma esquina onde um traficante distribuía a mercadoria. Tudo acontecia com rápidas passagens de mão. Os viciados sabiam que não podiam fazer fila para não chamar a atenção, por isso circulavam a distância. Era fácil reconhecê-los: moviam-se agitados e os olhos miravam um único objetivo. Depois, um de cada vez se distanciava da própria órbita e se aproximava do ponto de tráfico, pegava a dose e ia embora.

Marcus notou a chegada de um sujeito robusto, usando um casaco felpudo preto. A cabeça estava coberta pelo capuz e ele mantinha as mãos no bolso. A roupa leve para aquela temperatura deixou o penitencieiro desconfiado. Estava vestido como alguém que foi obrigado a sair de casa às pressas e agora não pode voltar.

O homem fez a troca com o traficante e se afastou rapidamente. Enquanto olhava ao redor, Marcus viu o rosto debaixo do capuz.

Era Nicola.

Ele o seguiu, mas tinha certeza de que não andariam muito. De fato, Gavi se meteu em um banheiro público para consumir o crack.

Marcus foi atrás dele e, assim que entrou, foi atacado por um fedor terrível de esgoto. O lugar era imundo, mas Nicola Gavi tinha que aplacar a abstinência e se trancou em uma das cabines. O penitencieiro esperou. Pouco depois, do cubículo saiu uma baforada de fumaça cinza. Passaram-se alguns minutos e, então, o homem saiu. Aproximou-se da única pia e começou a lavar as mãos.

Marcus estava atrás dele, em um canto. Observava-o sabendo que Gavi não o tinha visto. Não havia se enganado: ele tinha músculos de fisiculturista e, sem o capuz, a cabeça raspada e o pescoço robusto causavam temor.

— Nicola.

O homem se virou de supetão, arregalando os olhos.

— Só quero falar com você — Marcus o tranquilizou, erguendo as mãos.

Ao se ver diante de um rosto desconhecido, Nicola disparou para a frente de chofre. Com seu tamanho todo, derrubou Marcus, como em um bloqueio de rugby. O penitencieiro sentiu falta de ar de repente e caiu para trás, batendo as costas com violência no chão nojento, mas, mesmo assim, conseguiu esticar o braço e agarrar o tornozelo do agressor, fazendo-o tropeçar.

Nicola desabou no chão com um barulho surdo, mas, apesar da estatura, era muito ágil e se levantou, acertando um chute nas costelas de Marcus. O penitencieiro sentiu a violência da pancada e sua visão se ofuscou. Queria dizer algo para pará-lo, mas o sujeito pôs a sola da botina na cabeça dele e então se levantou, tentando esmagá-la com todo o seu peso. Marcus encontrou forças para segurá-lo pela panturrilha com as duas mãos e o fez perder novamente o equilíbrio. Desta vez, Nicola acabou em uma das portas das cabines, arrombando-a.

O penitencieiro tentou se levantar. Sabia que não tinha muito tempo. Ouvia os gemidos de Gavi, mas tinha consciência de que logo se recuperaria e partiria para cima dele de novo. Marcus apoiou as mãos no chão imundo e se ergueu enquanto o banheiro todo rodava. Conseguiu ficar de pé, mas as pernas não o sustentavam. Quando finalmente ficou mais seguro do próprio equilíbrio, viu que Nicola tinha ido parar em um dos vasos sanitários. Havia batido a enorme cabeça e sangrava na testa.

Foi pura sorte ter conseguido neutralizá-lo daquele jeito. Caso contrário, Gavi o teria matado, tinha certeza. Marcus chegou perto do gigante atordoado e lhe devolveu o chute nas costelas.

— Ai! — berrou ele, com voz de garoto.

O penitencieiro agachou-se ao lado dele.

— Quando alguém diz que só quer falar com você, primeiro você escuta, e depois, se for o caso, bate nele. Combinado? — O homem fez que sim com a cabeça. Marcus vasculhou o bolso e depois jogou duas notas de cinquenta euros em cima dele. — Você pode ganhar mais se me ajudar.

Nicola assentiu de novo, enquanto os olhos se enchiam de lágrimas.

— Cosmo Barditi — disse o penitencieiro. — Ele foi procurá-lo, certo?

— Aquele babaca me botou numa encrenca.

A afirmação confirmava as suspeitas de Marcus: Gavi tinha medo de que alguém o machucasse, por isso tinha sumido.

— Ele morreu — disse o penitencieiro, e leu o espanto e o medo no semblante de Nicola.

Pouco depois, Nicola estava de novo em frente à pia. Tentava estancar a ferida na testa com papel higiênico.

— Ouvi por aí que tinha uma pessoa que pedia informações sobre um pervertido amante de facas e de fotografia. Entendi logo que a descrição se referia ao monstro dos casais de jovens. Então procurei o cara que fazia as perguntas para arrancar um pouco de dinheiro dele.

Cosmo Barditi não tinha sido prudente. Fizera perguntas por aí, mas além de Nicola havia mais alguém em alerta. Alguém perigoso.

— Você não sabia de nada, certo?

— Mas eu poderia ter inventado que topei com um cliente que parecia o assassino louco. Já cruzei com muitos caras esquisitos, pode ter certeza.

— Mas Barditi não acreditou.

— Ele me bateu, aquele desgraçado.

Marcus também não conseguia acreditar nele, levando-se em conta seu tamanho e o jeito como o tratara pouco antes.

— E foi só isso?

— Não. — Obviamente, o medo de Nicola indicava essa resposta. — Em determinado momento, ele mencionou o menino de sal. Foi então que me lembrei do velho livro que eu tinha em casa. Falei sobre isso com ele e começamos uma negociação.

Isso explicava as ligações que Cosmo tinha feito para ele antes de ser morto.

— Ele me pagou e eu lhe entreguei a mercadoria: todos satisfeitos — enfatizou o homem. Então, inesperadamente, virou-se e levantou o casaco para mostrar as costas: havia um grande curativo na altura do rim direito. — Depois da troca, alguém tentou me dar uma facada. Eu só me safei porque era maior do que ele e desviei sua mão, depois fugi.

Mais uma vez, alguém tinha tentado ocultar aquela história. A qualquer custo.

Mas agora Marcus tinha que fazer a pergunta mais importante.

— Por que Cosmo comprou o livro? O que o levou a pensar que não era apenas uma coincidência com a história do menino de sal?

Nicola sorriu.

— Porque eu o convenci. — Em seu rosto surgiu uma expressão sofredora, mas era uma dor antiga que não tinha relação com o machucado na testa. — Não há saída: para onde quer que você tente fugir, sua infância vai atrás.

O penitencieiro entendeu que era algo pessoal.

— Você já matou alguém que amava? — Gavi sorriu, balançando a cabeça. — Eu amava aquele desgraçado, mas ele entendeu logo que eu não era como as outras crianças. E me batia tentando mudar alguma coisa que nem eu tinha compreendido completamente ainda. — Fungou. — Então, um dia descobri onde ele escondia a pistola e atirei nele enquanto dormia. Boa noite, papaizinho.

Marcus sentiu uma profunda pena dele.

— Mas não há sinal desse crime na sua ficha.

Nicola deixou escapar uma risada rápida.

— Aos nove anos você não vai para a prisão, nem o processam. Você é entregue aos serviços sociais e jogado num daqueles lugares onde os adultos tentam entender por que você fez aquilo e se vai fazer de novo. Ninguém se importa de verdade em recuperá-lo. Fazem uma lavagem cerebral em você, o entopem de remédios e se justificam dizendo que é tudo para o seu bem.

— Qual é o nome do lugar? — perguntou Marcus, intuindo a relação com o que procurava.

— Instituto Kropp — disse ele de imediato, e então se anuviou. — Depois que atirei no meu pai, alguém chamou a polícia. Me trancaram em um quarto junto com um psicólogo, mas ficamos em silêncio quase o tempo todo. Depois, vieram me buscar para me levarem embora, era de madrugada. Quando perguntei aonde íamos, os agentes responderam que não podiam me dizer. Eu vi os sorrisinhos deles enquanto diziam que eu nunca poderia fugir de lá. Mas eu jamais teria feito isso, porque não sabia mais para onde ir.

Marcus notou uma sombra passar por seu rosto, como se a lembrança tivesse se materializado pelas palavras. Deixou que continuasse.

— Nos anos que passei lá, no instituto, nunca soube exatamente onde estava. Para mim, aquele lugar podia ser até a lua. — Fez uma pausa. — Desde que fui embora de lá, sempre me perguntei se era tudo verdade ou se era só imaginação minha.

Marcus ficou curioso com aquele comentário.

— Você não vai acreditar em mim. — Nicola Gavi riu com amargura e logo ficou sério de novo: — Era como viver em uma fábula... Mas sem poder sair dela.

— Me conte como era.

— Havia um médico, o professor Kropp, um psiquiatra, que tinha inventado esse negócio da "ficção terapêutica", era assim que ele a chamava. A cada um era dado um personagem e uma fábula, de acordo com a patologia mental. Eu era o menino de vidro, frágil e perigoso. E tinha também o menino de pó, o de palha, o de vento...

— E o menino de sal? — Marcus o antecipou.

— Na fábula, era mais inteligente do que as outras crianças, mas, justamente por isso, todas o evitavam. Tornava a comida indigesta, fazia plantas e flores secarem. Era como se destruísse tudo o que tocava.

Uma inteligência incômoda, considerou Marcus.

— Qual era a patologia dele?

— A pior — disse Gavi. — Distúrbios no campo sexual, agressividade latente, uma grande capacidade de trapaça. Mas tudo isso combinado com um quociente intelectual altíssimo.

Marcus considerou que aquela descrição se adaptava bem ao monstro. Era mesmo possível que Nicola o conhecera quando os dois eram pequenos? Se agora alguém tinha tentado calar sua boca com uma facada, então talvez fosse isso mesmo. — Quem era o menino de sal?

— Eu me lembro bem dele: era o preferido de Kropp — afirmou Nicola, alimentando a esperança. — Olhos e cabelos castanhos, com uma aparência bem comum. Tinha mais ou menos 11 anos, mas já estava lá fazia um tempinho quando eu cheguei. Tímido, fechado, estava sempre na dele. Era franzino, à vítima perfeita para as prepotências dos maiores, mas ainda assim eles o deixavam em paz. Tinham medo dele. — Depois, especificou: — Todos tínhamos medo dele. Não sei explicar o motivo, mas era assim.

— Qual era o nome dele?

Nicola balançou a cabeça.

— Sinto muito, amigo. Nenhum de nós sabia o nome verdadeiro dos companheiros; fazia parte da terapia. Antes de você ir para junto dos outros, passava bastante tempo sozinho. Então, Kropp e seus assistentes o convenciam a esquecer quem você era antes e a apagar da memória o crime que tinha cometido. Acho que faziam isso porque o objetivo deles era reconstruir a pessoa dentro da criança, partindo do zero. Eu só me lembrei de como me chamava e o que tinha feito com meu pai aos 16 anos, quando um juiz leu meu nome verdadeiro na frente de todos, no dia em que determinou que eu podia voltar ao mundo real.

Marcus pensou que aquelas informações podiam ser suficientes. Mas faltava esclarecer uma última coisa.

— De quem você está fugindo, Nicola?

O homem abriu a torneira para lavar as mãos.

— Como eu disse, o menino de sal dava medo em todo mundo... e olha que tinha gente perigosa lá dentro, garotos que tinham cometido crimes horríveis sem mostrar nenhuma emoção. Não me espantaria se aquele menino, aparentemente frágil e indefeso, estivesse aí fora agora, machucando alguém. — Ele encarou Marcus pelo espelho. — Talvez você também devesse ter medo dele. Mas não foi ele que me deu a facada.

— Então você viu a cara do sujeito?

— Ele me pegou pelas costas. Mas tinha mãos de velho, tenho certeza. A outra coisa que reparei é que usava sapatos azuis horríveis.

10

O apartamento de Astolfi havia sido batizado de "local 23".

A razão do número era a progressividade. E Moro estava explicando justamente isso na reunião secreta que acontecia tarde da noite na sala do delegado.

Os convidados eram poucos e seletos. Além do dono do escritório, estavam sentados em volta de uma mesa um funcionário do ministério do Interior, o diretor geral de segurança pública, um representante da procuradoria e o comissário Crespi.

— Vinte e três casos — especificou o subdelegado. — O primeiro nos leva a 1987. Um menino de três anos cai da sacada do quinto andar de um prédio popular. Imagina-se que foi um trágico acidente. Alguns meses depois, uma menina um pouco mais nova também tem o mesmo destino em um edifício do mesmo bairro. Nas duas vezes, acontece uma coisa estranha: os cadáveres estão sem o sapato direito. Que fim levou? Não o perderam durante a queda e, de acordo com os pais, não está em casa. É só um acaso? Uma moça que trabalhava como babá para as duas famílias é detida. No meio das coisas dela aparecem os dois sapatos e, em seu diário, é encontrado isto.

Moro mostrou aos presentes a fotocópia de uma página de caderno. A figura antropomorfa presente na sombra da casa de Astolfi. O homem com cabeça de lobo.

— A garota confessa ter jogado as crianças da sacada, mas não sabe explicar de onde vem este desenho. Diz que não foi ela que fez. Mas, à presença de uma confissão, as investigações param. Ninguém aprofunda o detalhe, até porque os investigadores temem que possa oferecer um pretexto para que a defesa alegue doença mental.

A pequena plateia acompanhava o relato com atenção, ninguém tinha coragem de interromper.

— Desde aquele momento, a figura aparece, de modo direto ou indireto, outras 22 vezes — continuou Moro. — Em 1994, é encontrada na casa onde um homem acabou de matar mulher e filhos antes de se suicidar. Os policiais não a notam de imediato, é a científica que a identifica durante uma investigação suplementar solicitada pelo magistrado para apurar se o assassino tinha agido sozinho ou com um cúmplice. Os reagentes químicos a fazem ressurgir no espelho do banheiro, onde havia sido desenhada sabe-se lá quando no vapor. — Moro pegou de seus papéis a foto que tinha sido tirada naquela ocasião. Mas havia mais coisa. — Nós também a encontramos na tumba de um pedófilo assassinado na prisão por outro detido em 2005; tinha sido feita com tinta spray. A coisa peculiar é que a lápide, por determinação das autoridades que temiam atos de vandalismo ou de represália, não tinha nome. Ninguém tinha conhecimento da identidade do defunto. Isso também é coincidência?

Ninguém soube responder.

— Eu poderia deixá-los aqui mais uma hora, mas a verdade é que a história desta imagem recorrente foi mantida em segredo para evitar atos tolos de emulação, ou, pior ainda, que alguém pudesse tirar inspiração dela para cometer crimes assinando-os com a marca.

— Um dos nossos homens estava envolvido nisso, um médico-legista. Que nojo — desabafou o delegado, lembrando a todos a gravidade da descoberta feita na casa de Astolfi.

— O senhor acha que existe uma relação entre a figura antropomorfa e o monstro que mata os casais de jovens? — perguntou o funcionário do ministério, a pessoa de grau mais alto na sala.

— Uma conexão existe com certeza, embora ainda não saibamos qual é.

— O que acha que é essa marca?

Moro sabia que responder era arriscado, mas sentia não ter escolha. A verdade havia sido evitada por tempo demais.

— Uma espécie de símbolo esotérico.

Naquele momento, interveio o diretor geral de segurança pública, o cargo mais alto da polícia italiana.

— Senhores, por favor. Não me levem a mal, mas acho que deveríamos ser bem cautelosos. O caso do monstro de Roma está levantando muitas polêmicas. A opinião pública está em ebulição, não se sente segura, e os meios de comunicação a fomentam, tentando manchar nossa imagem o tempo todo.

— É necessário tempo para obter resultados em um caso como este — ressaltou o comissário Crespi.

— Eu tenho consciência disso, mas o assunto é delicado — rebateu o diretor. — As pessoas são simples e práticas: querem pagar poucos impostos e querem ter certeza de que os que pagam são bem gastos para capturar os criminosos. Querem respostas imediatas, não se importam com o modo de se conduzir uma investigação.

O funcionário do ministério concordava.

— Se insistirmos muito nessa linha esotérica e isso vier à tona, a imprensa dirá que não temos base alguma para investigar e, por isso, começamos a correr atrás de espíritos malignos e bobagens desse tipo. Vão rir pelas nossas costas.

Moro assistia ao debate em silêncio, pois sabia que estava em discussão justamente o motivo pelo qual ninguém quis aprofundar a questão no passado. O medo deles não era apenas de parecerem ridículos, havia outros fatores. Nenhum policial que desejasse subir na profissão seguiria uma pista esotérica: o risco era ficar sem respostas, encalhar a investigação e comprometer a própria carreira. Além do mais, nenhum funcionário ou diretor endossaria uma investigação do tipo: o risco era perder credibilidade e poder. Mas havia um fator mais humano, uma relutância natural para lidar com certos assuntos. Talvez o inconfessável e irracional medo que podia esconder algo de verdadeiro. Por isso, sempre tinham deixado de lado. E havia sido um erro. O subdelegado, porém, não teve coragem de subverter o estado das coisas no momento, por isso deu razão aos superiores.

— Tenho as mesmas preocupações que os senhores. Garanto que tomaremos cuidado.

O delegado levantou-se da mesa e andou até a janela. Do lado de fora, um temporal se formava. Os relâmpagos iluminavam o horizonte noturno, avisando a cidade da chegada iminente da chuva.

— Temos o DNA do monstro, não temos? Então vamos nos concentrar nisso. Capturamos o assassino dos casais e esquecemos essa história toda.

Crespi sentiu que deveria intervir.

— Convocamos todos os criminosos com antecedentes por delitos sexuais e agressões. Vamos fazer uma coleta de saliva em todos. Estamos cruzando os perfis genéticos, esperando que um coincida. Mas não será uma operação rápida.

O delegado deu um tapa na parede.

— Tem que ser, droga! Ou então essa investigação nos custará milhões de euros: estamos falando de mais de vinte mil casos só em Roma e só no último ano!

Os crimes sexuais eram os mais comuns, embora o número fosse mantido em segredo para evitar que algum pervertido pudesse achar que ficaria impune.

— Se não me engano, o DNA encontrado na camisa deixada no carro do primeiro casal só confirmou que estamos lidando com alguém do sexo masculino — disse o funcionário do ministério, resumindo o fato. — Nenhuma anomalia genética que possa fazer pensar em um determinado tipo de pessoa, certo?

— Certo — admitiu Crespi. Mas todos os presentes sabiam bem que a polícia italiana guardava apenas os dados genéticos daqueles que haviam cometido crimes nos quais tinha sido necessário realizar o exame de DNA para chegar ao culpado. Dos criminosos genéricos, no momento da prisão, eram colhidas apenas as impressões digitais. — Até agora a busca não deu resultados.

Enquanto os demais tinham voltado a debater dados investigativos tranquilizadores, Moro continuava a pensar na sombra que vira na parede dentro do vão secreto na casa de Astolfi. O homem com cabeça de lobo era uma ideia com a qual ninguém naquela sala queria lidar. Pensou na escultura de ossos de animais feita pelo médico-legista. Sabe-se lá quanta paciência exigira sua confecção. Por isso, se tudo aquilo se tratasse apenas de um assassino de casais de jovens, talvez Moro se sentisse mais tranquilo. Porém, algo de terrível cercava o caso do monstro de Roma.

Algo sobre o qual ninguém queria ouvir falar.

De pé em frente à janela de seu modesto quarto de hotel, Battista Erriaga segurava uma fotografia. O relâmpago do temporal que estava chegando iluminou por um instante a imagem da escultura de ossos encontrada na casa de Astolfi.

Na cama estava espalhado o dossiê completo da investigação a respeito do monstro de Roma, que seu "amigo" Tommaso Oghi providenciara para ele, como ele havia pedido. Incluía os documentos confidenciais também.

Erriaga estava preocupado.

O primeiro nível do segredo era o menino de sal. O segundo, o homem com cabeça de lobo. Mas os investigadores precisavam compreender o sentido dos dois primeiros para chegar ao terceiro.

Battista tentava se tranquilizar. Isso nunca acontecerá, dizia a si mesmo. Mas em sua cabeça podia ouvir a voz de Min, o amigo gigante, rebater que a polícia estava, sim, se aproximando perigosamente da verdade. Havia anos que o sábio Min assumira o lugar daquela parte de sua consciência que prospectava os cenários mais fúnebres. A mesma parte de si que, quando jovem, Battista decidira ignorar sistematicamente. Mas a época das Filipinas havia passado e ele era outra pessoa agora. Por isso, tinha o dever de dar ouvidos aos próprios temores.

De acordo com a papelada no dossiê, os investigadores tinham bem pouca coisa nas mãos. Havia a história do DNA do homicida, mas aquilo não preocupava Erriaga: a ciência não seria suficiente para capturar o monstro; os policiais não sabiam olhar as coisas.

Por isso, o que o perturbava era somente o símbolo esotérico encontrado mais uma vez no contexto de um crime violento. Eles vão parar, como todas as outras vezes, disse a si mesmo. Porque, mesmo se descobrissem a verdade, não estariam preparados para admiti-la.

O verdadeiro problema, porém, era o subdelegado Moro. Tratava-se de um policial teimoso, ele não se renderia antes de chegar até o fim da história.

O homem com cabeça de lobo.

Erriaga não podia permitir que aquele símbolo fosse decifrado. Mas, enquanto do lado de fora a chuva começava a cair, ele foi tomado por um presságio.

Se isso acontecesse, o que viria depois?

11

O instituto Kropp oficialmente não existia.

Um lugar para onde eram levadas crianças que tinham matado alguém só podia ser secreto. Ninguém nunca as chamaria de assassinas, mas era exatamente a natureza delas, pensou Marcus.

"Era como viver em uma fábula... Mas sem poder sair dela." Foi assim que Nicola Gavi o descrevera.

Do instituto psiquiátrico para menores não havia rastro em nenhum lugar. Nenhum endereço ou menção evasiva na internet, onde até a informação mais secreta quase sempre encontrava um eco fugaz.

E na rede também havia pouca coisa a respeito de Joseph Kropp, o médico de origem austríaca que desejara e idealizara aquele lugar para a recuperação dos pequenos que tinham cometido crimes horríveis, dos quais com frequência ignoravam a gravidade.

Kropp era apontado como o autor de algumas publicações sobre a elaboração da culpa na idade infantil e sobre a capacidade de delinquir dos pré-adolescentes. Mas não havia mais nada, nenhum dado biográfico, nem seu currículo profissional.

A única pista que Marcus conseguira descobrir estava em um artigo e era um elogio ao valor educativo das fábulas.

O penitencieiro estava convencido de que o motivo de tanta discrição era a vontade de proteger a privacidade dos pequenos hóspedes do instituto. A morbidez das pessoas colocaria em perigo qualquer chance de recuperação. Mas aquele lugar não podia ser totalmente desconhecido. Com certeza contava com fornecedores que o abasteciam do necessário, deviam existir documentos fiscais que comprovassem essas atividades, autorizações. E, necessariamente, havia funcionários contratados e assalariados conforme a lei. Então, talvez a única explicação plausível fosse que ele tivesse um nome diferente, de fachada, que o fazia passar despercebido.

Assim, o penitencieiro deparou com o "Centro de Assistência à Infância Hamelin".

O nome era o mesmo da cidade da fábula dos irmãos Grimm onde, um dia, apareceu o flautista mágico. Segundo a história, com sua flauta, ele primeiro libertou os habitantes de uma infestação de ratos e, depois, ainda graças àquele som, levou embora todas as crianças para se vingar por não ter sido recompensado.

Era uma escolha estranha, considerou Marcus. Não havia nada de bom naquela fábula.

O instituto Hamelin ficava em um pequeno prédio do início dos anos 1900, na zona sudoeste da cidade. Era rodeado por um parque que, à luz dos lampiões, mostrava as marcas do descaso. O edifício de pedra cinza não era muito grande e tinha apenas dois andares. As janelas da fachada haviam sido protegidas com painéis de madeira escura. Tudo estava em um evidente estado de abandono.

Debaixo da chuva, Marcus observava a casa de trás do portão de ferro enferrujado. Pensava na descrição resumida do menino de sal feita por Nicola Gavi. Cabelos e olhos castanhos, aparência comum. Franzino e introvertido, mas mesmo assim capaz de provocar um estranho temor. Por que estava ali? O que havia cometido de tão grave? As respostas provavelmente estavam naquele edifício. Àquela hora da noite, o lugar expulsava os curiosos com seu aspecto sombrio, mas também melancólico. Como um segredo de crianças.

Marcus não podia esperar.

Passou por cima da grade, caindo em um tapete de folhas secas e molhadas. O vento conseguia movê-las de um lado ao outro do jardim, como espíritos de crianças que brincavam de pega-pega. Na chuva podiam-se ouvir suas risadas feitas de chiados.

O penitencieiro encaminhou-se para a entrada.

A parte inferior da fachada estava coberta de escritos feitos com tinta spray, mais um sinal de descuido do lugar. A porta de acesso era bloqueada por tábuas de madeira. Marcus, então, andou ao redor da casa procurando um modo de entrar. O painel de uma janela do térreo tinha uma abertura. Subiu com os dois pés em um beiral que estava escorregadio por causa da água que caía sem parar. Agarrou-se ao parapeito para pegar impulso e, então, tomando cuidado para não escorregar, enfiou-se na fresta estreita.

Foi parar do outro lado, caindo no chão. A primeira coisa que fez foi vasculhar o bolso em busca da lanterna. Acendeu-a. À sua frente havia uma espécie de refeitório. Cerca de trinta cadeiras de fórmica, todas iguais, dispostas ao redor de mesas redondas e baixas. A arrumação tão ordenada destoava da aparência de abandono do lugar. Parecia que as cadeiras e as mesas ainda esperavam alguém.

Marcus desceu do parapeito e iluminou o chão. Os tijolos formavam um mosaico de cores desbotadas. Ele começou a andar para explorar os outros locais.

Os cômodos eram todos parecidos. Talvez porque, com exceção da carcaça de alguns móveis, estivessem vazios. Não havia portas e as paredes eram de um branco pálido, no lugar onde o reboco não tinha saído por causa da umidade. Havia um cheiro persistente de mofo e, no eco da casa, ouvia-se a água da chuva se infiltrando. O instituto se parecia com os destroços de um transatlântico à mercê da tempestade.

Os passos de Marcus eram um som novo nos ambientes — passos tristes e solitários como os de um convidado que chegou tarde demais. Perguntou-se o que tinha acontecido com aquele lugar, que maldição o atingira para determinar um fim tão indecoroso.

O penitencieiro, porém, sentia uma estranha vibração. Estava muito perto da verdade, mais uma vez. Ele esteve aqui, disse a si mesmo, pensando na sombra humana que vira na festa da Appia Antica. Seu caminho passou por este lugar muitos anos antes de cruzar com o meu naquela noite.

Começou a subir a escada que levava ao andar de cima. Os degraus tinham uma aparência precária, como se bastasse a mínima pressão para que desabassem. Parou quando chegou ao outro piso. Um corredor pequeno estendia-se da direita para a esquerda. Marcus se pôs a explorar os ambientes.

Beliches enferrujados, algumas cadeiras quebradas. Havia também um grande banheiro, com chuveiros emparelhados e um vestiário. A atenção do penitencieiro, porém, foi atraída por um quarto que ficava ao fundo. Depois da porta, ele se viu em um ambiente diferente dos outros. As paredes eram cobertas por um tipo de papel.

Em volta de Marcus estavam desenhadas cenas extraídas de fábulas famosas.

Reconheceu João e Maria diante da casa de marzipã. Branca de Neve. Cinderela no baile. Chapeuzinho Vermelho com a cesta do lanche. A pequena vendedora de fósforos. Aqueles personagens pareciam saídos de um velho livro desbotado. Mas havia algo de estranho. Passando o feixe de luz da lanterna neles, Marcus compreendeu do que se tratava.

Não havia alegria nos rostos.

Ninguém sorria, como era de esperar em uma fábula. Ao olhá-los, o que se sentia era mal-estar e inquietação.

Um trovão mais forte que os outros. O penitencieiro sentiu a necessidade de deixar o quarto. Mas, quando saía, esmagou algo com a sola do sapato. Abaixou a lanterna e viu que havia gotas de cera no chão. Estavam em uma fila ordenada e levavam para fora dali. Marcus também as encontrou no corredor, em direção ao andar de baixo. Resolveu segui-las.

Elas o guiaram até um vão estreito sob a escada, onde o rastro terminava em frente a uma portinha de madeira. A pessoa que se aventurara até ali com uma vela tinha ido além. O penitencieiro mexeu na maçaneta. Estava aberta.

Apontou a lanterna. Diante dele havia um labirinto de quartinhos e corredores. Calculou que ocupavam um espaço muito mais amplo que os dois andares acima, como se o edifício na realidade fosse submerso no terreno e o que era visível fosse apenas uma modesta parte dele.

Seguiu em frente. As gotas de cera eram o único modo de se orientar lá embaixo, caso contrário, certamente se perderia. No chão, em vez dos tijolos, havia pedaços de reboco. E sentia-se um forte cheiro de querosene que, provavelmente, vinha das velhas caldeiras.

Ali embaixo estavam amontoados os objetos do ex-instituto. Havia colchões que mofavam no escuro e móveis desgastados silenciosamente pela umidade. O subsolo era o enorme estômago que os digeria devagar para dar um fim a qualquer rastro deles.

Mas também havia muitos brinquedos. Bonecos de mola corroídos pela ferrugem, carrinhos, um cavalo de balanço, blocos de madeira, um urso de pelúcia com o pelo gasto, mas com dois olhos espertos. O Hamelin era um meio-termo entre prisão e instituto psiquiátrico, mas aqueles objetos fizeram o penitencieiro se lembrar de que era também um lugar de crianças.

Pouco depois, o rastro de cera entrou em um dos cômodos. Marcus iluminou o ambiente. Não conseguia acreditar.

Era um arquivo.

O local estava entulhado de fichários e pilhas de folhas. Amontoavam-se pelas paredes e enchiam o centro do aposento, até o teto. Mas o caos reinava.

O penitencieiro aproximou a lanterna para ler as plaquinhas nas gavetas. Em cada uma havia apenas uma data. Graças a elas, pôde deduzir que o instituto Hamelin funcionou por quinze anos. Depois, por algum motivo obscuro, foi fechado.

Marcus começou a examinar os documentos, pegando-os ao acaso, com a convicção de que bastaria uma rápida passada de olhos para entender se interessavam. Mas, depois de ler algumas linhas aleatórias de duas folhas, se deu conta de que o que estava diante dele, de forma desordenada, não era um simples arquivo de prontuários médicos e atas burocráticas.

Era o diário do professor Joseph Kropp.

Ali estavam as respostas para todas as perguntas. Mas justamente a vastidão daquele depósito de notícias era o maior obstáculo à busca da verdade. Sem um critério lógico, Marcus devia se entregar ao acaso. Começou a consultar os cadernos de Kropp.

"Assim como os adultos, os menores também têm uma propensão natural para matar", escrevia o psiquiatra, "que, em geral, se manifesta na puberdade. Adolescentes, por exemplo, são responsáveis por muitas das chacinas nas escolas, realizadas com armas de fogo e frieza impiedosa. Há também jovens que se unem a gangues e cometem homicídios com a comodidade do pertencimento ao bando".

Mas Kropp ia além, analisando o fenômeno do homicídio na idade da inocência e da pureza de alma.

A infância.

12

Em seus quinze anos de existência, passaram pelo instituto Hamelin cerca de trinta meninos.

O crime era sempre o mesmo. Homicídio. Embora nem todos tivessem matado. Alguns, de fato, tinham apenas manifestado "acentuadas tendências homicidas" ou haviam sido detidos antes de atingir o objetivo, ou então não tinham conseguido.

Levando-se em conta a idade dos culpados, trinta era um número considerável. O relato do que haviam feito não era acompanhado por fotos e não havia nomes de batismo.

A identidade de cada um deles era ocultada por uma fábula.

"As crianças são mais cruéis que os adultos quando matam: a ingenuidade é sua máscara", escrevia Joseph Kropp. "Quando chegam aqui, parecem não ter nenhuma consciência da gravidade do que fizeram ou estavam prestes a fazer. Mas a inocência do comportamento delas pode induzir ao erro. Pensemos, por exemplo, na criança que tortura um pequeno inseto. O adulto a repreenderá, mas vai achar que não passa de uma brincadeira, pois sempre consideramos que o menor não é capaz de compreender totalmente a diferença entre o bem e o mal. No entanto, uma parte da criança sabe que o que faz é errado, e sente um prazer sádico e obscuro."

Marcus começou a ler ao acaso.

O menino de palha tinha 12 anos e não sentia nada. Na realidade, a mãe solteira o entregara a um casal de tios porque não podia cuidar dele. Um dia, em um parquinho, ele encontrou um garotinho de 5 anos e, aproveitando-se de uma distração da babá que tomava conta dele, o convenceu a segui-lo até um canteiro de obras abandonado. Quando chegaram, ele o levou para perto do bueiro de uma cisterna soterrada com muitos metros de profundidade, para então empurrá-lo. O menininho fraturou as duas pernas, mas não morreu de imediato. Nos dois dias seguintes, enquanto todos estavam empenhados nas buscas e achavam que ele tinha sido sequestrado por um adulto, o verdadeiro responsável voltou algumas vezes ao canteiro e se sentou na borda da cisterna para ouvir o choro e os pedidos de socorro que vinham de baixo — como uma mosca aprisionada em um pote. Até que, no terceiro dia, os gemidos pararam.

O menino de pó tinha 7 anos. Havia sido filho único por muito tempo, por isso, não aceitara a chegada de um irmão — um estranho hostil que interferia na cadeia dos afetos familiares. Um dia, aproveitando-se de uma distração da mãe, pegou o recém-nascido do berço e o levou ao banheiro, mergulhando-o na banheira cheia de água. A mãe o encontrou enquanto ele observava, impassível, o irmãozinho se afogar, conseguindo salvar o bebê só no último momento. Mesmo diante da evidência, o menino de pó sempre declarara não ter sido ele.

Segundo Kropp, o homicídio às vezes era realizado em um estado mental dissociativo. "Durante o ato, verifica-se uma verdadeira fuga da realidade, em que a vítima é percebida como um objeto, e não um ser humano. E isso explica a amnésia que em geral se segue ao crime, com o jovem culpado incapaz de se lembrar do que fez ou de sentir piedade ou remorso."

Marcus entendia por que as autoridades mantinham esses casos em segredo. Era um tabu. A divulgação dessas histórias perturbaria as consciências. Por isso haviam sido instituídos tribunais especiais, existiam documentos confidenciais e tudo era coberto pelo máximo sigilo.

Os meninos de vento eram três, todos de 10 anos. A vítima deles era um homem de 50, agente comercial, com mulher e dois filhos, que percorria a rodovia voltando para casa em uma noite comum de inverno. O para-brisa do carro foi atingido em cheio por uma pedra jogada de um viaduto, que perfurou seu crânio, deixando um buraco profundo no lugar do rosto. Os três meninos responsáveis foram identificados pela gravação de uma câmera de segurança colocada acima da ponte. Ao que parecia, a brincadeira mortal do trio já se desenrolava havia muitas semanas. Tinham danificado vários veículos, sem que ninguém reparasse neles.

O menino de fogo tinha 8 anos. Quando queimou o braço com um explosivo, os pais acharam que havia sido um acidente, mas ele quis experimentar em si mesmo o misterioso poder da chama — havia algo de doce no fundo daquela dor. Fazia tempo que tinha avistado um morador de rua que passava as noites em um carro abandonado em um estacionamento. O menino pôs fogo no veículo com um tambor de gasolina roubado da garagem do pai. O sem-teto teve queimaduras graves em setenta por cento do corpo.

Ao comentar esses crimes, Joseph Kropp não era indulgente, mas tentava pôr em evidência as motivações profundas. "Muitos se perguntam como pode uma criança, um ser humano considerado 'puro' por si só, chegar a realizar um gesto tão desumano como matar. Pois bem, diferentemente dos homicídios cometidos por adultos, nos quais podemos distinguir duas figuras, o assassino e a vítima, nos crimes que envolvem crianças o próprio assassino é vítima. Em geral de um pai ausente, punitivo ou pouco carinhoso. Ou de uma mãe dominadora, sem afeto ou que mantém comportamentos sedutores em relação ao filho. Uma criança que sofre abusos ou violências na família, que é desprezada pelos pais, tende a se sentir culpada por isso, acha que merece os maus-tratos. Por isso, escolhe uma criança de mesma idade e parecida com ela, vulnerável e indefesa, e a mata, pois aprendeu que o mais fraco sempre deve sucumbir. Na realidade, o pequeno assassino, assim, pune a si mesmo e à própria incapacidade de reagir às humilhações."

Era o caso do menino de lata, maltratado desde a tenra idade pelos pais, que descontavam as próprias frustrações nele. Os dois eram queridos demais pelos amigos para despertar suspeitas. Aos olhos dos desconhecidos, o único filho deles era desastrado ou simplesmente azarado, porque o tempo todo sofria pequenos acidentes que lhe provocavam equimoses e fraturas. Até que justamente esse menino solitário encontrou um melhor amigo. Aquela relação era uma marca positiva em sua vida e ele começava a ser feliz e a se sentir como os outros. Mas um dia tapeou o amiguinho para atraí-lo ao porão da casa da avó, amarrou-o e fraturou seus ossos das pernas e dos braços com um martelo pesado. Depois, com uma lâmina, fez diversos cortes nele. Por fim, perfurou seu estômago com um ferro pontiagudo: "Tive que fazer isso porque ele não queria morrer de jeito nenhum."

Marcus, que por causa da amnésia tinha removido sua vida anterior, inclusive a infância, foi obrigado a se perguntar exatamente em que momento, quando era criança, compreendera o sentido do bem e do mal, e se ele também, quando pequeno, havia sido capaz de um distanciamento tão impiedoso. Mas não tinha como responder à pergunta. Então, voltou a procurar a história que mais lhe interessava.

Mas ainda não encontrara na papelada menção ao menino de sal nem ao crime que tinha cometido. O penitencieiro observou novamente os fichários e o amontoado de documentos que tinha ao redor. A pesquisa seria longa. Analisou o ambiente com a lanterna, na esperança de que algo lhe saltasse aos olhos. Parou diante da gaveta semiaberta de um móvel de madeira. Aproximou-se; estava cheia de fitas de vídeo velhas. Tirou-a, embora algo dentro dela fizesse resistência. Colocou-a no chão e se curvou para verificar o conteúdo.

Cada fita tinha uma etiqueta na lateral: — "Psicose agressiva", "Distúrbio antissocial da personalidade", "Retardo mental agravado por transtornos de violência." Havia pelo menos trinta delas.

Marcus começou a conferir se entre as patologias havia alguma que pudesse corresponder à descrição do menino de sal feita por Nicola Gavi: distúrbios no campo sexual, agressividade latente, uma notável capacidade de trapaça, um quociente intelectual altíssimo. Estava tão concentrado na busca, que a lanterna escapou de suas mãos, caindo no chão. Quando se inclinou para pegá-la, notou que o feixe de luz apontava para algo em um canto.

Havia um colchonete jogado no chão, um monte de trapos e uma cadeira encostada na parede, sobre a qual estavam algumas velas e um fogareiro de acampamento. Pensou logo no catre de um mendigo, mas depois percebeu que aos pés da cadeira havia outra coisa.

Um par de sapatos. *Azuis.*

Não teve tempo de reagir porque sentiu algo se arrastar atrás dele. Moveu a luz para iluminá-lo. Era um velho.

Tinha cabelos brancos como a luz da lua e olhos azuis, profundíssimos. As rugas no rosto o faziam parecer uma máscara de cera. Encarava-o com um sorriso estranho nos lábios.

Marcus pôs-se de pé, devagar, mas o velho não se mexia. Escondia uma das mãos atrás das costas.

Era o mesmo homem que tinha matado Cosmo Barditi, esfaqueado Nicola Gavi e que o atingira na nuca na mansão na Appia Antica. E ele estava desarmado.

Por fim, o velho revelou o que escondia.

Um pequeno isqueiro azul de plástico.

Com o objeto, ele fez um sinal da cruz ao contrário e foi embora correndo, no escuro.

Marcus tentou procurá-lo com a lanterna e viu apenas uma sombra fugaz que saía do cômodo. Depois de um instante de hesitação, foi atrás dele, mas assim que chegou ao corredor sentiu no ar que o cheiro de querosene das velhas caldeiras havia se tornado mais forte. Uma labareda subiu em algum lugar naquela espécie de labirinto. Era possível ver o clarão.

Marcus cambaleou. Precisava fugir imediatamente, ou ficaria preso ali e seria queimado vivo. Mas uma parte dele sabia que, se saísse sem uma resposta, não haveria outra maneira de deter o mal que estava afligindo Roma. Por isso, consciente do risco que corria, voltou ao arquivo.

Jogou-se de novo sobre a gaveta onde estava fazendo a pesquisa e começou a pegar as fitas de vídeo, descartando a toda velocidade as que não lhe interessavam. Até que uma chamou sua atenção.

Na etiqueta estava escrito "Psicopata sábio".
Marcus enfiou-a debaixo do paletó e correu imediatamente para a saída.

Os corredores do subsolo pareciam todos iguais e estavam se enchendo rapidamente de uma fumaça acre e densa. O penitencieiro cobriu a boca e o nariz com o colarinho e tentava lembrar o percurso que fizera na ida, mas era tremendamente difícil. O feixe de luz da lanterna, a essa altura, deparava com um muro preto de fuligem.

Tentou engatinhar a fim de respirar melhor. Sentia o calor aumentar à sua volta e as chamas, que o perseguiam, assediando-o. Olhou para cima e percebeu que a fumaça ia para uma direção, como se tivesse achado uma saída. Então, pôs-se de pé e a seguiu.

Debatia-se e, de vez em quando, era obrigado a parar e se apoiar na parede para tossir. Mas, depois de um tempo que lhe pareceu interminável, finalmente encontrou a escada que levava ao andar de cima. Começou a subir os degraus, com o fogo envolvendo-o completamente.

Ao chegar ao térreo, notou que a fumaça logo invadiria ali também. Por isso, não podia sair por onde tinha entrado; corria o risco de morrer sufocado a poucos passos da salvação. Naquele momento, aquilo lhe pareceu um absurdo intolerável. Entendeu que, se quisesse se safar, deveria subir e driblar a fumaça, precedendo-a.

Viu-se de novo no primeiro andar e, com o pouco fôlego que lhe restava, conseguiu alcançar a sala com as paredes cobertas pelas cenas das fábulas. O calor, porém, havia chegado lá antes dele e era insuportável: o papel de parede com os desenhos começava a se soltar.

Marcus sentia que não tinha muito tempo, então começou a dar chutes no painel de madeira que bloqueava a janela. Um, dois, três pontapés, enquanto a claridade que anunciava a chegada das chamas já era visível no corredor. Enfim, o painel cedeu, precipitando no vazio. Marcus agarrou-se ao parapeito e estava prestes a segui-lo na escuridão do temporal quando, por baixo do papel de parede com os desenhos das fábulas, apareceu uma figura. Era imponente e erguia-se como uma sombra ameaçadora.

Um homem não humano. Tinha olhos esvaziados e cabeça de lobo.

13

A chuva que se abatera sobre Roma a noite toda era uma vaga lembrança na manhã seguinte.

Um sol desbotado iluminava a basílica de San Paolo fuori le Mura, que só perdia em tamanho para a basílica de São Pedro.

Abrigava a sepultura do apóstolo Paulo, que, de acordo com a tradição, sofreu o martírio e foi decapitado a poucos quilômetros dali. Ficava à esquerda do rio Tibre e depois dos muros Aurelianos, e seu nome derivava dessa posição. Costumava ser utilizada para cerimônias solenes, como os funerais oficiais. No momento, era o teatro dos funerais de Pia Rimonti e Stefano Carboni, os policiais assassinados brutalmente pelo monstro de Roma duas noites antes.

A igreja estava lotada, a ponto de não se poder entrar. Estavam presentes a cúpula da polícia e diversas autoridades, mas também muitos cidadãos que foram prestar homenagens às vítimas de um crime horrível.

Sob a colunata do átrio externo da basílica encontravam-se as equipes de televisão que registravam o evento para os jornais nacionais. Diante da entrada estava pronto o piquete de honra dos policiais de alta patente que renderia a última despedida aos caixões.

Sandra havia ficado do lado de fora junto com muitos colegas e observava tudo com um sentimento de resignação e a certeza de que o assassino, por sua vez, estava se deleitando com o espetáculo encenado por mérito dele.

Ela estava à paisana e trazia uma pequena câmera digital, com a qual imortalizava os presentes. Outros peritos em fotografia criminal, misturados à multidão dentro e fora da basílica, faziam a mesma coisa. Estavam em busca de um rosto ou um comportamento suspeito. A esperança era que o monstro tivesse decidido participar da cerimônia para experimentar a embriaguez de ainda estar livre e impune.

Ele não é burro a esse ponto, disse Sandra a si mesma. Não está aqui.

A última vez que ela havia participado de um funeral foi quando o marido morreu. Mas o pensamento fixo naquele dia distante não tinha a ver com a dor da perda. Enquanto acompanhava o funeral de David, não conseguia tirar da cabeça que era oficialmente uma "viúva". Uma palavra que não combinava com ela, muito menos com sua pouca idade. Detestava esse termo. Ninguém o usara em sua presença ainda, mas era inevitável se ver daquele jeito.

Enquanto não chegou à solução do mistério sobre o fim do homem que amou, não se livrou daquele título. Nem da presença incômoda dele. Ninguém nunca admite, mas a morte de pessoas importantes para nós às vezes nos persegue como uma dívida impossível de ser paga. Por isso, ainda se lembrava da sensação de libertação que experimentou quando seu David a deixou ir.

No entanto, ela ainda precisou de tempo para aceitar que outro homem entrasse em sua vida. Um amor totalmente diferente e um modo totalmente diferente de amar. Outra escova de dentes no banheiro, um novo cheiro no travesseiro ao lado do seu.

Mas agora não tinha mais certeza sobre Max, e não sabia como dizer isso a ele. E, quanto mais ela tentava se convencer de que ele era o homem certo e de lembrar a si mesma o quanto ele era perfeito, mais crescia nela a necessidade de acabar com tudo.

Esses pensamentos estavam mais fortes justamente agora, no dia do funeral da colega Pia Rimonti. O que teria acontecido se fosse ela no seu lugar naquele carro usado como isca para capturar o monstro? Qual imagem e qual arrependimento a surpreenderiam nos últimos instantes de vida?

Sandra tinha medo de responder. Mas talvez tenha sido graças àqueles pensamentos desagradáveis que, levantando a câmera digital para imortalizar um grupinho de pessoas, percebeu que também tinha fotografado Ivan, o namorado de Pia, que estranhamente se afastava às pressas da basílica antes do fim da cerimônia.

Sandra seguiu-o com o olhar e o viu percorrer toda a colunata, ir para uma ruela lateral e se aproximar de um carro estacionado. Mesmo àquela distância, parecia transtornado. Vai saber, talvez não tivesse suportado a dor e fugiu. Mas, antes de chegar ao carro, fez um gesto que impressionou Sandra.

Tirou o celular do bolso do paletó com raiva e o jogou em uma lixeira.

Sandra lembrou-se das palavras do penitencieiro sobre as anomalias. E aquele era certamente um comportamento anômalo. Ela hesitou por um momento, mas, depois, decidiu ir falar com aquele homem.

Antes do acontecimento trágico, ela o vira apenas uma vez, enquanto esperava Pia no fim do plantão. Mas nos últimos dois dias ele tinha ido com frequência aos escritórios da delegacia. Parecia não superar a maneira como as coisas tinham acontecido. De algum modo, ele se sentia responsável por não ter protegido a namorada.

— Olá. Você é o Ivan, não é? — começou Sandra.

O homem virou-se para olhá-la.

— Sim, sou eu.

— Meu nome é Sandra Vega, sou colega de Pia. — Sentiu-se obrigada a lhe dizer por que tinha se aproximado. — Não é fácil, eu sei. Passei por isso há alguns anos quando meu marido morreu.

— Sinto muito — foram suas únicas palavras, talvez porque não soubesse mais o que dizer.

— Vi você sair correndo da igreja. — Sandra percebeu que, ao ouvir essa frase, Ivan olhou instintivamente para a lixeira onde havia jogado o celular pouco antes.

— Pois é... Eu não estava aguentando.

Sandra tinha se enganado. Na voz dele não havia dor ou raiva. Só estava com pressa.

— Vamos pegá-lo — disse. — Ele não vai ficar impune. No fim nós sempre os capturamos.

— Sei que isso vai acontecer — respondeu Ivan, mas sem convicção, como se não se importasse de verdade.

O tom e o modo de agir contrastavam com a ideia que ela tivera de Ivan até aquele momento: o namorado que quer justiça a qualquer custo. Agora, porém, Sandra teve a impressão de que ele queria esconder algo. Até porque não parava de lançar olhares evasivos à lixeira.

— Posso perguntar por que foi embora do funeral?

— Já respondi.

— O verdadeiro motivo — insistiu ela.

— Não é da sua conta — respondeu, com raiva.

Sandra encarou-o em silêncio por alguns segundos que, tinha certeza, pareciam intermináveis para ele.

— Tudo bem, desculpe — disse antes de se afastar. — Sinto muito pelo que está passando.

— Espere...

Sandra parou e se virou.

— Você conhecia bem Pia? — perguntou-lhe ele com um tom completamente diferente, mais triste.

— Não tão bem como gostaria.

— Tem um bar aqui perto. — O homem olhou os sapatos e depois acrescentou: — Você se incomoda se conversarmos um pouco?

De início, Sandra não soube o que responder.

— Não estou dando em cima de você — disse ele, levantando as mãos como se pedisse desculpas. — Mas preciso falar com alguém...

Sandra olhou-o bem: qualquer que fosse o peso que Ivan carregava dentro de si merecia que alguém o ajudasse a se livrar dele. Talvez com uma desconhecida fosse mais fácil.

— Tenho que terminar meu serviço. Mas vai na frente e eu alcanço você depois.

* * *

Sandra só conseguiu se liberar uma hora depois. O tempo todo se perguntou qual era o fardo daquele homem e se era mais pesado que o dela pelo que não tinha coragem de dizer a Max. Depois, como prometido, foi juntar-se a ele no bar.

Encontrou-o sentado a uma mesinha, tinha pedido uma bebida forte. Assim que a viu pareceu despertar, seu olhar tinha uma expectativa estranha.

Sandra sentou-se em frente a ele.

— E aí, o que está acontecendo?

Ivan revirou os olhos como se procurasse as palavras.

— Sou um canalha. Um canalha de verdade. Mas eu a adorava.

Ela se perguntou por que ele tinha começado daquele jeito, mas o deixou falar sem interromper.

— Pia era uma ótima pessoa, nunca me machucaria. Ela dizia que nossa história era mais importante do que qualquer coisa. Só esperava que eu a pedisse em casamento. Mas eu estraguei tudo...

Sandra percebeu que Ivan não conseguia olhá-la nos olhos. Esticou a mão para pousá-la sobre a dele.

— Se você não a amava mais, não é culpa sua.

— Mas eu a amava — disse ele, decidido. — Só que, na noite em que ela morreu, eu a estava traindo.

Sandra ficou abalada com aquela revelação. Tirou a mão devagar.

— Eu tinha um caso com outra, fazia um tempinho. E nem era a primeira vez.

— Acho que eu não deveria ouvir essa história.

— Pelo contrário.

Parecia que estava suplicando.

— Naquela noite, eu sabia que Pia estava trabalhando e não podia me ligar, então aproveitei para me encontrar com a outra mulher.

— Sério, chega. — Ela não tinha a menor vontade de escutar o resto.

— Você é policial, certo? Então tem que me ouvir.

Sandra estava confusa com aquele comportamento, mas deixou que continuasse.

— Não contei nada antes porque estava com medo que pensassem que sou um babaca. O que diriam de mim os nossos amigos, os pais dela? E todas as outras pessoas? Essa história foi parar na televisão, todo mundo que não me conhece se sentiria no direito de me julgar. Fui um covarde.

— O que você não contou?

Ivan a encarou; seus olhos estavam cheios de medo e Sandra achou que ele podia começar a chorar.

— Que recebi uma chamada do telefone de Pia na noite em que ela morreu.

Sandra sentiu um gelo subir pelas pernas, até as costas. Era errado afirmar que o monstro não tinha deixado nada para eles na segunda cena do crime. Havia algo, sim.

— Como é que é?

O homem vasculhou o bolso e então apoiou um celular na mesa. Muito provavelmente era o telefone que ela o tinha visto jogar fora pouco antes. Empurrou-o devagar na direção dela.

— Estava desligado — disse. — Mas depois encontrei um recado na secretária.

14

Tinha procurado abrigo em uma "casa estafeta".

Uma das muitas propriedades do Vaticano espalhadas por Roma. Eram endereços seguros, em geral apartamentos vazios em prédios insuspeitos. Em caso de necessidade, neles podiam encontrar comida, remédios, uma cama para descansar, um computador conectado à internet e, principalmente, um telefone com uma linha protegida.

Naquela noite, Marcus usou-o para ligar para Clemente e lhe dizer que tinha que falar com ele.

O amigo apareceu por volta das 11 horas da manhã. Quando o penitencieiro abriu a porta para ele, foi como se refletir em um espelho, porque, pela expressão de Clemente, entendeu o efeito que sua aparência causava.

— Quem deixou você nesse estado?

Marcus tinha sofrido um traumatismo craniano na noite da festa na mansão da via Appia Antica, havia sido agredido por Nicola Gavi, e, por fim, tinha conseguido escapar por pouco de um incêndio, jogando-se de uma janela. A queda provocara nele uma série de pequenas escoriações no rosto e, por causa da fuligem inalada, ainda sentia dificuldade para respirar.

— Não é nada — minimizou o penitencieiro, enquanto acomodava o visitante, que arrastava uma mala preta. Foram para o único cômodo mobiliado da casa. Sentaram-se na beira da cama desfeita onde Marcus tentara dormir nas últimas horas, sem conseguir.

— Você deveria ir a um médico — disse Clemente, enquanto arrumava a mala ao lado.

— Tomei duas aspirinas, deve ser suficiente.

— Você comeu alguma coisa, pelo menos?

Marcus não respondeu, porque os cuidados do amigo, no momento, o incomodavam.

— Ainda está chateado comigo? — Clemente se referia à investigação paralisada a respeito da freira morta nos jardins vaticanos.

— Não quero falar sobre isso — ele logo o liquidou. Mas, toda vez que se encontravam, ele revia a imagem do corpo desmembrado.

— Você tem razão — disse Clemente. — Temos que cuidar do monstro de Roma, é mais urgente do que qualquer outra questão.

Queria parecer decidido, e Marcus resolveu satisfazê-lo.

— O homicídio do casal de policiais aconteceu dois dias depois da agressão no pinheiral de Ostia — afirmou Clemente. — Passaram-se mais dois. Se o assassino estiver seguindo um cronograma específico, deveria ter atacado esta noite.

— Mas esta noite choveu — disse o penitencieiro.

— E daí?

— O menino de sal, lembra? Ele tem medo de água.

A ideia lhe veio naquela noite, enquanto se afastava do instituto Hamelin debaixo de chuva. A compulsão por repetir as mortes, característica dos assassinos em série, era ditada por etapas específicas. Fantasia, planejamento, execução. No entanto, depois do ataque, em geral, o homicida conseguia acalmar o instinto predatório com a lembrança, que podia lhe garantir uma sensação de satisfação por períodos mais ou menos longos. Neste caso, porém, o intervalo próximo entre os dois acontecimentos indicava que o assassino tinha um desenho bem preciso em mente. E que as mortes que se sucederam eram apenas as fases de um percurso com uma meta que, no momento, era obscura.

Por isso, o impulso de matar não era condicionado pela necessidade, mas por um objetivo.

Qualquer que fosse a finalidade, o monstro de Roma estava respeitando o papel que tinha atribuído a si mesmo. A mensagem que estava tentando comunicar era que o menino de sal do instituto Hamelin não estava nem um pouco curado de sua patologia. Ou melhor, ele a sublimara.

— Ele respeita o script — afirmou Marcus. — E a chuva faz parte dele. Eu verifiquei: hoje à noite vai chover. Se eu estiver certo, entre amanhã e depois de amanhã ele voltará a atacar.

— Então temos uma vantagem de quanto? Trinta e seis horas? — perguntou Clemente. — Apenas 36 horas para entender como funciona a mente dele. Enquanto isso, podemos dizer que ele é muito esperto. Gosta de matar, gosta de surpreender, quer semear pânico, mas ainda não conhecemos sua motivação. Por que justamente os casais de jovens?

— A fábula do menino de sal — disse, e então explicou ao amigo a história dos livros usados no instituto Hamelin como terapia pelo professor Joseph Kropp. — Acho que o monstro está tentando nos contar sua fábula pessoal. Os homicídios são apenas os capítulos dessa narrativa. Ele a compõe no presente, mas o que tenta nos revelar deve ser uma história antiga, feita de dor e violência.

— Um homicida narrador.

Os assassinos em série costumavam ser divididos em categorias, de acordo com o *modus operandi* e a motivação que os incitava. Os "assassinos narradores" eram considerados uma subcategoria daquela mais ampla dos "visionários", que cometiam os homicídios dominados por um *alter ego* com o qual se comunicavam e do qual recebiam instruções, às vezes sob forma de visões ou de "vozes".

Os narradores, porém, precisavam de um público para sua obra. Era como se buscassem o tempo todo um consenso para o que faziam, mesmo sob forma de terror.

Era o motivo pelo qual o monstro tinha deixado uma mensagem no gravador do confessionário, cinco dias antes de atacar.

"...uma vez... Aconteceu de madrugada... E todos correram para onde estava fincada sua faca... havia chegado sua hora... os filhos morreram... os falsos portadores do falso amor... e ele foi impiedoso com eles... do menino de sal... se não for detido, não vai parar."

— Em Sant'Apollinare ele falava no passado, como em uma fábula — disse Marcus. — E a primeira frase, da qual falta a parte inicial, é "Era uma vez".

Clemente começava a compreender.

— Ele não vai parar enquanto não tivermos entendido o sentido de sua história — continuou Marcus. — Mas no momento o monstro não é nosso único problema.

Era como combater em duas frentes.

De um lado, um homicida impiedoso. Do outro, uma série de indivíduos que se empenhavam para ofuscar a história, matando e despistando. E tudo mesmo à custa da própria vida. Por isso, deixaram o assassino narrador de lado temporariamente e se dedicaram a esse segundo aspecto. Marcus aproveitou para colocar Clemente a par de suas descobertas.

Começou com o médico-legista Astolfi, que havia roubado uma prova da primeira cena do crime. Talvez uma estatueta de sal. Depois, contou de Cosmo Barditi e de como tinha descoberto a pista certa com o livro de fábulas do "menino de vidro" que Nicola Gavi lhe vendera.

Foram justamente as perguntas que Barditi tinha feito por aí que chamaram para ele a atenção de quem depois o matou, simulando um suicídio. Era a mesma pessoa que tentara eliminar Nicola Gavi com uma facada e que tinha agredido Marcus na festa na mansão da via Appia Antica: o homem com os sapatos azuis, o velho de olhos claros que vivia no subsolo do instituto Hamelin.

— Astolfi e o velho são a prova de que alguém está tentando esconder a verdade e, talvez, proteger o monstro — concluiu Marcus.

— Proteger? Por que diz isso?

— É uma sensação, mais do que qualquer outra coisa. O monstro precisa de um público, lembra? Gosta de se sentir gratificado. Por isso, tenho certeza de que o encontrei naquela noite na mansão da via Appia

Antica. Ele estava lá com sua máquina fotográfica, curtindo a cena de sua celebração sem ser reconhecido. Quando percebeu que eu o notei, fugiu. Enquanto eu o seguia, tive a ideia de fazer o sinal da cruz ao contrário, como eu tinha visto Astolfi fazer no pinheiral de Ostia enquanto desenterrava a estatueta de sal que havia escondido.

— E então?

— Eu tinha previsto uma reação de algum tipo, mas o homem com a máquina fotográfica me olhou de um jeito irritado, como se aquele gesto não lhe dissesse nada.

— Já o homem de sapatos azuis, o velho, reconheceu o sinal da cruz ao contrário e por isso atacou você, deixando-o desfalecido no jardim da mansão. É isso?

— Acho que sim.

Clemente refletiu um pouco.

— O monstro é protegido, mas não sabe que é... Por quê?

— Vamos chegar lá — prometeu Marcus. — Acho que a visita ao instituto Hamelin me colocou na pista certa. — Começou a andar pelo quarto, esforçando-se para dar um sentido ao que tinha visto na noite anterior. — No subsolo, o velho fez o sinal da cruz ao contrário, depois correu e ateou fogo. Uma ação aparentemente louca, mas não acho que tenha a ver com loucura. Acho que, em vez disso, foi uma demonstração. Sim, ele queria me demonstrar sua determinação em guardar o segredo. Não acho que tenha sobrevivido: fiquei do lado de fora da casa para me certificar, mas ninguém saiu. No fundo, eu me salvei por um triz.

— Como Astolfi, ele preferiu tirar a própria vida a falar. — Mas Clemente estava confuso. — Qual pode ser a natureza desse segredo?

— Em um cômodo do instituto Hamelin, atrás de um papel de parede com os personagens das fábulas, estava escondida a imagem de uma figura antropomorfa: um homem com cabeça de lobo — lembrou o penitencieiro. — Preciso que você faça uma pesquisa para mim: tem que encontrar o sentido daquele símbolo. O que representa? Tenho certeza de que a ele está relacionado um legado.

Clemente concordava.

— É a única pista que descobriu no instituto?

Marcus apontou para a mala preta do amigo.

— Trouxe o videocassete?

— Como você me pediu.

— Achei uma fita de vídeo. É a única coisa que consegui salvar do incêndio, mas acho que valeu a pena. — Marcus pegou-a de uma cadeira e a deu ao amigo, que leu a etiqueta.

PSICOPATA SÁBIO

Depois, explicou:

— Os pequenos pacientes não usavam os próprios nomes e não sabiam os nomes dos outros. Kropp dava a eles o apelido ligado à fábula escolhida para a terapia. A intenção do doutor era reconstruir o indivíduo dentro da criança. Nicola Gavi, por exemplo, era "frágil e perigoso" como o vidro. Por sua vez, o menino de sal na fábula era mais inteligente do que os outros garotos, mas, justamente por isso, todos o evitavam: ele destruía tudo o que tocava. Gavi disse também que o colega tinha um quociente intelectual altíssimo...

Clemente começou a entender tudo por conta própria.

— Cristo definiu seus discípulos "o sal da terra" para evidenciar o valor de sua consciência: a eles havia sido revelada a verdade de Deus. Desde então, o sal se tornou sinônimo de sabedoria — concluiu. — O menino de sal, de fato, é mais inteligente do que os outros.

— O psicopata sábio — disse Marcus. — Acho que nessa fita de vídeo está o monstro quando era apenas uma criança.

15

O laboratório de análise tecnológica — o LAT — da delegacia de Roma estava entre os pioneiros da Europa. Sua atividade abrangia desde a decodificação do DNA à investigação eletrônica.

Quem o dirigia era Leopoldo Strini, um especialista de 35 anos com a calvície incipiente, os óculos grossos e a pele pálida.

— Aqui deciframos códigos e reconstruímos o conteúdo de interceptações ambientais e telefônicas — explicava ele para Sandra. — Se, por exemplo, uma gravação tem lacunas, o LAT, com seus equipamentos, é capaz de preenchê-las com as palavras exatas. Assim como, a partir de uma foto tirada no escuro, podemos fazer aparecer a imagem como se fosse pleno dia.

— Como é possível? — perguntou a policial.

Strini aproximou-se de um dos terminais presentes na grande sala e deu algumas batidinhas no monitor com ar de satisfação.

— Graças a um sistema de softwares poderosíssimos e de ponta, nossa margem de erro é de 0,009.

Os computadores eram o verdadeiro segredo daquele lugar. O LAT era dotado de tecnologias das quais nenhuma outra entidade, pública ou privada, podia dispor. A grande sala que as abrigava ficava no subsolo da delegacia. Não havia janelas, e um aparelho de ar-condicionado mantinha a temperatura constante, para não danificar os sofisticados equipamentos. Já os servidores que suportavam toda aquela tecnologia estavam enterrados a uma profundidade de sete metros sob os alicerces do antigo prédio da via San Vitale.

Sandra considerou que aquele lugar era um meio-termo entre um laboratório de biologia — com a bancada de microscópios e tudo mais —, um de informática e um de eletrônica — com soldadores, componentes de aparelhagens e diversos equipamentos.

No momento, o LAT estava trabalhando no DNA do monstro de Roma, encontrado na camisa que o assassino imprudentemente tinha deixado no carro dos jovens agredidos em Ostia. E estava empenhado no exame dos achados apreendidos na casa do médico-legista Astolfi. Mas, por vontade dos chefes da delegacia, a segunda tarefa era secreta, lembrou Leopoldo Strini. Por isso era impossível que Sandra Vega, uma simples perita em fotografia criminal, tivesse ido até ele por isso.

— O DNA do homicida não nos revelou nada — disse o técnico, pondo as mãos à frente. — Nenhuma correlação com outros casos nem com os testes aos quais estamos submetendo todos aqueles com antecedentes por crimes semelhantes ou são suspeitos.

— Preciso de um favor — afirmou a policial, para cortar logo a conversa. Então lhe estendeu o celular que Ivan, o namorado de Pia Rimonti, dera a ela.

— O que eu deveria fazer com isso?

— Na caixa postal há um recado da colega que foi assassinada há duas noites. Mas antes preciso que você o escute.

Strini pegou o telefone das mãos de Sandra como se fosse uma relíquia. Depois, olhando-o em silêncio, foi até um dos terminais. Conectou o celular e digitou uma série de comandos no teclado.

— Estou extraindo a mensagem de voz — anunciou antes de apertar a tecla que ligava diretamente à caixa postal. Em seguida, aumentou o volume das caixas de som que estavam na mesa.

A chamada começou. Uma voz eletrônica feminina deu as boas-vindas e anunciou que a caixa postal continha uma mensagem salva. Então disse o dia e, principalmente, a hora em que fora deixada: 3 horas da madrugada. Enfim, a gravação começou.

Strini estava esperando ouvir a voz de Pia Rimonti a qualquer momento. Em vez disso, houve apenas um longo silêncio, que durou ao todo cerca de trinta segundos. Depois, a ligação caiu.

— O que isso significa? Não estou entendendo — disse, virando-se para Sandra.

— É por isso que ainda não informei Moro nem Crespi — explicou a policial. Então, ela lhe contou brevemente sobre o encontro que teve com o namorado de Pia depois do funeral e sobre como ficou sabendo da mensagem de voz. — Preciso que você me diga se foi um erro, ou seja, se a chamada foi feita por engano ou se a caixa postal gravou mal porque talvez o celular não pegasse bem...

Strini logo compreendeu aonde Vega queria chegar com aquela conversa. Na realidade, ela queria saber se naquele silêncio havia algo.

— Acho que posso dizer isso daqui a pouco — garantiu o técnico, e então começou a trabalhar com empenho.

Passaram-se alguns minutos, durante os quais Sandra observou Strini decompor a mensagem em uma série de faixas de áudio que, na tela, pareciam o diagrama de um sismógrafo. Ele amplificou cada vibração, cada ruído, de modo que, ao mínimo som, a linha tremia.

— Aumentei ao máximo o ruído de fundo — anunciou o técnico. — Posso excluir desde já que a caixa postal tenha gravado mal a mensagem. — Ele apertou uma tecla para reproduzir novamente o conteúdo.

Agora, era possível escutar claramente o chiado do vento e das folhas. Parecia que ela estava lá, pensou Sandra. Os barulhos secretos de um bosque de madrugada, quando ninguém está presente para ouvi-los. Ela experimentou uma estranha sensação de medo. Porque, em vez disso, alguém estava lá.

— Alguém fez a ligação deliberadamente — confirmou Strini. — Ficou em silêncio por cerca de trinta segundos e desligou. — Depois, acrescentou: — Mas por que fazer uma coisa dessas?

— O horário — foi a resposta de Sandra.

Mas Strini não entendeu de imediato.

— A voz eletrônica da secretária anunciou há pouco que a mensagem foi deixada às 3 da madrugada.

— E daí?

Sandra pegou uma folha que tinha levado.

— O último contato por rádio entre os agentes e a central de operações aconteceu pouco depois de 1 hora da manhã. De acordo com a autópsia, Stefano Carboni morreu alguns minutos depois, enquanto Pia Rimonti foi torturada por pelo menos meia hora antes de ser assassinada.

— A ligação aconteceu após a morte dela — disse Strini, surpreso, mas também amedrontado com a constatação.

— Foi feita mais ou menos quando nossos homens foram verificar o local e descobriram os dois corpos.

Não era preciso dizer qual era a conclusão natural da história. O assassino se afastara com o telefone de Pia Rimonti e fizera a chamada de outro lugar.

— O celular de Pia não estava entre os objetos encontrados na cena do crime. — Como prova, Sandra mostrou ao técnico uma folha onde havia a lista da qual falava.

Mas Strini se levantou, recusando-se a olhá-la.

— Por que você veio até mim? Por que não foi logo falar com Moro ou Crespi?

— Já expliquei: precisava de uma confirmação.

— Que confirmação?

— Acho que, com essa mensagem silenciosa, o monstro queria chamar nossa atenção. Você poderia rastrear de onde foi feita a chamada?

16

Pôs a fita no videocassete e deu play.

A tela se encheu de uma nevoazinha acinzentada. Durou cerca de um minuto, um tempo enorme em que Marcus e Clemente não disseram uma palavra. Por fim, apareceu algo. A imagem oscilava de cima para baixo enquanto a fita tentava se acomodar — parecia que se partiria a qualquer momento. Mas depois, sozinho, o enquadramento se estabilizou em uma cena de cores desbotadas.

Era a sala com as paredes de personagens das fábulas. No chão havia diversos brinquedos e, em um canto, um cavalo de balanço. No centro, duas cadeiras.

Na cadeira da direita estava um homem de cerca de 40 anos com as pernas cruzadas. Cabelos de um loiro intenso, costeletas e óculos de grau com lentes escuras. Usava um jaleco médico. Provavelmente era o professor Joseph Kropp.

Na cadeira da esquerda estava um menino magro, com as costas curvadas e as duas mãos enfiadas embaixo dos joelhos. Vestia uma camisa branca abotoada nos punhos e até o colarinho, calça escura e botas de couro. Um cabelo estilo Joãozinho castanho cobria a testa até os olhos. Ele olhava para baixo.

— *Você sabe onde está?* — perguntou o psiquiatra com um leve sotaque alemão.

O garoto fez que não com a cabeça.

O enquadramento se mexeu por um momento, como se alguém ainda estivesse ajeitando a câmera. De fato, dali a pouco, diante da objetiva apareceu um segundo homem. Ele também usava um jaleco e segurava uma pasta.

— *Este é o doutor Astolfi* — disse Kropp, apresentando o jovem que no futuro se tornaria médico-legista, e este pegou uma cadeira e foi se sentar ao lado dele.

Para Marcus, foi a confirmação de que não se enganara: Astolfi estava envolvido e conhecia o monstro.

— *Queremos que você se sinta à vontade, está entre amigos aqui.*

O menino não disse nada e Kropp, por sua vez, fez um sinal em direção à porta aberta. Dali entraram três enfermeiros: uma mulher de cabelos ruivos e dois homens que foram para perto da parede ao fundo.

Um dos dois homens não tinha o braço esquerdo e não usava nenhuma prótese. Marcus reconheceu o outro:

— Aquele ali é o velho do incêndio no instituto, o homem que me atacou na mansão da Appia Antica. — Os mesmos olhos azuis, muito mais robusto, mas, na época, não devia ter mais do que 50 anos. Mais uma confirmação: quem estava protegendo o monstro o conheceu quando era criança.

— *Este é Giovanni* — disse Kropp, apresentando-o. — *Esta é a senhorita Olga. E aquele magro narigudo ali é Fernando* — afirmou o psiquiatra, indicando o homem sem um braço.

Todos sorriram com a frase espirituosa, menos o menino, que não parava de olhar para os pés.

— *Vamos ficar com você um pouco, mas daqui a um tempo poderá se juntar às outras crianças. Você vai ver: mesmo que não se sinta assim agora, no fim vai gostar de estar aqui.*

Marcus já havia reconhecido dois dos protagonistas no vídeo. Agora tomou uma nota mental do nome e da fisionomia dos outros também. Kropp, loiro. Fernando, aleijado. Olga, ruiva.

— *Arrumei seu quarto* — disse a mulher, com um sorriso gentil. Ela se dirigia ao psiquiatra, mas, na verdade, falava com o menino. — *Guardei* suas coisas nas gavetas, mas acho que mais tarde podemos ir ao depósito de brinquedos escolher algo de que ele goste. O que acha, professor?

— Me parece uma ótima ideia.

O menino não teve nenhuma reação. Então, Kropp fez novamente um sinal e os três enfermeiros deixaram a sala.

Marcus notou que todos eram muito atenciosos e solícitos. O comportamento deles, porém, contrastava com os rostos dos personagens das fábulas representados nas paredes, sem alegria.

— *Agora vamos fazer algumas perguntas, tudo bem?* — perguntou Kropp.

O menino virou-se para a câmera inesperadamente.

Kropp chamou-o de novo:

— *Você sabe por que está aqui, Victor?*

— O nome dele é Victor — disse Clemente, para reforçar que talvez agora eles tivessem o nome do monstro. Mas, no momento, Marcus estava mais interessado no que acontecia na tela.

O garoto voltou a olhar para Kropp, mas também não respondeu à segunda pergunta.

Kropp o pressionou.

— *Acho que você sabe, mas não quer falar sobre isso, certo?*

Mais uma vez, nenhuma reação.

— *Sei que gosta de números* — disse o psiquiatra, mudando de assunto. — *Ouvi falar que você é ótimo em matemática. Gostaria de me mostrar alguma coisa?*

Naquele momento, Astolfi levantou-se e saiu do enquadramento. Pouco depois, voltou e colocou ao lado de Victor uma lousa onde estava escrita uma raiz quadrada.

$$\sqrt{787470575790457}$$

Depois, soltou o giz e sentou-se.

— *Não quer resolvê-la?* — perguntou Kropp ao menino, que sequer se virara para observar o que Astolfi tinha feito.

Após alguns segundos de hesitação, Victor se levantou, foi até a lousa e começou a escrever a solução.

28061906,132522

Astolfi conferiu em sua pasta e indicou a Kropp que o resultado estava correto.

— É um pequeno gênio — disse Clemente, espantado.

O psiquiatra estava entusiasmado.

— *Bom, Victor, muito bom.*

Marcus sabia que existiam pessoas dotadas de talentos especiais, para a matemática ou para a música ou para o desenho. Alguns tinham incríveis capacidades de cálculo, para outros, bastava um só dia para aprenderem a tocar perfeitamente um instrumento, outros ainda eram capazes de reproduzir o panorama de uma cidade depois de observá-lo por poucos segundos. Muitas vezes, o dote extraordinário era associado a um déficit mental como o autismo ou a síndrome de Asperger. No passado, eram chamados de *idiot savant* — idiotas sábios. Mas, atualmente, falava-se deles com o termo mais apropriado de *savant*. Apesar das atitudes extraordinárias, em geral, eram incapazes de se relacionar com o mundo que os cercava e apresentavam significativos atrasos na linguagem e nos processos cognitivos, além de distúrbios obsessivo-compulsivos.

Victor devia ser um deles. O psicopata sábio, lembrou.

O menino voltou à sua cadeira, pondo-se na mesma posição de antes, curvado e com as mãos debaixo dos joelhos. Mas começou a olhar de novo para a objetiva da câmera.

— *Por favor, Victor, olhe para mim* — Kropp o repreendeu com gentileza.

O olhar dele era intenso, e Marcus teve uma sensação desagradável. Era como se aquela criança pudesse vê-lo através da tela.

Um instante depois, Victor obedeceu ao psiquiatra e voltou a se virar.

— *Agora temos que falar da sua irmã* — anunciou Kropp.

As palavras não surtiram efeito no menino, que seguia imóvel.

— *O que aconteceu com sua irmã, Victor? Você lembra o que houve com ela?* — Kropp deixou que à pergunta se seguisse o silêncio, talvez para estimular uma reação.

Passou-se um tempo breve e, então, Victor disse algo. Mas a voz dele era fraca demais para que se pudesse ouvir com clareza.

— O que ele disse? — perguntou Clemente.

Kropp interveio.

— *Poderia repetir, por favor?*

O garoto repetiu timidamente, em um tom de voz só um pouco mais alto:

— *Não fui eu.*

Em vez de replicarem, os dois médicos presentes na sala esperaram que ele dissesse mais alguma coisa. Mas foi inútil. Victor limitou-se a virar-se de novo para a câmera — era a terceira vez.

— *Por que você olha para lá?* — perguntou Kropp.

O menino levantou o braço devagar e apontou para algo.

— *Não tem nada ali. Não estou entendendo.*

Victor não disse nada, mas continuou a fitar.

— *Está vendo um objeto?*

Victor fez que não.

— *Então alguém... Uma pessoa?*

Victor ficou imóvel.

— *Você está enganado, não tem ninguém. Somos os únicos na sala.*

Mas o menino não parava de olhar naquela direção. Marcus e Clemente tiveram a desagradável impressão de que, de fato, Victor estava zangado com eles.

— *Temos que voltar a falar da sua irmã. É importante* — disse Kropp. — *Mas está bom por hoje. Você pode ficar aqui brincando, se quiser.*

Depois de trocarem um rápido olhar, os dois médicos se levantaram e foram em direção à porta. Saíram da sala, deixando o menino sozinho, mas sem desligar a câmera. Marcus achou aquilo estranho. Enquanto isso, Victor continuava impassível observando a objetiva, sem mover sequer um músculo.

O penitencieiro tentava ler no fundo dos olhos do menino. Qual segredo se escondia no olhar daquela criança? O que tinha feito à irmã?

Quase um minuto se passou. Depois, a fita acabou e a gravação parou.

— Agora sabemos o nome dele — afirmou Clemente, satisfeito.

Os dois elementos seguros eram aquela fita de vídeo e a gravação da voz do monstro feita no confessionário de Sant'Apollinare, da qual sua investigação havia começado.

"...uma vez... Aconteceu de madrugada... E todos correram para onde estava fincada sua faca... havia chegado sua hora... os filhos morreram... os falsos portadores do falso amor... e ele foi impiedoso com eles... do menino de sal... se não for detido, não vai parar."

O vídeo e o áudio constituíam dois extremos. O monstro quando era apenas um menino e, depois, um adulto. O que tinha acontecido no meio? E antes?

— No passado, o confessionário de Sant'Apollinare era usado pelos criminosos para passarem informações à polícia — recapitulou Marcus, que precisava clarear as ideias. — A igreja era um porto franco, um lugar seguro. O monstro sabia disso, por isso, partimos do princípio de que fosse um criminoso.

— É provável que tenha cometido outros delitos depois do instituto Hamelin — disse Clemente, apontando para a tela. — No fundo, sabemos como essas coisas acontecem: a maior parte das crianças ou dos adolescentes que comete um crime continua depois, também.

— O destino deles está marcado — afirmou Marcus. Mas era mais fruto de uma reflexão consigo mesmo. Sentia que estava muito próximo de algo importante. Havia uma frase da mensagem de áudio que, à luz do que tinha visto no vídeo, agora ganhava um significado diferente.

Os filhos morreram.

Quando a ouviu pela primeira vez, achou que o monstro se referisse aos pais de suas jovens vítimas. Que fosse uma advertência sádica para eles, pela dor que os faria sentir.

Estava enganado.

— Entendi por que ele escolhe casais de jovens — disse, reemergindo de sua reflexão. — A razão não é ligada ao sexo ou a alguma perversão. Na mensagem de áudio, ele se refere às vítimas chamando-as de "os filhos".

Clemente prestou toda a sua atenção ao que ele dizia.

— No vídeo, Kropp pergunta para Victor o que aconteceu com a irmã dele. Provavelmente a ela está ligado o motivo pelo qual o menino estava no instituto Hamelin: ele a machucou. De fato, depois ele diz: "Não fui eu."

— Continue, estou acompanhando seu raciocínio...

— Nosso homem é um assassino narrador; com os homicídios, ele está nos contando sua história.

— Claro, os filhos! — Clemente captou o sentido daquilo por conta própria. — Na fantasia dele, os casais de jovens representam um irmão e uma irmã.

— Para agir, ele precisa surpreender as vítimas quando estão sozinhas e isoladas. Pense bem: é mais fácil achar um casal de namorados do que um casal de irmãos.

A teoria da ligação entre o que estava acontecendo naqueles dias e o que havia acontecido entre Victor e a irmã, além disso, era reforçada pelo fato de que o assassino atacava com mais fúria as vítimas femininas.

— "Não fui eu." Ele ainda acredita que sofreu uma injustiça na infância. E a culpa é da irmã.

— E está descontando tudo naqueles jovens.

A essa altura, Marcus estava empolgado. Voltou a andar pelo quarto.

— Victor machuca a irmã e é mandado para o instituto Hamelin. Mas, em vez de mudá-lo para melhor, o lugar o faz virar um criminoso. Por isso, quando cresce, comete outros delitos.

— Se ao menos soubéssemos quais... — lamentou Clemente. — Poderíamos chegar à sua identidade completa.

Mas não era possível. O crime que Victor havia cometido na infância tinha sido apagado para sempre; não havia rastro dos delitos cometidos pelas crianças nos arquivos da polícia. Tudo era ocultado. O mundo era incapaz de aceitar que uma alma pura pudesse fazer o mal com impiedosa lucidez.

— Existe uma maneira — afirmou Marcus, seguro. — A primeira vítima. — Depois, explicou-se melhor: — Apenas a identidade do culpado foi apagada, mas, se descobrirmos o que aconteceu com a irmã de Victor, vamos encontrá-lo também.

17

A mensagem muda na caixa postal era um convite.

Era como se o monstro estivesse dizendo: "Vamos, venham ver." O técnico do LAT tinha localizado a chamada feita do celular de Pia Rimonti naquela noite em uma área no sudeste de Roma, na zona dos Colli Albani.

Sandra informou Moro e Crespi imediatamente.

O procedimento de emergência do SCO foi ativado. Faltava pouco menos de uma hora para o pôr do sol: tinham que ser rápidos.

Um cortejo de uma dezena de veículos entre carros blindados e viaturas da polícia deixou o prédio da via San Vitale, seguidos prontamente pelos furgões dos canais de TV. Com dois helicópteros Agusta do departamento de aviação servindo como anjos da guarda, atravessaram o centro de Roma com as sirenes a toda, chamando a atenção dos pedestres. Da janela do carro, Sandra Vega viu os olhares angustiados: encaravam o desfile, paralisados por aquele som e pelo encantamento do medo. Pais e mães que empurravam carrinhos com filhos pequenos, turistas que tinham escolhido justamente aquele momento de tensão para visitar a Cidade Eterna e nunca esqueceriam aquelas férias, mulheres e homens, velhos e jovens. Todos unidos pelo mesmo sentimento, pelo mesmo temor incontrolável.

Sandra estava sentada ao lado de Moro no banco de trás do segundo carro à frente. O subdelegado a convidara para ir com ele, mas ainda não tinha dito uma palavra. Estava pensativo, mas a agitação era visível quando, às vezes, verificava pelo retrovisor as antenas parabólicas dos furgões dos jornalistas que, como feras famintas, iam à caça da presa.

Sandra podia imaginar os pensamentos do subdelegado Moro. Estava se perguntando como a polícia se sairia desta vez. Porque, até aquele momento, embora ninguém admitisse, estavam perdendo o jogo. Por isso, era normal que entre as preocupações do superpolicial também estivesse aquela de ver a investigação lhe escapar. Era um caso empolgante demais para que alguém não tentasse pôr as mãos. Por exemplo, os ROS, o grupo especial dos policiais militares que também cuidava de crimes violentos e que estava impaciente para pegar o lugar dele.

Enquanto a longa fila de veículos percorria compacta a rodovia 217, uma frente fria estava descendo sobre a cidade, carregando nuvens baixas e ameaçadoras que passavam acima da cabeça deles feito um exército de sombras na direção do sol, que desaparecia rapidamente do horizonte.

A natureza estava contra eles.

Os Colli Albani, na realidade, eram um imenso vulcão inativo, colapsado sobre si mesmo milhares de anos antes. As diversas bocas eruptivas haviam se tornado planícies ou abrigavam pequenos lagos de água doce. Ao redor, um muro de cumes cobertos por uma vegetação densa.

A área era habitada e havia diversos centros urbanos. Leopoldo Strini, o técnico do LAT, só tinha sido capaz de circunscrever a região da chamada em um raio de três quilômetros, que era difícil de verificar.

Por volta de vinte minutos depois, chegaram ao campo aberto. Os carros à frente pararam à margem de uma área de bosque, enquanto os veículos blindados que transportavam os homens dos departamentos especiais se arrumaram para formar a linha de uma barreira.

— Muito bem, comecemos a busca — ordenou Moro no rádio.

Dos furgões saíram os policiais com uniforme de combate, com os fuzis-metralhadoras e os coletes à prova de bala. Enfileiraram-se pela fronteira do bosque. Então, a um sinal preciso, moveram-se simultaneamente e sumiram no meio das árvores.

Moro foi para cima de um morrinho, segurando o transmissor e esperando. Sandra o olhava, perguntando-se como um homem pronto para qualquer circunstância podia vivenciar aqueles momentos. A uma centena de metros atrás deles, os canais de TV, mantidos sob controle pelos agentes de um cordão de segurança, começavam a instalar as câmeras para a transmissão ao vivo.

Com a noite chegando, começaram a armar os cavaletes para as lâmpadas halogênicas. Conectadas a geradores a diesel, elas eram arrumadas a uma distância de cerca de dez metros uma da outra, ocupando um perímetro enorme. Quando o último brilho do sol estava para se esvair, o comissário Crespi mandou que fossem ligadas. Com uma série de estalos mecânicos que ecoaram no vale, uma luz branquíssima se chocou com a barreira da vegetação.

Enquanto isso, os helicópteros varriam o bosque lá do alto com seus potentes refletores, para oferecerem um pouco de visibilidade aos homens armados no solo.

Passaram-se quase trinta minutos sem que nada acontecesse. Ninguém tinha esperança de que algo surgisse tão cedo, mas foi assim. Uma voz saiu do rádio de Moro.

— Senhor, encontramos o celular da agente Rimonti. Talvez seja bom vir aqui ver.

A luz dos helicópteros vazava do alto entre os galhos das árvores — finos feixes luminosos que davam ao bosque um aspecto encantado. Sandra andava atrás de Moro e do comissário Crespi. Escoltados por outros agentes, avançavam na vegetação.

A cada passagem dos helicópteros, o fragor das hélices cobria o som de seus passos para depois se dispersar em um eco que, para Sandra, parecia o de uma grande catedral.

Uma centena de metros à frente deles, alguém ergueu e abaixou algumas vezes uma lanterna, fazendo sinal para que fossem para aquela direção.

Quando chegaram ao lugar, um grupo de homens do SCO os esperavam. Estavam reunidos em volta de seu superior.

— Onde está? — perguntou Moro.

— Ali. — O homem indicou um ponto no chão e logo o iluminou com a lanterna.

De fato, havia um celular sujo de terra.

O subdelegado agachou-se para observá-lo melhor, tirando do bolso uma luva de látex e colocando-a na mão direita.

— Preciso de luz aqui. — E logo chegaram os feixes de outras lanternas.

Tratava-se de um smartphone com uma capa azul-escura com o emblema da polícia de Estado. Moro a reconheceu, pois fazia parte do merchandising da corporação; era possível comprá-la no site oficial junto com camisetas, bonés e outras coisas. Mas os agentes ganhavam a capa, com a intenção de evitar que vestissem ou usassem objetos de cores chamativas demais ou inadequadas ao uniforme. O único adereço, naquele caso, era o pequeno pingente em forma de coração que pendia de um dos cantos.

O coração piscava, e era como se palpitasse.

— Foi assim que o encontramos — disse o homem do SCO. — Notamos a intermitência, provavelmente indica que a bateria do telefone está descarregando.

— Provavelmente — repetiu Moro à meia voz, enquanto continuava olhando o aparelho. Então, levantou-o com um dedo, tentando enxergar o visor. Além da terra, estava manchado de sangue.

O sangue de Pia Rimonti, pensou Sandra.

— Chamem a polícia científica e peçam a perícia das digitais no telefone, e examinem bem toda a área.

Quando o agente do SCO convocara Moro pelo rádio, havia usado uma expressão específica.

"Talvez seja bom vir aqui ver."

O problema era justamente esse. Desde o início, todos esperavam encontrar algo naquele lugar. Mas, com exceção do telefone, não havia nada para ver.

Por que o monstro os levara até ali?

De sua posição agachada, Moro olhou primeiro para Sandra e depois para o comissário Crespi.

— Está bem, vamos trazer os cachorros.

* * *

Seis agentes da unidade cinófila guiavam seis Bloodhounds por uma grade imaginária que tinha como base o ponto onde o telefone havia sido encontrado.

A operação acontecia com o cão agachado na parte dianteira, contra o vento e em zigue-zague.

Os Bloodhounds — literalmente "caçadores de sangue" — recentemente haviam sido rebatizados pela imprensa de "cachorros moleculares", porque eram capazes de seguir as moléculas do cheiro nas condições mais adversas. Mas também porque, diferentemente de outras raças, sabiam identificar uma pista olfativa mesmo depois de muito tempo do crime. Fazia pouco tempo que tinham sido usados para encontrar um maníaco que violentara e matara uma menina no norte da Itália: levaram os investigadores até o local onde o homem trabalhava, e a prisão acontecera diante de fotógrafos e câmeras de televisão. Desde então, a raça dos cachorros moleculares havia ganhado uma fama inesperada.

Mas, entre os policiais, o nome deles ainda era "cães de cadáver".

Naquele momento, um dos animais parou, virando o focinho para seu treinador. Era o sinal de que tinha farejado algo. O treinador levantou o braço: um gesto que servia para ter a confirmação. De fato, o cachorro latiu, saindo da posição agachada e ficando de novo ereto sobre as quatro patas, à espera da recompensa.

— Senhor, tem alguma coisa aqui embaixo — disse o agente ao rádio do subdelegado Moro. Então ofereceu uma bolinha de comida seca ao cachorro, afastando-o do ponto indicado.

Moro e Crespi se aproximaram. Ambos se acocoraram. Enquanto o comissário apontava a lanterna para baixo, o subdelegado limpou com a mão os galhos e as folhas secas do terreno. Então, passou a palma no solo vazio.

Apresentava uma leve depressão.

— Merda — disse Moro, contrariado.

Sandra, que estava a pouca distância, intuiu o que estava acontecendo. Ali embaixo havia um corpo. E não apenas porque tinha sido encontrado pelo Bloodhound. A caixa torácica de um cadáver enterrado sem um caixão, pouco tempo depois, cedia sob o peso da terra que a cobria, com um consequente afundamento do solo acima.

Crespi aproximou-se dela.

— Vega, talvez você deva começar a se preparar.

Sandra vestiu o macacão branco com capuz e arrumou o arco com o microfone do gravador à altura da boca.

As equipes especiais tinham dado espaço aos homens da polícia científica, que, junto com os coveiros, começaram a cavar. Foram montados refletores e a área foi circunscrita com piquetes.

A perita em fotografia criminal imortalizava a cena com a reflex. À medida que a terra era removida — delicadamente, com o auxílio de pequenas pás —, algo ia surgindo. Primeiro foram pedaços de jeans. Logo se soube que era uma calça.

O corpo estava enterrado a apenas meio metro de profundidade. Não foi difícil chegar ao restante. Um par de tênis, meias, um cinto de corda marrom, uma jaqueta de tecido verde. O cadáver estava de barriga para cima, as pernas levemente encolhidas contra o busto, sinal de que quem tinha cavado o buraco não soube calcular bem sua altura. De fato, o tórax estava colapsado e parecia um grande turbilhão.

Sandra continuava a tirar fotos, movendo-se ao redor dos colegas concentrados na exumação. Eles tinham largado as pazinhas e agora prosseguiam com o trabalho, removendo a terra com pincéis.

A cabeça ainda estava debaixo da terra, mas as mãos, a única parte não coberta por roupas, apareciam como duas ramificações escuras, lenhosas. Aquele tipo de inumação havia acelerado o processo de decomposição.

Então chegou o momento de revelar o rosto. Isso foi feito com muito cuidado. No fim, surgiu apenas uma caveira onde ainda estavam grudados os cabelos — uma cabeleira ressecada cor de ébano.

— Homem, idade indefinida — anunciou o médico-legista após ter examinado atentamente os ossos da área da testa, as maçãs do rosto e o maxilar.

— Apresenta um furo de entrada na altura da têmpora direita — disse Sandra ao gravador, e logo pensou no revólver Ruger usado pelo monstro; já era uma espécie de assinatura. O furo de saída devia estar na parte posterior do crânio.

Depois, dando zoom com a máquina fotográfica para fazer um primeiro plano, reparou que da terra atrás da nuca do cadáver brotava algo.

— Há mais alguma coisa debaixo do corpo — comunicou ela aos colegas da científica. Eles a olharam por um instante, perturbados. Depois, voltaram a cavar.

O subdelegado Moro estava a alguns metros de distância. Observava a operação, imóvel e de braços cruzados. Viu os homens extraírem o cadáver da vala para colocá-lo delicadamente em cima de um tecido impermeável.

Bem naquele momento revelou-se o segundo corpo, logo abaixo.

— Mulher, idade indefinida.

Era muito menor que seu companheiro de sepultura. Usava calça legging florida e tênis rosa. Da cintura para cima estava sem roupa.

Sandra pensou nas vítimas femininas anteriores. Diana Delgaudio estava nua e justamente por isso havia provocado a hipotermia que salvara sua vida, Pia Rimonti havia sido despida antes de ser torturada e morta com um facão de caça. O assassino sempre reservava aos homens uma morte rápida. Giorgio Montefiori havia sido convencido a esfaquear Diana e, no fim, recebera uma bala na cabeça, como em uma execução. Stefano Carboni havia sido atingido no tórax; um fim quase instantâneo para ele também. E o homem que agora estava deitado ao lado da vala não devia ter se saído pior, com aquele furo na têmpora.

Talvez o monstro simplesmente não se interessasse pelos homens. Então por que escolhia casais?

Também no caso da segunda vítima, a caixa torácica estava afundada por causa do peso de cima. O médico-legista examinou-a com atenção.

— À esquerda, a oitava e a nona costelas da mulher apresentam pequenos sulcos de perfil serrilhado, sinal de provável esfaqueamento — disse.

O *modus operandi* do monstro estava confirmado desta vez também. Mas, antes que o patologista pudesse dizer mais alguma coisa, a poucos metros dali os cães de cadáver começaram a se agitar.

A segunda sepultura continha duas mochilas. Uma vermelha, e a outra, preta. Uma maior, e a outra, menor. Pertenciam às vítimas. A explicação mais imediata e convincente era que o assassino, ao não encontrar lugar para elas no primeiro buraco, tinha sido obrigado a cavar um segundo.

Quando os coveiros abriram a mochila preta da mulher e começaram a esvaziá-la, Sandra viu a expressão de Moro mudar.

No rosto do superpolicial desenhou-se uma máscara de perplexidade. O subdelegado pegou um objeto que era familiar para ela.

Um teste de gravidez.

O silêncio espalhou-se com um contágio, e ninguém no bosque disse uma palavra. Todos os presentes sentiam o mesmo horror.

— Os jovens que pediam carona — disse, em voz baixa, o subdelegado Moro.

18

"A vida é apenas uma longa série de primeiras vezes."

Sandra não lembrava quem tinha dito isso, mas a frase voltou à sua mente enquanto se afastava da cena do crime. Sempre lhe parecera uma expressão positiva, cheia de expectativas e de esperança.

Havia uma primeira vez para tudo. Por exemplo, ela lembrava a vez que, quando era pequena, o pai a ensinara a andar de bicicleta.

"Pronto, agora você nunca mais vai esquecer", dissera ele. E tinha razão, embora naquele momento ela não acreditasse tanto nisso.

E se lembrava de quando beijou um menino pela primeira vez. Ela também não se esqueceria daquilo, mas, mesmo se acontecesse, ela não se incomodaria, pois se tratava de um adolescente espinhento com o hálito de chiclete de morango. E ela achou aquilo a coisa menos sexy do mundo.

E existem primeiras vezes que também são últimas. Sandra não podia deixar de considerar o casamento com David uma experiência única. Por isso, ela nunca se casaria com Max.

De todo modo, as primeiras vezes, boas ou ruins, criavam uma recordação indestrutível e uma estranha magia. E continham uma lição preciosa a ser usada no futuro. Sempre. Exceto aquela a que tinham assistido naquela noite no bosque.

A primeira vez de um monstro.

Bernhard Jäger e Anabel Meyer tinham 23 e 19 anos.

Ele era de Berlim, e ela, de Hamburgo. O rapaz acabara havia pouco tempo os estudos em arquitetura, enquanto ela estava inscrita em uma escola de arte. Conheciam-se havia alguns meses e logo foram morar juntos.

Dois verões antes, eles tinham começado uma viagem pela Itália de carona. Mas depois de algumas semanas vagando pela península desapareceram no nada. No último telefonema para as famílias, Bernhard e Anabel contaram que dali a pouco teriam um filho.

Foi com eles que o monstro aprendeu a matar.

A partir de um rápido exame da cena, ficou claro para todos que o *modus operandi* era o mesmo, mas tinha sido levado a cabo de forma muito parecida. Como por um amador que tem a vocação e conhece as noções elementares do ofício, mas ainda não tem a experiência necessária para realizar o trabalho com perfeição.

Naquele caso, era uma questão de detalhes.

A bala que matou o rapaz explodiu na altura da têmpora, o que, na maioria das vezes, não provocava uma morte instantânea. As facadas dadas na garota foram distribuídas ao acaso no abdômen, como se o assassino tivesse sido guiado pela pressa, sem se deleitar com a própria obra.

E, além disso, havia a questão do bebê.

O homicida não tinha como saber que Anabel estava grávida; era cedo demais para que se visse uma mudança em seu físico. Talvez ela tivesse lhe dito, mas quando já era tarde demais. Ou talvez ele também, depois, tivesse visto o teste de gravidez. Quando descobriu esse *detalhe*, ele se deu conta do erro: havia escolhido um casal que não correspondia à sua fantasia inicial.

Nada de crianças no plano do monstro.

Provavelmente era o motivo de ter enterrado os corpos depois. Em sua primeira vez, havia cometido um erro e quis escondê-lo do mundo e, principalmente, de si mesmo.

Mas depois, quando ficou bom naquilo, quando todos, depois de duas agressões quase exemplares, já tinham reconhecido o justo mérito a ele com um tributo de horror e espanto, então decidiu revelar sua estreia imperfeita. Como se dissesse que, a essa altura, não precisava mais se envergonhar.

Porque, agora, aquela "distração" podia até assumir outro valor e se tornar seu maior triunfo.

O fato era que o sumiço dos dois jovens não havia ido parar no meio dos vários casos de desaparecimento que aconteciam todos os anos na Itália, que em geral eram esquecidos à espera de uma reviravolta ou de um golpe de sorte que quase nunca chegava.

Anabel Meyer era a segunda filha de um famoso banqueiro alemão, um homem poderoso que fez fortes pressões no governo e nas autoridades italianas para que a filha fosse encontrada. Assim, jornais e canais de TV haviam tratado do caso e este havia sido entregue ao policial mais competente: o subdelegado Moro.

Como os jovens viajavam pedindo carona, haviam sido examinadas horas de imagens filmadas pelas câmeras de segurança de ruas e estradas, com uma utilização considerável de homens e recursos para a natureza da investigação. Um desaparecimento não era um homicídio, nem havia provas de que fosse um sequestro, mas ainda assim foi gasto muito dinheiro e foram usados meios desmedidos.

No fim, apesar da dificuldade objetiva de encontrar algo, descobriu-se que, em julho, Bernhard e Anabel passaram por um posto de gasolina logo depois de Florença, na A1, a Rodovia do Sol. Paravam os carros para pedir carona a fim de chegar em Roma.

As câmeras de segurança do posto de gasolina filmaram o momento em que os dois jovens entravam em um carro popular. Pela placa, o automóvel constava como roubado, e a lente não foi capaz de captar o rosto do motorista. Mas, graças justamente ao talento de Moro, a polícia chegara ao ladrão.

Tratava-se de um delinquente com antecedentes por roubo e assalto. Sua especialidade era oferecer caronas a turistas ingênuos para, depois, exigir seus bens, ameaçando-os com uma pistola. O suspeito foi detido após uma caçada veloz. Na casa dele encontraram, além de uma Beretta sem registro, objetos que pertenciam aos dois jovens alemães: a carteira de Bernhard e um colarzinho de ouro de Anabel.

A ideia dos investigadores era que o marginal tivesse tido que enfrentar o corpanzil do rapaz, que, provavelmente, reagira ao assalto. Assim, viu-se obrigado a atirar. Tomado pelo pânico, naquele momento também tinha matado a garota, escondendo os dois corpos depois.

Após a prisão, o homem admitiu o assalto, mas se defendeu afirmando que não tinha atirado em ninguém e que tinha se livrado dos jovens em campo aberto.

O lugar, por coincidência, ficava a poucas centenas de metros de onde os corpos haviam sido encontrados agora, notou Sandra.

Mas dois anos antes ninguém os procurara porque o delinquente, durante a primeira fase do processo, mudou a versão. Admitira o homicídio duplo, declarando ter se desfeito dos cadáveres, jogando-os em um rio.

Os mergulhadores haviam investigado o curso de água, mas os restos mortais não haviam sido encontrados. O juiz, porém, demonstrou apreciar a vontade do réu de colaborar com a justiça, condenando-o à prisão perpétua, mas fazendo uma ressalva, no texto da sentença, sobre a possibilidade de que ele pedisse, em um dia não muito distante, para ser submetido a um regime de semiliberdade.

Agora, era evidente que a confissão fazia parte de uma estratégia específica dos advogados: diante do peso esmagador das provas, aconselharam que ele admitisse a culpa, embora não fosse a verdade. Era uma das distorções do sistema penal, mas, na época, os pais dos jovens, incluindo o poderoso banqueiro, contentaram-se, pois finalmente tinham um culpado a quem havia sido dada a pena máxima. Isso provavelmente os consolava do fato de que não teriam um lugar onde chorar pelos filhos. As autoridades italianas, por sua vez, tinham fornecido às autoridades alemãs uma demonstração de eficiência. O subdelegado Moro havia recebido os agradecimentos gerais e vira seu prestígio aumentar consideravelmente.

Todos satisfeitos. Até aquele momento.

Enquanto a verdade desconcertante vinha à tona, Sandra tirou o macacão e guardou o equipamento de perícia em fotografia criminal no carro de serviço.

A poucos passos dela, um constrangido subdelegado Moro concedia uma primeira declaração para os principais jornais, nacionais e estrangeiros. Seu rosto, à luz dos refletores, parecia ainda mais extenuado. Atrás dele, o bosque onde os esqueletos haviam sido encontrados. À sua frente, uma multidão de microfones.

— Bernhard Jäger e Anabel Meyer. — Ele enfatizou os nomes com tristeza, olhando para as câmeras. — Vinte e três e 19 anos.

— Como eles morreram? — perguntou um jornalista.

Moro procurou o rosto dele no meio dos demais, mas estava ofuscado pelos flashes e desistiu.

— Pode ser considerado o terceiro casal vítima do monstro. Mas, como estão desaparecidos há pelo menos dois anos e os restos mortais estão em estado avançado de decomposição, podemos considerar que foram os primeiros.

Por dois anos, o assassino vivera sem ser incomodado e, agora, tornara-se o monstro.

O penitencieiro dissera que alguém o protegia, lembrou-se Sandra. Quem e por que estava fazendo algo assim? Talvez o que desse mais raiva nela era pensar que alguém preferia um assassino a dois jovens inocentes.

Astolfi participara daquela defesa absurda e ela o desmascarou. O comissário Crespi lhe garantiu que ele não tinha nada a ver com o caso, que havia sido um ato de loucura. Mas Marcus tinha desmentido essa tese. Por isso, Sandra só acreditava nele.

Sentia vontade de olhar os outros cúmplices na cara, quem quer que fossem. Queria que soubessem que alguém estava a par do esquema deles. Como a polícia não pretendia se ocupar do médico-legista, aprofundando a investigação sobre ele e os motivos do suicídio, ela queria mandar um sinal mesmo assim. Tinha certeza de que o penitencieiro aprovaria.

Teve a ideia observando o comissário Crespi saindo do bosque: como era um homem muito religioso, fez o sinal da cruz.

A vida é apenas uma longa série de primeiras vezes, disse Sandra a si mesma. E, depois de ter se escondido por tempo demais atrás da barreira de proteção de sua máquina fotográfica, talvez, para ela, tivesse chegado o momento de arriscar.

Então, aproveitando o fato de que as câmeras certamente a enquadravam ao fundo do subdelegado Moro, levantou a mão direita e, imitando Astolfi no pinheiral de Ostia, fez o sinal da cruz ao contrário.

TERCEIRA PARTE

O psicopata sábio

A quarta aula do treinamento do penitencieiro acontecera na maior igreja do mundo.

São Pedro era única. A basílica havia sido reconstruída por Bramante depois da demolição da basílica anterior. Incluindo o pórtico, tinha 211 metros de comprimento. A cúpula, até a ponta da cruz acima, chegava a 132.

Dentro dela, cada artefato, monumento ou coluna, friso ou nicho, tinha uma história.

Na primeira vez que Clemente levara Marcus à imensa igreja, os fiéis se misturavam com os turistas em uma abafada quinta-feira de junho. Mas era impossível distinguir quem estava ali por devoção de quem se encontrava no local simplesmente para visitá-lo. Ao contrário de outros lugares de culto, ali não se respirava nenhuma emanação mística.

O símbolo mais importante da cristandade, na realidade, celebrava sobretudo o poder temporal dos papas, que, ao longo da história, representando o apóstolo Pedro, com o pretexto de governar as coisas do espírito dedicavam-se, em vez disso, às coisas materiais, como qualquer outro soberano.

O período dos papas reis já havia passado, mas ainda havia os mausoléus dos pontífices que se sucederam como testemunhas da época. Parecia que haviam disputado para deixar uma marca suntuosa da própria passagem, com a cumplicidade de grandes artistas.

Por este último motivo, embora tudo isso não tivesse muita relação com Deus, Marcus não tinha coragem de condenar a vaidade daqueles homens.

Nos subterrâneos de Roma escondiam-se muitas maravilhas: os restos da Cidade Eterna que dominara o mundo com sua civilização, mas também numerosas necrópoles, algumas da época cristã: as catacumbas. Sobre uma destas havia sido edificada a basílica onde estavam.

A catacumba em questão era aquela que, de acordo com a tradição, abrigava a tumba do discípulo predileto de Cristo. Mas somente em 1939 Pio XII autorizou uma campanha de escavações para conferir se os restos de Pedro de fato estavam no subterrâneo.

Foi assim que, a muitos metros de profundidade, descobriu-se uma parede vermelha com um oratório, no qual estava gravado um grafite em grego antigo.

ΠΕΤΡ (ΟΣ)
ΕΝΙ

"Pedro está aqui."

A tumba debaixo do oratório, porém, estava vazia. Apenas muitos anos depois da descoberta, alguém lembrou que em um quartinho de despejo havia sido guardado o material encontrado casualmente nos arredores da escavação.

Ele havia sido colocado em uma normalíssima caixa de sapatos.

Dentro da caixa havia ossos humanos e de animais, fragmentos de tecido, terra, pedaços de reboco vermelho e moedas medievais.

Os especialistas puderam determinar que os ossos tinham pertencido a alguém do sexo masculino, bastante alto, robusto, entre os 60 e os 70 anos de idade. Os pedaços de tecido eram de um pano de púrpura permeado de ouro. O reboco era da parede vermelha que abrigava o oratório, e a terra era idêntica àquela do lugar da sepultura. Já as moedas medievais provavelmente haviam sido levadas até ali pelos ratos, cujos restos estavam junto aos ossos do defunto.

— Parece a trama de um grande filme de suspense — afirmara Clemente depois de ter narrado a história para Marcus. — O fato é que nunca saberemos se aquele homem é mesmo o apóstolo Pedro. Poderia ser um

Pedro qualquer, quem sabe um devasso ou um malfeitor. — Ele olhara ao redor. — E, todos os anos, milhares de pessoas ajoelham-se sobre sua tumba e rezam. Rezam para ele.

Mas Marcus sabia que havia um significado prático que se escondia na história do amigo.

— No entanto, o ponto é outro: o que é um homem? Como não podemos saber quem alguém de fato é, nós o julgamos pelo que faz. O bem e o mal são nosso parâmetro de julgamento. Mas é suficiente? — Então, Clemente ficara sério de repente. — Chegou a hora de você conhecer o maior arquivo criminal da história.

O catolicismo era a única religião que contemplava o sacramento da confissão: os homens contavam seus pecados a um sacerdote para, em troca, receberem o perdão. Às vezes, porém, a culpa era tão grave que este não podia conceder a absolvição. Isso acontecia para os chamados "pecados mortais", ou seja, os que se referiam a "um assunto grave" e cometidos com "consciência e deliberado consenso".

Partia-se do homicídio, mas também estava incluída a traição da Igreja e da fé.

Nestes casos, o sacerdote transcrevia o texto da confissão e o transmitia a uma autoridade superior: um colegiado de altos prelados que, em Roma, era chamado para julgar tais assuntos.

O Tribunal das Almas.

Havia sido instituído no século XII com o nome de Paenitentiaria Apostolica. Acontecera em ocasião de um extraordinário fluxo de peregrinos à Cidade Eterna. Muitos buscavam absolvição para suas culpas.

Na época, existiam censuras reservadas exclusivamente ao Sumo Pontífice, assim como dispensas e graças que apenas a autoridade máxima da Igreja podia conceder. Mas, para o papa, era uma tarefa imensa. Assim, ele começou a delegá-la a alguns cardeais que, depois, deram vida à congregação da penitenciaria.

A princípio, uma vez que o tribunal emitia o veredito, os textos das confissões eram queimados. Mas, depois de poucos anos, os penitencieiros decidiram criar um arquivo secreto...

— E a obra deles não parou mais — concluíra Clemente. — Há quase mil anos lá estão guardados os piores pecados cometidos pela humanidade.

Às vezes são crimes dos quais ninguém nunca tomou conhecimento. Não é um simples banco de dados, como o da polícia. É o mais vasto e atualizado arquivo existente do mal.

Mas Marcus ainda não compreendia o que isso tinha a ver com ele.

— Você vai estudar o Arquivo dos Pecados. Eu lhe darei os casos a serem examinados e você vai fazer isso. No fim, você será uma espécie de profiler ou criminologista. Como você era antigamente, antes de perder a memória.

— Por quê?

— Porque logo depois vai aplicar seus conhecimentos no mundo real.

Era a base de seu treinamento.

— O mal está em tudo, mas muitas vezes não conseguimos vê-lo — acrescentara Clemente. — As anomalias são o sinal quase imperceptível da presença dele. Ao contrário de qualquer outra pessoa, você será capaz de identificá-las. Lembre-se, Marcus: o mal não é uma ideia abstrata. O mal é uma dimensão.

1

O quarto de hospital estava mergulhado em uma penumbra verde.

O que a criava eram as luzinhas dos equipamentos médicos. Ao fundo, ouvia-se o êmbolo do respirador automático conectado à traqueia da moça deitada em uma cama.

Diana Delgaudio.

A boca aberta, um filete de baba que descia pelo queixo. Os cabelos, penteados e divididos para o lado, faziam com que parecesse uma velha criança. Os olhos estavam arregalados em um olhar inexpressivo.

Ouvia-se a voz de duas enfermeiras que se aproximavam no corredor. Conversavam, uma das duas tinha problemas com o namorado.

— Eu disse a ele que não quero saber se antes de me conhecer ele saía com os amigos nas quintas à noite. Agora estamos juntos e a prioridade é minha.

— E como ele reagiu? — perguntou a outra, que parecia achar graça.

— Reclamou um pouco no início, depois cedeu.

Entraram no quarto empurrando um carrinho com roupa de cama, tubos e cânulas de reposição para fazer os habituais procedimentos de limpeza da paciente. Uma delas acendeu a luz.

— Ela já está acordada — disse a outra, ao reparar que a garota havia aberto os olhos.

Mas "acordada" não era a melhor palavra para descrever Diana, pois ela estava em estado vegetativo. Os meios de comunicação não falavam disso, por respeito à família, mas também porque não queriam abalar a sensibilidade de todas as pessoas que acreditavam que a sobrevivência da moça fosse uma espécie de milagre.

Foi o único comentário que as duas enfermeiras fizeram sobre ela e logo voltaram a falar das próprias vidas.

— Por isso, como eu estava dizendo, entendi que com ele eu sempre tenho que me comportar dessa maneira se quiser conseguir alguma coisa.

Enquanto isso, elas trocaram sua roupa, lavaram-na e aplicaram uma nova cânula para o respirador, anotando cada operação em uma pasta. Para substituir os lençóis da cama, moveram a garota momentaneamente para uma cadeira de rodas. Uma das enfermeiras pôs a pasta e a caneta no colo dela, pois não sabia onde colocá-las.

Ao fim da operação, puseram Diana deitada de novo.

As enfermeiras prepararam-se para sair do quarto com o carrinho, continuando a falar sem parar de suas coisas.

— Espere um momento — disse uma das duas. — Esqueci a pasta.

Ela voltou e a pegou na cadeira de rodas. Olhou-a distraidamente, mas então foi obrigada a observá-la melhor. Ficou quieta de repente, espantada. Olhou para a garota deitada na cama, imóvel e inexpressiva como sempre. E depois voltou a olhar a folha que tinha nas mãos, incrédula.

Na página havia um escrito com um traço incerto, infantil. Uma única palavra.

ELES

2

A televisão da lanchonete estava sintonizada em um canal de notícias 24 horas e já era a terceira vez que ele via o mesmo jornal.

Ele dispensaria com prazer aquela companhia enquanto comia, mas não podia fazer nada: embora tentasse olhar para outro lado, assim que se distraía os olhos se plantavam automaticamente na tela de novo, apesar de estar sem som.

Leopoldo Strini refletiu que era um efeito da dependência da tecnologia. A essa altura, as pessoas não sabiam mais ficar sozinhas com elas mesmas. E esse foi o pensamento mais profundo de seu dia.

Os outros clientes do restaurante também estavam grudados no vídeo — famílias com crianças e trabalhadores que antecipavam o horário de almoço. As histórias do monstro tinham capturado a atenção de todos na cidade. E os meios de comunicação se deleitavam com elas. Agora, por exemplo, seguiam passando as imagens da descoberta dos dois esqueletos no bosque. As notícias eram poucas, mas os jornais as repetiam obsessivamente. E as pessoas não se cansavam de assistir. Mesmo se alguém mudasse de canal, a programação não seria diferente. Aquilo já era uma psicose coletiva.

Era como olhar um aquário. Sim, um aquário dos horrores.

Leopoldo Strini estava sentado à mesa de costume, no fundo do salão. O técnico do LAT tinha trabalhado a noite toda com os novos achados, mas ainda não era capaz de fornecer nenhum resultado útil. Estava morto de cansaço e, no meio da manhã, havia se permitido aquela pausa para fazer uma refeição rápida antes de voltar à atividade.

Um sanduíche de filé à milanesa com legumes, uma porção de batatas fritas e um Sprite.

Estava quase dando uma das últimas mordidas no pão quando um homem se sentou à sua mesa, bem em frente a ele, bloqueando a imagem da TV.

— Bom dia — disse o sujeito, sorrindo amigavelmente.

Strini ficou perplexo por um momento: nunca tinha visto aquele homem, até porque não tinha amigos asiáticos.

— Posso incomodá-lo um minuto?

— Não quero comprar nada — disse Strini, um pouco ríspido.

— Ah, não, não estou aqui para vender — Battista Erriaga o tranquilizou. — Quero lhe dar um presente.

— Olha, não estou interessado. Só quero acabar de comer.

Erriaga tirou o boné e passou a mão nele, como se tirasse uma poeira invisível. Queria dizer àquele idiota que odiava estar ali, porque odiava lanchonetes, onde só havia comida gordurosa que fazia mal à sua pressão alta e ao seu colesterol. E detestava as crianças e as familiazinhas que costumavam frequentar aqueles lugares — não suportava a algazarra, as mãos engorduradas e a felicidade ridícula de quem botava filhos no mundo. Mas, depois do que tinha acontecido na noite anterior, depois da descoberta dos restos dos dois jovens alemães, teve que tomar algumas decisões drásticas, porque a essa altura seus planos corriam o risco de falhar. Queria contar isso tudo ao imbecil diante dele, mas disse apenas:

— Leopoldo, me escute...

Ao ouvir o próprio nome, Strini parou, com o sanduíche no ar.

— Nós nos conhecemos?

— Eu conheço você.

Strini teve um pressentimento; não gostava daquela situação.

— Que merda você quer de mim?

Erriaga apoiou o boné na mesa e cruzou os braços.

— Você é o responsável pelo LAT, o laboratório de análises tecnológicas da delegacia.

— Olha, se você for jornalista, não vai conseguir nada: não posso vazar nenhuma informação.

— É claro — o outro disse logo, fingindo compreender sua intransigência. — Sei que vocês têm regras rigidíssimas em relação a isso, e sei também que você nunca as violaria. Em todo caso, não sou jornalista e você vai me dizer tudo o que sabe por livre e espontânea vontade.

Strini estudou o desconhecido de través. Ele era tão idiota assim?

— Eu nem sei quem você é, por que deveria querer lhe passar informações confidenciais?

— Porque a partir de agora eu e você somos amigos. — Erriaga terminou a frase com seu sorriso ferino mais gentil.

O técnico soltou uma risada.

— Escuta, bonitão, agora você pode ir à merda, fui claro?

Erriaga simulou uma expressão ofendida.

— Você ainda não sabe, mas ser meu amigo implica algumas vantagens.

— Não quero dinheiro.

— Não estou falando de dinheiro. Você acredita em céu, Leopoldo?

Strini estava farto daquilo. Pôs o resto do sanduíche no prato e se preparou para ir embora do restaurante.

— Sou policial, seu idiota. Eu poderia mandar prender você.

— Você amava sua avó Eleonora?

Strini parou.

— Por que essa pergunta agora?

Erriaga notou de imediato que foi só dizer o nome dela para que o técnico do LAT se acalmasse. Era sinal de que uma parte de Strini queria saber mais.

— Noventa e quatro anos... Ela viveu bastante, não é?

— Sim, claro.

O tom já tinha mudado, parecia dócil e confuso. Erriaga afiou as garras.

— Se não me engano, você era o único neto e ela o amava muito. Leopoldo era também o nome do marido dela, seu avô.

— Isso.

— Sua avó tinha lhe prometido que um dia você herdaria a casinha de Centocelle onde ela morava. Três quartos e banheiros. E, além disso, tinha um pouco de dinheiro guardado. Trinta mil euros, ou estou enganado?

Strini estava com os olhos arregalados, havia ficado branco e não conseguia articular as frases.

— Sim... Não, aliás... Não lembro...

— Como assim, não lembra? — disse Erriaga, fingindo indignação. — Graças a esse dinheiro você pôde se casar com a garota que amava, e depois foram morar na casa da vovó. Pena que para conseguir tudo isso você tenha sido obrigado a acabar com a vida da velhinha.

— Que merda é essa que você está dizendo? — Strini reagiu com raiva e segurou-lhe o braço, apertando-o com força. — Minha avó morreu de câncer.

— Eu sei — disse Erriaga, sem deixar de fitar aqueles olhos furiosos. — O dimetil mercúrio é uma substância interessante: bastam poucas gotas na pele para que penetre logo a membrana das células, desencadeando um processo cancerígeno irreversível. Claro, é preciso esperar alguns meses, mas o resultado é garantido. Embora, no fundo, a paciência não seja seu forte, visto que você quis se antecipar ao bom Deus.

— Como você...

Erriaga pegou a mão que apertava seu braço e afastou-a.

— Tenho certeza de que uma parte de você está convencida de que 94 anos são uma duração justa para uma vida. No fundo, a querida Eleonora não era mais autossuficiente e, como herdeiro designado, você era o responsável por cuidar dela, com um desperdício de energias e de dinheiro.

Strini, agora, estava aniquilado pelo terror.

— Devido à idade da falecida, os médicos não entraram em detalhes sobre as causas do câncer. Ninguém desconfiou de nada. Por isso, sei o que está passando pela sua cabeça: você está pensando que ninguém conhece essa história, nem sua mulher. Mas, se eu fosse você, não me perguntaria muito sobre como eu soube. E, como você não sabe se também vai chegar aos 94 anos, sugiro que comece a poupar tempo.

— Você está me chantageando?

Erriaga achou que Strini não devia ser muito inteligente, visto que precisava reforçar o óbvio.

— Como eu disse no início, estou aqui para lhe dar um presente. — Fez uma pausa. — O presente é meu silêncio.

Strini começou a ser prático.

— O que você quer?

Battista vasculhou o bolso, pegou um pedaço de papel e uma caneta e escreveu um número de telefone.

— Pode me ligar a qualquer hora do dia ou da noite. Quero saber em primeira mão todos os resultados das análises do LAT sobre os achados do caso do monstro de Roma.

— Em primeira mão?

— Exatamente — respondeu, tirando os olhos da folha.

— Por que em primeira mão?

Agora vinha a parte mais difícil.

— Porque pode ser que eu peça para você destruir algumas provas.

O técnico deslizou pelo encosto da cadeira, olhando para o teto.

— Merda, você não pode exigir uma coisa dessas.

Erriaga não se alterou.

— Depois da morte dela você queria tê-la cremado, não é? Mas Eleonora era tão religiosa que tinha comprado um lóculo no cemitério de Verano. Seria mesmo uma pena se alguém exumasse o cadáver e procurasse os resíduos de um veneno incomum como dimetil mercúrio. Ou melhor, tenho certeza de que pediriam uma consulta a você, visto que no laboratório do LAT não é difícil ter acesso a substâncias parecidas.

— Em primeira mão — concordou Strini.

Erriaga deu mais um de seus famosos sorrisos de hiena.

— Fico contente por termos conseguido nos entender rápido. — Depois, olhou o relógio. — Acho que você deveria ir, você precisa acabar um trabalho.

Leopoldo Strini hesitou por um momento e então se levantou, dirigindo-se ao caixa para pagar a conta. Erriaga estava tão satisfeito que foi para o lugar onde o técnico se sentara antes. Pegou o resto do sanduíche de filé à milanesa e estava prestes a mordê-lo, lixando-se para o colesterol e para a pressão alta, quando sua atenção foi atraída pela televisão ligada sem som.

Naquele momento, estavam passando as imagens do subdelegado Moro dando declarações a uma multidão de jornalistas, a dois passos do local da descoberta dos dois esqueletos no bosque. Erriaga tinha visto a cena pelo menos uma dezena de vezes desde a noite anterior, pois os canais de televisão não paravam de transmiti-la. Mas, até aquele momento, ele não tinha se dado conta do que acontecia atrás do subdelegado.

Ao fundo, uma jovem policial fizera o sinal da cruz ao contrário: *da direita para a esquerda, de baixo para cima.*

Ele sabia quem era aquela mulher. Três anos antes, havia sido a protagonista de uma importante investigação.

O que raios estava fazendo? Por que aquele gesto?

Era muito esperta ou muito burra, pensou Battista Erriaga. Em ambos os casos, certamente não sabia que tinha se metido em um grave perigo.

3

A notícia chegou às redações no início da tarde.

Os investigadores a haviam divulgado para dar um pouco de confiança à opinião pública, mas também para que a descoberta dos restos mortais dos dois jovens que pediam carona passasse para segundo plano.

Diana Delgaudio, a moça que sobrevivera milagrosamente a uma facada no esterno e a uma noite ao relento, estava consciente e tinha começado a se comunicar. Fez isso por escrito. Uma única palavra.

"*Eles.*"

A verdade mais amarga, porém, era que Diana tivera apenas um momento de fraca lucidez, para depois mergulhar novamente em estado catatônico. Para os médicos, era tudo normal; eles não queriam alimentar esperanças. Dificilmente episódios semelhantes se transformavam em uma forma de melhora estável. Mas as pessoas já falavam de cura e ninguém tinha coragem de desmenti-las.

Sabe-se lá quais pesadelos habitavam aquele tipo de sono no qual a garota estava imersa, pensava Sandra.

Além do mais, a palavra que ela havia escrito na folha de uma pasta podia ser até fruto de um delírio. Uma espécie de reflexo incondicionado, como quando jogamos uma bolinha para um catatônico e ele a pega de imediato.

Os médicos tentaram dar a Diana uma caneta e uma folha, mas esse esforço não surtiu efeito.

Eles, pensou Sandra.

— Isso não tem nenhum valor para o caso — disse o comissário Crespi. — Os médicos dizem que a palavra pode ser relacionada a uma lembrança qualquer. Talvez ela tenha se recordado de um episódio de sua vida passada e escreveu "eles" referindo-se a isso.

De fato, a palavra não havia sido provocada por uma pergunta nem havia surgido como reação à conversa que as enfermeiras estavam tendo no momento em que Diana a escreveu na pasta.

Elas simplesmente falavam do namorado de uma das duas.

Alguns jornalistas arriscaram que aquele "eles" podia se referir à presença de mais de uma pessoa no momento em que os jovens foram atacados no pinheiral de Ostia. Mas Sandra era a primeira a excluir essa hipótese: as marcas que ela havia fotografado, sobretudo as pegadas no terreno, indicavam claramente que havia sido um só homem. A menos que ele tivesse um cúmplice capaz de voar ou de se deslocar de uma árvore à outra... Bobagens da mídia.

Assim, a palavra não foi para a lista de provas e pistas na grande lousa da sala de operações do SCO.

Homicídio pinheiral de Ostia:
 Objetos: mochila, corda de alpinista, facão de caça, revólver Ruger SP101.
 Impressões digitais do rapaz na corda de alpinista e no facão deixado no esterno da moça: mandou que amarrasse a garota e a golpeasse se quisesse salvar a própria vida.
 Mata o garoto disparando um tiro em sua nuca.
 Põe o batom na moça (para fotografá-la?).
 Deixa um artefato de sal ao lado das vítimas (um bonequinho?).
 Depois de matar, ele troca de roupa.

Homicídio agentes Rimonti e Carboni:
 Objetos: facão de caça, revólver Ruger SP101.

Mata o agente Stefano Carboni com um tiro no tórax.
Dispara na agente Pia Rimonti, ferindo-a no abdômen. Depois a despe, para em seguida algemá-la em uma árvore, torturá-la e finalmente matá-la com um facão de caça. Ele a maquia (para fotografá-la?).

Homicídio jovens que pediam carona:
Objetos: facão de caça, revólver Ruger SP101.
Mata Bernhard Jäger com um tiro na têmpora.
Mata Anabel Meyer com várias facadas no abdômen.
Anabel Meyer estava grávida.
Enterra os corpos e as mochilas das vítimas.

Era evidente para todos que os elementos do último homicídio duplo — na realidade, o primeiro da série em ordem cronológica — eram escassos. Ou melhor, observando as três cenas, era como se diminuíssem progressivamente.

Para os estrangeiros também contava que havia passado muito tempo desde o assassinato. Naquele momento, o conteúdo das mochilas dos dois jovens alemães estava sob o crivo do LAT. Crespi tinha esperança de que Leopoldo Strini aparecesse trazendo boas notícias. E, principalmente, algumas provas.

— Por que estão demorando tanto? —perguntou-se o comissário. Referia-se ao fato de que, pouco antes da reunião na sala de operações do SCO, o subdelegado Moro havia sido convocado de surpresa ao escritório do delegado.

Sandra não tinha uma resposta, mas podia imaginá-la.

— O que significa "orquestração interforças"?
— Que o senhor não é mais o único a comandar esta operação — disse claramente o diretor geral de segurança pública.

Moro, porém, não concordava com aquela decisão.
— Não precisamos de ninguém, podemos obter resultados sozinhos. Mas obrigado mesmo assim.

— Sem reclamações — interveio o delegado. — Fomos pressionados, você sabia que estava todo mundo em cima de nós: o ministro, o prefeito, a opinião pública, a mídia.

Estavam trancados havia meia hora na sala dele, no último andar do prédio da via San Vitale.

— O que vai acontecer agora, então? — perguntou o subdelegado.

— Oficialmente, os *carabinieri* do Grupo de Operações Especiais se juntarão às investigações. Devemos passar a eles todas as informações que temos e, no futuro, eles farão a mesma coisa. Trata-se de uma força-tarefa. Foi o ministro que quis assim, daqui a pouco ele participará de uma entrevista coletiva para comunicar a decisão.

Que sacanagem, Moro teve vontade de dizer. Não era a distribuição de forças que decidiria o destino de um caso como aquele. Pelo contrário: o envolvimento de cabeças demais costumava ser prejudicial à investigação. Dispersando a linha de comando, perdia-se mais tempo. "Força-tarefa" era apenas uma expressão para acalmar a imprensa, uma terminologia típica de policiais durões, que funcionava em filmes de ação. Na vida real, as investigações deveriam ser realizadas em silêncio, explorando o território palmo a palmo. Era um trabalho de inteligência, feito de informantes, de revelações. Era como costurar uma rede, aos poucos, com paciência. Só no fim o resultado seria evidente.

— Tudo bem, esta é a versão oficial. Mas como estão as coisas de fato?

O delegado fitou Moro nos olhos e começou a se irritar.

— Estão assim: há dois anos, você mandou para a prisão um inocente pelo desaparecimento dos dois jovens alemães. Então agora aquele filho da mãe quer processar o Estado: o advogado dele já deu uma declaração em que ele afirma o que vou citar: "Seu cliente, dois anos atrás, foi obrigado a confessar porque foi vítima do sistema judiciário e dos métodos superficiais da polícia." Você pode imaginar uma coisa dessas? Um ladrão que agora está se passando por herói! Hoje de manhã, um jornal *on-line* lançou uma pesquisa de opinião pública, perguntando como você está coordenando este caso. Quer que eu diga os resultados?

— Resumindo, chefe, você está me cortando.

— Você se cortou sozinho, Moro.

O subdelegado estava decepcionado, mas não queria demonstrar. Em vez disso, sorriu.

— Então, se entendi bem, a partir de agora vamos colaborar com os *carabinieri*, mas na verdade são eles que vão comandar, e a história da força-tarefa é um jeito de livrar a nossa cara?

— Acha que estamos felizes com isso? — perguntou o diretor geral. — A partir deste momento, eu terei que me relacionar com um merda de um general dos *carabinieri* e aturar que ele, só para ser bonzinho, faça de conta que nós temos alguma importância nessa história.

Moro se deu conta de que aqueles dois estavam decretando seu fim e que, depois de anos de serviço, trazendo resultados estrondosos dos quais eles haviam ficado com grande parte do mérito, estavam se lixando para o fato de que, agora, só ele pagaria.

— O que vai acontecer?

— A passagem dos cargos será até hoje à tarde — disse o delegado. — Você terá que informar seu par nos *carabinieri* e lhe explicar todos os detalhes da investigação. Vai responder às perguntas dele e depois lhe entregará os achados e as provas.

Moro sentiu um aperto no estômago.

— Também temos que contar a eles a história do símbolo esotérico? O homem com a cabeça de lobo não deveria ser um assunto reservado?

— Vamos deixar essa parte de fora — disse o diretor geral. — É mais prudente.

— Está bem — concordou o delegado, e continuou: — A sala de operações do SCO não será desmontada, mas não terá mais um papel efetivo porque os homens logo serão designados para outras tarefas.

Mais uma mentira para manter as aparências.

— Eu me demito — disse Moro de repente.

— Não pode; não agora — rebateu o delegado.

Aqueles *arrombados*, que fizeram carreira graças aos seus sucessos, agora o despachavam sem cerimônia por um erro cometido dois anos antes. O que ele podia fazer se um inocente havia confessado o homicídio dos dois alemães só para conseguir benefícios no processo? Era o sistema que estava errado, não ele.

— Quero entregar minha demissão, ninguém pode me impedir.

O delegado estava a ponto de extravasar sua raiva, mas o diretor geral interveio para detê-lo.

— Não lhe convém — afirmou com toda a calma. — Enquanto estiver na Corporação, terá direito a uma defesa privilegiada, mas se deixar a divisão se tornará um cidadão comum e, então, poderá ser incriminado pelo erro de dois anos atrás. E, além do mais, por que acha que é melhor largar tudo justo agora? Seria um alvo perfeito para os detratores: acabariam com o senhor.

Moro se deu conta de que estava encurralado. Sorriu e balançou a cabeça.

— Vocês armaram direitinho para mim.

— Vamos esperar a tempestade passar — aconselhou o diretor geral. — O senhor fica um pouco na sombra, deixando os outros com os ônus e os bônus. Depois, aos poucos, poderá retomar suas antigas funções. Isso não terá nenhum efeito sobre sua carreira, dou minha palavra.

Você sabe onde pode enfiar sua palavra? Mas o subdelegado entendeu rápido que não tinha escolha.

— Sim, senhor.

Todos o viram entrar na sala de operações tenso e de cara amarrada. De repente, o burburinho parou e se prepararam para ouvir o que o subdelegado tinha a dizer, embora ele não tivesse anunciado nenhum discurso.

— Estamos fora — disse ele sem preâmbulos. — A partir deste momento o SCO não tem nenhum papel operativo, a investigação passa ao GOE dos *carabinieri*. — Ouviram-se vozes de protesto, mas Moro as abafou com um gesto das mãos. — Estou mais puto da vida que vocês, eu garanto, mas não podemos fazer nada: acabou.

Sandra não conseguia acreditar. Era uma loucura tirar Moro da investigação. O GOE teria que começar do zero, perdendo um tempo precioso. E era claro que o monstro voltaria a atacar muito em breve. Ela tinha certeza de que a decisão era apenas política.

— Queria agradecer a vocês, um a um, o trabalho desempenhado até agora —disse ainda o subdelegado. — Sei que nesses dias frenéticos vocês sacrificaram seu sono e sua vida particular, sei que muitos de vocês abriram mão de calcular as horas extras. Mesmo se ninguém mais reconhecer isso, eu garanto a vocês que não será esquecido.

Enquanto Moro continuava seu discurso, Sandra observava os colegas. O cansaço, ignorado até aquele momento, pareceu explodir de repente no rosto de todos. Ela também estava desapontada, mas sentia certo alívio. Era como se subitamente tivessem tirado um peso de cima dela. Podia ir ao encontro de Max em casa, voltar à antiga vida. Apenas seis dias tinham se passado, mas pareciam meses.

A voz do subdelegado sumia ao fundo de seus pensamentos. Sandra sentia que já estava em outro lugar. Foi então que percebeu uma vibração no bolso do uniforme. Pegou o celular e olhou o visor.

Uma mensagem de um número desconhecido. Continha uma pergunta incompreensível.

Você o adora?

4

A irmã de Victor se chamava Hana. Eram gêmeos.

Ela morreu quando tinha 9 anos, praticamente na época em que o irmão entrou no instituto Hamelin. Os dois fatos tinham que ter uma relação, considerou Marcus.

Eram filhos de Anatoli Nokoliavic Agapov, um diplomata russo designado para a embaixada de Roma nos anos da Guerra Fria, que mantivera seu cargo com o advento da perestroika e que estava morto fazia cerca de vinte anos.

Clemente seguira a intuição de Marcus, procurando a menina em vez do crime cometido por Victor. Assim, havia chegado à identidade dos dois irmãos.

Quando lhe perguntara como tinha conseguido, o amigo limitara-se a dizer que o Vaticano guardava dossiês de todos os personagens ligados aos regimes comunistas que transitavam por Roma. Era evidente que alguém nas altas esferas lhe passara aquelas informações. Nos documentos secretos falava-se de "suspeito homicídio", mas oficialmente Hana havia morrido de causas naturais.

Havia sido justamente tal incongruência que fizera surgir a história dos arquivos vaticanos.

Clemente, no entanto, havia feito muito mais. Conseguira o nome da governanta que trabalhava na casa de Agapov na época. A mulher estava internada em um asilo dirigido por freiras salesianas.

Marcus pegou o metrô para ir visitá-la, na esperança de descobrir mais sobre o caso.

Na noite anterior havia chovido, por isso o menino de sal se absteve de matar. No entanto, fez com que os dois esqueletos fossem encontrados no bosque. Quando o penitencieiro soube da notícia, não se espantou muito. O assassino narrador apenas acrescentara um capítulo à sua história no presente. Mas a verdadeira intenção era contar o passado. Por isso, o penitencieiro precisava descobrir o máximo possível sobre a infância dele.

A trégua da chuva estava quase acabando; ele podia voltar a atacar naquela noite.

Mas Marcus sabia que devia se proteger também daqueles que estavam tentando acobertar o monstro. Tinha certeza de que eram as mesmas pessoas que havia visto no vídeo obtido no incêndio do instituto Hamelin.

O enfermeiro mais velho certamente tinha morrido no incêndio do instituto, assim como o doutor Astolfi. Sobravam o segundo enfermeiro de um braço só e a mulher ruiva. Além do professor Kropp, naturalmente.

O psiquiatra era o cabeça de tudo.

Na estação Termini, Marcus mudou de linha, pegando o metrô em direção a Pietralata. Muitos dos passageiros estavam concentrados lendo o jornal gratuito, distribuído na entrada das estações. Era uma edição extra que trazia a notícia do "despertar" de Diana Delgaudio. A garota havia escrito uma palavra em uma folha.

Eles.

Embora os jornalistas pensassem de outro modo, Marcus não acreditava que se referisse ao fato de ter sido agredida por mais de uma pessoa no pinheiral de Ostia. Não era um bando, era um só. E talvez em breve ele o conhecesse melhor.

Chegou ao destino poucos minutos depois. O asilo era um edifício branco e sóbrio, de arquitetura neoclássica. Tinha três andares e um jardim rodeado por uma grade preta. Clemente telefonara para as freiras e comunicara a visita dele.

Marcus estava ali na função de sacerdote. Desta vez, seu disfarce era sua verdadeira missão.

A madre superiora o levou para a sala onde estavam os hóspedes idosos. Faltava pouco para as 18 horas, o horário do jantar. Alguns estavam reunidos nos sofás em volta de uma televisão, outros jogavam cartas. Uma senhora de cabelos turquesa tocava piano, balançando a cabeça e sorrindo sabe-se lá para qual lembrança do passado, enquanto atrás dela outras duas dançavam algo parecido com uma valsa.

— Ali, aquela é a senhora Ferri. — A madre superiora indicou uma mulher em uma cadeira de rodas que, em frente a uma janela, olhava para o lado de fora com ar ausente. — Não está muito lúcida. Costuma delirar.

Seu nome era Virginia Ferri e tinha mais de 80 anos.

Marcus aproximou-se.

— Boa noite.

A mulher virou a cabeça devagar para olhar quem a cumprimentara. Tinha olhos verdes como os de um gato, que se destacavam na pele clara. A tez estava coberta por manchinhas marrons, típicas da idade, mas a do rosto era supreendentemente lisa. Os cabelos eram ralos e despenteados. Vestia uma camisola, mas segurava uma bolsinha de couro no colo, como se tivesse que ir embora a qualquer momento.

— Meu nome é padre Marcus, sou um sacerdote. Posso falar um pouco com a senhora?

— Claro — respondeu ela, com uma voz mais vibrante do que ele esperava. — Está aqui para o casamento?

— Que casamento?

— O meu — especificou a mulher, prontamente. — Resolvi me casar, mas as freiras não querem.

Marcus teve a impressão de que a madre superiora tinha razão quando afirmava que ela não estava muito lúcida. Mas decidiu tentar mesmo assim.

— A senhora é Virginia Ferri, certo?

— Sou eu — confirmou, um pouco desconfiada.

— E foi a governanta da família Agapov nos anos 1980, é isso?

— Dediquei seis anos da minha vida àquela casa.

Bem, disse Marcus a si mesmo: era a pessoa certa.

— A senhora se incomoda se eu lhe fizer algumas perguntas?

— Não. Por que deveria me incomodar?

Marcus pegou uma cadeira e foi para perto dela.

— Como era o senhor Agapov?

A velha parou por alguns instantes. O penitencieiro temeu que a memória a traísse, mas estava enganado.

— Era um homem austero, rígido. Acho que não gostava de morar em Roma. Trabalhava na embaixada russa, mas passava muito tempo em casa, trancado no escritório.

— E a mulher dele? Porque ele era casado, certo?

— O senhor Agapov era viúvo.

Marcus registrou a informação: Anatoli Agapov tinha um temperamento rígido e foi obrigado a criar os filhos sem uma esposa. Talvez não tenha sido grande coisa como pai.

— Senhora Ferri, qual era seu papel na casa?

— Eu era responsável pelos empregados, oito pessoas no total, incluindo os jardineiros — afirmou com orgulho.

— A casa era grande?

— Enorme — ela o corrigiu. — Uma mansão fora de Roma. Para chegar lá eu levava pelo menos uma hora todas as manhãs.

Marcus ficou surpreso.

— Como assim? A senhora não morava lá junto com a família?

— Ninguém era autorizado a ficar na casa depois do pôr do sol. Ordem do senhor Agapov.

Que estranho, pensou o penitencieiro. E lhe veio a imagem de uma grande casa vazia, habitada apenas por um homem severo e duas crianças. Certamente não era o melhor lugar para se passar a infância.

— O que me diz dos gêmeos?

— Victor e Hana?
— A senhora os conhecia bem?

A mulher fez uma careta de decepção.

— Víamos mais a Hana. Ela fugia do controle do pai e vinha nos visitar na cozinha ou enquanto fazíamos as tarefas domésticas. Era uma menina de luz.

Marcus gostou da definição. Mas o que significava fugir do controle do pai?

— O pai era possessivo...
— As crianças não iam à escola nem tinham professor particular: era o senhor Agapov que cuidava pessoalmente da instrução deles. E não tinham amigos. — Então, a velha se virou novamente para a janela. — Meu noivo deve chegar a qualquer momento. Quem sabe dessa vez me traga flores.

Marcus ignorou a frase e a pressionou:

— E Victor? O que tem a me dizer sobre o menino?

A mulher voltou a olhar para ele.

— Você acredita se eu lhe disser que em seis anos só o vi acho que oito, nove vezes? Estava sempre trancado no quarto. De vez em quando o ouvíamos tocar piano. Era muito bom. E era um gênio em matemática. Uma das arrumadeiras, guardando as coisas dele, encontrou folhas e mais folhas cheias de cálculos.

O assassino *savant*, o psicopata sábio.

— A senhora chegou a conversar com ele?
— Victor não falava. Ficava quieto e observava. Eu o peguei algumas vezes me olhando em silêncio, escondido no quarto. — A mulher pareceu se arrepiar com aquela lembrança. — Já a irmã era uma menina cheia de vida, alegre. Acho que sofria muito com aquela reclusão. Mas o senhor Agapov era cego de amor por ela, era sua favorita. As únicas vezes que o vi sorrir foram quando estava com ela.

Aquela informação também era importante para o penitencieiro: Victor vivera uma competição com a irmã. Hana recebia as atenções do pai; ele, não. Talvez para um menino de 9 anos fosse motivo suficiente para matar.

A velha se distraiu de novo.

— Um dia desses, meu noivo virá me buscar e me levar embora desse lugar. Eu não quero morrer aqui, quero me casar.

Marcus a levou de volta à história.

— Como era a relação entre as duas crianças? Victor e Hana se davam bem?

— O senhor Agapov não se preocupava em esconder a preferência por Hana. Acho que Victor sofria com isso. Por exemplo, ele se recusava a fazer as refeições com o pai e a irmã. Então, o senhor Agapov levava o prato para ele no quarto. Às vezes ouvíamos as crianças brigarem, mas também passavam tempo juntas. A brincadeira favorita delas era pique-esconde.

Chegara o momento de reevocar o passado doloroso, pensou o penitencieiro.

—Senhora Virginia, como Hana morreu?

—Ah, padre — exclamou a mulher, juntando as mãos. — Uma manhã cheguei à mansão com os outros empregados e encontramos o senhor Agapov sentado na escada externa. Segurava a cabeça nas mãos e chorava desesperado. Dizia que sua Hana estava morta, que uma febre repentina a levara embora.

— E vocês acreditaram nele?

A velha fechou a cara.

— Só até acharmos o sangue na cama da menina e a faca.

A faca, repetiu Marcus para si mesmo. A mesma arma escolhida pelo monstro para matar as vítimas do sexo feminino.

— E ninguém denunciou o que aconteceu?

— O senhor Agapov era um homem muito poderoso, o que podíamos fazer? Mandou imediatamente o caixão para a Rússia, para que Hana fosse enterrada ao lado da mãe. Depois, demitiu todo mundo.

Provavelmente Agapov usara sua imunidade diplomática para abafar o caso.

— Ele pôs Victor em um colégio interno e depois se trancou na casa até morrer — disse a mulher.

Não era um colégio interno, Marcus queria rebater, e sim um instituto psiquiátrico para crianças que cometeram crimes horríveis. Assim,

Victor não tinha sofrido nenhum processo, disse a si mesmo. O pai o condenara sozinho àquela punição.

— Foi por causa do menino que o senhor veio aqui, padre? Ele fez alguma coisa, não fez? — perguntou a mulher, cheia de medo no olhar.

Marcus não tinha coragem de responder.

— Acho que sim.

A mulher assentiu, preocupada. Era como se sempre soubesse, notou o penitencieiro.

— Quer vê-los? — Antes que Marcus pudesse dizer algo, Virginia Ferri abriu a bolsa de couro em seu colo e vasculhou até encontrar um livrinho com a capa florida. Folheou-o e pegou algumas fotografias antigas. Depois de achar a que procurava, estendeu-a para Marcus.

Era uma imagem desbotada pelo tempo, provavelmente capturada nos anos 1980. Levava todo o jeito de ter sido tirada com um disparo automático. No centro da foto estava um homem, não muito alto, robusto, com cerca de 50 anos: Anatoli Agapov usava um terno escuro, gravata e colete. Os cabelos estavam penteados para trás e ele tinha uma barbicha preta. À sua direita havia uma menina com um vestidinho de veludo vermelho, cabelos nem compridos nem curtos e a franjinha presa com uma fita. Hana. Era a única que sorria. À esquerda do homem, um menino. Ele também de terno e gravata. Cabelo estilo Joãozinho com a franjinha caindo no olho. Marcus o reconheceu: era o mesmo que tinha visto no vídeo do instituto Hamelin.

Victor.

Tinha o ar triste e fitava a objetiva exatamente como fizera com a câmera de vídeo enquanto Kropp o interrogava. Marcus teve novamente a desagradável impressão de que, através daquela foto, o menino pudesse ver no presente. E estava olhando justamente para ele.

Então o penitencieiro notou um detalhe estranho. *Anatoli Agapov segurava a mão do filho, mas não a de Hana.*

Não era ela a favorita? Ele estava deixando algo escapar... Seria um gesto de afeto ou um modo de impor sua autoridade? A mão paterna era uma trela?

— Posso ficar com ela? — perguntou Marcus à idosa.

— Mas o senhor vai me devolver, não vai, padre?

— Vou — o penitencieiro prometeu e se levantou. — Obrigado, senhora Virginia. Me ajudou muito.

— Como assim, não quer conhecer meu noivo? Ele já está chegando — afirmou, desapontada. — Ele vem todas as noites a essa hora e para na rua, atrás do jardim. Olha para a minha janela porque quer ter certeza de que estou bem. Depois me cumprimenta. Ele sempre me cumprimenta.

— Fica para outra vez — prometeu Marcus.

— As freiras acham que sou louca, que o inventei. Mas é verdade. Ele é mais novo do que eu e, mesmo que não tenha um braço, gosto dele.

O penitencieiro parou. Lembrou-se do enfermeiro do instituto Hamelin que tinha visto no vídeo no dia anterior.

Fernando, o aleijado.

— Pode me mostrar onde seu noivo fica quando vem vê-la à noite? — perguntou, virado para a janela.

A velha sorriu, porque finalmente alguém acreditava nela.

— Perto daquela árvore.

Antes que Fernando pudesse entender o que estava acontecendo, Marcus já o tinha jogado no chão. Depois de tê-lo imobilizado com o próprio peso, apertava seu antebraço contra o pescoço.

— Você vigia a velha porque quer garantir que ninguém fale com ela? Porque ela sabe a verdade, conhece Victor...

O homem, com os olhos arregalados, estava ficando sufocado.

— Quem é você? — tentou perguntar com o pouco fôlego que lhe restava.

Marcus apertou mais forte.

— Quem mandou você? Foi Kropp?

O homem balançou a cabeça.

— Por favor, Kropp não tem nada a ver com isso. — Na manga do paletó escuro e largo que usava, o coto se mexia batendo no chão, como um peixe fora da água que se contorce em desespero.

Marcus afrouxou a pegada para deixá-lo falar.

— Então me explique...

— A ideia foi minha. Giovanni nos avisou que alguém estava fazendo perguntas por aí. Alguém que não era um policial.

Giovanni era o enfermeiro idoso que dormia no subsolo do instituto Hamelin. O homem de sapatos azuis.

— Vim aqui porque pensei que quem estava investigando talvez chegasse à governanta. — Começou a chorar. — Por favor, eu quero falar, quero sair dessa história. Não aguento mais.

Marcus, no entanto, não acreditava que Fernando estivesse sendo sincero.

— Como faço para confiar em você?

— Porque o levarei até Kropp.

5

Pelo resto da tarde, ela não pensou mais na estranha mensagem.

Quando seu turno acabou e ela saiu da delegacia, foi para a academia descarregar a tensão acumulada nos últimos seis dias. Graças ao esforço e ao cansaço, esvaziou-se de tudo o que a angustiava.

A derrota de Moro e do SCO, a investigação que havia passado para o GOE, Diana Delgaudio manifestando sinais de uma recuperação que, na realidade, nunca aconteceria.

A verdade, porém, era que não queria voltar para casa. A rotina com Max a assustava. Pela primeira vez se deu conta de que, de fato, algo não estava bem entre os dois. Não sabia o que era e, sobretudo, não sabia como dizer isso a ele.

Ao sair do banho, quando abriu o escaninho do vestiário onde tinha colocado suas coisas, notou que no telefone havia o ícone de uma segunda mensagem. De novo o número desconhecido, de novo aquela mensagem.

Você o adora?

Da primeira vez, achou que alguém tivesse lhe enviado por engano um torpedo destinado a outra pessoa. Mas agora desconfiava de que fosse endereçado para ela mesma.

Enquanto voltava para Trastevere, tentou retornar para o número que tinha lhe mandado a mensagem, mas ninguém atendeu. Aquilo a aborreceu. Não era uma mulher curiosa, por isso decidiu não pensar mais no assunto.

Estacionou a poucos metros de casa e, antes de sair do carro, esperou um pouco. Agarrada ao volante, observou do para-brisa a janela iluminada de seu apartamento. Dava para ver Max fazendo algo na cozinha. Usava um avental e estava com os óculos apoiados na cabeça; provavelmente preparava o jantar. Dali, parecia estar despreocupado como sempre, parecia até assobiar.

Como vou conseguir dizer a ele? Como explicar aquilo que não sou capaz de explicar nem a mim mesma?

Mas de algum modo ela teria que fazê-lo, devia isso a ele. Então, respirou fundo e saiu do carro.

Assim que ouviu a chave girando na fechadura, Max veio recebê-la na entrada, como fazia todas as noites.

— Cansada? — perguntou, enquanto beijava sua bochecha e pegava sua bolsa de ginástica. — O jantar está quase pronto — continuou, sem esperar resposta.

— Tudo bem — foi a única coisa que Sandra conseguiu dizer, e com um enorme esforço. Mas Max não percebeu.

— Hoje na aula apliquei uma excelente prova de história. A garotada respondeu perfeitamente a todas as perguntas sobre o Renascimento. Dei um monte de notas altas! — disse ele, como um empresário que acabou de fechar um negócio de milhões.

Era incrível a empolgação que Max dedicava ao trabalho. Seu salário era suficiente só para pagar o aluguel, mas ser professor de história o satisfazia mais do que qualquer riqueza.

Certa noite, ele sonhou com números. Sandra insistiu que jogasse na loteria, mas ele se recusou.

— Se eu ficasse rico, acharia estranho ser um simples professor. Teria que mudar de vida por causa disso e sou feliz com minha vida de agora.

— Não é verdade — rebateu ela. — Você poderia continuar fazendo o que faz, só que não precisaria mais se preocupar com o futuro.

— E o que existe de mais bonito do que o mistério que se esconde no futuro? Incluindo os dramas e as apreensões. Os homens que não precisam mais se preocupar com o futuro parecem ter atingido o objetivo de suas vidas antes da hora. Mas eu tenho a história: o passado é a única certeza de que preciso.

Sandra era fascinada por aquele homem que podia parecer sem ambições para outras pessoas. Já para ela, Max, ao contrário de muitos outros, sabia exatamente o que queria. E isso era suficiente para ele.

Poucos minutos depois ela sentou-se à mesa, enquanto ele terminava de escorrer o macarrão. Max se movia com maestria no fogão. Desde que mudara de Nottingham para Roma, aprendera perfeitamente as noções básicas da culinária italiana. Já ela mal sabia fritar dois ovos.

Como fazia todas as noites, Max havia posto a mesa e colocado uma vela em um copo. Aquilo já era meio que um ritual romântico. Antes de servir a comida, acendeu a vela com um isqueiro. E sorriu para ela. Tinha aberto uma garrafa de vinho tinto.

— Assim ficamos bem tontinhos e depois pegamos no sono no sofá — disse.

Como vou conseguir dizer a um homem desses que para mim é difícil ficar com ele? Sentia-se ingrata com o destino.

Ele tinha preparado o prato preferido dela: *pasta alla Norma*. E, depois, vinha a *saltimbocca alla romana*. O problema de morar com a pessoa perfeita era ter que se sentir sempre inadequada. Sandra sabia que não merecia aqueles cuidados, e o mal-estar crescia dentro dela.

— Vamos combinar uma coisa — propôs Max. — Esta noite nada de homicídios e pessoas assassinadas, por favor.

Naquela tarde, ela lhe dissera por telefone que o caso do monstro de Roma havia passado para os *carabinieri*. Sandra nunca falava com ele sobre assuntos do trabalho; preferia deixar de lado as nojeiras que pudessem abalar sua alma sensível. Mas, naquela noite, teve medo do vazio de palavras. E o fato de que aquele improvável tema de conversa também havia sido eliminado a aterrorizou.

— Tudo bem — disse mesmo assim, forçando um sorriso.

Max sentou-se em frente a Sandra e pôs a mão sobre a dela.

— Fico feliz que você não tenha mais que cuidar dessa história. Agora come, senão esfria.

Sandra fitou o prato, temendo não conseguir mais levantar os olhos. Mas, quando pegou o guardanapo, o mundo desabou em cima dela com uma violência inesperada.

Embaixo dele havia um estojinho de veludo. Provavelmente com um anel dentro.

Sandra sentiu as lágrimas pressionarem. Tentou segurá-las, mas foi inútil.

— Sei sua opinião sobre casamento — disse Max, que não conseguia imaginar o verdadeiro motivo do choro dela. — Quando a gente se conheceu você disse logo que não se casaria com ninguém depois de David. Durante todo esse tempo, respeitei sua vontade e nunca sequer toquei nesse assunto com você. Mas agora mudei de ideia. Quer que eu diga por quê?

Sandra apenas fez que sim.

— Nada é para sempre. — Fez uma pausa. — Se tem uma coisa que aprendi é que nossas ações não dependem do quanto somos bons em planejar ou imaginar o futuro. Elas são ditadas somente pelo que sentimos, aqui e agora. Por isso, até um casamento comigo poderia não durar a vida toda, não tem problema. O que importa é o que quero agora. Estou disposto a arriscar a infelicidade só para ser feliz agora.

Enquanto ele falava, Sandra observava o estojinho, sem ter coragem de pegá-lo.

— Não espere uma joia grande — disse ele. — Mas nem nessa caixinha pode caber o valor do que eu sinto por você.

— Não quero — disse ela em voz baixa, quase sussurrando.

— O quê? — Max realmente não tinha escutado.

Sandra ergueu os olhos vermelhos de choro e o fitou.

— Não quero me casar com você.

Talvez Max esperasse uma explicação, que, porém, não veio. Sua expressão mudou de repente. Não era apenas decepção, era como se tivessem lhe dito que ele tinha poucos dias de vida.

— Você tem outro homem?
— Não — ela respondeu logo. Mas também não sabia se era verdade.
— Então o que é?
Sandra pegou o celular que havia colocado em uma prateleira. Abriu a tela das mensagens e lhe mostrou os dois torpedos anônimos que tinha recebido durante o dia.
— "Você o adora?" — leu Max.
— Não sei quem me mandou e não sei o motivo. Outra mulher no meu lugar teria curiosidade de saber o que existe por trás dessa mensagem romântica, qual mistério. Mas eu não. E sabe por quê? — Não esperou a resposta. — Porque isso me fez pensar em nós dois. Me obrigou a me perguntar o que eu sentia. — Tomou fôlego. — Eu te amo, Max. Mas não te *adoro*. E, acho que, para duas pessoas se casarem, ou até mesmo só para passarem a vida inteira juntos, deve existir algo além do amor. E, nesse momento, eu não sinto isso.
— Quer dizer que acabou?
— Não sei, de verdade. Mas acho que sim. Sinto muito.
Ninguém disse nada por um tempo. Então, Max se levantou da mesa.
— Um amigo meu tem uma casa de praia que só usa no verão. Vou pedir a ele que me empreste para esta noite, e talvez para as próximas. Não quero perder você, Sandra. Mas também não quero ficar aqui.
Ela entendia. Uma parte dela, naquele momento, queria abraçá-lo e fazê-lo ficar. Mas sabia que não seria justo.
Max apagou a vela na mesa.
— O Coliseu.
Sandra olhou-o.
— O quê?
— Não é uma verdade histórica, apenas uma lenda — disse ele. — O Coliseu teria sido uma espécie de templo diabólico usado pelas seitas. Aos profanos que queriam fazer parte do culto era feita a pergunta em latim: "*Colis Eum?*", ou seja, "*Você o adora?*". Naturalmente, o "o" se referia ao diabo... *Colis Eum*: Coliseu.
Ela estava desconcertada com a explicação, mas não disse nada.

Max saiu da cozinha, mas antes pegou da mesa o estojinho com o anel. Foi a única reação que se permitiu após ter escutado as palavras de Sandra. E isso dizia muito sobre quanto era grande seu valor: outro homem faria prevalecer o orgulho, respondendo com desprezo à humilhação. Max, não. Mas talvez, naquele momento, Sandra tivesse preferido ter levado uns tapas em vez de suportar aquela lição de amor e de respeito.

O anel foi a única coisa que Max levou, junto com o casaco que estava na entrada. Então saiu do apartamento, fechando a porta.

Sandra não conseguia se mexer. A *pasta alla Norma* em seu prato já estava fria. Da vela no centro da mesa ainda saía um fio fino de fumaça cinza, o cheiro doce da cera havia invadido o cômodo. Perguntou-se se estava tudo acabado mesmo. Por um instante, tentou pensar na vida sem Max. Começou a eliminar sua presença de cada gesto e hábito. Aquilo lhe fez mal. Mas não era suficiente. Não bastava para convencê-la a correr atrás dele e lhe dizer que tinha se enganado.

Assim, depois de arrumar as coisas por alguns instantes, pegou o celular e, à mensagem com a pergunta "Você o adora?", respondeu "Coliseu".

Passaram-se poucos minutos e um novo torpedo chegou.

Às quatro da manhã.

6

Moro estava sozinho na sala de operações do SCO.

Sozinho como um sobrevivente que perdeu a guerra, mas não quer voltar para casa e fica no campo de batalha deserto, no meio dos fantasmas dos companheiros, à espera do inimigo que não vai chegar. Porque a única coisa que sabe fazer é combater.

O subdelegado estava de pé em frente ao quadro das provas e pistas. As respostas estão todas diante de você, disse a si mesmo. Mas você as olhou do jeito errado, por isso perdeu.

Ele havia sido retirado do caso por causa da história dos jovens alemães, porque dois anos antes mandara um inocente para a prisão por um homicídio sem cadáveres. E aquele babaca tinha confessado um crime que não cometera.

Moro sabia que aquela punição fazia parte do jogo. Mas não conseguia largar tudo, não era da sua índole. Embora não tivesse mais nenhum papel na investigação sobre o monstro de Roma, não era capaz de desacelerar, de parar de uma vez. Era um carro a toda velocidade em direção ao objetivo. Era assim que desejavam que ele fosse, era assim que o haviam treinado. Agora, não podia frear. Mas também não podia correr o risco de ser expulso da polícia. Poucas horas antes havia pedido demissão, mas o diretor geral a recusara, com uma ameaça e uma promessa.

"Enquanto estiver na Corporação, terá direito a uma defesa privilegiada, mas se deixar a divisão se tornará um cidadão comum e, então, poderá ser incriminado pelo erro de dois anos atrás... Vamos esperar a tempestade passar. O senhor fica um pouco na sombra, deixando os outros com os ônus e os bônus. Depois, aos poucos, poderá retomar suas antigas funções. Isso não terá nenhum efeito sobre sua carreira, dou minha palavra."

Que bando de bobagens. De todo modo, a história da demissão era um blefe. Ele também sabia que acabaria completamente sozinho. Todos o abandonariam, talvez até colocando nele grande parte da culpa.

O monstro estava dando uma surra neles. Moro teve que admitir isso, com admiração furiosa. No caso do pinheiral de Ostia, ele os havia inundado de provas e pistas, inclusive seu DNA, deixado na camisa desajeitadamente trocada com a da vítima, quando mudou de roupa depois do ataque homicida. Desde então, praticamente nada.

Naquela lista, porém, faltava algo. O símbolo. O homem com a cabeça de lobo.

Moro ainda se lembrava da sombra produzida pela escultura de ossos encontrada na casa de Astolfi. E recordava o arrepio que sentira ao olhá-la.

Seus superiores queriam esconder aquele fato dos *carabinieri*. Lembrava-se das palavras deles naquela tarde, quando ele perguntara se na passagem dos cargos ao GOE também estava incluída a história do símbolo secreto.

"Vamos deixar essa parte de fora", dissera o diretor geral, apoiado pelo delegado. "É mais prudente."

Pois bem, justamente aquela parte podia ser a chance que Moro tinha para voltar ao jogo. De fato, ninguém lhe mandara não investigar mais o símbolo. Por isso, oficialmente ainda tinha liberdade para fazê-lo.

— Vinte e três casos — o subdelegado repetiu para si mesmo. Vinte e três casos nos quais a figura antropomorfa havia aparecido em um crime, ou relacionada a algo ou alguém que tinha a ver com um crime. Por quê?

Lembrou-se de alguns dos episódios. A babá que jogava as crianças pela janela e guardava os sapatinhos como suvenir: ela havia confessado, mas não soubera justificar a presença do desenho do homem com a cabeça de lobo em uma folha de seu diário. Em 1994, a figura aparecera no espelho do banheiro, na casa de um homem que havia massacrado a família e depois se suicidado. Em 2005, foi encontrada na tumba de um pedófilo, desenhada com tinta spray.

Fatos sem relação um com o outro, anos e culpados diferentes. A única coisa que tinham em comum era o símbolo. Era como se alguém tivesse desejado pôr uma marca naquelas culpas, mas não para levar o mérito.

Parecia mais uma obra de... *proselitismo*.

Quem faz o mal será compreendido, era essa a mensagem. Será ajudado. Assim como o monstro de Roma foi ajudado por Astolfi, que roubou uma prova da cena do crime e tentou deixar Diana Delgaudio morrer, consertando um erro do assassino.

Moro se convenceu de que, lá fora, em algum lugar, havia outros indivíduos como o médico-legista. Gente devotada ao mal, como a uma religião.

Se ele os desmascarasse, teria sua revanche.

Convocou Leopoldo Strini. O técnico do LAT era a única pessoa que sabia da história do símbolo esotérico, além dos homens de confiança do SCO e do comissário Crespi. Até porque ele fora chamado para examinar a escultura de ossos de animais encontrada na casa de Astolfi.

Viu-o chegar com os dossiês solicitados. O homem estava com uma expressão estranha, parecia agitado.

Strini se deu conta de que Moro o analisava, porque talvez tivesse percebido sua inquietação. Desde que havia falado com aquele homem misterioso de traços orientais no almoço, sua vida fora revirada. Depois de saber que a investigação sobre o monstro tinha passado para os *carabinieri*, o técnico se tranquilizou um pouco. Teve que passar o cargo ao laboratório científico do GOE, por isso seu novo "amigo" chantagista não poderia mais lhe pedir para examinar as provas "em primeira mão" ou para destruí-las. Pelo menos era o que ele esperava. Porque, em vez disso, uma voz em sua cabeça não parava de repetir que o sujeito do restaurante a essa altura o estava encurralando, e continuaria a fazer isso até que um dos dois morresse. Bela perspectiva!

— Está tudo aqui — disse, colocando os dossiês na mesa. Depois saiu.

Moro se esqueceu imediatamente de Strini e de sua agitação, porque estava diante do relatório dos 23 casos onde aparecera a imagem do homem com a cabeça de lobo. Começou a examiná-los à procura de algo relevante.

Na chacina familiar, por exemplo, quando a polícia científica achou o símbolo no espelho do banheiro durante uma investigação suplementar, também foi encontrada no chão a marca nítida de uma mão direita. No relatório havia uma espécie de explicação: dias depois da carnificina, alguém entrou na casa e abriu as torneiras de água quente no banheiro, para desenhar a figura no vapor do espelho. Ao ir embora, porém, provavelmente escorregou no vapor condensado. Para impedir a queda, esticou os braços. Daí a marca de mão no piso.

Mas a tese continha uma incongruência, porque era ilógico que alguém só usasse uma das mãos para se proteger depois de ter tropeçado. O instinto de conservação deveria levar o sujeito a se apoiar em ambos os membros.

Sem a resolução do mistério, na época a questão da marca da mão passou para segundo plano junto com a história do símbolo no espelho. Porque, Moro lembrou, os policiais não gostavam de lidar com fatos esotéricos.

O subdelegado começou a analisar o caso da tumba do pedófilo. Mas, no escasso relatório dos colegas, falava-se simplesmente de "atos de vandalismo realizados por desconhecidos". A perícia caligráfica reforçou que o escrito era obra de um "destro forçado". No passado, alguns professores obrigavam as crianças canhotas a usarem a outra mão. Isso acontecia nas escolas católicas, pensou Moro. Era fruto de uma superstição absurda que dizia que a mão esquerda era a mão do diabo e os canhotos deviam ser "educados" a utilizarem a direita. Mas, a não ser por esse detalhe, o caso também não apresentava nada de interessante.

Na história da babá havia menos informações ainda. Toda a investigação estava concentrada nos sapatinhos, o fetiche que a assassina guardara depois de jogar as crianças pela janela. Em relação ao desenho na página do diário não havia praticamente nada: a mulher declarou que não tinha sido feito por ela e eles se contentaram com essa versão. Até porque, fosse ela a autora ou não, nada mudaria para os fins do processo. Ou melhor, podia se tornar um problema para a condenação se a babá alegasse algum tipo de doença mental.

"Vejo um homem com a cabeça de lobo, senhor juiz! Foi ele que me disse para matar aquelas crianças!"

Mas justamente quando estava a ponto de passar para outro caso, Moro se deparou com uma circunstância peculiar. Na época, os colegas ouviram um homem que saía com a investigada de vez em quando. Não eram namorados, mas, também de acordo com a babá, eles tinham uma relação sexual. O homem foi interrogado porque era suspeito de ser cúmplice, mas depois os elementos contra ele se revelaram inconsistentes e ele se safou. A transcrição de seu depoimento, no entanto, acabou no dossiê mesmo assim.

O que chamou a atenção de Moro não foram as respostas dadas pelo sujeito, bastante banais, mas sim o documento de identidade anexado à ata.

Entre as características pessoais estava relatado o fato de não ter o braço esquerdo.

A marca no chão do banheiro, Moro logo pensou. Era por isso que só havia a mão direita! Sua intuição também era confirmada pela história da tumba do pedófilo: o autor do escrito usara a mão direita para fazê--lo, mas a grafia era forçada... Justamente como a de um canhoto que perdera o braço esquerdo.

O subdelegado começou imediatamente a procurar os dados do amigo da babá. Além do nome, havia um endereço.

7

A noite tinha chegado.
О céu estava limpo de nuvens e a lua era um farol. Marcus tinha certeza de que, dali a algumas horas, o monstro voltaria a atacar. Por isso, devia descobrir o máximo possível do homem sem um dos braços.
Apesar da deficiência, Fernando dirigia com habilidade.
— O que você pode me dizer de Victor? — perguntou o penitencieiro.
— Se você chegou à velha governanta, já sabe praticamente tudo.
— Fale mais. Sobre o instituto Hamelin, por exemplo.
Fernando girou o volante para fazer uma curva muito fechada.
— As crianças que chegavam até lá já tinham cometido ou tinham uma forte tendência para cometer crimes violentos. Mas você já deve estar a par disso, imagino.
— Sim.
— O que não sabe é que não existia nenhuma terapia de reabilitação para eles. Kropp queria proteger a capacidade que tinham de fazer o mal. Ele considerava aquilo um tipo de talento.
— Por qual motivo?
— Você vai saber de tudo assim que encontrarmos Kropp.
— Por que não me diz agora?
Fernando desviou os olhos da rua por um momento e o fitou.
— Porque quero lhe mostrar.

— Tem algo a ver com o homem da cabeça de lobo?

O outro continuou sem responder.

— Tenha paciência, falta pouco. Você não vai se arrepender — afirmou, apenas. — Mas você não é policial. Então é um detetive particular...

— Mais ou menos isso — respondeu Marcus. — Onde Victor está agora?

— Não sei. — Então, ele foi mais específico: — Ninguém sabe. As crianças do Hamelin, quando saíam do instituto, voltavam ao mundo real e nós não tínhamos mais notícias. — Sorriu. — Mas tínhamos esperança de encontrá-las de novo, mais cedo ou mais tarde. Muitas delas, alguns anos depois, se sujavam com algum crime. Sabíamos pelos jornais ou pela televisão, e Kropp ficava satisfeito por ter atingido seu objetivo: fazer delas perfeitos instrumentos do mal.

— Por isso vocês protegem Victor?

— Fizemos isso com outros também, no passado. Mas Victor era o orgulho de Kropp: um psicopata sábio, completamente incapaz de ter sentimentos. Sua maldade era equivalente à inteligência. O professor sabia que o menino de sal faria grandes coisas. De fato, olhe o que está acontecendo.

Marcus não era capaz de determinar o quanto de verdade havia nas palavras do homem, mas não tinha escolha, a não ser segui-lo.

— Do lado de fora do asilo, quando pulei em cima de você, você disse que sabia que alguém que não era policial estava investigando essa história.

— A polícia não conhece a história do menino de sal, mas sabíamos que alguém estava seguindo essa pista. Então me plantei em frente à janela da velha para conferir se ela recebia visitas. Eu já expliquei: quero sair dessa história.

— Quem mais faz parte disso?

— Giovanni, o enfermeiro idoso que você já encontrou e que morreu. — O homem dos sapatos azuis. — Além dele, tinha o doutor Astolfi: morto também. E Olga, a outra enfermeira. Eu e Kropp.

Marcus o desafiara, queria ter certeza de que citaria todas as pessoas que tinha visto no vídeo com Victor quando era criança.

— Mais ninguém?
— Não, ninguém.
Entraram na subida da marginal em direção ao centro.
— Por que você quer cair fora?
Fernando soltou uma risada.
— Porque, no início, as ideias de Kropp tinham conquistado a mim também. Eu era um lixo humano antes de conhecer o professor. Ele me deu um objetivo e um ideal. — E acrescentou: — *Uma disciplina*. Kropp acredita firmemente no valor das fábulas: diz que são o espelho mais fiel da natureza humana. Se você tirar os malvados das fábulas, elas não são mais divertidas, já reparou? Ninguém iria gostar de uma história que só tivesse bonzinhos.
— Ele as criava sob medida para as crianças: mas eram fábulas que tinham como protagonistas só os malvados.
— Sim, e ele inventou uma para mim também: a do *homem invisível*... Existe um homem que ninguém consegue ver, porque é igual a muitos outros, não tem nada de especial. Ele queria ser notado, queria que todos se virassem para olhá-lo, não se conforma em ser um zero à esquerda. Compra roupas lindas, melhora a aparência, mas não consegue nenhum resultado. Então, sabe o que ele faz? Compreende que não tem que acrescentar nada, e sim perder algo.
Marcus temeu ser capaz de imaginar o resto da história.
— Assim, ele se priva de um dos braços — disse Fernando. — E aprende a fazer tudo com uma só mão. Sabe o que acontece? Todos o olham, sentem pena dele, mas não sabem que ele tem uma força enorme. Que homem teria coragem de fazer o mesmo? É isso, ele alcançou o objetivo: agora sabe que é mais forte que qualquer um. — Então repetiu: — Disciplina.
Marcus estava horrorizado.
— E agora você quer trair quem lhe ensinou tudo isso?
— Não estou traindo Kropp. — Ele se exaltou. — Mas os ideais dão trabalho e eu já dei muito à causa.
"Causa?", Marcus se perguntou. "Que causa podia ser essa, de um grupo de pessoas que protegem os maus?"

— Falta muito?
— Estamos quase lá.

Chegaram a um alargamento nos arredores da via dei Giubbonari. Deixaram o carro para continuarem a pé até o Campo de' Fiori. Parecia uma praça, mas era diferente de todas as outras porque, no passado, era um campo não cultivado. Os prédios e as construções vieram depois, delimitando o espaço naturalmente.

Embora o nome do lugar evocasse uma gentileza bucólica, Campo de' Fiori era lembrado na memória de Roma como o lugar da *girella*, o instrumento de tortura para "deslocar os braços dos delinquentes" por meio de uma corda. Mas também era o local para as fogueiras das condenações à morte.

Ali, foi queimado vivo Giordano Bruno. Seu crime, a heresia.

Marcus, como sempre fazia quando passava por aquela praça, ergueu os olhos para a estátua de bronze que representava o monge dominicano, com o manto preto sobre a cabeça e o olhar imóvel e profundo. Bruno havia desafiado a Inquisição e preferira enfrentar as chamas a renegar suas ideias de filósofo e livre pensador. Tinha muito em comum com ele: os dois confiavam no poder da razão.

Fernando caminhava à frente, com um andar capenga e movendo o único braço como se estivesse marchando. Usava um paletó tão largo que parecia um palhaço.

O lugar para onde estavam indo era um luxuoso palácio dos anos 1600, que tinha sofrido reformas nos séculos sucessivos, mas sempre conservando sua aura nobre.

Roma estava cheia de casas imponentes como aquela. De fora, pareciam decadentes, assim como as pessoas que moravam nelas: condes, marqueses, duques que ainda ostentavam um título que não tinha nenhum valor, a não ser estarem radicados na história. Do lado de dentro, porém, aqueles palácios guardavam afrescos, móveis antigos e obras de arte de dar inveja a qualquer museu ou colecionador particular. Artistas do calibre de Caravaggio, Mantegna ou Benvenuto Cellini haviam emprestado seu talento para enfeitar as moradias dos senhores de sua época. Agora, a apreciação daquelas obras-primas era reservada aos herdeiros, que, como seus antepassados, passavam a vida desperdiçando patrimônios que eram frutos de privilégios injustos adquiridos no passado.

— Como Kropp tem condições de viver num lugar desses? — perguntou Marcus.

Fernando virou-se e sorriu.

— Você não sabe de muitas coisas, meu amigo. — Então, apertou o passo.

Entraram por uma porta secundária. O homem ligou um interruptor, iluminando um pequeno lance de escadas que levava a um subsolo com um único cômodo. A acomodação do vigia. Outra escada de serviço dava nos andares de cima.

— Bem-vindo à minha casa — disse Fernando, apontando para a cama de solteiro e o travesseirinho que ocupavam quase todo o espaço. As roupas estavam penduradas em algumas araras e havia armários de parede com comida, principalmente enlatados. — Espere aqui.

Marcus segurou-o pelo único braço.

— Nem pensar, eu vou com você.

— Não quero enganar você, eu juro. Mas se quiser pode vir.

O penitencieiro acendeu sua pequena lanterna e os dois subiram juntos pela escada de serviço. Depois de uma série infinita de degraus, chegaram a um corredor. Não havia portas, era um beco sem saída.

— Isso é uma brincadeira?

— Confie em mim — disse Fernando, achando graça. Depois, com a palma da mão, empurrou uma das paredes. Uma portinha se abriu.

— Você primeiro.

Marcus, porém, deu um tapa nas costas do homem para empurrá-lo pela abertura e depois o seguiu.

Estavam em um enorme salão sem móveis, mas ricamente decorado. A única mobília, com exceção de um velho aquecedor de ferro-gusa e uma ampla janela protegida por folhas cegas, era um grande espelho dourado encostado na parede, que refletiu o feixe da lanterna e as imagens deles.

A portinha por onde haviam passado estava perfeitamente camuflada no afresco da parede. O sistema de passagens secretas tinha sido concebido no passado para permitir que os criados se deslocassem pelo palácio sem incomodar os patrões. Apareciam e desapareciam em silêncio, sem causar nenhum aborrecimento.

— Quem está em casa? — perguntou Marcus em voz baixa.

— Kropp e Olga — respondeu Fernando. — Só eles dois. Ocupam a ala leste. Para chegar lá temos que...

Não conseguiu terminar a frase, porque o penitencieiro lhe deu um soco bem no rosto. Fernando caiu de joelhos, colocando a mão no narigão, que sangrava copiosamente. Naquele momento, levou um chute no estômago que o fez se encolher no chão.

— Quem está em casa? — perguntou Marcus de novo.

— Já disse — choramingou o outro.

O penitencieiro obrigou-o a se virar e, do bolso de trás da calça dele, pegou umas algemas. Ele as notara enquanto subiam a escada e agora atirou-as com violência na cara dele.

— Quantas mentiras me contou até agora? Eu escutei você, mas acho que foi pouco sincero comigo.

— Por que diz isso? — perguntou o homem, e cuspiu um jorro de sangue no piso de mármore.

— Você acha que sou tão ingênuo a ponto de acreditar que você venderia seu chefe para mim com essa facilidade toda? Por que me trouxe aqui?

Desta vez o chute o pegou com extrema violência no quadril. Fernando arquejou, rolando no chão. Antes que Marcus pudesse atingi-lo de novo, levantou a mão para detê-lo:

— Tudo bem... Foi Kropp que me pediu para trazê-lo aqui.

Enquanto o penitencieiro se perguntava se devia acreditar naquela afirmação, o homem usou o único braço para rastejar e ir se encolher embaixo do grande espelho dourado.

— O que Kropp quer de mim?

— Encontrá-lo. Não sei o motivo, eu juro.

Marcus andou na direção dele novamente. Fernando ergueu o braço para deter um eventual ataque, mas o penitenciário o segurou pelo colarinho. Pegou as algemas do chão e o arrastou em direção ao aquecedor de ferro-gusa para algemá-lo. Depois virou as costas e deu um passo em direção à porta que levava aos outros cômodos.

— Kropp não vai ficar feliz — choramingou Fernando atrás dele.

Marcus queria calá-lo.

— Uma sala sem móveis, o único lugar onde você podia me algemar era um aquecedor. Que imaginação — disse ele, e riu.

Marcus apoiou os dedos na maçaneta e a abaixou. A porta estava aberta.

— Eu sou o homem invisível. O homem invisível sabe que a disciplina é sua força. Se for disciplinado, todos perceberão o quanto é forte. — E riu de novo.

— Fique quieto — o penitenciário o ameaçou. Abriu a porta, mas, antes de sair do cômodo, virou-se por um instante para o grande espelho dourado. Achou que estava tendo uma alucinação, pois o homem algemado ao aquecedor não era mais aleijado agora.

Tinha dois braços. E na mão esquerda segurava algo.

A agulha de uma seringa reluziu por um instante no reflexo, e então Marcus a sentiu ser enfiada na carne de sua coxa, na altura da artéria femoral.

— Fazer com que todos acreditem que você é algo que não é — disse Fernando, enquanto a droga se insinuava no sangue de Marcus, que se agarrou à maçaneta para não cair. — Repetir o exercício por todos os dias de sua vida, com esforço e dedicação. Você também não soube me olhar, mas agora me vê.

Só então Marcus se deu conta de que estava tudo armado. A tocaia do lado de fora do asilo, as algemas no bolso de trás da calça que ele achou ter visto por puro acaso, o cômodo sem móveis, mas com um aquecedor posicionado bem ao lado da porta: uma armadilha perfeita.

O penitenciário sentiu-se cair, mas, antes de desmaiar, ainda ouviu a voz de Fernando.

— Disciplina, meu amigo. Disciplina.

8

Uma grande lua espreitava entre as ruelas do centro.

Moro chegara a pé ao palácio dos anos 1600 que constava como residência do aleijado. Sua acomodação ficava no térreo, ele tinha a função de vigia. O subdelegado não queria entrar logo, por isso, resolveu esperar para averiguar a situação. Não tinha certeza de que o homem estava em casa, mas havia se concentrado bem no objetivo e, no dia seguinte, estaria pronto para uma busca surpresa.

Virou-se para voltar ao carro, mas um estranho movimento no beco ao lado do palácio o fez parar. Alguém havia aberto enormes portas de madeira escura. Dali a pouco, do lugar onde antigamente ficavam as estrebarias com os estábulos para os cavalos e o abrigo das carroças, saiu uma perua.

Quando ela passou à sua frente, Moro viu que ao volante estava um homem sem o braço esquerdo: havia um chumaço de algodão sujo de sangue enfiado nas narinas e o nariz estava inchado. A seu lado havia uma mulher com mais de 50 anos, de cabelos curtos com luzes cor de mogno.

O subdelegado não se perguntou aonde estavam indo tão tarde. O que tinha visto foi suficiente para começar a correr, cortando as ruelas, em direção a seu carro, com a esperança de ser mais rápido do que eles e se posicionar atrás da perua antes que ela se afastasse do labirinto do centro histórico.

* * *

Enquanto avançavam, o carro trepidava sobre o calçamento de pedra. Para Marcus, amarrado e amordaçado dentro do porta-malas, aqueles leves solavancos equivaliam a golpes de martelo nas têmporas. Estava encolhido em posição fetal, com as mãos presas atrás das costas e os tornozelos atados. O lenço que haviam enfiado em sua garganta impedia que respirasse direito, até porque Fernando, antes de colocá-lo no carro com a ajuda de Olga, havia lhe dado um soco no nariz para se vingar de parte das agressões que sofrera.

O penitencieiro estava aturdido pela droga que o nocauteara, mas, de sua posição, dava para entender parte do diálogo entre os dois ex-enfermeiros do instituto Hamelin.

— Então, fiz um bom trabalho? — perguntou o falso aleijado.

— Claro — respondeu a mulher ruiva. — O professor ouviu tudo e está muito satisfeito com você.

Estava falando de Kropp? Então ele estava no palácio. Talvez Fernando não tivesse mentido sobre isso.

— Mas foi um risco levá-lo para casa — disse Olga.

— Preparei bem a armadilha — o outro se defendeu. — E, além do mais, eu não tinha escolha: ele não teria vindo comigo se eu tivesse sugerido um lugar isolado.

— Ele deve ter feito perguntas. O que você lhe disse? —informou-se a mulher.

— Só aquilo que ele já sabia. Eu o enrolei repetindo as mesmas coisas e ele acreditou em mim, até porque acho que ele procurava confirmações, acima de tudo. Um sujeito safo, sabe?

— Então ele não sabe mais nada?

— Não me pareceu.

— Você o revistou bem? Tem certeza de que não tinha documentos?

— Tenho.

— Nem um cartão de visita, a nota fiscal de um local onde esteve?

— Nada — garantiu. — Além da pequena lanterna, no bolso ele tinha apenas luvas de borracha, uma chave de fenda retrátil e um pouco de dinheiro.

A única coisa que aquele canalha tinha lhe deixado era a medalhinha com a efígie de São Miguel Arcanjo que levava no pescoço, pensou Marcus.

— E também uma foto que certamente foi a governanta dos Agapov que lhe deu: o pai junto com os dois gêmeos.

— Você a destruiu?

— Queimei.

Marcus não precisava mais dela, lembrava-se bem da imagem.

— Nenhuma arma — acrescentou Fernando, para completar o relato.

— Estranho — afirmou a mulher. — Não é um policial e sabemos disso. Pelas coisas que levava, poderia ser um detetive particular. Mas então para quem trabalha?

Marcus esperava que os dois quisessem ter uma resposta antes de matá-lo. Isso lhe faria ganhar tempo. Porém, o efeito da droga o impedia de bolar alguma coisa. Tinha certeza de que logo tudo estaria acabado para ele.

Moro seguia a perua a cerca de trezentos metros de distância. Enquanto estavam na cidade, tinha deixado outros veículos entrarem entre os dois carros, para que eles não pudessem identificá-lo pelo retrovisor. Mas, agora que haviam adentrado o grande anel rodoviário de muitas pistas que rodeava Roma, ele devia ser prudente. Embora o risco de perdê-los fosse grande.

Em outras circunstâncias, ele já teria pedido ajuda aos seus homens pelo rádio instalado em seu carro pessoal. Mas não havia a evidência de um crime, nem lhe parecia que a perseguição envolvia riscos. A verdade, porém, era que depois de ter sido afastado da investigação sobre o monstro, tinha urgência em dar prova de seu valor. Principalmente para si mesmo.

Vamos ver se você perdeu mesmo o jeito da coisa, meu velho.

Sabia farejar um crime quando surgia a oportunidade. Era bom naquilo. E, sem explicar o porquê, tinha certeza de que aqueles dois à sua frente estavam planejando algo.

Algo ilícito.

Viu que diminuíam a velocidade nitidamente. Estranho, não havia placa de nenhuma saída naquela parte do anel rodoviário. Talvez tivessem percebido que estavam sendo seguidos. Ele desacelerou e deixou um caminhão ultrapassá-lo, escondendo-se atrás dele. Esperou alguns segundos e então fez algumas manobras para conseguir ver algo e verificar o que acontecia em frente ao caminhão.

Não conseguia mais identificar a perua.

Repetiu o movimento mais duas vezes. Nada. Onde tinham ido parar, droga? Enquanto fazia a pergunta em sua cabeça, o carro que estava seguindo surgiu no retrovisor direito. Estava parado na lateral da estrada e ele acabara de ultrapassá-lo.

— Quer parar com isso, porra?

Fernando berrava, mas Marcus continuava a se debater, com os pés juntos, atingindo a carroceria.

— Eu parei, seu imbecil. Quer que eu vá aí atrás agora? Acho que não é uma boa ideia.

Olga tinha um estojo de couro preto no colo.

— Talvez seja melhor dar uma segunda dose a ele logo — propôs.

— Antes ele deve responder às nossas perguntas. Temos que descobrir o que sabe. Depois lhe daremos a dose certa.

A dose certa, Marcus repetiu a si mesmo. A que acabaria com tudo.

— Se você não parar agora, eu quebro suas duas pernas com o macaco.

A ameaça surtiu o efeito esperado e, depois de mais alguns chutes, Marcus parou.

— Muito bem — disse Fernando. — Vejo que você está começando a entender como funcionam as coisas. É melhor para você também se chegarmos logo, acredite em mim.

E foi para a estrada principal de novo.

Moro diminuíra mais a velocidade, indo para o acostamento. Tinha os olhos fixos no retrovisor.

Vamos lá, apareçam. Voltem para a pista, porra.

Ao longe, viu surgirem dois faróis e suplicou que fossem da perua. E eram. Exultando, preparou-se para ser ultrapassado e segui-los de perto. Mas, enquanto esperava a passagem, outro caminhão que seguia pelo acostamento ligou uma quantidade enorme de faróis e buzinou, obrigando-o a se mover antes. Moro teve que se esquivar para evitar uma batida.

O resultado foi que a perua ficou novamente atrás dele, maldição.

Correria o risco e deixaria que o ultrapassassem de novo, não tinha alternativa. Rezou para que, enquanto isso, não pegassem uma saída. Mas suas súplicas não foram ouvidas, porque o carro atrás dele virou em direção a Salaria, desaparecendo de sua visão definitivamente.

— Não, merda, não!

Pisou no acelerador o máximo possível, em busca de outra saída para voltar na outra direção.

Mesmo de uma posição tão incômoda, Marcus percebeu que a estrada havia mudado. Não era apenas a velocidade reduzida que sugeria isso, mas também o fato de que o asfalto parecia menos liso. Mais solavancos e buracos o atiraram nas paredes do porta-malas.

Então ouviu o barulho inconfundível de uma estrada de terra. As pedrinhas quicavam debaixo do carro, como uma festa de pipocas.

Fernando e Olga, à frente, tinham parado de falar, privando-o de uma orientação psicológica preciosa. O que pretendiam fazer quando chegassem? Preferia saber antes em vez de ser obrigado a imaginar.

O carro fez uma curva fechada e parou.

Marcus ouviu os ex-enfermeiros do Hamelin saírem e fecharem as portas. De fora, as vozes agora chegavam abafadas.

— Me ajude a abrir e o levamos para dentro.

— Você não poderia usar o outro braço também, pelo menos dessa vez?

— Disciplina, Olga. Disciplina — repetiu Fernando, pedante.

Marcus ouviu o barulho de correias se mexendo; depois, o homem voltou para o carro e acelerou.

* * *

Tinha conseguido mudar de direção depois de três quilômetros e agora percorria a pista oposta, olhando o tempo todo para o para-brisa e para a esquerda, em busca de um rastro da perua.

Ao chegar mais ou menos na altura da saída onde os perdera, graças à lua cheia enxergou as lanternas traseiras de um veículo. Estavam no topo de uma colina ladeada por algo parecido com uma trilha.

Daquela distância, não dava para dizer se era realmente a perua. Mas viu que o carro entrava em um barracão de folhas de metal.

Moro acelerou à procura de uma saída para chegar lá.

Alguém escancarou a porta do bagageiro da perua e apontou a luz de uma lanterna para a cara dele. Marcus semicerrou os olhos e se encolheu instintivamente.

— Bem-vindo — disse Fernando. — Agora a gente vai bater um papo e finalmente você vai contar quem é.

Segurou-o pela corda que apertava sua cintura e estava a ponto de arrastá-lo para fora daquele cubículo, mas Olga o deteve.

— Não precisa — disse.

Fernando virou-se para olhá-la, espantado.

— O que quer dizer com isso?

— Já estamos no fim, o professor disse para matá-lo e pronto.

No rosto do falso aleijado surgiu uma expressão decepcionada. No fim do quê, o penitencieiro se perguntou.

— Também temos que dar um jeito na história da policial — disse Fernando.

Que policial? Marcus sentiu um arrepio.

— Ela fica para depois — disse Olga. — Ainda não sabemos se é um problema.

— Você também a viu na televisão, fazendo o sinal da cruz. Como ela podia saber aquilo?

Do que estavam falando? Era possível que fosse Sandra?

— Eu me informei sobre ela, é uma perita em fotografia criminal. Não cuida de investigações. Mas, em caso de dúvida, já sei como dar um jeito nela.

Agora o penitencieiro tinha certeza de que se tratava dela. E não podia fazer nada para ajudá-la.

A mulher ruiva abriu o estojo que carregava e pegou uma pequena pistola automática.

— Sua viagem também termina aqui, Fernando — disse e lhe estendeu a arma.

Outra decepção.

— Não íamos fazer tudo juntos?

Olga balançou a cabeça.

— O professor decidiu assim.

Fernando pegou a pistola e começou a observá-la, ninando-a com as duas mãos. A ideia do suicídio estava enraizada nele havia muito tempo. Acertara as contas com ela, aceitara-a. Aquilo também era disciplina. E, no fundo, ele teria um fim melhor do que Giovanni e Astolfi. Ser queimado vivo ou se jogar de uma janela eram péssimos modos de acabar com tudo.

— Você vai dizer ao professor que eu fiz tudo certo, não vai?

— Claro — prometeu a mulher.

— Mesmo se eu lhe pedir para fazer para mim?

Olga se aproximou e pegou a pistola.

— Vou dizer a Kropp que você foi muito corajoso.

Fernando sorriu, parecia satisfeito. Então, os dois fizeram o sinal da cruz ao contrário e Olga afastou-se um pouco.

Moro abandonara o carro a cerca de cem metros e estava subindo a colina. Havia quase chegado no topo, em frente àquela espécie de depósito abandonado, quando viu uma luz vazar de uma janela quebrada. Aproximou-se, pegando a pistola.

O lado de dentro do galpão estava iluminado pelos faróis da perua e pelo feixe de uma lanterna. Ele contou três pessoas. Uma delas estava amarrada e amordaçada no porta-malas.

Porra, exclamou para si mesmo. Ele tinha razão: aqueles dois — o aleijado e a mulher ruiva — estavam aprontando alguma coisa. Enquanto tentava entender o que diziam, sem sucesso, viu que ela segurava uma pistola e, depois de ter recuado um pouco, apontava-a para o homem sem um dos braços. Não podia esperar. Com o cotovelo, arrombou a janela e imediatamente apontou a arma para ela.

— Parada!

Os três dentro do galpão olharam para ele ao mesmo tempo.

— Largue a pistola — o subdelegado a intimou.

A mulher hesitou.

— Largue, eu já disse!

Naquele momento, ela obedeceu. Em seguida, levantou as mãos, e Fernando a imitou com o único braço.

— Sou da polícia. O que está acontecendo aqui?

— Graças a Deus — exclamou o ex-enfermeiro. — Essa babaca me obrigou a amarrar meu amigo — afirmou, apontando para Marcus. — Depois me mandou dirigir até aqui. Queria matar nós dois.

O penitencieiro olhou bem para o homem com a pistola. Era o subdelegado Moro, ele o reconhecera. Mas não gostou da expressão de dúvida que viu aparecer no rosto dele depois de ter ouvido a mentira de Fernando. Por acaso pretendia acreditar nele?

— Você está de sacanagem comigo — afirmou o subdelegado.

O falso aleijado percebeu que sua história não colava. Tinha que bolar alguma coisa.

— Há outro cúmplice nos arredores. Ele pode voltar a qualquer momento.

Marcus entendeu o jogo dele: Fernando queria que Moro lhe dissesse para pegar a pistola de Olga e vigiá-la enquanto ele saía à procura do cúmplice. Felizmente, porém, o policial não era tão ingênuo.

— Não vou deixar você empunhar aquela arma — disse. — E não existe nenhum cúmplice. Eu vi vocês chegarem e, além do homem no porta-malas, só estavam vocês dois.

Mas Fernando não desistia.

— Você disse que é da polícia, então deve ter algemas. Eu tenho um par no bolso de trás da calça. A mulher poderia me algemar ao carro e eu poderia fazer o mesmo com ela.

Por causa do efeito da droga, Marcus não conseguia imaginar o que ele estava planejando. Mas, mesmo assim, começou a se debater dentro do porta-malas.

— O que seu amigo tem? — perguntou Moro.

— Nada, essa escrota o drogou. — Ele indicou o estojo preto de couro que tinha ido parar no chão quando Olga levantou as mãos, e de onde saía uma seringa. — Mais cedo ele também teve essa reação, a ponto de nos obrigar a ir para o acostamento. Acho que são convulsões, ele precisa de um médico.

Marcus esperava que Moro não caísse na armadilha e continuou, inabalável, a se debater e a chutar com toda a força que tinha.

— Muito bem. Vamos ver suas algemas — disse o subdelegado.

Fernando virou-se, devagar. E ainda devagar levantou o paletó para mostrar o que tinha no bolso de trás da calça.

— Certo, pode pegá-las. Mas vai ter que se algemar sozinho, não quero que ela se aproxime de você.

O aleijado pegou-as e então se agachou ao lado do para-choque da perua. Prendeu um dos anéis ao gancho de atrelagem. Depois, com um pouco de esforço, usando os joelhos, algemou o punho direito.

Não, dizia Marcus em sua cabeça. Não faça isso!

Enquanto isso, Moro, pela janela, jogou seu par de algemas para a mulher ruiva.

— Agora é sua vez.

Ela as pegou e aproximou-se de uma das portas para se algemar à maçaneta. Enquanto o subdelegado a via fazer toda a operação, Marcus viu o braço direito de Fernando brotar da manga do paletó e segurar a pistola que estava no chão.

Foi um instante. O subdelegado percebeu o movimento bem a tempo e explodiu um disparo que pegou o ex-enfermeiro no pescoço. Mas não o matou, porque Fernando, enquanto caía para trás, teve a agilidade de atirar duas vezes. Uma das balas atingiu Moro no quadril, fazendo-o girar.

A mulher ruiva ainda estava solta e deu a volta no carro, encolhendo-se ao lado da carroceria. Conseguiu entrar pela porta do motorista e deu a partida. Apesar da ferida, Moro atirou nela, mas sem conseguir pará-la.

O carro arrombou o portão de metal, arremessando Marcus para fora do porta-malas aberto. O impacto com o solo provocou uma dor dilacerante que o fez perder os sentidos por um instante. Quando se recuperou um pouco, viu Fernando, jogado no chão em uma poça de sangue escuro: morto. Já Moro, ainda vivo, estava sentado e segurava sua arma nas mãos, enquanto com a outra usava um celular. Estava digitando um número, mas segurava o braço com a pistola grudado no busto, e o penitencieiro viu que sangrava copiosamente pelo quadril.

A bala pegou a artéria subclávia, disse a si mesmo. Vai morrer daqui a pouco.

Moro conseguiu digitar o número da emergência e levou o celular ao ouvido.

— Código 2724 — disse. — Subdelegado Moro. Houve um tiroteio, há feridos. Rastreiem a ligação... — Não conseguiu terminar a frase a tempo e prostrou-se, deixando cair o telefone.

O penitencieiro e o policial estavam deitados sobre um dos quadris, a poucos metros um do outro. E se fitavam. Mesmo se estivesse desamarrado, Marcus não poderia fazer nada por ele.

Assim, ficaram se olhando por muito tempo, enquanto o silêncio do campo passava a dominar e a lua era uma espectadora muda. Moro estava partindo e o penitencieiro tentou lhe infundir coragem com os olhos. Não se conheciam, nunca haviam conversado, mas eram dois seres humanos, e isso era suficiente.

Marcus captou o instante em que a luz vital abandonou aquele olhar. Quinze minutos depois, o som das sirenes ultrapassou a colina.

A mulher ruiva tinha conseguido fugir. E o pensamento do penitencieiro voou para Sandra e para o fato de que ela talvez estivesse em perigo.

9

A grande lua, baixa no horizonte, a qualquer momento pousaria no ventre do Coliseu.

Às 4 horas da manhã, Sandra percorria a via dei Fori Imperiali a pé em direção ao monumento universalmente considerado o símbolo de Roma. Lembrava-se bem da aula que aprendera na escola, o Coliseu, inaugurado no ano 80 d.C., tinha 188 metros de comprimento, 156 de largura e 48 de altura. Com uma arena de 86 metros por 54. Havia uma parlenda para recordar as medidas, mas o que ainda impressionava Sandra era que podia abrigar até 70 mil espectadores.

O nome era, na verdade, um apelido. Batizado originalmente de Anfiteatro Flavio, ganhara a denominação atual graças ao colosso de bronze do imperador Nero que, no passado, se erguia bem em frente à construção.

Na arena morriam indistintamente homens e animais. Os primeiros, os gladiadores — do nome da espada que usavam para combater, o *gladio* —, matavam-se entre si ou lutavam com feras levadas a Roma, provenientes dos cantos mais remotos do Império. O público adorava a violência e alguns gladiadores eram celebrados como os campeões esportivos de hoje. Até morrerem, obviamente.

Com o tempo, o Coliseu tornara-se um símbolo para os seguidores de Cristo. Isso se deu por causa de uma narrativa, sem nenhuma evidência histórica, segundo a qual os pagãos davam os cristãos para os leões comerem. Provavelmente a lenda serviu para reforçar a lembrança da perseguição real sofrida por conta da fé deles. A cada ano, na noite entre a quinta e a sexta que precediam a Páscoa católica, do Coliseu partia a Via Crucis, comandada pelo papa para evocar o martírio de Cristo.

Sandra, porém, não pôde deixar de pensar na lenda de significado contrário que Max lhe contara antes de ir embora de casa. "*Colis Eum?*" era a pergunta. "Adoro o diabo", a resposta. Quem quer que tivesse lhe mandado as mensagens anônimas para convocá-la justamente até ali, àquela hora da manhã, tinha um grande senso de humor ou era terrivelmente sério. E, depois de ter visto Astolfi fazer o sinal da cruz ao contrário no pinheiral de Ostia, Sandra tendia para a segunda hipótese.

A estação de metrô que saía bem em frente ao monumento ainda estava fechada e o largo diante da entrada encontrava-se vazio. Nenhum turista formando fila nem figurantes fantasiados de centuriões romanos que cobravam para serem fotografados junto com eles. Apenas alguns grupos de garis que, ao longe, limpavam a área à espera de uma nova horda de visitantes.

Em meio àquela desolação, Sandra tinha certeza de que identificaria logo quem a convidara até ali. Mas, por precaução, levara a pistola de serviço que só usava na base da polícia uma vez por mês para não perder o costume de atirar.

Esperou quase vinte minutos, mas ninguém apareceu. Enquanto se perguntava se havia somente sido vítima de uma pegadinha e se era o caso de ir embora, virou-se e notou que na grade de ferro que rodeava o anfiteatro havia uma abertura. A cancela estava encostada. Para ela?

Não pode ser, disse a si mesma. Eu nunca vou entrar ali.

Queria que Marcus estivesse com ela. Sua presença lhe dava coragem. Você não chegou até aqui para se virar e ir embora, então vá em frente.

Sandra pegou a pistola e, mantendo-a baixa ao lado do quadril, entrou.

Viu-se no corredor que fazia parte do percurso turístico: seguiu as placas que indicavam a direção aos visitantes.

Tentava ouvir um som, um ruído, algo que lhe dissesse que não estava sozinha. Estava a ponto de subir uma das escadas de travertino, que davam na cávea que antigamente hospedava o público, quando escutou uma voz masculina.

— Não tenha medo, agente Vega.

Vinha do nível inferior, das galerias que se entrelaçavam embaixo e ao redor da arena. Sandra hesitou. Não se sentia segura para ir até lá. Mas a voz insistiu:

— Reflita: se eu quisesse montar uma armadilha para você, certamente não escolheria este lugar.

Sandra pensou naquilo. Fazia algum sentido.

— Por que aqui, então? — perguntou à voz, permanecendo no topo da escada.

— Não entendeu? Era um teste.

A policial começou a descer os degraus, devagar. Ela era um alvo fácil, mas não tinha escolha. Tentou acostumar os olhos à escuridão e, ao chegar ao fim da escada, olhou ao redor.

— Fique onde está — disse a voz.

Sandra virou-se para um ponto específico e viu uma sombra. O homem estava sentado em um capitel que caíra de uma coluna sabe-se lá quantos séculos antes. Não conseguia enxergar seu rosto, mas percebeu que usava um boné.

— E aí, eu passei no teste?

— Ainda não sei... Eu a vi na televisão fazendo o sinal da cruz ao contrário. Me diga uma coisa: você está com eles?

De novo aquela palavra: "Eles." A coincidência com o que Diana Delgaudio havia escrito em uma folha a deixou arrepiada.

— Quem seriam eles?

— Você decifrou o enigma das minhas mensagens. Como conseguiu?

— Meu companheiro é professor de história, é mérito dele.

Battista Erriaga sabia que ela estava sendo sincera. Informara-se sobre a policial quando procurara seu número de telefone.

— "Eles" seriam os adoradores do demônio?

— Acredita no diabo, agente Vega?
— Não exatamente. Deveria?
Erriaga não respondeu.
— O que sabe sobre essa história?
— Sei que tem gente que protege o monstro de Roma, embora eu não saiba o motivo.
— Falou sobre isso com seus superiores? O que eles dizem?
— Não acreditam. Nosso médico-legista, o doutor Astolfi, sabotou a investigação antes de se suicidar, mas, para eles, foi um simples ato de loucura.
Erriaga deixou escapar uma breve risada.
— Acho que seus superiores esconderam algo de você.
Sandra já tinha suas suspeitas havia um tempo, mas ouvi-lo dizer aquilo abertamente lhe provocou uma sensação de raiva.
— Como assim? Do que está falando?
— Do homem com cabeça de lobo... Você nunca ouviu esse termo, tenho certeza. Trata-se de um símbolo que apareceu de várias formas, mas sempre relacionado a crimes. Faz mais de vinte anos que a polícia reúne esses casos com grande sigilo. Até agora eles contaram 23, mas garanto que há muito mais. O fato é que esses crimes não têm nada em comum entre si a não ser a figura antropomorfa. Há poucos dias, ela foi encontrada na casa de Astolfi.
— Por que tanta confidencialidade? Eu não entendo.
— Os policiais não conseguem explicar o que e quem está por trás desta operação oculta. No entanto, mesmo a simples ideia de ter a ver com algo que escapa de um plano puramente racional os induz a manter tudo em segredo e a não investigar a fundo.
— Mas o senhor sabe a razão, não sabe?
— Cara Sandra, você é policial, para você é óbvio que todos estão do lado dos bons e se espanta se lhe disserem que também existe quem torça pelo malvado. Não quero fazê-la mudar de ideia, mas algumas pessoas acham que proteger o componente perverso da natureza humana é indispensável para a conservação da nossa espécie.

— Juro que ainda não estou entendendo.

— Olhe ao seu redor, observe este lugar. O Coliseu era um local de morte violenta. As pessoas deveriam fugir de um espetáculo semelhante, mas, em vez disso, participavam como se fosse uma festa. Então nossos antepassados eram monstros? E você acha que em tantos séculos alguma coisa mudou na natureza humana? As pessoas, agora, acompanham na televisão os casos do monstro de Roma com a mesma curiosidade mórbida, como se fosse um espetáculo circense.

Sandra teve que admitir que a comparação não estava completamente errada.

— Júlio César foi um conquistador sanguinário, não menos que Hitler. Hoje, porém, os turistas compram camisetas com a imagem dele. Um dia, daqui a alguns milênios, farão a mesma coisa com o Führer nazista? A verdade é que vemos com indulgência os pecados do passado e as famílias vêm ao Coliseu para tirar fotos sorridentes onde havia morte e crueldade.

— Concordo que a espécie humana seja por natureza sádica e indiferente, mas por que proteger o mal?

— Porque as guerras, desde sempre, são veículo de progresso: destrói-se para reconstruir melhor. E as pessoas tentam se aperfeiçoar em todos os campos a fim de derrotar os outros, para dominá-los. E para não serem dominadas.

— E o que o diabo tem a ver com isso?

— O diabo, não: a religião. Cada religião no mundo acha que detém a "verdade absoluta", mesmo que entre em conflito com a verdade das outras fés. Ninguém se preocupa em buscar uma verdade compartilhada, cada um permanece firmemente convencido da própria crença. Não lhe parece absurdo, se Deus é um só? Por que para os satanistas, então, deveria ser diferente? Eles não pensam que estão enganados, nem sequer passa pela cabeça deles a ideia de que exista algo de errado no que fazem. Justificam a morte violenta exatamente como quem leva uma guerra adiante pela fé. Os cristãos também combateram as cruzadas, e os muçulmanos ainda exaltam a Guerra Santa.

— Satanistas... É isso que são?

Erriaga havia revelado o segundo nível do segredo. Não havia mais nada a acrescentar sobre o assunto. As pessoas que se reconheciam na figura antropomorfa do homem com cabeça de lobo eram satanistas. Mas o sentido dessa expressão era amplo e complexo demais para que uma simples mulherzinha de uniforme pudesse compreendê-lo.

Isso era o terceiro nível do segredo, que devia obrigatoriamente continuar assim.

Por isso, Battista Erriaga a satisfez:

— Sim, são satanistas — disse.

Sandra estava desapontada. Desapontada com o fato de que o subdelegado Moro e, provavelmente, também o comissário Crespi a excluíram dessa parte do caso, minimizando o papel de Astolfi e sua descoberta em relação ao médico-legista. Mas estava ainda mais decepcionada com o fato de que, no fim das contas, as pessoas que protegiam o monstro eram banais adoradoras do demônio. Se não houvesse existido vítimas, ela acharia graça de um absurdo desses.

— O que quer de mim? Por que me trouxe aqui?

Haviam chegado ao ponto. Battista Erriaga tinha uma missão para ela, algo extremamente delicado. Esperava que a mulher não falhasse.

— Quero ajudá-la a deter o menino de sal.

QUARTA PARTE

A menina de luz

1

Havia bebido um pouco de vodca e estava com sono, mas não tinha nenhuma vontade de ir dormir.

O bar estava lotado, mas ele era o único que ocupava uma mesa sozinho. Não parava de brincar com as chaves da casa de praia. Ao dá-las a ele, seu amigo não havia questionado nada. Bastara lhe perguntar se podia usá-la por alguns dias, até encontrar um novo lugar para morar. Afinal, o motivo daquele pedido estava evidente até demais em sua expressão.

Max tinha certeza de que estava tudo acabado entre ele e Sandra.

Ainda carregava no bolso o estojo com o anel que ela havia recusado. Aliás, nem sequer o abrira para ver o que tinha ali dentro.

— *Fuck* — disse, antes de engolir o restante da vodca no copo.

Tinha dado a ela todo o amor, todas as atenções. Onde havia errado? Achava que as coisas iam bem, mas o maldito fantasma do ex-marido estava sempre lá. Ele não o conhecera, nem sabia como era a cara dele, mas ele estava sempre presente. Se David não tivesse morrido, se eles simplesmente tivessem se divorciado como milhões de casais no mundo, talvez ela se sentisse liberada e pudesse amá-lo como ele merecia.

Sim, o ponto era aquele: ele merecia seu amor, tinha certeza.

Mas, embora ele tivesse razão em tudo, sabe-se lá por que motivo queria se punir. Sua culpa era ter sido perfeito demais, ele sabia disso.

Deveria ter exigido mais coisas e não ter ficado sufocando-a. Talvez, se a tivesse maltratado, as coisas teriam sido diferentes. No fundo, David havia sido um egoísta: não tinha aberto mão de seu trabalho de repórter nas "zonas quentes" ao redor do mundo por ela. Mesmo sabendo que Sandra não gostava de suas viagens e da ideia de ter que esperá-lo por tanto tempo sem ter notícias, sem saber se estava bem e até se ainda estava vivo.

— *Fuck you* — disse desta vez, falando com o fantasma de David. Deveria ter feito como ele, assim talvez não a tivesse perdido. Era melhor mesmo ele se castigar mais um pouco com a vodca.

Quando estava a ponto de pedir uma garrafa inteira, lixando-se para o fato de ter que dar aula na escola na manhã seguinte, reparou na mulher que o olhava fixamente do balcão do bar. Bebia um coquetel de fruta. Era muito bonita, mas sem ostentação. Naturalmente sedutora, disse a si mesmo. Mostrou o copo a ela, embora estivesse vazio, como que para brindar à sua saúde. Não era típico dele fazer certas coisas, mas não estava nem aí.

Ela retribuiu levantando o coquetel. Depois, começou a se aproximar de sua mesa.

—Está esperando alguém? Posso fazer companhia a você? — perguntou, deixando-o desnorteado.

Max não sabia o que responder e acabou se virando com um:

— Fique à vontade.

— Meu nome é Mina. E o seu?

— Max.

— Mina e Max: M.M. — disse, achando graça.

Max achou ter notado um sotaque do leste.

— Você não é italiana.

— Pois é, sou romena. Você também não parece italiano, ou estou enganada?

— Sou inglês, mas moro aqui há muitos anos.

— Estou observando você a noite toda.

Estranho, ele percebera havia pouco tempo.

— Impressão minha ou você está com raiva por algum motivo?

Max não estava com vontade de lhe dizer a verdade.

— A mulher que deveria me encontrar aqui me deu um bolo.

— Então estou mesmo com sorte esta noite — comentou ela, com um sorriso malicioso.

Ele a olhara melhor: o vestido de alta-costura preto decotado na frente, as unhas das mãos alongadas perfeitamente cuidadas e com esmalte vermelho, uma pulseira de ouro larga no punho esquerdo, um colar com um brilhante de sabe-se lá quantos quilates. Usava uma maquiagem um pouco pesada, notou. Mas o perfume com certeza era francês. Uma mulher mais velha, disse a si mesmo. Ele não se considerava um sexista, mas teve que admitir que às vezes acabava julgando as mulheres pelo estilo de vida que exigiam de seus parceiros. Talvez por muitas delas terem virado as costas para ele depois de saberem que era um simples professor de liceu. Então ele costumava pensar um pouco antes de conhecê-las melhor e, se fosse o caso, as evitava antes que elas tomassem a iniciativa de descartá-lo. Por isso, era melhor não se iludir com essa: era areia demais para o caminhãozinho dele. Max lhe ofereceria um drinque sem criar expectativas, só para ter um pouco de companhia em troca. Depois, cada um para o seu lado.

— Posso pedir outro desse para você? — E apontou para o coquetel.

Mina sorriu de novo.

— Quanto dinheiro você tem?

Ele não entendeu de imediato o sentido de uma pergunta tão direta.

— Não sei, por que está me perguntando isso?

Ela chegou a poucos centímetros de distância de seu rosto, dava para sentir seu hálito doce.

— Você não entendeu mesmo o que eu faço ou quer brincar?

Uma prostituta? Não conseguia acreditar.

— Não, desculpe... é que... — tentou se justificar, desajeitadamente.

O resultado foi provocar nela uma risada divertida.

Então, tentou retomar o controle da situação.

— Cinquenta euros, mas posso sacar mais de um caixa eletrônico. — Max não conseguia acreditar que estava dizendo aquilo. Havia sido repentinamente atacado pela vontade de transgredir. Transgredir ao inútil pacto de amor com Sandra e ao jeito como sempre havia vivido a própria vida, devota e talvez até um pouco chata.

Enquanto isso, Mina parecia avaliar a oferta e continuava a encará-lo. Era como se ela conseguisse vê-lo melhor do que qualquer um.

— Claro, você até que é bonitinho — sentenciou. — Vou fazer um desconto para você. Minha noite já estava perdida mesmo.

Max sentia-se empolgado feito um menino.

— Meu carro está aqui fora, poderíamos ir para lá.

A mulher balançou a cabeça, ofendida.

— Por acaso eu tenho cara de usar assento reclinável?

De fato, não.

— E, além do mais, com aquele maníaco por aí...

Ela tinha razão, havia a história do monstro de Roma, ele se esquecera. As autoridades haviam recomendado aos casais que não escolhessem áreas isoladas para fazer amor no carro. Porém, havia a casa de Sabaudia. Ficava um pouco distante, mas ele poderia lhe dar um extra para convencê-la. E, embora fosse inverno e estivesse um pouco frio, poderiam acender a lareira.

— Vamos, vou levá-la à praia.

O fogo crepitava, o quarto já estava esquentando e ele não tinha temores. Estava prestes a trair Sandra, mas não tinha certeza se era "tecnicamente" uma traição. Ela não dissera com clareza que não o amava, mas o sentido de suas palavras era justamente esse. Nem sequer se perguntou o que os alunos pensariam se o vissem assim: deitado em uma cama de uma casa que não era dele, esperando que uma prostituta de luxo saísse do banheiro para poder transar com ela.

Não, nem ele conseguia se ver assim. Por isso, preferira calar logo eventuais sentimentos de culpa.

No caminho de carro para Sabaudia, Mina pegara no sono no banco do carona. Ele a espiara durante toda a viagem, tentando entender quem era realmente a mulher de 35 ou talvez 36 anos que se escondia por trás da máscara para seduzir os homens. Ou imaginando sua vida, seus sonhos, se alguma vez tinha se apaixonado ou se ainda estava apaixonada.

Ao chegarem, ela imediatamente olhara ao redor. A mansão tinha uma posição invejável, bem em frente ao mar. À esquerda ficava o cabo do Circeo, com o parque natural. Naquela noite, estava iluminado pela lua cheia. Era o tipo de paisagem da qual Max nunca poderia se dar ao luxo, mas tinha impressionado a mulher na mesma hora.

Mina lhe perguntara onde ficava o banheiro. Depois, tirara os sapatos de salto e subira a escada que levava ao andar de cima. Ele aproveitara aquela visão, como um anjo que chega ao paraíso.

Os lençóis na grande cama de casal estavam limpos. Max tinha se despido, arrumando a roupa em ordem, como fazia em casa, mas sem perceber. Um hábito ditado pela boa educação que destoava com o que decidira fazer, um ato tão distante de sua índole certinha.

Mina tinha sido clara: a relação não deveria durar mais de uma hora. E nada de beijos, era a regra. Depois, dera-lhe uma caixa de preservativos que guardava na bolsa, certa de que ele saberia o que fazer com eles.

Max apagou a luz e esperou, trepidante, que ela aparecesse a qualquer momento na moldura da porta, quem sabe só de lingerie. Sentia seu perfume em toda parte e estava confuso e excitado. Tudo para não pensar na dor que Sandra lhe causara.

Quando percebeu o clarão do outro lado da soleira escura, achou que se tratava de um truque da imaginação. Porém, depois de alguns instantes, houve um segundo. Então se virou instintivamente para a janela. Mas, do lado de fora, o céu estava nítido, nenhum temporal no horizonte, e a lua ainda estava lá.

Só no terceiro clarão ele se deu conta de que, na realidade, tratava-se do flash de uma máquina fotográfica.

E estava cada vez mais perto.

2

Eles o tinham trancado em uma sala sem janelas.

Antes, porém, os policiais permitiram que um médico o visse. Depois de terem se assegurado sobre suas condições de saúde, levaram-no lá para dentro. A porta se fechara e, desde então, Marcus não soubera mais nada nem vira ninguém.

Havia apenas a cadeira onde estava sentado e uma mesa de aço. A única luz vinha de uma lâmpada fluorescente pendurada no teto, e na parede havia um ventilador que renovava o ar do ambiente e que produzia um irritante e incessante zumbido.

Tinha perdido a noção do tempo.

Quando lhe pediram seus dados pessoais, ele dera as informações falsas que usava como disfarce. Como não levava documentos, informara um número de telefone, habilitado justamente para emergências do tipo. Quem atendia era a secretária eletrônica de um funcionário da embaixada argentina no Vaticano. Na realidade, Clemente encontraria a mensagem e se apresentaria pouco depois no comissariado com um passaporte diplomático falso que o identificava como Alfonso García, representante extraordinário para as questões de culto, e trabalhava para o governo argentino.

O penitencieiro nunca precisara daquele subterfúgio complicado. Em teoria, a polícia italiana deveria soltá-lo por causa da imunidade que protegia os diplomatas. Mas, desta vez, o caso era sério demais.

Tratava-se da morte de um subdelegado. E Marcus era a única testemunha. Não sabia se Clemente já tinha se mexido para soltá-lo. Os policiais podiam detê-lo por tempo indeterminado, mas seriam suficientes 24 horas para verificarem que não existia nenhum Alfonso García que trabalhava para o governo argentino e, assim, poderia perder seu disfarce.

Mas, no momento, Marcus não estava preocupado consigo mesmo. Temia por Sandra.

Depois de ter ouvido o diálogo entre Fernando e a mulher ruiva, tinha consciência de que ela também corria perigo. Sabe-se lá como estava agora e se estava em segurança. Não podia permitir que acontecesse alguma coisa com ela. Então decidiu que, apesar de Clemente, assim que os agentes entrassem de novo na sala ele contaria tudo. Ou seja, que fazia uma investigação paralela sobre o monstro de Roma e que um grupo de pessoas que acobertava o assassino estava envolvido. E diria onde Kropp estava. Assim, poderiam proteger Sandra.

Não tinha certeza se acreditariam nele, mas encontraria um modo de não ser ignorado.

Sim, Sandra acima de qualquer coisa. Acima de tudo.

Desde que o tiraram da cama no meio da madrugada, o comissário Crespi não parara sequer um minuto. Seu organismo exigia uma abundante dose de cafeína e suas têmporas pulsavam por causa da dor de cabeça, mas não tinha nem tempo de tomar uma aspirina.

O comissariado de piazza Euclide, no bairro Parioli, estava em ebulição. Os homens iam e vinham do depósito onde o corpo sem vida de Moro havia sido encontrado. Mas ninguém ainda tinha se vendido à imprensa, notou Crespi. Todos tinham respeito demais pelo subdelegado para trair facilmente sua memória. Por isso, a notícia de sua morte ainda era sigilosa. Mas por quanto tempo? Até o meio-dia o diretor geral de segurança pública daria uma entrevista coletiva para comunicar o acontecido.

Mas havia perguntas demais sem resposta. O que Moro fazia naquele lugar abandonado? De quem era o cadáver encontrado a poucos metros dele? Qual tinha sido a dinâmica do tiroteio? Havia marcas de pneus, por isso, houvera um segundo carro além do automóvel do subdelegado: alguém o usara para fugir? E que papel tinha o misterioso diplomata argentino que haviam achado amarrado e amordaçado?

Ele foi levado ao comissariado de piazza Euclide porque era o mais próximo, mas também para livrá-lo dos jornalistas que logo avançariam na história. Dali, coordenavam as operações. Não sabiam o quanto o ocorrido tinha relação com o caso do monstro de Roma, mas não deixariam que os *carabinieri* cuidassem do homicídio de um deles.

Até porque fazia algumas horas que o GOE estava ocupado com outro problema.

Pelo que Crespi sabia, aquela noite havia sido bem movimentada. Pouco depois das 4 horas, um estranho telefonema foi dado para o número de emergência. Uma garota, com um claro sotaque do leste europeu, denunciara, tomada pelo pânico, uma agressão em uma casa no litoral de Sabaudia.

Quando os *carabinieri* chegaram à mansão, encontraram o cadáver de um homem em um dos quartos. Um tiro preciso no coração, aparentemente disparado de um revólver Ruger SP101 — o mesmo do monstro.

Mas no GOE ainda não tinham certeza se não era apenas uma coincidência ou um emulador. A mulher tinha conseguido fugir, mas, depois de ter ligado, sumira completamente. Agora estava sendo procurada e, enquanto isso, eles também buscavam eventuais marcas de DNA na casa a fim de compará-las com o DNA que eles tinham do assassino.

Ao contrário do homicídio de Moro, o episódio de Sabaudia já era de domínio público, embora ainda não tivesse sido divulgada a identidade do morto. Crespi sabia que esse era o motivo principal pelo qual a imprensa ainda não tinha farejado nada em relação à morte do subdelegado.

Estavam ocupados descobrindo o nome da nova vítima do monstro.

Por isso, eles tinham todo o tempo do mundo para pressionar esse Alfonso García antes que algum funcionário da embaixada aparecesse para exigir sua liberação, apelando para a imunidade diplomática. O homem dera um número de telefone para conferir seus dados pessoais, mas Crespi evitara ligar para ele.

Ele o queria só para si. E o faria falar.

Antes, porém, precisava urgentemente de um café. Por isso, saiu na fria manhã romana e atravessou a piazza Euclide em direção à cafeteria de mesmo nome.

— Comissário — ouviu alguém chamá-lo.

Crespi estava quase entrando no estabelecimento, mas se virou. Viu um homem que vinha a seu encontro acenando. Não parecia ser jornalista. Era claramente filipino e ele imaginou que fosse um empregado que trabalhava em uma das casas nobres do bairro Parioli.

— Bom dia, comissário Crespi — disse Battista Erriaga assim que o alcançou. Estava um pouco ofegante porque correra. — Posso falar com o senhor um momento?

— Estou com muita pressa — replicou o outro, aborrecido.

— Vai ser rápido, prometo. Queria lhe oferecer um café.

Crespi queria tomar seu *espresso* na santa paz e se livrar logo do chato.

— Olhe, não quero ser grosseiro porque nem sei quem é o senhor e por que sabe meu nome, mas não tenho tempo, já disse.

— Amanda.

— Como é?

— O senhor não a conhece, mas ela é uma menina inteligente. Tem 14 anos e frequenta o ensino médio. Como todas as garotas da mesma idade, tem mil sonhos e mil planos na cabeça. Gosta muito de animais e já faz um tempinho que gosta de garotos também. Tem um que dá em cima dela, ela percebeu e queria que ele se declarasse. Talvez no próximo verão finalmente ganhe seu primeiro beijo.

— De quem o senhor está falando? Não conheço nenhuma Amanda.

Erriaga bateu a mão na testa.

— Claro, que burro eu sou! O senhor não a conhece porque, na verdade, ninguém a conhece. Amanda deveria ter nascido há quatorze anos, mas a mãe dela foi atropelada na faixa de pedestres em um bairro de periferia por um motorista irresponsável que depois fugiu e nunca foi encontrado.

Crespi ficou mudo.

Erriaga o encarou, firme.

— Amanda era o nome que aquela mulher tinha escolhido para a filha dela. O senhor não sabia? Ao que parece, não.

O comissário arfava, olhava o homem à sua frente, mas ainda não conseguia falar.

— Sei que o senhor é um homem muito religioso: vai à missa todos os domingos e faz a comunhão. Mas não estou aqui para julgá-lo. Aliás, estou me lixando se consegue dormir à noite ou se pensa todos os dias no que fez com o desejo de se entregar aos seus colegas. Preciso do senhor, comissário.

— Precisa de mim para quê?

Erriaga empurrou a porta de vidro da cafeteria.

— Me deixe lhe pagar esse bendito café e vou explicar tudo — disse, com a falsa gentileza de costume.

Pouco depois, estavam sentados na salinha no andar de cima da cafeteria. Além de algumas mesas, a decoração consistia em dois sofás de veludo. Dominavam o cinza e o preto. O único toque diferente era um enorme pôster fotográfico que cobria uma parede: retratava os espectadores de um cinema, talvez dos anos 1950, usando óculos 3D.

Diante daquele público imóvel e silencioso, Erriaga voltou a falar:

— O homem que vocês encontraram esta noite, amarrado e amordaçado, no lugar onde o subdelegado Moro morreu...

Crespi estava espantado. Perguntou-se como ele sabia daquilo.

— E daí?

— Deverá mandar soltá-lo.

— O quê?

— O senhor entendeu bem. Agora vai voltar ao comissariado e, com um pretexto que achar mais conveniente, o deixará ir embora.

— Eu... Eu não posso.

— Mas é claro que pode. Não precisa fazê-lo fugir, basta lhe mostrar a saída. E garanto que vocês não vão vê-lo novamente. Será como se ele nunca tivesse estado presente na cena do crime.

— Há marcas que demonstram o contrário.

Erriaga pensara nisso também: quando Leopoldo Strini, o técnico do LAT, o acordara naquela manhã com a notícia da morte de Moro, contando-lhe a história "em primeira mão", Battista o instruíra a destruir as provas do envolvimento do único sobrevivente do tiroteio.

— Não se preocupe com mais nada. Porque não haverá consequências, eu garanto.

A expressão de Crespi endureceu. Pelo modo como cerrou os punhos, Erriaga compreendeu que o policial integérrimo que havia nele se recusava a aceitar uma chantagem dessas.

— E se, em vez disso, eu resolvesse voltar ao comissariado e confessar o que fiz há quatorze anos? Se agora eu o prendesse por ter tentado chantagear um oficial público?

Erriaga ergueu os braços.

— Tem total liberdade para fazer isso. Ou melhor, eu não o impediria — afirmou, sem temor. E então riu. — O senhor acha mesmo que eu vim aqui sem levar em conta esse risco? Não sou tão burro. E realmente pensa que é a primeira pessoa que convenço com o mesmo método? Deve ter se perguntado como consegui saber uma história que só o senhor achava que conhecia... Pois bem, isso vale para os outros também. E são pessoas menos íntegras que o senhor, eu garanto: fariam de tudo para proteger os segredos delas. E se eu lhes pedisse favores não saberiam me dizer não facilmente.

— Que tipo de favores? — Crespi começava a entender; de fato, hesitava.

— O senhor tem uma bela família, comissário. Se decidir ouvir sua consciência, não será o único a pagar.

Crespi parou de cerrar os punhos e abaixou a cabeça, derrotado.

— Então, de hoje em diante, eu sempre vou ter que ficar em estado de alerta, temendo vê-lo reaparecer, porque talvez venha me pedir outros favores.

— Eu sei, parece terrível. Mas tente olhar as coisas de outro jeito: é melhor conviver com uma eventualidade incômoda do que passar o resto da vida na vergonha e, principalmente, na prisão por homicídio culposo e omissão de socorro.

3

Sandra não estava em casa.

Ele tinha ligado para a delegacia, achando que já havia começado seu turno, mas lhe responderam que ela tirara um dia de folga. Marcus estava fora de si, tinha que achá-la, garantir que estava bem.

Por volta do meio da manhã, conseguiu entrar em contato com Clemente. Pelo correio de voz deles, o amigo lhe informou que provavelmente o monstro havia voltado a atacar naquela noite, em Sabaudia. Que um homem de nome ainda não divulgado havia morrido, mas a mulher que estava com ele conseguira fugir e ligar para a polícia, só que depois tinha sumido e ninguém sabia quem era. Para analisar o caso, marcaram de se encontrar em uma casa estafeta no bairro de Prati.

Marcus chegou primeiro e esperou. Não sabia por que a polícia o liberara com tanta facilidade. Em determinado momento, a porta da sala onde o haviam trancado se abrira e o comissário Crespi entrara com alguns formulários. Mandara distraidamente que os assinasse, como se não estivesse interessado no que fazia. Então lhe dissera que estava livre para voltar para casa, com a única obrigação de poder ser encontrado caso devessem ouvi-lo de novo.

Marcus, que tinha indicado um número de telefone e um endereço falsos, achou que era um procedimento incomum e rápido demais. Ainda mais porque tinha sido testemunha da morte de um subdelegado.

Nenhuma patrulha o levou ao domicílio que indicara, para se certificar de que dizia a verdade. Ninguém aconselhou que procurasse um advogado. E, principalmente, nenhum magistrado ouviu sua versão.

No início, o penitencieiro desconfiou de que fosse uma armadilha. Mas, depois, mudou de ideia. A poderosa intercessão de alguém. Não de Clemente, isso era certo.

Marcus estava cansado dos subterfúgios, de ter que ficar o tempo todo em alerta e, de modo especial, de nunca saber exatamente as motivações por trás de suas missões. Assim, no momento em que o amigo entrou, ele o agrediu.

— O que está escondendo de mim?

— Do que está falando? — O outro se esquivou.

— Dessa história toda.

— Acalme-se, por favor. Vamos tentar raciocinar juntos, tenho certeza de que você está cometendo um erro.

— Eles se suicidam — rebateu Marcus, com veemência. — Entendeu o que eu disse? Os seguidores de Kropp, aqueles que protegem o monstro, são tão decididos, tão convictos da própria crença que aceitam sacrificar a própria vida para atingir o objetivo. Eu achava que o médico-legista que se joga de uma janela ou o velho que queima vivo no incêndio que ele mesmo provocou fossem efeitos colaterais, consequências imprevisíveis, mas necessárias. Eu disse a mim mesmo: eles se viram encurralados e escolheram morrer. Mas não! Eles *queriam* morrer. É uma forma de martírio.

— Como pode dizer uma coisa dessas? — perguntou o outro, horrorizado.

— Eu os vi fazer isso, Clemente — respondeu, pensando em Fernando e em como Olga lhe estendeu a pistola e disse que, por decisão de Kropp, estava tudo acabado para ele. — Desde o início, eu tive dúvidas. As frases do monstro gravadas no confessionário de Sant'Apollinare, você que, para me convencer a investigar, me fala de uma "séria ameaça pesando sobre Roma"... Ameaça para quem?

— Você sabe.

— Não, eu não sei mais. Tenho a impressão de que minha tarefa, desde o início, não era deter o monstro.

Clemente tentou se esquivar daquela conversa, indo para a cozinha.

— Vou fazer um café.

Marcus o impediu, segurando-o pelo braço.

— O homem com cabeça de lobo é a resposta. Eles são uma seita, um culto de algum tipo: a verdadeira missão era detê-los.

Clemente observou a mão que apertava seu braço. Estava espantado, desapontado.

— Você deveria tentar se conter.

Mas Marcus não tinha a menor intenção de fazer isso.

— Meus superiores, aqueles que há três anos me dão ordens através de você e que nunca vi pessoalmente, não estão nem um pouco interessados no destino daqueles casais que foram assassinados, nem no destino daqueles que provavelmente em breve serão. Para eles só interessa lutar contra essa espécie de religião do mal. E me usaram, mais uma vez. — Era como no caso da freira esquartejada nos jardins vaticanos. Na época, tinha encontrado um muro de hostilidade diante dele. Mas Marcus não conseguia esquecer.

"*Hic est diabolus.*" A coirmã da pobrezinha tinha razão. O diabo havia entrado no Vaticano, mas talvez tivesse acontecido até antes daquela vez.

— Está acontecendo a mesma coisa que aconteceu com o homem da bolsa cinza. E você é cúmplice deles — Marcus o acusou.

— Você está sendo injusto.

— É mesmo? Então me demonstre que estou enganado: me deixe falar com quem manda.

— Você sabe que não é possível.

— Claro, é verdade: "Não podemos perguntar, não podemos saber. Devemos apenas obedecer" — disse, citando as palavras que Clemente sempre repetia para ele. — Mas desta vez vou perguntar e quero respostas. — Segurou pelo colarinho aquele que sempre considerara um amigo, o homem que, quando estava em um leito de hospital sem memória, lhe devolvera lembranças e um nome, a pessoa em quem sempre confiara, e o empurrou contra a parede. O gesto surpreendeu a ele também, Marcus não sabia que era capaz daquilo, mas a esse ponto já tinha cruzado uma fronteira e não podia voltar atrás. — Nos últimos anos, estudando os pecados dos homens reunidos no arquivo da penitenciaria, aprendi a conhecer o mal, mas também entendi que todos nós temos uma culpa e que não basta termos consciência dela para sermos perdoados. Mais cedo ou mais tarde, haverá uma conta a pagar. E eu não quero pagar pelos pecados dos outros. Quem são os homens que decidem por mim, os altos prelados que controlam minha vida, o "nível superior"? Eu quero saber!

— Por favor, me solte.

— Entreguei minha vida nas mãos deles, tenho o direito de saber!

— Por favor...

— Eu não existo, aceitei a invisibilidade, abri mão de tudo. E agora você vai me dizer quem...

— Eu não sei!

Aquele punhado de palavras foi pronunciado de um fôlego só; havia exasperação nelas, mas também frustração. Marcus fitou Clemente. Seus olhos estavam brilhando: foi sincero. A dolorosa admissão do amigo, aquele "eu não sei" dito como resposta liberatória à violência de sua pergunta, foi como se abrisse um precipício entre os dois. Ele poderia esperar de tudo, até que suas ordens viessem do papa em pessoa. Mas não aquilo.

— As determinações são comunicadas a mim através de um correio de voz, exatamente como eu faço com você. Sempre a mesma voz, mas não sei mais nada.

Marcus o soltou, estava pálido.

— Como é possível? Você me ensinou tudo o que sei: me contou os segredos da penitenciaria, me mostrou os mistérios da minha missão. Eu achei que você tivesse uma grande experiência...

Clemente foi se sentar à mesa, segurou a cabeça nas mãos.

— Eu era um padre do interior em Portugal. Um dia, chegou uma carta. Estava assinada com um sinete do Vaticano: tratava-se de uma tarefa que eu não podia recusar. Nela havia as instruções para encontrar um homem internado em um hospital, em Praga: ele tinha perdido a memória e eu deveria lhe entregar dois envelopes. Em um, havia um passaporte com uma identidade fictícia e dinheiro para recomeçar a vida do zero; no outro, uma passagem de trem para Roma. Se ele escolhesse o segundo, eu receberia mais instruções.

— Toda vez que você me ensinava algo novo...

— ...eu tinha acabado de aprender. — Clemente suspirou. — Nunca entendi por que me escolheram. Eu não tinha talentos especiais, nem nunca havia manifestado a ambição de fazer carreira. Eu era feliz na minha paróquia, com meus fiéis. Organizava excursões para os idosos, cuidava da catequese das crianças. Batizava, casava, celebrava missa todos os dias. E tive que abandonar tudo. — Então, ergueu o olhar para Marcus. — Sinto falta do que deixei. Por isso, também sou sozinho.

O penitencieiro não conseguia acreditar.

— Durante todo esse tempo...

— Eu sei, você se sente traído. Mas eu não podia me recusar. Obedecer e calar, esse é o nosso dever. Somos servos da Igreja. Somos padres.

Marcus tirou do pescoço a medalhinha com a efígie de São Miguel Arcanjo e atirou-a nele.

— Pode dizer a eles que não vou mais lhes obedecer cegamente e que não lhes servirei. Terão que procurar outra pessoa.

Clemente estava amargurado, mas não disse uma palavra. Em vez disso, inclinou-se para pegar a efígie sagrada. Em seguida, olhou fixamente para Marcus indo em direção à porta e saindo, fechando-a atrás de si.

4

Ele chegou à mansarda na via dei Serpenti. E ela estava lá.

Marcus não lhe perguntou como sabia onde ele morava, nem se perguntou como havia entrado. Quando Sandra se levantou da cama onde estava sentada para esperá-lo, ele se moveu instintivamente na direção dela. E ela, também instintivamente, o abraçou.

Ficaram assim, abraçados e em silêncio. Marcus não conseguia ver o rosto dela, mas sentia o cheiro dos cabelos, o calor do corpo. Sandra deixou a cabeça apoiada no tórax de Marcus e ouvia o batimento secreto do coração. Ele sentiu uma grande paz, como se tivesse encontrado seu lugar no mundo. Ela se deu conta de que o quisera desde o primeiro momento, embora até então não admitira.

Apertaram-se mais forte, talvez conscientes de que não podiam ir além.

Depois foi Sandra que se afastou primeiro. Mas apenas porque tinham uma missão para realizarem juntos.

— Preciso falar com você, temos pouco tempo.

Marcus concordou, mas por um momento não conseguiu olhá-la nos olhos. Porém, percebeu que ela estava fitando a foto presa na parede, a do homem da bolsa cinza. O assassino da freira nos jardins vaticanos. Antes que ela pudesse lhe perguntar algo, ele se antecipou com uma pergunta:

— Como fez para me achar?

— Encontrei um homem esta madrugada. Ele sabe tudo de você, me mandou aqui. — Sandra se distraiu do fotograma e começou a contar o que havia acontecido no Coliseu.

Marcus custava a acreditar naquelas palavras. Alguém sabia. Não apenas seu endereço, mas o objetivo de sua missão.

— Ele estava a par que nos conhecíamos — disse Sandra. — E que três anos atrás você me ajudou a descobrir o que tinha acontecido com meu marido.

Como conseguia ter tanta informação?

O homem confirmara para ela que quem protegia o menino de sal era uma seita. Sandra estendeu-se nos detalhes da explicação, embora tivesse certeza de que o desconhecido lhe omitira algo.

— É como se tivesse me revelado parte de um segredo para não ter que revelá-lo por completo. É como se, de algum jeito, tivesse sido obrigado pelas circunstâncias... Eu não saberia definir melhor minha sensação.

Mas estava tudo muito claro. Quem quer que fosse, conhecia muitas coisas e sabia como usá-las. Marcus suspeitou de que ele também tivesse tido um papel em sua liberação naquela manhã.

— Enfim, o homem disse que me ajudaria a deter o monstro.

— E como?

— Ele me mandou até você.

Sou eu a resposta? Sou eu a solução? Marcus não conseguia acreditar.

— Ele disse que só você seria capaz de entender a narrativa do assassino.

— Ele usou essa palavra mesmo? *Narrativa?*

— Sim. Por quê?

O assassino narrador, disse Marcus a si mesmo. Então era verdade: Victor tentava contar uma história. Sabe-se lá aonde tinha chegado. Lembrou-se da foto que a governanta dos Agapov lhe dera no hospício: o pai e os gêmeos. *Anatoli Agapov segurava a mão do filho, mas não a de Hana.*

— Ele disse que, juntando o trabalho de Moro com as descobertas que você fez, você chegaria à verdade — continuou Sandra.

A verdade. O desconhecido sabia qual era. Por que não a revelar e pronto? E como sabia o que a polícia havia descoberto? E, principalmente, o que ele havia descoberto?

Mas naquele momento Marcus compreendeu que Sandra não estava a par do que tinha acontecido com Moro. E foi obrigado a lhe dar a má notícia.

— Não — foi a reação incrédula. — Não é possível. — Sentou-se novamente na cama, com o olhar perdido no vazio. Ela estimava o subdelegado Moro, era uma perda enorme para a corporação. Policiais como ele deixavam uma marca e eram sempre destinados a mudar as coisas.

Marcus não ousou incomodá-la, até que ela mesma lhe pedisse para continuar.

— Vamos em frente — foi a única coisa que disse.

Foi a vez de o penitencieiro atualizá-la do restante. Ele lhe revelou informações sobre o instituto Hamelin, sobre Kropp e seus seguidores, sobre o homem com cabeça de lobo e o psicopata sábio. Victor Agapov era o nome do monstro e, quando era criança, matou a irmã gêmea, Hana.

— Por isso não são homicídios de teor sexual — especificou Marcus. — Ele escolhe os casais porque só assim pode reviver a experiência de quando era pequeno. Ele se acha inocente pela morte de Hana, e faz com as mulheres o que gostaria de fazer com ela.

— É movido pela raiva.

— De fato, para as vítimas masculinas, ele tem um tratamento diferente: nenhum sofrimento, só um golpe mortal.

Sandra sabia o que tinha acontecido naquela noite em Sabaudia; não se falava de outra coisa na cidade.

— A propósito de vítimas masculinas — disse. — Enquanto eu esperava você, telefonei para um velho amigo *carabinieri*: o GOE está impenetrável neste momento. Eles estão mantendo o nome da vítima de Sabaudia em segredo, e, sobre a mulher que ligou para a polícia, eles ainda não sabem nada, a não ser que tinha um sotaque do leste europeu. De todo modo, parece que estão certos de que o assassino esteve mesmo na casa de praia: havia DNA dele lá.

Marcus refletiu um pouco.

— A mulher consegue fugir, por isso o monstro não pode completar a encenação de sempre. Mas, mesmo assim, faz questão de que saibam que é obra dele.

— Então você acha que foi intencional?

— Sim, ele não toma mais nenhuma precaução: é uma assinatura.

Para Sandra o raciocínio fluía.

— Há dias colhemos amostras genéticas de suspeitos ou criminosos com antecedentes por delitos sexuais. É provável que já tenha intuído que temos o DNA dele. Por isso, ele não se importa.

— No Coliseu, o desconhecido disse que você devia me passar todos os elementos que Moro tinha em mãos.

— Sim — confirmou Sandra. Então olhou ao redor, na mansarda semivazia. — Me dá algo para escrever?

Marcus lhe entregou uma caneta marcadora. A mesma que usara três anos antes, quando nos sonhos surgiam fragmentos da memória que tinha perdido, e ele os escreveria na parede ao lado da cama. Aquela reminiscência provisória, feita de escritos apressados e capengas, havia ficado no cômodo por muito tempo. Depois ele a apagara, na esperança de esquecer de novo. Mas não foi o que aconteceu. Aquela lembrança era a pena que devia pagar pelo resto da vida.

Por isso, quando Sandra começou a escrever na parede as pistas e as provas presentes na lousa da sala de operações do SCO, o penitencieiro experimentou uma desagradável sensação de *déjà vu*.

Homicídio pinheiral de Ostia:
Objetos: mochila, corda de alpinista, facão de caça, revólver Ruger SP101.
Impressões digitais do rapaz na corda de alpinista e no facão deixado no esterno da moça: mandou que amarrasse a garota e a golpeasse se quisesse salvar a própria vida.
Mata o garoto disparando um tiro em sua nuca.
Põe o batom na moça (para fotografá-la?).

*Deixa um artefato de sal ao lado das vítimas (um bonequinho?).
Depois de matar, ele troca de roupa.*

*Homicídio agentes Rimonti e Carboni:
Objetos: facão de caça, revólver Ruger SP101.
Mata o agente Stefano Carboni com um tiro no tórax.
Dispara na agente Pia Rimonti, ferindo-a no abdômen. Depois a despe, para em seguida algemá-la em uma árvore, torturá-la e finalmente matá-la com um facão de caça. Ele a maquia (para fotografá-la?).*

*Homicídio jovens que pediam carona:
Objetos: facão de caça, revólver Ruger SP101.
Mata Bernhard Jäger com um tiro na têmpora.
Mata Anabel Meyer com várias facadas no abdômen.
Anabel Meyer estava grávida.
Enterra os corpos e as mochilas das vítimas.*

Sandra concluiu a lista e depois acrescentou o pouco que sabiam sobre o último ataque.

*Homicídio Sabaudia:
Objetos: revólver Ruger SP101.
Mata um homem (nome?) com um tiro no coração.
A moça que estava com ele consegue fugir e ligar para a polícia. Não é encontrada. Por quê? (Sotaque do leste europeu).
O assassino deixa o próprio DNA na cena de propósito: quer que se saiba que é obra dele.*

Marcus chegou perto da lista e, pondo as mãos nos quadris, começou a estudá-la. Sabia praticamente de tudo. De muitos daqueles dados ele tomou conhecimento pela imprensa, a outros, chegou sozinho.

— O monstro atacou quatro vezes, mas os elementos da primeira agressão são mais relevantes do que os outros. Por isso usaremos só esses para tentar entender o que ainda nos espera.

E, justamente entre eles, havia algo que o penitencieiro não sabia.

— No ataque de Ostia, no fim está escrito "Depois de matar, ele troca de roupa". O que isso significa?

— Foi assim que achamos o DNA dele — afirmou Sandra, com uma pontada de orgulho. Era mérito dela. Contou a Marcus sobre a mãe de Giorgio Montefiori, a primeira vítima. A mulher pedira insistentemente a devolução dos objetos pessoais do filho. Quando os conseguiu, apareceu na delegacia afirmando que a camisa que lhe deram não era de Giorgio porque não havia as iniciais bordadas. Ninguém lhe deu importância, só Sandra, por compaixão. Mas a mulher estava certa. — Assim, foi fácil deduzir o que tinha acontecido: depois de ter obrigado Giorgio a esfaquear Diana Delgaudio e tê-lo matado com um tiro de pistola na nuca, o assassino se trocou. Para fazer isso, pôs sua roupa no banco de trás do carro, onde estavam as roupas dos dois jovens que tinham se despido para fazer amor. Ao ir embora, o monstro confundiu as duas camisas, deixando a dele.

Marcus raciocinou sobre essa dinâmica. Algo não fazia sentido em sua cabeça.

— Por que fez isso? Por que se trocar?

— Talvez porque tivesse medo de ter se sujado com o sangue dos dois e não queria despertar suspeitas caso alguém o parasse, tipo uma blitz para uma simples verificação de documentos. Se você acabou de matar duas pessoas, é melhor não arriscar, certo?

Não estava convicto.

— O monstro obriga o rapaz a esfaquear a namorada, depois faz com ele uma espécie de execução, pondo-se atrás dele para atirar em sua cabeça. Ele ficou o tempo todo longe do sangue... Por que mudar de roupa, então?

— Você está esquecendo que depois ele se projetou dentro do carro para maquiar o rosto de Diana. O batom, lembra? Para passá-lo nela, ele chegou muito perto da ferida em seu esterno.

Talvez Sandra tivesse razão, talvez a troca de roupa fosse apenas uma precaução, quem sabe um pouco exagerada.

— Em todo caso, falta um detalhe do crime de Ostia — disse o penitencieiro. — Quer dizer, Diana Delgaudio ressurgindo por pouco tempo do coma e escrevendo *eles*.

— Os médicos disseram que foi um tipo de reflexo incondicionado, uma palavra surgida casualmente da memória junto com o gesto de escrever. E sabemos com certeza que quem agiu foi apenas Victor Agapov. Você acha mesmo que a essa altura isso tem importância?

No início, Marcus achava que não.

— Sabemos que há uma seita envolvida nessa história. E se tiver sido um deles? Talvez alguém que seguia o monstro às escondidas. — Não estava disposto a acreditar nas palavras de Fernando: o falso aleijado lhe dissera que tinham perdido o contato com Victor depois que ele saíra do instituto Hamelin.

— Então por que Astolfi teve que tirar a estatueta de sal da cena do crime só no dia seguinte? Se alguém da seita de fato estivesse lá naquela noite, teria feito isso na mesma hora.

Isso também era verdade. Mas tanto a troca de roupa quanto a palavra *eles* soavam notas desafinadas levando em conta o restante.

— O que fazemos agora? — perguntou Sandra.

Marcus virou-se para ela. Ainda sentia o perfume de seus cabelos. Um arrepio o sacudiu, mas procurou disfarçar. Voltou a se concentrar na investigação.

— Você tem que encontrar a moça de Sabaudia antes dos *carabinieri* e da polícia. Precisamos dela.

— E como vou fazer isso? Não tenho recursos.

— Ela tem um sotaque do leste europeu e está escondida... Por quê?

— O monstro pode tê-la achado e a matado enquanto isso, não sabemos. Mas o que o sotaque dela tem a ver com a história?

— Vamos supor que ainda esteja viva e que simplesmente tenha medo da polícia: talvez tenha antecedentes por algo.

— Uma criminosa?

— Na verdade, eu estava pensando em prostituta. — Marcus fez uma pausa. — Ponha-se no lugar dela: escapou de um homicídio, ligou para a polícia e por isso acha que fez seu dever. Tem algum dinheiro guardado e é estrangeira: pode mudar de ares a qualquer momento, não tem nenhum interesse em ficar na Itália.

— Ainda mais se ela viu o rosto do monstro e ele sabe que tem alguém à solta que pode reconhecê-lo — concordou Sandra.

— Ou não sabe de nada, não viu nada e, simplesmente, está escondida esperando que as coisas se acalmem.

— Tudo certo. Mas *carabinieri* e polícia também devem ter chegado às mesmas conclusões — ressaltou ela.

— Sim, mas eles a procurarão vasculhando seu ambiente de fora. Nós temos um contato de dentro...

— Quem?

— Cosmo Barditi. — O homem o pusera no rastro do menino de sal com o livro de fábulas. Mas, sobretudo, administrava uma casa noturna de espetáculos sadomasoquistas: a SX.

— Como um morto poderia nos ajudar? — perguntou Sandra.

— A esposa dele — afirmou Marcus, referindo-se à mulher a quem dera dinheiro para que deixasse Roma imediatamente junto com a filha de 2 anos. Agora, esperava que ela não tivesse seguido o conselho. — Você tem que ir à casa dela e dizer que foi mandada pelo amigo de Cosmo que lhe disse para desaparecer. Eu e ela somos os únicos que sabemos da história, ela vai acreditar em você.

— Por que não vem comigo?

— Temos que cuidar de dois problemas. Um é o homem misterioso do Coliseu: devemos entender quem é e por que decidiu nos ajudar. Acho que não é um comportamento desinteressado.

— E o outro problema?

— Para resolver esse, devo fazer uma visita que tive que adiar até agora.

5

O portão do palácio dos anos 1600 estava apenas encostado.

Marcus empurrou-o e se viu em um grande saguão com um jardim secreto. Havia árvores e fontes de pedra, com estátuas de ninfas que colhiam flores. Em volta do espaço aberto desenrolava-se a construção nobre, com um mirante rodeado por colunas dóricas.

A beleza daquele lugar lembrava muito a de outros palácios romanos, certamente mais ilustres e suntuosos, como o palácio Ruspoli ou o palácio Doria Pamphilj, no Corso.

À esquerda, uma enorme escada de mármore levava aos andares superiores. Marcus começou a subir.

Entrou em um salão cheio de afrescos. Móveis de época e tapeçarias decoravam ricamente o cômodo. Havia um cheiro leve que invadia o ambiente, um odor de casa antiga. De madeira envelhecida, de pinturas a óleo, de incenso. Era um cheiro acolhedor, de história e de passado.

O penitencieiro continuou andando, atravessando salas semelhantes à primeira, unidas umas às outras sem nenhum corredor que as separasse, a tal ponto que a sensação era a de entrar sempre na mesma.

Dos quadros nas paredes personagens dos quais a essa altura não se sabia mais o nome — damas, nobres e cavalheiros — observavam sua passagem, e era como se os olhos deles, aparentemente imóveis, o acompanhassem.

Onde devem estar agora? Marcus se perguntou. O que sobrou deles? Talvez apenas uma pintura, um rosto que um artista complacente tornou mais gracioso, transgredindo um pouco o pacto com a verdade. Acreditavam que, assim, a lembrança deles duraria muito tempo, mas em vez disso haviam se tornado objetos de decoração, como um bibelô qualquer.

Enquanto pensava naquilo, foi atraído por um som. Era baixo e constante. Uma só nota repetida sem parar. Como uma mensagem codificada. Como um convite. Oferecia-se a guiá-lo.

Marcus o seguiu.

Enquanto ele avançava, o som se tornava cada vez mais nítido, sinal de que estava se aproximando de sua origem. Viu-se diante de uma porta semifechada. O som vinha do lugar além daquela fronteira. O penitenciário atravessou-a.

Um amplo quarto com uma grande cama de dossel. As cortinas de veludo à volta estavam fechadas, impedindo-o de ver quem estava deitado nela. Mas, pelos maquinários modernos arrumados ao redor, podia-se intuir muitas coisas.

Havia uma aparelhagem para o controle dos batimentos cardíacos — era dali que vinha o som-guia. Monitores que registravam os sinais vitais. E havia um cilindro de oxigênio, cujo tubo sumia debaixo do cortinado da cama.

O penitenciário aproximou-se devagar e só então percebeu que, em um canto do quarto, havia um corpo prostrado em uma poltrona. Hesitou quando reconheceu Olga, a mulher ruiva. Mas ela estava imóvel e de olhos fechados.

Somente quando chegou perto dela se deu conta de que não estava dormindo. Tinha as mãos unidas no colo e ainda segurava a seringa que provavelmente usara para injetar algo em si mesma. O ponto exato era no pescoço, na altura da jugular.

Marcus levantou suas pálpebras para se assegurar de que Olga estava realmente morta. Apenas quando teve certeza, voltou a se encaminhar para a cama.

Ao chegar perto, afastou um dos panos de veludo, seguro de que encontraria um segundo cadáver.

Em vez disso, viu um homem pálido, com pouquíssimos cabelos loiros, despenteados. Olhos grandes e uma pequena máscara de oxigênio que cobria parte do rosto. O tórax debaixo das cobertas se levantava e se abaixava devagar. Parecia um corpo reduzido — como se tivesse sofrido um encanto maligno, como em uma fábula.

O professor Kropp ergueu os olhos cansados para ele. E sorriu.

Então, fazendo esforço, tirou uma das mãos ossudas de sob as cobertas e afastou a máscara da boca.

— Bem a tempo — sussurrou.

Marcus não sentia nenhuma piedade por aquele homem no fim da vida.

— Onde está Victor? — perguntou, de forma enérgica.

Kropp balançou levemente a cabeça.

— Não vai encontrá-lo. Nem eu sei onde está. E, se não acreditar em mim, já sabe que, no ponto aonde cheguei, as torturas e as ameaças não adiantam mais.

Marcus sentia-se paralisado, como se estivesse em um beco sem saída.

— Você não entendeu Victor, ninguém o entendeu — continuou o velho, falando muito devagar. — Em geral, nós não matamos pessoalmente os animais que comemos, certo? Mas, caso fôssemos levados a isso pela fome, o faríamos? E também estaríamos dispostos a nos alimentar de um cadáver humano se disso dependesse nossa sobrevivência? Em condições extremas, fazemos coisas que em outra situação não faríamos. Assim, para algumas pessoas, matar não é uma escolha; elas são obrigadas a isso. Existe algo dentro delas que as força a fazer isso. O único modo que têm para se livrarem dessa opressão insuportável é satisfazê-la.

— Você está justificando um assassino.

— Justificar? O que quer dizer essa palavra? Alguém que nasce cego não sabe o que significa ver, por isso, na verdade, não sabe que é cego. Assim, um homem que não conhece o bem não sabe que é mau.

Marcus curvou-se sobre ele para falar em seu ouvido.

— Me poupe do último sermão, daqui a pouco seu demônio vai receber você no inferno.

O velho virou-se no travesseiro e o encarou.

— Você fala isso, mas não é o que pensa no fundo.

Marcus retraiu-se.

— Você não acredita nem no diabo, nem no inferno. Não estou certo?

Dentro de si, o penitencieiro foi obrigado a admitir aborrecido que sim, ele estava certo.

— Como consegue morrer em um lugar como esse? Nesse luxo todo?

— Você é como aqueles pobres tolos lá de fora que a vida inteira se fazem as perguntas erradas e esperam respostas que, por isso, não chegarão.

— Explique-se melhor, estou curioso... — desafiou-o Marcus.

— Você acha que isso é obra de poucas pessoas. Eu, Astolfi, Olga, que está naquela poltrona, Fernando e Giovanni. Mas nós somos apenas uma parte do todo. Nós só demos um exemplo. Outros estão do nosso lado, ficam à sombra porque ninguém os entenderia, mas vivem inspirando-se no nosso exemplo. Eles nos apoiam e rezam por nós.

Ouvi-lo falar de rezas blasfemas fez o penitencieiro se horrorizar.

— Os nobres que moravam neste palácio estavam do nosso lado desde os tempos antigos.

— Quais tempos antigos?

— Acha que tudo se reduz ao presente? Nos últimos anos, marcamos com nosso símbolo os piores acontecimentos sanguinários para que as pessoas entendessem e despertassem do torpor.

— Você fala do homem com cabeça de lobo. — Marcus pensou nos casos que o desconhecido do Coliseu tinha contado para Sandra: uma babá, um pedófilo, um pai de família que exterminou os entes queridos...

— Mas o proselitismo não é suficiente. É sempre necessário mandar um sinal que todos possam compreender. É como nas fábulas: precisamos sempre de um personagem mau.

— Daí o propósito do instituto Hamelin: cultivar crianças que, adultas, se tornariam monstros.

— E então chegou Victor, e entendi que era a pessoa certa. Depositei minha confiança nele, e ele não me decepcionou. Quando tiver terminado de narrar sua história, você também entenderá e se espantará.

Ao escutar aqueles devaneios, Marcus experimentou uma repentina sensação de opressão. *Entenderá e se espantará*. Parecia uma profecia.

— Quem é você? — perguntou o velho.

— Antes eu era padre, agora já não sei mais — respondeu com sinceridade. Era inútil esconder segredos de um moribundo.

Kropp começou a rir, mas a risada logo se transformou em um acesso de tosse. Então, ele se recompôs.

— Queria lhe dar uma coisa...

— Não quero nada de você.

Mas Kropp o ignorou e, com um esforço que pareceu insuportável, esticou o braço para a mesinha de cabeceira. Pegou um cartãozinho dobrado e o estendeu para Marcus.

— Entenderá e se espantará — repetiu.

Marcus aceitou com relutância o presente de Kropp e o abriu.

Era um mapa.

Uma planta de Roma onde em vermelho estava traçado um percurso que partia da via del Mancino e chegava até a piazza di Spagna, debaixo da famosa escadaria de Trinità dei Monti.

— O que é isso?

— O fim da sua fábula, menino sem nome. — Kropp pôs de novo a máscara de oxigênio sobre a boca e fechou os olhos. Marcus ficou observando mais um pouco o tórax do homem, que se levantava e se abaixava com a respiração. Então decidiu que já tinha aguentado o suficiente.

Aquele velho morreria logo. Sozinho, como merecia. Ninguém era capaz de salvá-lo, nem o próprio Kropp podia com um arrependimento extremo. E o penitencieiro não estava nem um pouco disposto a lhe conceder o perdão de seus pecados com uma última bênção.

Por isso, afastou-se daquele leito de morte com a intenção de deixar aquela casa para sempre. Na mente, a imagem de uma velha foto amarelada.

Um pai junto com os filhos gêmeos. *Anatoli Agapov segurando a mão de Victor, mas não a de Hana.*

Por quê, se a governanta da família dissera que o homem amava mais a menina?

Tinha chegado o momento de ir aonde tudo havia começado. A mansão dos Agapov o esperava.

6

Encarava o telefone na mesa havia pelo menos duas horas.

Era uma coisa que fazia muito quando era adolescente, rezando para que o garoto de que gostava ligasse para ela. Concentrava-se com toda a força, confiando no poder do próprio olhar, na esperança de que uma chamada telepática levasse o objeto de seu amor a pegar o fone e discar seu número.

Nunca dava certo. Mas Sandra ainda acreditava naquilo, embora agora fosse por um motivo diferente.

Liga, vamos, liga...

Estava sentada no escritório de Cosmo Barditi, na SX. Tinha seguido as instruções do penitencieiro e aparecera na casa da esposa do homem. A mulher estava prestes a viajar, quase saindo para o aeroporto com a filha de 2 anos. Tinha chegado bem a tempo.

Sandra não disse que era policial, apresentou-se como Marcus recomendara. No início, a mulher de Barditi relutou um pouco a ouvi-la, queria encerrar de vez aquela história, e era compreensível que também tivesse medo pela filha. Mas, quando Sandra lhe disse que outra mulher, talvez uma prostituta, estava em perigo, ela resolveu colaborar.

A policial compreendeu aquilo que provavelmente o penitencieiro não entendera: a esposa de Barditi também devia ter tido um passado difícil. Talvez uma vida da qual não se orgulhava e que deixara para trás, mas de todo modo não tinha esquecido o que significava precisar de ajuda e não encontrar ninguém disposto a oferecê-la. Assim, pegou a agenda do marido e começou a ligar para todos os contatos dele. Aos interlocutores dizia sempre a mesma coisa: se alguém conhecesse a garota estrangeira envolvida no homicídio de Sabaudia, devia lhe passar uma mensagem simples.

Havia alguém que a procurava e que podia lhe dar uma mão, e isso não implicava de forma alguma o conhecimento da polícia.

Era a única coisa que a mulher podia fazer por Sandra. Logo depois, foram para a SX, porque tinham dado o número de lá, um local conhecido e seguro. Se fosse o caso, o lugar era perfeito até para um encontro.

Desde então, começou a longa espera de Sandra diante do telefone mudo.

A mulher de Barditi, obviamente, quis ir com ela. Deixara a filha com a vizinha, porque desde a morte do marido não tinha mais posto os pés na casa noturna, que ficara fechada a partir daquele acontecimento.

Por isso, assim que entraram no escritório de Cosmo, foram recebidas pelo mau cheiro, e a mulher reparou com horror que ainda havia vistosas manchas escuras e ressecadas na mesa e no chão: sangue e outros materiais corporais que o homem perdera depois do tiro de pistola na cabeça. A morte fora imediatamente registrada como suicídio, por isso, a polícia científica havia realizado apenas as perícias de rotina e ainda era possível ver os resíduos dos reagentes químicos. O corpo havia sido removido, mas ninguém limpara o local. Existiam empresas especializadas naquele tipo de trabalho: com produtos especiais, conseguiam dar fim em qualquer indício que pudesse lembrar que naquele lugar tinha acontecido um ato sangrento. Mas Sandra sempre notara que os parentes do morto precisavam ser comunicados de que existia a possibilidade de delegar a terceiros aquela tarefa, pois não eram capazes de cuidar daquilo sozinhos. Talvez porque estivessem transtornados, ou talvez porque as pessoas sempre partem do princípio de que não serão elas que deverão realizar o dever ingrato.

Por isso, enquanto Sandra estava sentada fitando o telefone, a outra mulher se dedicava a limpar tudo com um balde com água, um pano e um comuníssimo detergente para chão. Tentara lhe dizer que aquele tipo de sujeira não sairia, que era necessário recorrer a algo mais poderoso para removê-la. Mas a mulher respondera que ela tentaria mesmo assim. Estava em choque e continuava a esfregar com força, sem parar.

É jovem demais para ficar viúva, Sandra disse a si mesma. E pensou em sua própria vida, quando aos 26 anos teve que enfrentar a morte de David. Cada um tinha direito à sua dose de loucura diante de uma perda. Ela, por exemplo, decidira parar o tempo. Não mudara nada de lugar em casa e tinha até se cercado das coisas que mais detestava em seu marido quando ainda estava vivo. Como os cigarros de anis ou a loção pós-barba barata. Tinha medo de perder o cheiro dele. Não suportava a ideia de que alguma outra coisa do homem que amava, até o detalhe mais insignificante e seu hábito mais detestável, pudesse sumir da vida dela.

Agora sentia pena daquela moça. Se não tivesse aparecido como lhe dissera Marcus, se não tivesse respeitado à risca as instruções recebidas pelo penitencieiro, não teriam ido até aquele escritório. Talvez a mulher, àquela hora, estivesse no aeroporto, pronta para ir embora e recomeçar. E não debruçada sobre o chão, removendo aquilo que restava do homem que amara.

Naquele momento, o telefone tocou.

A mulher interrompeu o que estava fazendo e olhou para Sandra, que imediatamente pegou o fone.

— Quem é você, porra? — Uma voz feminina falou antes dela.

Era ela. A prostituta que estava procurando; reconheceu-a pelo sotaque do leste europeu.

— Quero ajudar você.

— Quer me ajudar e arma essa confusão toda para me achar? Você sabe, sua escrota desgraçada, de quem estou tentando me esconder?

Dava uma de durona, mas estava assustada, reparou Sandra.

— Fique calma, me escute e tente raciocinar. — Ela precisava parecer mais forte, era o único jeito de convencê-la a confiar. — Eu só precisei de umas duas horas e alguns telefonemas para encontrar você. Quanto tempo acha que o monstro vai demorar? Vou dizer uma coisa que você talvez não tenha pensado: ele é um criminoso, com certeza tem contatos no meio, por isso, temos que levar em conta que pode ser que alguém já o esteja ajudando, mesmo sem saber de suas intenções.

A garota ficou muda por um instante. Bom sinal, estava refletindo.

— Você é mulher, posso acreditar no que me diz... — Era uma constatação, mas também um pedido.

Sandra entendeu por que Marcus dera a ela aquela missão: o monstro era um homem, e eram principalmente os homens os seres capazes de atos de crueldade e ferocidade. Por isso, era mais fácil que confiasse em uma mulher.

— Sim, pode acreditar em mim — ela a tranquilizou.

Do outro lado, houve um novo silêncio, um pouco mais longo.

— Tudo bem — disse a estrangeira. — Onde nos encontramos?

Chegou à casa noturna uma hora mais tarde. Levava nos ombros uma mochila com suas coisas. Usava um par de tênis vermelhos, uma calça larga de um conjunto cinza e um casaco felpudo azul com capuz, e por cima um jaquetão masculino de couro, de aviador. A escolha da roupa não era casual, notou Sandra. Era uma mulher bonita, com aproximadamente 35 anos, talvez até mais, do tipo que chama atenção. Mas não queria ser notada, por isso usava roupas desleixadas. De todo modo, não deixara de se maquiar, como se a parte mais feminina dela tivesse oposto resistência, prevalecendo pelo menos naquilo.

Estavam sentadas em um dos cômodos na sala grande da SX. A esposa de Barditi havia ido embora e as deixara sozinhas: não queria ter mais nenhuma relação com aquela história e Sandra não a recriminava.

— Foi terrível. — A garota estava contando o que tinha acontecido na noite anterior enquanto comia as unhas, sem se preocupar se estava estragando o esmalte vermelho. — Nem sei como saí de lá viva.

— Quem era o homem com você? — perguntou Sandra, visto que a identidade da vítima masculina ainda era guardada em segredo e nenhum jornal falava dela.

A moça olhou-a, com ar severo.

— E isso importa? Não lembro como se chama, e mesmo se lembrasse nem sei se é o nome verdadeiro. Você acha que os homens são sinceros com alguém como eu? Principalmente os casados ou os que têm namorada, e ele me deu justamente essa impressão.

Ela estava certa, aquilo não tinha nenhuma importância no momento.

— Tudo bem, continue.

— Ele me levou à casa e pedi para ir ao banheiro me preparar. Eu sempre faço isso, é um hábito, mas acho que dessa vez salvou minha pele. Enquanto eu estava trancada lá, aconteceu algo estranho... Por baixo da porta eu vi se acenderem uns clarões. Entendi logo que era uma máquina fotográfica, mas achei que o cliente tinha bolado alguma brincadeirinha. Eu costumo encontrar homens assim, mas as fotos são uma perversão que posso aceitar.

Sandra pensou no monstro, no fato de que justamente ela havia compreendido que ele fotografava as vítimas.

— Naturalmente, eu teria pedido um extra por aquilo. Por mim estava tudo certo, e então eu estava a ponto de sair do banheiro quando ouvi o tiro.

A mulher não conseguia continuar a história, ainda estava aterrorizada com a lembrança.

— O que aconteceu? — Sandra a encorajou.

— Apaguei a luz e me encolhi ao lado da porta, torcendo para que ele não tivesse percebido que eu estava ali. Enquanto isso, eu o ouvia andar pela casa: estava me procurando. Ele me encontraria, por isso eu tinha que decidir depressa o que fazer. No banheiro havia uma janela, mas era pequena, eu não caberia. E, além do mais, eu não teria coragem de pular lá para baixo, podia quebrar a perna e ficar imóvel ali. E se ele me achasse... — Olhou para baixo. — Não sei de onde tirei coragem. Peguei minha roupa, porque se fugisse nua eu não iria longe, com o frio que fazia. — Então comentou: — É incrível como funciona o cérebro quando se está em perigo.

Estava divagando, mas Sandra não queria mais interrompê-la.

— Abri a porta do banheiro, estava tudo escuro. Comecei a andar pela casa, tentando lembrar a ordem dos cômodos. No fim do corredor havia o feixe de uma lanterna se mexendo em um dos quartos. Ele estava ali. Se ele saísse, certamente me veria. Eu tinha poucos segundos para chegar à escada: estava no meio do caminho entre mim e ele. Mas eu não conseguia me decidir, tinha a impressão de que cada movimento meu produzia um barulho altíssimo, que ele poderia ouvir. — Ela fez uma pausa. — Então cheguei à escada e, devagar, comecei a descer os degraus, enquanto no andar de cima tudo parecia bem movimentado: ele não me achava e devia estar muito irritado.

— Ele não disse nada? Não gritou ou xingou enquanto procurava você?

A garota balançou a cabeça.

— Ele era silencioso, o que me dava mais medo ainda. Então vi a porta da rua, mas ela estava fechada por dentro e sem chave. Eu queria chorar, estava a ponto de me render. Felizmente encontrei forças para procurar outra saída... Enquanto isso, ele estava descendo, eu ouvia os passos. Abri uma janela e me joguei sem saber o que me esperava depois do parapeito. Dei de cara com o vazio e aterrissei em algo macio. Era areia, mas então comecei a deslizar por um declive, sem conseguir parar, até a praia. Caí de costas, a dor cortou minha respiração. Quando abri os olhos, vi a lua cheia. Eu tinha esquecido. Eu era um alvo fácil com toda aquela luz. Olhei para a janela por onde tinha escapado, lá em cima, e vi uma sombra... — A mulher se encolheu. — Não vi o rosto dele, mas ele me via. Me olhava fixamente. Imóvel. E então atirou.

— Atirou? — perguntou Sandra.

— Sim, mas não me acertou por um metro, talvez menos. Então levantei e comecei a correr. A areia não me deixava ir rápido, e eu estava cada vez mais desesperada. Tinha certeza de que ele me atingiria, que a qualquer momento eu sentiria uma pontada ardente nas costas... não sei por que, mas era assim que eu imaginava a dor.

— E ele continuou atirando?

— Contei outros três disparos, depois mais nada. Deve ter descido para me procurar, mas eu subi a rampa e cheguei à rua. Me escondi atrás de uma lata de lixo e esperei amanhecer. Foram as piores horas da minha vida.

Sandra conseguia entendê-la.

— E o que aconteceu depois?

— Pedi carona para um caminhoneiro e de um posto de gasolina liguei para o número de emergência para denunciar o que tinha acontecido. Depois, voltei para casa na esperança de que aquele babaca não soubesse onde moro. No fundo, como ele saberia? Eu estava com minha bolsa e todos os documentos, era a primeira vez que eu via o cara que queria transar comigo e nunca tinha estado naquela mansão.

Sandra avaliou a história. Ela teve sorte, disse a si mesma.

— Você não me disse seu nome.

— Não quero dizer, tem problema?

— Pelo menos me diga como devo chamá-la.

— Mina, me chame de Mina.

Talvez fosse o nome que usava para trabalhar.

— Mas quero dizer quem sou: meu nome é Sandra Vega e sou policial.

Ao ouvir aquilo, a garota ficou de pé em um pulo.

— Vai à merda! Ao telefone você me disse que a polícia não estava envolvida!

— Eu sei, fique calma. Não estou aqui em missão oficial.

Ela agarrou a mochila, decidida a ir embora.

— Está de sacanagem comigo? Quem se importa qual é sua missão? Você é uma tira e ponto.

— Sou, mas agora fui honesta com você, eu podia não dizer nada. Me escute. Estou trabalhando com alguém que não é da polícia e você deveria falar com ele.

— Alguém, quem? — perguntou, desconfiada e com raiva.

— Ele tem contatos poderosos no Vaticano, pode fazer você sumir de circulação por um tempo. Mas você tem que nos ajudar.

A garota parou. No fundo, não tinha escolha, estava assustada e não sabia aonde ir. Então se sentou. No ímpeto, a manga da jaqueta de couro havia se levantado junto com a manga do casaco.

Sandra reparou que a mulher tinha uma cicatriz no punho esquerdo, como a de uma pessoa que tentou suicídio no passado.

Ela percebeu que Sandra estava olhando e a escondeu sob a roupa.

— Eu costumo cobri-la com uma pulseira e assim os clientes não notam — justificou-se. O tom de voz estava triste agora. — Já passei por poucas e boas na vida... Você disse que podia me ajudar, então tenho que pedir uma coisa: me tire desse pesadelo.

— Claro — prometeu Sandra. — Agora vamos. Vou levar você para minha casa, é mais seguro — disse, pegando a mochila com as coisas dela.

7

A casa dos Agapov ficava em um lugar isolado, atemporal.

O campo à volta ainda era como devia ser por volta do fim dos anos 1700, a época em que a mansão havia sido construída, quando naqueles bosques e no meio daquelas colinas escondiam-se perigos de vários tipos. Os viajantes menos espertos caíam nas emboscadas dos bandidos, eram roubados e depois degolados sem piedade, para não deixarem testemunhas. Os corpos eram enterrados em uma vala comum e ninguém saberia mais nada deles. Naquele tempo, nas noites de lua cheia, podia-se avistar ao longe as fogueiras acendidas pelas bruxas que, segundo as lendas, sempre existiram em Roma e nos arredores. E, na sombria Idade Média, eram condenadas a queimar no mesmo fogo com o qual haviam celebrado seus demônios.

Marcus levara mais de uma hora para chegar ao local. Era pouco mais de 19 horas, mas a lua, certamente menos cheia do que na noite anterior, já começara seu caminho em direção ao ponto mais alto de um frio céu estrelado.

Do lado de fora, a casa parecia enorme, exatamente como a governanta que havia trabalhado ali por seis anos a descrevera. A idosa no asilo, porém, não o preparara para o aspecto mais impressionante daquela moradia.

Vista de longe, parecia uma igreja.

Marcus pensou em quantas pessoas, ao longo do tempo, confundiram-na com um local de culto. Talvez por vontade de quem mandara construí-la ou por causa do gênio excêntrico do arquiteto que a concebera, a fachada era em estilo gótico e se desenrolava em pequenas agulhas que pareciam ascender em direção ao céu. A pedra cinza com a qual havia sido construída espelhava a luz da lua, criando sombras ossudas sob os beirais e reflexos azulados sobre os vitrais que cobriam as janelas, decoradas como as de uma catedral.

No portão principal sobressaía-se uma grande placa de uma agência imobiliária com a palavra "Vende-se" bem em evidência. Abaixo dela, no entanto, havia marcas deixadas por anúncios anteriores, que ao longo do tempo não tiveram sucesso.

A casa estava fechada.

O jardim que a rodeava era formado por palmeiras — mais uma extravagância daquele lugar. As árvores, porém, estavam envolvidas pela casca grossa que se formava quando ficavam tempo demais sem cuidados específicos.

O penitencieiro passou por cima da grade e andou pela alameda em direção à grande escada externa que levava à varanda e, logo, à entrada. Lembrou que a idosa do asilo lhe dissera que, quando os Agapov moravam ali, ela coordenava uma equipe de oito pessoas. Mas nenhuma delas era autorizada a ficar depois do pôr do sol. Por isso, todas eram obrigadas a ir embora antes que o dia terminasse, para voltar apenas na manhã seguinte. Marcus pensou que, se ainda fosse vivo, Anatoli Agapov não aceitaria a presença dele ali, àquela hora.

O que acontecia naquela casa à noite?

O penitencieiro havia levado do carro uma lanterna e o macaco. Usou-o para abrir o portão de madeira clara que talvez o separasse da resposta àquela pergunta.

A luz da lua escapuliu do meio de suas pernas como um gato, antecipando-o para além da entrada. Um rangido sinistro, digno de uma história de fantasmas, recebeu-o, dando as boas-vindas. Mas, no fundo, Marcus tinha ido fazer justamente isso: despertar o espírito de uma menina. Hana.

Pensou na tentativa extrema que Kropp fizera para distraí-lo dessa missão. A espécie de mapa que ele lhe entregara certamente era um outro modo de enrolá-lo.

"O fim da sua fábula, menino sem nome..." Mas o penitencieiro não caíra na dele.

Agora, estava ali. Esperava que a história que procurava também estivesse.

Mais uma vez usaria as palavras da governanta como guia. Quando lhe perguntara como era Anatoli Agapov, ela respondera: "Era um homem austero, rígido. Acho que não gostava de morar em Roma. Trabalhava na embaixada russa, mas passava muito tempo em casa, trancado no escritório."

O escritório. Era o primeiro lugar que tinha que procurar.

Encontrou-o depois de ter perambulado pela casa um bom tempo. Não era fácil distinguir os cômodos, até porque os móveis estavam cobertos por panos brancos que os protegiam da poeira. Ao levantá-los em busca de alguma pista, Marcus descobriu que objetos de uso cotidiano, objetos de decoração e bibelôs haviam ficado no mesmo lugar. Quem quer que comprasse a mansão algum dia — se isso acontecesse — herdaria tudo que pertencera aos Agapov, mesmo sem conhecer a história deles e o drama que acontecera naquele lugar.

No escritório havia uma grande estante. À frente dela, uma mesa de carvalho. Com gestos rápidos, Marcus livrou todos os móveis dos sudários que os escondiam. Sentou-se na poltrona atrás da escrivaninha, onde devia ser o lugar de comando de Anatoli Agapov. Começou a vasculhar as gavetas. A segunda a partir da direita, porém, estava emperrada. O penitencieiro segurou o puxador com as duas mãos e fez força, até que ela se abriu violentamente, caindo no chão com um barulho que ecoou pela casa.

Dentro dela havia um porta-retratos, que naquele momento estava com a foto para baixo, caído no chão. Marcus o virou. Continha uma imagem que já conhecia: era o retrato que a governanta lhe entregara e que depois tinha sido queimado por Fernando.

Esta, porém, era idêntica.

Uma imagem de cores desbotadas pelo tempo, que remetia aos anos 1980. Talvez uma foto com disparo automático. No meio, Anatoli Agapov — não muito alto, robusto, com cerca de 50 anos, usando um terno escuro, gravata e colete, os cabelos penteados para trás e a barbicha preta. À sua direita, Hana — um vestidinho de veludo vermelho, cabelos nem compridos nem curtos e uma franjinha presa por uma fita. Era a única que sorria. À esquerda do homem, Victor — de terno e gravata, cabelo estilo Joãozinho e a franjinha caindo nos olhos, o ar triste.

Um pai e seus filhos, gêmeos quase perfeitamente idênticos.

Na foto estava de novo o detalhe que havia incomodado o penitencieiro desde o início. *Anatoli Agapov segurava a mão do filho, mas não a de Hana.*

Marcus perguntara-se muitas vezes o porquê, pois, pelo que a governanta dizia, a preferida do pai era a menina.

"As únicas vezes que o vi sorrir foi quando estava com Hana."

Por isso, perguntou-se de novo se o que via na fotografia era um gesto de afeto ou um modo de impor sua autoridade. E se a mão paterna era uma trela para Victor. No momento, não tinha uma explicação, por isso guardou a fotografia no bolso e resolveu continuar a inspeção da casa.

À medida que atravessava os cômodos, lembrava-se das frases da idosa no asilo ao falar dos dois gêmeos.

"Víamos mais Hana. Ela fugia do controle do pai e vinha nos visitar na cozinha ou enquanto fazíamos as tarefas domésticas. Era uma menina de luz."

A menina de luz; Marcus gostara daquela definição. Fugia do controle do pai? O que significava aquilo? Ele já tinha se feito essa pergunta, e voltou a fazê-la.

"As crianças não iam à escola nem tinham professor particular: era o senhor Agapov que cuidava pessoalmente da instrução delas. E não tinham amigos."

Quando Marcus perguntara sobre Victor, a governanta afirmara: "Você acredita se eu lhe disser que em seis anos só o vi acho que oito, nove vezes?" E, em um segundo momento, acrescentou: "Não falava. Ficava quieto e observava. Eu o peguei algumas vezes me olhando em silêncio, escondido no quarto."

E, enquanto passava a lanterna naqueles aposentos, Marcus ainda conseguia ver a presença de Victor em cada canto, atrás de um sofá ou de uma cortina. Agora era apenas uma sombra fugaz, produzida por sua imaginação, ou talvez por aquela própria casa, ainda infestada pela infância daquele menino triste.

No andar de cima, encontrou os quartos das crianças.

Ficavam um ao lado do outro e eram muito parecidos. As caminhas com as cabeceiras de madeira marchetada e colorida, uma escrivaninha com uma cadeira. No quarto de Hana predominava o rosa; no de Victor, o marrom. No de Hana havia uma casa de bonecas, perfeitamente decorada. No de Victor, um pequeno piano de armário.

"Estava sempre trancado no quarto. De vez em quando o ouvíamos tocar piano. Era muito bom. E era um gênio em matemática. Uma das arrumadeiras, guardando as coisas dele, encontrou folhas e mais folhas cheias de cálculos."

De fato, estavam ali. Marcus as viu, amontoadas na estante, junto com livros de álgebra e de geometria e com um velho ábaco. Já no quarto de Hana havia um grande armário cheio de roupas de menina. Fitas coloridas, sapatos reluzentes arrumados nas prateleiras, chapeuzinhos. Os presentes de um pai carinhoso para a filha preferida. Victor não tinha encarado bem a competição com a irmã. Uma motivação perfeita para matá-la.

"Como era a relação entre as duas crianças? Victor e Hana se davam bem?"

"Às vezes ouvíamos as crianças brigarem, mas também passavam tempo juntas. A brincadeira favorita delas era pique-esconde."

Pique-esconde, Marcus repetiu para si mesmo. O jogo predileto dos fantasmas. "Como Hana morreu?", perguntara à idosa.

"Ah, padre. Uma manhã cheguei à mansão com os outros empregados e encontramos o senhor Agapov sentado na escada externa. Segurava a cabeça nas mãos e chorava desesperado. Dizia que sua Hana estava morta, que uma febre repentina a levara embora."

"E vocês acreditaram nele?"

"Só até acharmos o sangue na cama da menina e a faca."

A faca, a arma preferida do monstro junto com o revólver Ruger, Marcus repetiu para si mesmo. Sabe-se lá se Victor podia ser detido já naquela época. Mas ninguém havia denunciado o fato.

"O senhor Agapov era um homem muito poderoso, o que podíamos fazer? Mandou imediatamente o caixão para a Rússia, para que Hana fosse enterrada ao lado da mãe. Depois, demitiu todo mundo."

Anatoli Agapov serviu-se de sua imunidade diplomática para abafar o acontecido. Colocou Victor no instituto Hamelin e não saiu mais daquela casa, até morrer.

O homem era viúvo, mas só agora Marcus se deu conta de que, ao longo de sua visita, não encontrou nada que evocasse a lembrança de uma mãe e de uma esposa morta prematuramente.

Nenhuma foto, nenhuma relíquia. Nada.

O tour pela casa terminou no sótão, no meio de móveis velhos e quinquilharias. Mas havia mais uma coisa.

Uma porta fechada.

Além da fechadura, havia três cadeados de diferentes tamanhos que impediam a passagem. O penitencieiro nem sequer se perguntou sobre o porquê de tantas precauções: sem hesitar, pegou uma cadeira velha e começou a arremessá-la na porta. Uma, duas, várias vezes. Até que ela cedeu.

Levantou o feixe da lanterna e, em um instante, soube o motivo pelo qual naquela casa não havia rastro da senhora Agapov.

8

Sandra tinha arrumado o sofá para que ela dormisse em sua casa, em Trastevere.

Depois, enquanto Mina tomava banho, começou a cozinhar. Ficou tentada a vasculhar sua mochila; quem sabe encontraria um documento com sua verdadeira identidade. Mas depois desistiu. A mulher estava começando a confiar nela, Sandra tinha certeza de que conseguiria fazê-la se abrir mais.

Havia uma diferença de alguns anos de idade entre elas e, apesar de ser mais nova, Sandra logo tinha alimentado o instinto de se comportar como irmã mais velha. Sentia compaixão por Mina, por sua vida, talvez fruto de um passado turbulento e triste. Perguntou-se se, pelo menos uma vez, diante das diversas encruzilhadas que a vida submete todo mundo, pôde ter escolhido qual direção tomar.

Sandra pôs a mesa e ligou a televisão. Estava passando o jornal. Obviamente, o único assunto era o último crime do monstro, em Sabaudia. Os jornalistas o descreviam como um fracasso parcial do homicida, pois a vítima do sexo feminino tinha conseguido fugir dessa vez. Ainda não se sabia nada sobre a identidade do homem assassinado.

Ao que parece, os *carabinieri* do GOE são melhores do que os policiais do SCO em guardar segredos, disse Sandra a si mesma. Depois se perguntou se, como Mina dissera, o homem que morrera tinha uma esposa ou uma namorada e se pelo menos ela havia sido avisada. Sentiu pena dessa mulher, embora não a conhecesse. Naquele momento, percebeu que Mina estava parada na porta da cozinha, enrolada no roupão de Max que ela lhe emprestara. Olhava a TV parecendo estar abalada. Sandra pegou o controle remoto e a desligou para que ela não se agitasse mais.

— Está com fome? — perguntou. — Senta, está pronto.

Comeram quase em silêncio, porque de repente a mulher virou uma pessoa de poucas palavras. Talvez começasse a surgir nela a lembrança emotiva do que tinha lhe acontecido e, principalmente, a consciência do destino do qual havia escapado. Até aquele momento, a adrenalina entorpecera qualquer reação, agora era normal que ela estivesse em choque.

Sandra notou que, enquanto comia, Mina deixava o braço esquerdo debaixo da mesa. Talvez não quisesse que acontecesse de novo o que havia acontecido na SX, quando sem querer lhe mostrou a cicatriz no punho. Tinha vergonha daquilo.

— Eu já fui casada — disse a policial, tentando estimular sua curiosidade. — Era um homem bom, se chamava David. Ele morreu.

Mina levantou os olhos do prato, surpresa.

— É uma longa história — continuou Sandra.

— Se não quer falar no assunto, por que me contou?

Sandra pôs o garfo na mesa e a olhou.

— Porque você não é a única que alguma vez teve a ideia de fazer algo extremamente idiota, mas também terrivelmente eficaz, para expulsar a dor.

Mina agarrou o punho com a mão.

— Dizem que se dá errado da primeira vez, a segunda é mais fácil. Não é verdade. Mas eu não perco a esperança de conseguir, um dia.

— Mas, enquanto o monstro atirava em você na noite passada, você não ficou imóvel esperando ser atingida.

A mulher foi obrigada a refletir. Então, soltou uma gargalhada.

— Tem razão.

Sandra riu com ela.

Mas Mina ficou séria de novo.

— Por que está fazendo isso por mim?

— Porque ajudar os outros faz com que eu me sinta melhor. Agora, por favor, vamos acabar de jantar. Você precisa de uma boa noite de sono.

Mina ficou imóvel.

— O que foi? — perguntou Sandra, percebendo que algo não estava certo.

— Menti para você.

Mesmo sem saber qual era a mentira, Sandra não estava surpresa.

— O que quer que seja, é reparável.

Mina mordeu o lábio.

— Não é verdade que não vi o rosto dele.

Sandra não se mexeu; o espanto a paralisara.

— Está dizendo que seria capaz de reconhecer o monstro?

A garota assentiu com a cabeça.

— Acho que sim.

Sandra levantou-se da mesa.

— Então temos que ir para a polícia agora.

— Não! — gritou Mina, esticando o braço para detê-la. — Por favor — disse, em voz baixa.

— Temos que fazer um retrato falado dele imediatamente, antes que sua lembrança desapareça.

— Não vou esquecer enquanto eu viver, acredite em mim.

— Não é verdade. Algumas horas depois a memória já fica alterada.

— Se eu for à polícia vou me dar mal.

Do que ela estava falando? Por que tanto medo da lei? Sandra não conseguia entender, mas tinha que fazer algo mesmo assim.

— Você é boa em descrições?

— Sou, por quê?

— Porque eu sou boa em desenhar.

No cômodo secreto do sótão da mansão havia um tripé com uma máquina fotográfica profissional no topo. À frente dela, algo como um set com um fundo colorido intercambiável. Havia diversos móveis que podiam ser colocados na cena: um banco, um sofá, um divã. E também uma cadeira diante de uma mesinha com um espelho: em cima dela, maquiagem de todos os tipos. Blushes de várias cores, pó de arroz, pincéis, batons.

Marcus, porém, foi logo atraído pela fileira de roupas femininas nos cabides de uma arara. Iluminou-as com a lanterna, mas depois as analisou com a mão. Eram de várias cores, elegantes, de sair à noite, de seda, de cetim... O penitencieiro logo notou um detalhe que o abalou.

Os tamanhos daquelas roupas não eram de mulher. *Mas de criança*.

Temia, porém, que a verdadeira surpresa se escondesse atrás da cortina que ocultava um canto do cômodo. De fato, quando a afastou, viu-se justamente diante da câmara escura onde Anatoli Agapov revelava as fotografias. Havia recipientes, ácidos e reagentes, um tanque, um ampliador, a lâmpada que emitia luz inactínica vermelha.

Em um canto da mesa de trabalho, uma pilha de fotos jogadas de qualquer jeito. Talvez as que tinham sido descartadas. Marcus esticou o braço para pegá-las. Apoiou a lanterna para liberar as duas mãos e folheá-las.

Eram imagens ambíguas, dissonantes, desagradáveis. Em todas elas, estava retratada uma menina, Hana. Usava as roupas que ele tinha visto penduradas nos cabides.

A garota sorria, parecia contente enquanto piscava para a objetiva. Mas, mesmo assim, Marcus conseguia perceber seu profundo mal-estar.

Aparentemente não havia nada de mal, não tinha nada a ver com sexo. Parecia um jogo. Mas, ao olhar bem aquelas fotos, havia algo de doentio. A doença de um homem que substituiu a esposa morta pela filhinha e alimentava sua loucura com uma exibição obscena.

Era por isso que sempre mandava os empregados embora antes do pôr do sol. Queria ficar sozinho para fazer isso. E Victor havia herdado a perversão do pai? Por isso maquiava e fotografava as vítimas femininas?

Enquanto o penitencieiro passava as fotos, a essa altura já mecanicamente, e a raiva crescia dentro dele, deparou-se com outra imagem de família. Era muito parecida com a que a idosa tinha lhe mostrado no asilo e que, depois, tinha encontrado em uma gaveta da escrivaninha do escritório de Anatoli Agapov. O pai junto com os filhos gêmeos. O disparo automático onde Hana sorria e Anatoli segurava a mão só de Victor.

Só que, nesta fotografia, *a menina não estava.*

Só havia pai e filho. O mesmo enquadramento, a mesma postura. A mesma luz. Como era possível? Marcus teve a ideia de compará-la com a que tinha no bolso.

A não ser por aquele detalhe importante, eram idênticas. Entre as duas, a original era sem dúvida a imagem em que o pai segurava a mão de Victor.

— Meu Deus, me ajude. — O penitencieiro se pegou dizendo.

Era uma montagem.

Hana não existia.

9

A menina de luz só existia nas fotos.

Era uma ilusão de ótica. O produto da impressão da película de uma máquina. Não era real.

No vídeo gravado no instituto Hamelin, o Victor de 9 anos dizia a verdade: ele não tinha matado a irmã, pelo simples fato de que Hana não existia. Mas Kropp e seus seguidores não acreditaram nele. Ninguém acreditou nele.

Hana era o fruto da fantasia doentia do pai.

"Victor e Hana se davam bem?

Às vezes ouvíamos as crianças brigarem, mas também passavam tempo juntas. A brincadeira favorita delas era pique-esconde."

Pique-esconde, Marcus repetiu para si mesmo. A governanta dissera exatamente assim.

Ninguém nunca viu os dois gêmeos juntos.

Anatoli Agapov havia inventado a menina para satisfazer uma perversão, ou talvez só porque fosse louco. E obrigara o filho a saciar sua loucura, fazendo-o usar roupas femininas.

Com o tempo, Victor percebera que o pai amava mais a irmãzinha imaginária, e então começou a se convencer de que era ela para conseguir o afeto dele.

Naquele momento, sua personalidade se desdobrou.

Mas a parte masculina não era completamente reprimida; de vez em quando, ele voltava a ser Victor e sofria tudo de novo, porque se sentia excluído das atenções paternas.

Sabe-se lá até quando aquela história havia durado, sabe-se lá o quanto o menino havia resistido. Até que um dia não aguentou mais e decidiu "matar" Hana para punir o pai.

Marcus lembrava o que a governanta dissera: Anatoli Agapov estava transtornado, mandara de volta o cadáver da filhinha, acobertando o acontecido graças à imunidade diplomática da qual gozava.

Mas no caixão não havia ninguém, agora o penitencieiro sabia.

Ao *matar* Hana, Victor alcançara seu objetivo, estava livre. Mas não podia prever que o pai, em seu delírio, decidiria interná-lo no instituto Hamelin, colocando-o junto com crianças que tinham de fato cometido crimes cruéis e entregando-o aos cuidados de Kropp e seus colaboradores.

Marcus não conseguia imaginar um destino pior. Victor havia passado de um suplício a outro, sem ter nenhuma culpa.

Isso, ao longo dos anos, fizera com que se tornasse um monstro.

Mata os casais jovens porque, neles, vê a si mesmo e a irmã. A motivação é a injustiça que sofreu, o penitencieiro repetiu a si mesmo.

Mas havia mais.

Para resolver aquilo, porém, precisava falar com Sandra. Parou em um posto de gasolina e ligou para ela.

A escola para peritos em fotografia criminal incluía um curso de retrato falado.

Os alunos revezavam-se no papel da testemunha e no de desenhista. O motivo era simples: era necessário aprender a observar, a descrever e a reproduzir. Caso contrário, sempre demandariam todo o trabalho à máquina fotográfica. Em vez disso, a tarefa deles no futuro seria guiar a objetiva como se estivessem "desenhando".

Para Sandra, não foi difícil reconstruir o rosto do monstro graças aos detalhes que Mina lhe forneceu. No fim, mostrou para ela o resultado.

— É mais ou menos isso?

A mulher observou-o bem.

— Sim, é ele — afirmou, determinada.

Naquele momento, foi Sandra que deu uma olhada mais atenta naquele rosto. E, como previsto, espantou-se com sua normalidade.

O monstro era um homem comum.

Olhos pequenos e marrons, testa grande, um nariz levemente maior que o normal, lábios finos, sem barba nem bigode. Nos retratos falados as faces sempre tinham uma expressão neutra. Não havia ódio nem rancor. Não transparecia nada do estado de espírito do indivíduo a quem se referiam. Era por isso que não causavam medo.

— Muito bem, ótimo trabalho — disse à mulher com um sorriso.

— Obrigada — respondeu ela. — Fazia um tempão que ninguém me elogiava. — E, finalmente, sorriu, mais serena.

— Vai dormir, você deve estar cansada — disse-lhe Sandra, continuando a interpretar o papel da irmã mais velha. Então, a policial foi para o quarto ao lado e escaneou o desenho para mandá-lo por e-mail ao comissário Crespi e ao GOE.

Pela memória do subdelegado Moro, disse a si mesma.

Antes de terminar a operação, porém, seu celular tocou. Número desconhecido. Sandra atendeu mesmo assim.

— Sou eu — o penitencieiro disse logo. Seu tom de voz era nervoso.

— Temos um retrato falado do monstro — anunciou Sandra, triunfante. — Fiz como você me disse e encontrei a prostituta de Sabaudia. Foi ela que me fez a descrição. Agora está na minha casa e eu estava quase mand...

— Esqueça isso agora — disse Marcus, bastante apressado. — Ela viu Victor, *nós temos que procurar Hana.*

— Como assim?

O penitencieiro atualizou-a rapidamente sobre a visita à mansão e sobre a menina da luz.

— Eu tinha razão, todas as respostas estão na primeira cena do crime: o pinheiral de Ostia. O assassino narrador: o final da história coincide com o início. Mas as pistas mais relevantes são justamente as que pareciam mais secundárias: a palavra "eles" escrita por Diana Delgaudio e o fato de o assassino ter trocado de roupa.

— Explique-se melhor... — pediu ela.

— Quando acordou momentaneamente do coma, Diana queria nos mandar um recado: Hana e Victor estão presentes na cena dos crimes. Eles.

— Como é possível? Ela não existe.

— O assassino muda de roupa: é esse o ponto! Com o tempo, Victor virou definitivamente Hana. De fato, quando era pequeno e personificava a irmã, não era mais um menino fechado e silencioso, se transformava em uma menina simpática que agradava a todos e de quem todos gostavam. Ao crescer, fez uma escolha, e escolheu Hana para ser aceito.

— Mas, para matar, volta a ser Victor. Por isso troca de roupa.

— Isso mesmo. E, depois do homicídio, volta a ser Hana. Por isso que, em Ostia, no carro do casal, vocês encontraram uma camisa masculina deixada por engano no lugar da camisa de Giorgio Montefiori.

— Então temos que procurar uma mulher — concluiu Sandra.

— O DNA, lembra? Ele não se importa se a polícia ou os *carabinieri* têm essa pista; ele sabe que está perfeitamente mimetizado porque estão buscando um homem.

— Mas ele *é* um homem — Sandra chamou a atenção dele.

— Os traços genéticos deixados na mansão de Sabaudia não eram uma assinatura, mas um desafio. É como se dissesse: vocês nunca vão me achar.

— Por quê?

— Acho que se sente seguro de seu disfarce porque, nos últimos anos, mudou de sexo — afirmou Marcus. — Hana queria eliminar Victor, mas de vez em quando ele surge de novo. Hana sabe que Victor poderia machucá-la: como daquela vez em que eram pequenos e ele tentou matá-la. Então ela o faz matar os casais de jovens e reviver aquela experiência em que ele triunfa sobre ela: é um modo para mantê-lo bonzinho. Ele não vê as vítimas como amantes, mas como irmão e irmã, lembra?

— Do que você está falando? Não estou acompanhando: você disse que Victor tentou matar Hana quando era pequeno?

— Sim. Acho que, quando era pequeno, Victor realizou algum ato de automutilação, como cortar os pulsos.

Na hora do pôr do sol, os empregados deixavam a casa.

Victor olhava-os pela janela de seu quarto. Observava-os enquanto percorriam a longa alameda da entrada, até o grande portão. E sempre exprimia o mesmo desejo: ir embora com eles.

Mas não podia. Nunca tinha saído da mansão.

Até o sol o abandonava, descendo depressa depois da linha do horizonte. E começava o medo. Todas as noites. Queria que alguém chegasse para levá--lo embora dali. Era isso que acontecia nos filmes ou nos romances, não era? Quando o protagonista estava em perigo, sempre havia alguém que corria em seu socorro e o salvava. Victor fechava os olhos e rezava com toda a força que fosse assim. Às vezes se convencia de que aconteceria isso mesmo. Mas, para ele, nunca vinha ninguém.

Nem todas as noites eram iguais, no entanto. Às vezes o tempo passava indiferente e ele podia se dedicar aos números — o último refúgio que lhe restava. Outras vezes, porém, o silêncio da casa era interrompido pela voz de seu pai.

— Cadê você? Onde está agora minha pequena kukla, *minha bonequinha? — repetia em tom cativante.*

A doçura servia para desentocá-lo. Havia dias em que Victor tentava escapar dele. Existiam lugares onde ninguém o encontraria — ele os procurava junto com Hana, quando brincavam de pique-esconde na grande casa. Mas não se podia ficar escondido para sempre.

Assim, com o tempo, Victor aprendeu a não opor resistência. Ia até o quarto da irmã, escolhia um vestido no armário, colocava-o. E virava Hana. Então sentava na cama e esperava.

— Aí está minha magnífica kukla *— dizia o pai com um sorriso, abrindo os braços.*

Depois a pegava pela mão e, juntos, iam ao sótão.

— As bonequinhas bonitas devem demonstrar que merecem sua beleza.

Victor sentava-se em um banco e o olhava preparar a máquina fotográfica e arrumar as luzes à volta. O pai era um perfeccionista. Depois disso, o homem analisava com cuidado as roupas que guardava no quarto secreto, dava uma a ele e explicava o que queria que fizesse. Antes, porém, cuidava pessoalmente da maquiagem. Tinha uma preferência pelo batom.

Algumas vezes, Hana tentava se recusar. Então o pai perdia a cabeça.

— Foi seu irmão que convenceu você, não foi? É sempre ele, aquele pestinha inútil.

Hana sabia que ele poderia se irritar com Victor — o homem já havia lhe mostrado o revólver que escondia em uma gaveta.

— Vou castigar Victor como eu castiguei a mãe dele, aquela mulher que não servia para nada — ameaçava.

Então ela cedia; sempre cedia.

— Muito bem, minha kukla. *Desta vez não vamos precisar da corda.*

Victor pensava que, se a mãe estivesse ali, talvez as coisas fossem diferentes. Ele se lembrava de bem poucas coisas sobre ela. O perfume das mãos, por exemplo. E o calor de seu seio, quando o abraçava para fazê-lo dormir e cantava para ele. Apenas isso. No fundo, ela só esteve presente nos primeiros cinco anos de sua vida. Mas sabia que era bonita. "A mais bonita de todas", ainda dizia o marido quando não sentia raiva de sua alma. Porque àquela altura não podia mais se irritar com ela, não podia lhe gritar seu desprezo.

Victor sabia que, como não podia mais se dirigir à mulher, agora ele se tornara o objeto de ódio de Anatoli Agapov.

Em Moscou, depois da morte da mãe, o pai a eliminara da vida deles. Jogou fora tudo o que pudesse lembrá-la. A maquiagem que usava para ficar *bonita, os vestidos no armário, os objetos de uso cotidiano, os enfeites com os quais havia decorado a casa deles ao longo dos anos.*

E as fotografias.

Ele queimara todas na lareira. No lugar delas, haviam ficado muitos porta-retratos vazios. Eram pequenos buracos negros que engoliam tudo o que tinham ao redor. Pai e filho tentavam ignorá-los, mas era difícil e muitas vezes não conseguiam. Então podia acontecer de estarem sentados à mesa e os olhos serem atraídos por um daqueles vazios presentes na sala.

Victor conseguia conviver com eles, mas, para o pai, estavam se tornando uma obsessão.

Então, um dia entrou em seu quarto carregando um cabide com um vestidinho de menina, amarelo de flores vermelhas. Sem dar uma palavra para explicar, mandou que o colocasse.

Victor ainda lembrava nitidamente a sensação que experimentou quando estava de pé no meio do quarto, descalço no chão frio. Anatoli Agapov observava-o, sério. O vestido era alguns números maior e Victor sentia-se ridículo. Mas o pai discordava.

— Temos que deixar seu cabelo crescer um pouquinho — sentenciou, no fim, despertando de suas reflexões.

Depois, o pai comprou a máquina fotográfica e, em seguida, todo o necessário também. Aos poucos, tornou-se um especialista. E não errava mais os tamanhos das roupas — àquela altura, ele também era bom naquilo.

Assim, Victor começou a posar para ele, no início pensando que fosse um tipo de brincadeira. Até mesmo depois, porém, apesar de achar aquela situação estranha, continuou a obedecer à vontade do pai. Nunca se perguntava se era certo ou errado, porque as crianças sabem bem que os pais têm sempre razão.

Então não via nada de ruim no que fazia e, de resto, sempre teve medo de lhe dizer não — algo lhe dizia para não o fazer. Mas, em determinado momento, disse a si mesmo: se uma brincadeira dá medo, então talvez não seja apenas uma brincadeira.

Esse pressentimento foi confirmado no dia em que o pai, em vez de chamá-lo de Victor, usou outro nome para ele. Aconteceu de um jeito totalmente natural, no contexto de uma frase como qualquer outra.

— *Poderia ficar de perfil agora, Hana?*

De onde vinha aquele nome pronunciado com tanta gentileza? Em princípio, Victor achou que fosse um engano. Mas depois a esquisitice se repetiu, até se tornar um hábito. E, quando tentou perguntar ao pai quem era Hana, ele respondeu simplesmente:

— *Hana é sua irmã.*

Quando terminava de tirar as fotos, Anatoli Agapov se trancava na câmara escura para revelar sua obra. Então Hana sabia que sua tarefa tinha acabado. Podia descer e voltar a ser a Victor.

Às vezes, porém, Victor vestia as roupas de Hana sem que o pai pedisse. E fazia uma visita aos empregados. Notou que eles eram bem predispostos em relação à irmã. Sorriam-lhe com entusiasmo, falavam com ela, interessavam-se por sua vida. E Victor descobriu que, para ele, era muito mais fácil interagir com desconhecidos quando usava aquelas roupas. Os outros não eram mais hostis e distantes, não lhe davam aquele olhar que ele odiava mais do que tudo. O "olhar da compaixão", ele chamava. Ele o viu no rosto da mãe no dia em que morrera. Seu cadáver o encarava e era como se dissesse: "Pobre Victor."

O pai, no entanto, não era sempre mau com ele. Havia momentos em que algo mudava e Victor tinha esperança de que fosse para sempre. Como no dia em que quis que posassem juntos para um retrato. Nada de Hana daquela vez, só pai e filho. E então Victor tomou coragem até de pegar a mão dele. E a coisa realmente incrível foi que o pai não tirou a sua. Foi lindo.

Mas nenhuma mudança durava muito. Em seguida, tudo voltou a ser como sempre. E Hana era de novo a preferida. Depois da foto com o pai, porém, dentro de Victor algo havia se quebrado, a decepção era uma ferida que não dava mais para ignorar.

E ele estava cansado de ter cada vez mais medo.

Um dia, estava fechado em seu quarto — era um dia chuvoso e ele não gostava de chuva. Estava deitado de barriga para baixo no tapete e resolvia algumas equações — um modo de se perder, de não pensar em nada. Apareceu diante de seus olhos uma equação genérica de segundo grau.

$$ax^2 + bx + c = 0$$

Para determinar a incógnita x, os termos da equação deviam ser iguais a zero. Por isso, deviam se anular. Sua mente matemática não demorou para elaborar a solução. À esquerda da equação, havia ele e Hana. Para serem iguais a zero, um tinha que anular o outro.

Assim, ele teve a ideia.

Zero era um número bonito. Era um estado de tranquilidade, uma condição imperturbável. As pessoas ignoravam o verdadeiro valor do zero. Para elas, zero era a morte, mas, para ele, podia ser a liberdade. Naquele momento, Victor compreendeu que ninguém o levaria embora dali. Era inútil ter esperança. Mas talvez a matemática pudesse salvá-lo.

Então foi ao quarto de Hana, pôs seu vestido mais bonito e deitou na cama. Pouco antes, roubara o velho facão de caça do pai. No início, apoiou-o em sua pele, apenas para experimentá-lo. Era frio. Depois, fechou os olhos e cerrou os dentes, ignorando a voz da irmã que, dentro dele, implorava que não fizesse aquilo. Mas ele levantou a lâmina e deixou-a cair no punho esquerdo, riscando-o. Sentiu o aço afundar na carne. A dor foi insuportável. Uma substância quente e pegajosa deslizou por seus dedos. Então, aos poucos, perdeu os sentidos.

Nada de Victor. Nada de Hana.

Zero.

Quando abriu os olhos, o pai o segurava nos braços, envolvendo seu punho com uma toalha, para estancar o sangue. Chorava desesperado e o embalava. Então, de seus lábios, saiu uma frase que Victor não entendeu bem em um primeiro momento.

— Minha Hana se foi. — E depois: — O que você fez, Victor? O que você fez?

Somente depois Victor compreenderia que aquela modesta cicatriz no punho era uma imperfeição que Anatoli Nikoliavic Agapov nunca toleraria ver. Não na pele cândida de sua kukla. A partir daquele dia, pararia de fotografá-la. Naquele dia, Hana tinha morrido.

Mas só ela. Era essa a grande surpresa, a incrível novidade. Embora se sentisse mal, Victor estava mais feliz do que nunca.

Já o pai não parava de chorar na frente dos empregados. E alguns deles até se comoveram. Depois, Anatoli mandou todos embora, para sempre.

A nova vida sem medo durou apenas um mês. O tempo de mandar um caixão para Moscou e de deixar a ferida cicatrizar bem. Uma noite, antes que Victor adormecesse, a porta de seu quarto abriu-se, deixando entrar a luz do corredor, como uma lâmina de prata. Na soleira, reconheceu a silhueta do pai. O rosto de Anatoli estava na sombra e Victor não conseguia ver qual era sua expressão. Por um momento, imaginou que estava sorrindo.

O homem não se mexeu. Mas depois falou com uma voz neutra, glacial.

— Você não pode mais ficar aqui.

Naquele momento, o coração de Victor desmoronou.

— Existe um lugar onde as crianças malvadas como você devem ficar. É lá que você vai morar a partir de amanhã, será sua nova casa. E nunca mais vai voltar aqui.

10

"*...Acho que, quando era pequeno, Victor realizou algum ato de automutilação, como cortar os punhos...*"

A última frase de Marcus deixou Sandra sem ar.

— Meu Deus, está aqui.

— O que você está dizendo?

Ela mal conseguiu engolir.

— É ela. A prostituta é Hana. Chame a polícia. — Então desligou logo, porque não lhe restava muito tempo. Pensou em onde estava sua pistola. No quarto. Longe demais, nunca conseguiria pegá-la. Mas tinha que tentar.

Deu um passo para fora do quarto e estava a ponto de continuar pelo corredor, mas parou. Viu a garota, estava de costas. E tinha se trocado.

Usava uma roupa masculina. Calça escura, uma camisa branca.

Victor virou-se, segurava a reflex de Sandra.

— Eu também gosto de tirar fotos, sabe?

A policial não se mexeu, mas reparou que ele tinha aberto a mochila e colocara no sofá, em ordem, uma máquina fotográfica e um velho facão de caça.

Victor percebeu o olhar dela.

— Ah, sim — disse. — O revólver era inútil, já usei ontem à noite.

Sandra recuou até encostar na parede.

— Ouvi o telefonema que você deu há pouco — afirmou Victor, pousando a reflex. — Mas você acha que eu não tinha previsto isso? Estava tudo calculado: sou muito bom em matemática.

Cada palavra com um psicopata podia desencadear uma reação imprevisível. Por isso, Sandra decidiu ficar quieta.

— Por que não fala mais comigo? Você se ofendeu? — perguntou o homem, fazendo bico. — Ontem à noite, em Sabaudia, eu não errei, só separei as soluções da equação.

O que ele dizia? Do que estava falando?

— Os termos se anulam. O resultado é zero.

Sandra foi atravessada por um tremor terrível.

— Max — ela deixou escapar, em voz baixa.

O homem fez que sim.

Sandra sentiu os olhos se encherem de lágrimas.

— Por que nós?

— Vi você na televisão aquela noite, fazendo o sinal da cruz ao contrário enquanto aquele policial falava. O que significa esse sinal? Vi fazerem algumas vezes no instituto onde me trancaram quando eu era criança, mas nunca entendi.

Mais silêncio.

Victor deu de ombros, como se, no fundo, não se importasse.

— Sempre acompanho o que jornais e canais de televisão dizem de mim. Mas você me chamou a atenção também porque, quando a vi, estava ajeitando uma máquina fotográfica. E, como eu disse, gosto de máquinas fotográficas. Você era perfeita para o meu jogo.

Victor anuviou-se.

— Era isso que meu pai sempre dizia a Hana para convencê-la a posar para ele. "É só uma brincadeira, *kukla*, não tem que ter medo."

Sandra empurrou os calcanhares para trás, até tocar o rodapé. Guiando-se pelo tato, começou a se mover devagar para a direita, rente à parede.

— É estranho o jeito como as pessoas se comportam antes de morrer, você já reparou? A menina de Ostia gritava e pedia ao namorado que não a esfaqueasse. Mas eu mandei ele fazer e ele fez. Acho que não gostava dela... Já a policial, Pia Rimonti, no fim me agradeceu. Sim, ela me disse exatamente obrigada quando eu me cansei de torturá-la e lhe disse que a mataria naquele momento.

Sandra estava furiosa porque conseguia imaginar a cena perfeitamente.

— Da jovem alemã nem me lembro. Suplicava, mas eu não entendia a língua dela. Só depois descobri que tentava me falar da criança que carregava. E Max...

Sandra não tinha certeza se queria saber como ele tinha morrido. Uma lágrima deslizou em seu rosto. Victor percebeu.

— Como consegue chorar por ele? Estava traindo você com uma prostituta.

Disse isso em um tom que irritou Sandra.

— Gostou da história da minha fuga da casa de Sabaudia? Hana tem uma imaginação fértil. Nos últimos anos, encarnou muitas mulheres, enganando os homens que encontrava. Mina é a melhor personagem que ela faz. Ela gosta de sair com os homens, e continuaria se eu não tivesse voltado.

Enquanto isso, Sandra havia conseguido se mover um metro.

— Depois que trocou de sexo, achou que tinha se livrado de mim. Mas de vez em quando eu aparecia de novo. Das primeiras vezes eu era só um pensamento, uma voz em sua cabeça. Uma noite ela estava com um cliente e, quando eu surgi e vi a cena, comecei a gritar e vomitei no pinto dele. — Riu. — Você devia ter visto a cara do homem enquanto ia embora, enojado. Ele queria bater em mim, mas se tentasse eu o mataria com minhas próprias mãos. Ele nunca vai saber o quanto foi sortudo.

Sandra não tinha mais certeza se Victor teria vontade de conversar ainda por muito tempo. Tinha que fazer alguma coisa, os minutos passavam depressa e ninguém vinha socorrê-la.

A essa altura, a porta da casa estava a poucos passos. Se saísse pela escada, ele certamente a alcançaria, mas poderia começar a gritar, chamando a atenção de alguém.

— Na verdade, eu não queria matar você, mas devo. Porque, cada vez que faço isso, Hana se assusta muito e depois deixa mais espaço para mim. Tenho certeza de que, com o tempo, só vou existir de novo eu, Victor... Sei que todos preferem minha irmã, mas descobri que existe outra coisa que chama a atenção das pessoas... O medo. O medo também é um sentimento, não?

Sandra disparou em direção à saída. Victor foi pego desprevenido, mas conseguiu ir para a frente dela e interromper sua corrida. Sandra o derrubou, mas ele a segurou com firmeza pelo braço. Ela o arrastou pelo corredor, enquanto ele batia sem parar em suas costas com o punho.

— Você não pode ir embora, ninguém pode ir embora daqui, *kukla*!

Sandra abriu a porta da casa e se viu do lado de fora. Queria berrar, mas não tinha fôlego nos pulmões. Havia sido consumido pelo pânico, não pela corrida.

Victor a jogou no chão e ela bateu a nuca, quase perdendo os sentidos. Apesar da vista ofuscada, conseguiu vê-lo entrar de novo no apartamento. Aonde tinha ido? Sandra tentou se levantar apoiando-se nos braços, mas caiu de novo e bateu a têmpora. As lágrimas, agora, enchiam seus olhos. Através daquele véu líquido e leitoso, ela o viu voltar em sua direção com o rosto transfigurado pela fúria.

Tinha pego o facão.

Sandra fechou os olhos, pronta para receber o primeiro golpe. Mas, em vez de sentir dor, ouviu um grito estridente de mulher. Abriu as pálpebras e entreviu Victor, deitado no chão. Em cima dele, havia um homem, de costas. Ele o segurava firme. O monstro se debatia, berrando desesperado, mas o outro não o soltava.

O grito de mulher tornou-se masculino, e depois de novo feminino. Foi congelante.

O homem virou-se para Sandra.

— Tudo bem?

Ela tentou fazer que sim, mas não teve certeza de ter conseguido.

— Sou um penitencieiro. — Clemente a tranquilizou.

Sandra nunca tinha visto seu rosto, não sabia seu nome, mas acreditava nele. Então, o homem deu um soco em Victor, que finalmente se calou.

— Vá embora daqui — ela tentou lhe dizer, quase sem voz. — A polícia... o segredo de vocês...

Clemente sorriu, apenas.

Só então Sandra percebeu a faca que despontava da barriga dele.

11

Quando Marcus chegou a Trastevere, não conseguiu passar pelo cordão de isolamento.

Parou à margem da zona de segurança, misturando-se com os curiosos e com os fotógrafos que haviam corrido para a cena do crime.

Ninguém entendia o que estava acontecendo, mas havia muito falatório.

Alguns diziam que um homem tinha sido levado algemado pelos agentes havia pouco e que os policiais do SCO exultavam enquanto o colocavam em um carro que saiu a toda velocidade, junto com um cortejo de luzes piscando, em um concerto de sirenes.

Mas ele entreviu Sandra, que, escoltada por dois paramédicos, chegava a uma ambulância com as próprias pernas. Entendeu que havia acontecido algo com ela, mas de modo geral estava bem.

Deu um suspiro de alívio, que durou pouco.

Das escadas do edifício desceram alguns atendentes com uma maca. Nela estava deitado um homem com o rosto coberto por um respirador. Era Clemente. Como soube de Sandra? Nunca tinha falado dela com ele... Viu que o punham em uma segunda ambulância que, porém, não dava a partida.

Por que vocês não saem daqui logo? Vão demorar muito ainda?

O veículo continuava parado com as portas fechadas. Dava para ver uma movimentação dentro dele. Então finalmente saiu, mas com as sirenes apagadas.

Marcus deduziu que o amigo não tinha resistido.

Sentia vontade de chorar, de se maldizer pelo modo como haviam se visto da última vez. Em vez disso, para sua grande surpresa, começou a rezar em voz baixa.

Fez isso no meio da multidão, sem que ninguém percebesse. Enquanto todos à sua volta prestavam atenção em outra coisa. No fundo, era sempre isso que acontecia.

Eu sou invisível, repetiu para si mesmo. Eu não existo.

Para a quinta aula de seu treinamento, Clemente aparecera em sua casa na calada da noite, sem aviso prévio.

— Temos que ir a um lugar — anunciara, sem dizer mais nada.

Marcus se vestira às pressas e, juntos, deixaram a mansarda na via dei Serpenti. Vagaram pelo centro de uma Roma deserta a pé, até chegarem diante da entrada de um antigo palácio.

Clemente pegara do bolso uma pesada chave de ferro polido, muito antiga, que usara para abrir o portão, deixando Marcus entrar à frente.

O lugar era vasto e silencioso, como uma grande igreja. Uma fileira de velas indicava um percurso ao longo de uma escada de mármore rosa.

— Venha — murmurara. — Os outros já chegaram.

Os outros? Quem eram os outros?, Marcus se perguntara.

Subiram a grande escada e seguiram por um amplo corredor com afrescos de cenas que ele, a princípio, não soubera interpretar. Depois, percebeu que eram reproduções de episódios famosos do Evangelho: Jesus ressuscitando Lázaro, as bodas de Caná, o batizado de Jesus...

Clemente interceptara seu olhar desconfiado diante daquelas pinturas.

— É como na Capela Sistina — especificou. — Lá, o afresco de Michelangelo do Juízo Final serve para advertir e instruir os cardeais reunidos no conclave para eleger o novo papa sobre a gravidade da tarefa que cabe a eles. Aqui, as cenas do Evangelho têm o mesmo objetivo: lembrar a quem passa que a missão que está prestes a terminar deve ser inspirada apenas pela vontade do Espírito Santo.

— Que missão?

— Você vai ver.

Pouco depois, chegaram perto de um parapeito de mármore, ornado por uma colunata que ficava ao redor de um grande espaço circular. Antes que pudessem olhar de lá, porém, Clemente havia puxado Marcus, dizendo:

— Temos que ficar na sombra.

Posicionaram-se atrás de uma das colunas e finalmente Marcus pôde ver.

Na sala abaixo deles havia doze confessionários arrumados em círculo, em volta de um grande candelabro dourado apoiado em um pedestal. Sobre ele havia doze velas acesas.

O número doze recorrente lembrava a quantidade de apóstolos, Marcus logo notara.

Dali a pouco começaram a entrar na sala alguns homens usando um manto escuro, que impedia que se visse o rosto. À medida que passavam ao lado do candelabro, apagavam a chama de uma das velas com dois dedos. Então, iam para suas posições dentro dos confessionários.

O procedimento durara até ficar aceso um único círio, e um confessionário também estava vazio. Ninguém vai apagar a vela de Judas, o penitencieiro dissera a si mesmo. Ninguém tomará o lugar dele.

Aquela única pequena chama era toda a luz da sala.

— O Departamento das Trevas — explicara Clemente em voz baixa. — É o nome do ritual a que você está assistindo.

Ao fim da arrumação e quando todos estavam sentados em seus lugares, outro personagem entrara na liturgia, com um manto de cetim vermelho.

Carregava um grande círio aceso, luminosíssimo, que devolvera visibilidade à sala. Ele o colocara no alto do candelabro. O círio representava Cristo. Naquele momento, Marcus compreendera onde estavam.

O Tribunal das Almas.

Ao contar a ele sobre o Arquivo dos Pecados guardado pelos penitencieiros, Clemente havia lhe explicado que, para os mais graves — os pecados mortais —, era necessário reunir um órgão julgador especial, composto por altos prelados, mas também por simples sacerdotes, todos escolhidos ao acaso, que, juntos, decidiriam se concederiam ou não o perdão ao penitente.

Era o que estava prestes a acontecer diante de seus olhos naquele momento.

O homem de manto vermelho primeiro leria o texto com o pecado, depois relataria uma acusação feroz do pecador, que sempre permanecia anônimo. O prelado chamado para esse ingrato, mas fundamental ministério, era conhecido como o Advogado do Diabo.

Uma de suas funções também era instruir as causas de beatificação e santificação daqueles homens que, em vida, demonstraram ter atitudes divinas. A ele cabia demonstrar o contrário. Já no ritual do Tribunal das Almas, o Advogado do Diabo tomava justamente o lugar do demônio, porque, de acordo com as Escrituras, este último certamente não gostaria que um pecador fosse absolvido de suas culpas. Isso o faria perder uma alma para o inferno.

Para além dos significados arcaicos já ultrapassados ou das simbologias de clara origem medieval, o Tribunal das Almas conservava uma poderosa dimensão ancestral, a ponto de fazê-lo parecer um instrumento do destino.

O julgamento não dizia respeito ao pecado em si, mas à alma de um pecador. Parecia que naquele lugar se decidia se ele ainda era merecedor de fazer parte do grupo da própria humanidade.

Depois da dissertação do Advogado do Diabo, de fato, começaria a discussão entre os membros fechados nos confessionários. No fim, o juízo seria expresso de modo inequívoco. Cada um deles se levantaria de seu lugar e, saindo da sala, decidiria se reacenderia ou não a vela que apagara ao entrar. Isso acontecia pegando-se um bastãozinho de uma tigela e imergindo-o na chama do círio que representava Cristo.

No fim, o número das velas que fossem acesas no candelabro determinava o perdão ou a condenação do penitente. Obviamente, a decisão era a da maioria. Em caso de empate, o juízo era favorável.

O processo, portanto, estava prestes a começar.

O homem de manto vermelho pegara uma folha e iniciara a ler com voz estentórea que ecoara na sala: o pecado — a culpa gravis *— daquela noite dizia respeito a uma mulher que havia tirado a vida do filhinho de 2 anos porque, segundo ela, estava acometida por uma forma de depressão grave.*

Ao terminar a leitura, o homem de manto vermelho preparou-se para começar sua acusação. Mas, antes, deslizara para trás o capuz de cetim, porque era o único que podia mostrar o rosto.
O Advogado do Diabo era um oriental.

17

12

O cardeal Battista Erriaga pôs de volta o anel pastoral.

O dedo anelar da mão direita havia ficado tempo demais desprovido da joia sagrada. Finalmente também pôde deixar o quarto de hotel chulo onde se hospedara nas últimas noites e voltar para casa, na esplêndida cobertura com vista para os Fóruns Imperiais, a poucos passos do Coliseu.

Com a captura do menino de sal, sua missão havia quase terminado. Agora Roma também podia saber que o Advogado do Diabo voltara à cidade.

O fantasma do amigo Min, que tanto o atormentara naqueles dias, ainda não havia desaparecido. Mas era de novo uma presença silenciosa em sua consciência. Não o aborrecia, porque foi justamente graças ao gigante bom que Erriaga havia chegado aos altos vértices da Igreja.

Quando era jovem, cometeu um assassinato. Matou brutalmente Min, culpado apenas de ter tirado sarro dele e, por isso, foi preso. Battista recusara a condenação por considerá-la injusta e rebelara-se contra qualquer forma de autoridade ao longo de toda a detenção. Mas era a índole do adolescente inquieto que agia e falava; na realidade, a parte mais profunda dele sofria pelo que havia cometido.

Até que um dia encontrou um padre, e então tudo mudou.

O sacerdote começara a conversar com ele sobre os Evangelhos e as Escrituras. Aos poucos, com paciência, convencera Battista a se livrar de seu peso. Mas, depois que lhe confessou seu pecado, o padre não o absolvera de imediato. Em vez disso, lhe explicara que era necessário transcrever e transmitir sua *culpa gravis* em um tribunal específico que existia em Roma. Assim ele fez, e passaram-se longos dias em que Battista havia temido que para ele nunca haveria perdão nem redenção. Depois, porém, o veredito chegara.

Sua alma estava salva.

Naquele momento difícil, Erriaga vira a possibilidade de revolucionar a própria vida. O Tribunal das Almas era o instrumento extraordinário que lhe permitiria evoluir daquela existência amarga e evitar a certeza de um destino de fracasso miserável. Que poder se escondia no julgamento das almas dos homens! Não seria mais o humilde e inútil descendente de um alcoólatra — o filho do macaco amestrado.

Convencera o padre a orientá-lo pelo caminho para fazer os votos. Nunca havia sido movido por uma vocação sincera, e sim por uma ambição saudável.

Nos anos seguintes, perseguira seu objetivo com empenho e abnegação. A primeira ação foi apagar todos os rastros do próprio passado: ninguém nunca o relacionaria com um homicídio que acontecera em um vilarejo minúsculo das Filipinas. Portanto, merecera cada degrau da escada hierárquica que tinha conseguido subir. De simples padre passara a bispo, de monsenhor a cardeal. E, enfim, obtivera o cargo para o qual se preparara a vida toda. Ou melhor, de acordo com suas competências, era quase óbvio que escolhessem justamente ele.

Fazia mais de vinte anos que celebrava o Departamento das Trevas no seio do tribunal. Formulava a acusação a cargo dos penitentes e, ao mesmo tempo, conhecia seus segredos mais sombrios. A identidade deles era ocultada pelo anonimato, mas Battista Erriaga era capaz de chegar até eles por meio de pequenos detalhes presentes nas confissões.

Já havia virado um verdadeiro especialista nessa atividade.

Com o tempo, aprendera a usar o que sabia para conseguir favores. Não gostava de chamar aquilo de chantagem, embora a substância pudesse parecer exatamente essa. Cada vez que se servia de seu imenso poder, o fazia apenas para o bem da Igreja. Que aquilo também trouxesse uma vantagem para ele era um aspecto completamente secundário.

Não sentia nenhuma piedade dos penitentes. Aqueles homens se confessavam só para seguirem as próprias vidas sem se preocupar. Não passavam de covardes, porque, assim, evitavam um confronto aberto com a lei. Além disso, muitos deles obtinham o perdão e voltavam a fazer exatamente o que faziam antes.

Erriaga achava que o sacramento da confissão era uma das falhas do catolicismo. Uma bela lavagem periódica da consciência e problema resolvido!

Por isso, não tinha escrúpulos em se aproveitar daqueles pecadores, em usar seus vícios para conseguir vantagens para fazer o bem. Cada vez que aparecia para um deles, o pecador ficava pálido ao ouvi-lo contar seu segredo. O fato de não entenderem imediatamente como sabia da existência dele era a prova de que tinham até esquecido a confissão que fizeram a um padre. Era por isso que o perdão valia tão pouco para eles!

Enquanto se olhava no espelho depois de ter vestido um de seus habituais ternos escuros de alta-costura, mas com o colarinho branco de padre no lugar da gravata, e depois de ter posto no pescoço a corrente com a grande cruz de ouro e de rubis, Erriaga recitou em voz baixa uma prece pela alma de Min.

Na juventude, cometera um pecado horrível, mas, pelo menos, não tivera o descaramento de se perdoar por ele.

Quando terminou, decidiu sair de casa, porque ainda tinha uma coisa a fazer para concluir sua missão.

O segredo tinha três níveis. O primeiro era o menino de sal. O segundo, o homem com cabeça de lobo. E ambos haviam sido revelados.

Mas o terceiro precisava permanecer sem ser revelado. Caso contrário, a Igreja pagaria um preço enorme. E ele com ela.

13

Marcus havia refletido muito.

Era inútil ficar de tocaia do lado de fora do hospital onde ela estava internada por precaução. Já havia uma multidão de fotógrafos e repórteres que a aguardavam com a esperança de roubar uma imagem ou uma declaração.

Sandra era a personagem do momento. Junto com Victor Agapov, naturalmente.

O monstro havia sido levado à prisão e, de acordo com as poucas informações que a imprensa tinha, recusava-se obstinadamente a responder às perguntas dos oficiais. Por isso, as atenções se concentravam na jovem policial, vítima e heroína do epílogo da história.

Marcus esperava vê-la, falar com ela, mas não podia ir em frente. A dor pela morte de Clemente o perseguia como uma presença desagradável, incômoda. Depois que o único amigo se foi, Sandra era seu antídoto contra a solidão.

Até aquele momento, o penitencieiro sempre pensara que estivesse sozinho, mas não era verdade. Talvez por sempre ter acreditado que Clemente tinha uma vida própria além da relação entre eles dois: pessoas com quem interagia, se comunicava, com quem podia rir ou se abrir. O fato de conhecer os superiores deles já parecia uma vantagem. Mas Clemente era exatamente como ele, sem ninguém. Com a grande diferença de que nunca reclamava, não fazia disso um peso como ele fazia.

Marcus queria ter compreendido a solidão de Clemente, ter se responsabilizado por ela. Assim, poderia ter compartilhado a sua com ele. E então teriam se tornado amigos de verdade.

"Eu era um padre do interior em Portugal. Um dia, chegou uma carta. Estava assinada com um sinete do Vaticano: tratava-se de uma tarefa que eu não podia recusar. Nela havia as instruções para encontrar um homem internado em um hospital, em Praga… Nunca entendi por que me escolheram. Eu não tinha talentos especiais, nem nunca havia manifestado a ambição de fazer carreira. Eu era feliz na minha paróquia, com meus fiéis… Não podemos perguntar, não podemos saber. Devemos apenas obedecer…"

Naquela noite, Clemente salvara Sandra, sacrificando a si mesmo. O motivo principal pelo qual Marcus queria vê-la era para lhe dizer a verdade sobre o amigo.

Foi esperá-la no único lugar onde seria possível que se encontrassem, longe da multidão e dos curiosos. Longe de todos. Não tinha certeza se Sandra intuiria que ele a esperaria justamente ali, mas contava com isso. Porque era o primeiro local onde haviam se visto, três anos antes. A sacristia de San Luigi dei Francesi.

— Estou aqui — disse, antes que ele abrisse a boca, como se de fato tivessem marcado e ela quisesse se desculpar pelo atraso.

Marcus foi ao encontro dela, mas parou. Da última vez, tinham se abraçado, mas agora não era o caso. Sandra estava com o rosto chupado, os olhos inchados de tanto chorar.

— Sou uma idiota. Max morreu por culpa minha.

— Não acho que dependeu de você.

— Foi, sim. Se eu não tivesse feito o sinal da cruz ao contrário enquanto me filmavam na televisão, aquele filho da mãe não teria nos escolhido.

Marcus desconhecia aquela parte da história. Aliás, havia se perguntado por que justo Sandra, justo Max. Mas ainda não fora capaz de se dar uma resposta. Quando soube como as coisas tinham acontecido, decidiu não dizer nada.

— Os alunos dele estão transtornados, não conseguem aceitar. Prepararam uma homenagem, daqui a pouco haverá uma cerimônia rápida no ginásio da escola. — Terminou a frase e olhou a hora, como alguém que está com muita pressa. — O juiz autorizou o transporte do cadáver. Hoje à noite, um voo o levará de volta à Inglaterra. — Em seguida, acrescentou: — Eu vou junto com ele.

Marcus a olhava sem conseguir falar. Estavam a poucos metros de distância um do outro, mas nenhum dos dois era capaz de preenchê-la. Era como se houvesse um precipício no meio.

— Tenho que ir com ele de qualquer maneira, devo falar com a mãe, o pai e os irmãos dele, vou conhecer os velhos amigos que ele não teve tempo de me apresentar e verei pela primeira vez o lugar onde ele nasceu, e eles vão me ver e pensarão que eu o amei até o último momento e não é verdade, eu...

Sandra deixou que aquela palavra permanecesse em suspenso sobre o abismo que os separava.

— Você o quê? — perguntou Marcus.

Desta vez foi Sandra que ficou calada.

— Por que você veio até aqui?

— Porque fiz uma promessa.

Marcus ficou desapontado com a resposta. Queria que ela tivesse dito que era por ele.

— Seu amigo se chamava Clemente, não é? E era um penitencieiro.

Então Sandra sabia quem a salvara... Clemente havia quebrado a regra dos penitencieiros... *"Ninguém deverá saber da sua existência. Nunca. Você poderá dizer quem é somente no tempo que existe entre o relâmpago e o trovão..."*

Sandra vasculhou o bolso, pegou algo e estendeu a ele sem se aproximar.

— Antes de morrer, ele me pediu para lhe dar isto.

Marcus deu um passo à frente e viu o que estava na palma da mão dela. A medalhinha com a efígie de São Miguel Arcanjo que brandia a espada de fogo.

— Ele disse que era importante. E que você entenderia.

Marcus lembrou-se do momento de raiva em que a atirara em cima dele. Aquela tinha sido mesmo a despedida deles? E isso o jogou em um desespero ainda mais sombrio.

— Tenho que ir — disse Sandra.

Ela se aproximou e pôs nas mãos dele a medalhinha de Clemente. Então, ergueu-se um pouco na ponta dos pés e lhe deu um beijo na boca. Um beijo demorado, infinito.

— Em outra vida — disse depois.

— Em outra vida — prometeu Marcus.

Tarde da noite, voltou à mansarda na via dei Serpenti. Fechou a porta e esperou antes de acender a luz. Da janela entrava o fraco bruxuleio que vinha da vastidão dos telhados de Roma.

Agora sim ele estava completamente sozinho. Definitivamente sozinho.

Estava triste. Mas se Sandra tivesse feito aquele beijo durar mais, e se tivesse transformado aquela despedida em outra coisa, talvez o pedido para ser amada, como ele teria se comportado? Havia feito um juramento muitos anos antes, um voto de castidade e obediência. Estaria mesmo disposto a quebrá-lo? E para se tornar o quê?

Ele era um caçador da escuridão. Não se tratava de uma profissão, era sua natureza.

O mal não era simplesmente um comportamento do qual brotavam efeitos e sensações negativas. *O mal era uma dimensão*. E o penitencieiro conseguia enxergá-la, vendo aquilo que os outros não podiam ver.

E, no quadro que tinha à sua frente, agora, ainda faltava alguma coisa.

Quem era o homem que Sandra havia encontrado no Coliseu? Como ele conseguia estar a par das investigações da polícia? E, o mais importante, como era possível que conhecesse Marcus e a penitenciaria?

Ainda tinha que responder àquelas perguntas. O caçador da escuridão não tinha escolha. Mas começaria no dia seguinte, agora estava cansado demais.

Acendeu a pequena luminária que ficava ao lado da cama. A primeira coisa que viu foi o fotograma do homem da bolsa cinza. O assassino da freira de clausura. Não pôde deixar de pensar que o atrito com Clemente começara justamente a partir do caso do cadáver desmembrado nos jardins vaticanos e, sobretudo, com sua insistência para conhecer seus superiores. Havia sido injusto com ele. O desesperado "Eu não sei" do amigo ainda ecoava dentro de si.

Lembrou-se da medalhinha que Clemente quisera lhe devolver antes de morrer — São Miguel Arcanjo, o protetor dos penitencieiros. Chegara o momento de usá-la de novo. Procurou-a no bolso, mas junto com ela puxou um cartãozinho dobrado. Demorou um pouco para recordar que era o mapa que Kropp havia lhe dado. Aqueles dois objetos vinham de homens que estavam prestes a morrer. Marcus estava quase se desfazendo do segundo, porque não tolerava aquela comparação. Mas, antes de rasgar a folha, obrigou-se a observá-la uma última vez.

O centro de Roma, um trajeto que ia da via del Mancino até a piazza di Spagna, na base da escadaria que levava à igreja de Trinità dei Monti. Pouco mais de um quilômetro a pé.

Você entenderá e se espantará, dissera o velho.

Mas o que podia existir bem no meio de um dos lugares mais famosos e visitados de Roma? Qual segredo podia se esconder diante dos olhos de todos?

Antes daquele momento, Marcus pensara que fosse uma armadilha, um modo de desviá-lo de seu objetivo principal: encontrar Victor. Agora, porém, analisou aquilo com outro estado de espírito: Kropp poderia mandá-lo para o canto mais remoto e desconhecido da cidade se só quisesse enganá-lo. Não fazia sentido o que tinha feito em vez disso.

"O final da sua fábula, menino sem nome."

Foi apenas observando melhor o mapa que Marcus notou um detalhe. Ou melhor, *uma anomalia*. Nem todo o percurso assinalado em vermelho passava pelas ruas da cidade. Várias vezes parecia atravessar os edifícios.

Não por cima, disse Marcus a si mesmo.

Por baixo.

O percurso era no subterrâneo.

14

Roma estava em uma estranha ebulição.

As pessoas enchiam as ruas, recusando-se a ir dormir. A cidade comemorava o fim do pesadelo do monstro. O efeito mais extraordinário eram as vigílias que surgiram espontaneamente em todos os bairros. Alguém escolhia um lugar ao acaso para colocar flores ou acender uma vela pelas vítimas e pouco depois o lugar se enchia de outras homenagens: bichos de pelúcia, fotos, bilhetinhos. As pessoas paravam, davam as mãos, muitos rezavam.

As igrejas estavam abertas. Aquelas que costumavam ser destino apenas de turistas agora estavam cheias de fiéis. Ninguém sentia mais vergonha de se mostrar enquanto agradecia a Deus.

Uma fé atrevida e alegre. Era assim que Marcus via aquilo tudo. Mas ele não podia se juntar àquele carnaval, ainda não.

Via del Mancino ficava nos arredores de piazza Venezia.

O penitencieiro esperou que a rua estivesse momentaneamente deserta para descer pelo bueiro do aqueduto capitolino, que correspondia ao início do trajeto indicado no mapa de Kropp. Tirando a tampa de ferro-gusa, descobriu uma escadinha que descia por diversos metros no subterrâneo. Somente quando chegou ao último degrau acendeu a lanterna.

Iluminou o túnel estreito onde corria o escoadouro. Nas paredes do corredor havia sedimentos de diferentes épocas. Camadas de concreto, de terriço, mas também de tufo e travertino. Uma destas era um composto de cacos de ânforas de argila. Na época dos antigos romanos, os velhos recipientes inutilizados costumavam ser empregados como material de construção.

Marcus avançou e sua lanterna ia e vinha do piso em mau estado para o mapa que segurava na mão. Encontrou várias bifurcações no caminho e mais de uma vez teve dificuldade de se orientar. Mas, em determinado momento, viu-se diante de um túnel que não tinha nada a ver com o aqueduto, provavelmente havia sido cavado muitos séculos antes.

Entrou nele. Alguns metros adiante, percebeu que as paredes estavam cobertas de escritos — em grego antigo, em latim e em aramaico. Algumas palavras haviam sido corroídas pelo tempo e pela umidade.

Uma catacumba, pensou.

Eram áreas de cemitérios cristãos ou hebraicos e encontravam-se em várias zonas de Roma. As mais antigas remetiam ao século II d.C., quando foi imposta a proibição de enterrar os mortos dentro dos limites dos muros.

Era estranho que houvesse uma a apenas dois passos da piazza di Spagna, pensou.

As catacumbas cristãs em geral eram dedicadas a um santo. A mais famosa era justamente a que abrigava a tumba de São Pedro, vários metros debaixo da basílica símbolo do catolicismo. Uma vez a visitara com Clemente, que lhe contara a história da descoberta dos restos mortais do apóstolo em 1939.

Enquanto avançava, Marcus observou melhor as paredes com a lanterna, na esperança de que algo lhe revelasse onde estava.

Viu-o na base de uma das paredes. Tinha poucos centímetros de altura. Não o reconheceu de imediato, porque no início lhe pareceu apenas a efígie de um homenzinho de perfil com as pernas abertas enquanto caminha.

Então enxergou a cabeça de lobo.

A postura indicava que queria ser seguido. Foi o que Marcus fez. À medida que seguia em frente, encontrou o símbolo várias vezes, cada vez mais no alto e em tamanhos sempre maiores. Sinal de que a pessoa que havia realizado aquele mural antiquíssimo prometia revelar algo importante no final do trajeto.

Quando o homem com cabeça de lobo atingiu sua altura, Marcus teve a impressão de andar junto com ele. E foi uma sensação desagradável. Muitos metros acima de sua cabeça, as pessoas passeavam com o coração repleto de uma fé renovada. Ele, lá embaixo, caminhava lado a lado com o demônio.

Foi parar em uma sala circular, uma espécie de poço sem saída. O teto era baixo, mas o penitencieiro notou que cabia perfeitamente, sem ter que se curvar. À sua volta, em todas as paredes, a figura antropomorfa com cabeça de lobo estava replicada obsessivamente. Marcus iluminou com a lanterna, um por um, todos aqueles seres gêmeos. Até chegar ao último do grupo. E ficou desconcertado.

A figura era diferente. A cabeça de lobo havia sido retirada e estava no chão ao lado dela, como uma máscara. Sob aquela efígie sempre houvera um rosto humano. Um rosto que Marcus conhecia bem, porque o vira milhares de vezes.

O homem sem o disfarce era Jesus Cristo.

— Sim, são cristãos — disse uma voz masculina atrás dele.

Marcus virou-se de um pulo, apontando a lanterna. O homem levou a mão ao rosto, mas só porque a luz o cegava.

— Poderia abaixá-la, por favor?

O penitencieiro tirou-a de sua face e o homem desceu o braço. Marcus se deu conta de que já o vira em outra ocasião, em uma noite no Tribunal das Almas.

O Advogado do Diabo.

Já Battista Erriaga o via pela primeira vez.

— Eu tinha esperança de que você não chegasse a esse ponto — disse, pensando no terceiro nível do segredo, revelado a essa altura.

— O que significa "são cristãos"? — perguntou Marcus ao homem vestido de preto, mas com a cruz e o anel cardinalícios.

— Que acreditam em Deus e em Cristo, exatamente como eu e você. Aliás, talvez a fé deles seja mais forte e fecunda que a nossa, Marcus.

O homem sabia seu nome.

— Por que proteger o mal, então?

— Para fazer o bem — disse Erriaga, consciente de que o conceito podia ranger nos ouvidos de um profano. — Veja bem, Marcus, em todas as grandes religiões monoteístas, Deus é tanto bom quanto mau, benévolo e vingador, misericordioso e impiedoso. É assim para os judeus e para os muçulmanos. Já os cristãos, em determinado momento de sua história, distinguiram Deus do diabo... Deus só devia ser bom, obrigatoriamente bom. E ainda hoje pagamos o preço dessa escolha, desse erro. Escondemos o diabo da humanidade, como se esconde a sujeira debaixo do tapete. Para conseguir o quê? Nós absolvemos Deus de seus pecados apenas para absolvermos a nós mesmos. É um ato de grande egoísmo, não acha?

— Então Kropp e seus acólitos fingiam ser satanistas.

— Se o verdadeiro Deus é tanto bom quanto mau, o que é realmente o satanismo senão outro modo de venerá-lo? Na véspera do ano mil, em 999, alguns cristãos constituíram a *Confraria de Judas*. Afirmavam algo que era já evidente das Escrituras Sagradas, isto é, que sem o apóstolo traidor não teria existido o martírio de Cristo, e sem o martírio não teríamos tido o cristianismo. Judas, o mal, foi essencial. Compreenderam que o diabo era necessário para alimentar a fé no coração dos homens. Assim, inventaram alguns símbolos que abalassem as consciências: o que é 666 senão um 999 de cabeça para baixo? E as cruzes invertidas continuam sendo cruzes! É isso que as pessoas não veem, não entendem.

— A Confraria de Judas — repetiu Marcus, pensando na seita de Kropp. — O mal amplifica a fé — concluiu, então, horrorizado.

— Você também viu o que está acontecendo lá fora esta noite. Olhou bem aqueles homens e aquelas mulheres que rezavam? Olhou-os nos olhos? Estavam felizes. Quantas almas se salvaram graças a Victor? Fale com eles sobre o bem e o ignorarão. Mostre-lhes o mal e prestarão atenção em você.

— E as pessoas que morreram?

— Se somos feitos à imagem e semelhança de Deus, então ele também pode ser cruel. Um exército, para existir, precisa de uma guerra. Sem o mal, os homens não precisariam da Igreja. E cada guerra, no fim, conta suas vítimas.

— Então Diana e Giorgio, os dois policiais, os jovens alemães, Max, Cosmo Barditi... São apenas um efeito colateral inevitável?

— Você está sendo injusto. Mesmo se não acreditar em mim, eu também tentei parar o massacre, exatamente como você. Mas fiz do meu jeito, cuidando de um interesse superior.

— Qual? — o penitencieiro o desafiou.

Erriaga semicerrou os olhos em direção ao interlocutor, pois não amava ser provocado.

— Quem você acha que deu a Clemente a ordem de lhe entregar a investigação sobre o monstro depois que encontramos a gravação da mensagem no confessionário de Sant'Apollinare?

Marcus ficou perplexo.

— Você sempre desejou conhecer o rosto de seus superiores. — Battista abriu os braços e apontou para o peito. — Sou eu: cardeal Battista Erriaga. Esse tempo todo você sempre trabalhou para mim.

Marcus não sabia o que dizer. A raiva e a amargura estavam ficando mais fortes do que o raciocínio.

— Você sabia desde o início quem era o menino de sal, e não me ofereceu logo a chance de detê-lo.

— Não era tão simples: Kropp e seus homens deviam ser detidos antes.

Agora, Marcus via tudo com clareza.

— Claro. Porque sua única preocupação era que se viesse a saber que a Igreja estava a par da existência da Confraria de Judas. Gente que acreditava no mesmo Deus que nós: uma vergonha grande demais para ser revelada.

Erriaga constatou que o homem diante dele — aquele que tinha descoberto em Praga, sem memória em um leito de hospital e com uma bala na testa, aquele que mandara Clemente instruir — tinha uma índole fortíssima, e ficou satisfeito com isso. Havia escolhido bem.

— De Inocêncio III em diante, o papa foi definido "o dominador dos monstros". A mensagem era clara: a Igreja não tem medo de se confrontar com a própria história, nem com a parte mais ínfima e condenável da natureza humana: o pecado. Quando nossos inimigos querem nos atingir, eles jogam na nossa cara a opulência, o nosso ser tão distante dos preceitos de Cristo, de pobreza e generosidade para com o próximo. Então afirmam que o diabo entrou no Vaticano...

Hic est diabolus, lembrou Marcus.

— E eles têm razão — afirmou Erriaga de surpresa. — Porque só nós podemos vigiar o mal. Lembre-se disso.

— Agora que sei, não tenho mais certeza se ainda quero fazer parte de tudo isso... — Marcus andou em direção ao túnel que levava à saída.

— Você é um ingrato. *Eu* mandei Clemente imediatamente à casa de Sandra Vega assim que soube pelas minhas fontes que a vítima de Sabaudia era o namorado dela. *Eu* compreendi o perigo que corria e agi para tentar resolver. Sua mulher está viva graças a *mim*!

O penitencieiro ignorou a provocação do cardeal e passou ao lado dele. Então, parou para virar-se pela última vez.

— O bem é a exceção, o mal é a regra. Foi você que me ensinou.

Battista Erriaga soltou uma gargalhada estridente que ecoou no corredor de rocha.

— Você nunca terá uma vida como os outros. Não pode ser o que não é. É a sua natureza.

Em seguida, acrescentou um comentário que fez Marcus se arrepiar.

— Você vai voltar.

Epílogo

O dominador dos monstros

— *Você está quase pronto* — *anunciara Clemente em uma manhã de março.* — *Falta apenas uma aula para acabar seu treinamento.*

— *Não sei se é bem assim* — *respondera Marcus, porque ainda estava cheio de dúvidas.* — *As enxaquecas continuam me atormentando e, além disso, tenho um pesadelo recorrente.*

Clemente, então, vasculhara os bolsos. Pegara uma medalhinha de metal, igual às que eram vendidas por alguns trocados nas lojas de suvenir na praça São Pedro, mas a mostrara a ele como se fosse incrivelmente valiosa.

— *Este é São Miguel Arcanjo* — *dissera, indicando o anjo com a espada de fogo.* — *Expulsou Lúcifer do paraíso, jogando-o no inferno.* — *Então, pegara a mão dele, entregando-lhe a medalha.* — *É o protetor dos penitenciários. Coloque-a no pescoço e leve-a sempre com você, vai ajudá-lo.*

Marcus recebera o presente com a esperança de que realmente o protegesse.

— *E quando será minha última aula?*

Clemente sorrira.

— *No momento certo.*

Marcus não compreendera o sentido das palavras do amigo. Mas tinha certeza de que um dia tudo ficaria claro.

No fim de fevereiro, em Lagos, o termômetro marcava 40ºC, com um índice de umidade de 85%.

Na segunda cidade da África, depois do Cairo, havia mais de 21 milhões de habitantes, que aumentavam duas mil unidades a cada dia. Era um fenômeno que se podia perceber: desde quando estava ali, Marcus tinha visto crescer o tamanho da favela que se estendia do lado de fora de sua janela.

Escolhera uma casa na periferia, em cima de uma oficina que consertava caminhões velhos. Não era muito grande e, embora ele estivesse acostumado a conviver com o caos da metrópole, o calor noturno impedia que dormisse bem. Suas coisas estavam amontoadas em um armário, ele tinha uma geladeira dos anos 1970 e uma pequena cozinha americana onde preparava as refeições. O ventilador de teto soltava um zumbido rítmico, parecido com o voo de uma vespa.

Apesar do desconforto, sentia-se livre.

Estava na Nigéria havia cerca de oito meses, mas passara os últimos dois anos pulando de um lugar a outro. Paraguai, Bolívia, Paquistão e depois Camboja. Indo atrás de "anomalias", conseguira desbaratar uma rede de pedófilos, em Gujranwala detivera um cidadão sueco que escolhia os países mais pobres para cometer homicídios e dar vazão à sua necessidade de matar, sem, porém, correr o risco de ser pego; em Phnom Penh descobrira um hospital onde camponeses carentes vendiam os próprios órgãos aos ocidentais por poucas centenas de dólares. Agora estava no rastro de um bando dedicado ao tráfico de seres humanos: quase uma centena, entre mulheres, homens e crianças, havia desaparecido em poucos anos.

Começara a interagir com as pessoas, comunicava-se com elas. Era seu desejo por muito tempo. Não esqueceu o isolamento que sofrera em Roma. Mas, mesmo agora, sua índole solitária surgia de repente. Assim, antes de estabelecer vínculos estáveis, ele arrumava sua bagagem e partia.

Tinha medo de compromisso. Porque a única relação afetiva que soubera criar depois de ter recuperado a memória terminara amargamente. Ainda pensava em Sandra, mas cada vez menos. Às vezes se perguntava onde estava e se era feliz. Mas nunca se aventurava a imaginar se havia alguém ao lado dela, ou se ela também estava pensando nele. Seria inutilmente doloroso.

Mas com Clemente ele costumava conversar com frequência. Acontecia na cabeça dele, um diálogo intenso e construtivo. Ele lhe dizia todas as coisas que não soube ou não quis lhe dizer quando estava vivo. Sentia um aperto no estômago só quando pensava na última aula de seu treinamento, aquela que nunca fariam juntos.

Dois anos antes, havia se recusado a continuar sendo padre. Mas pouco depois descobrira que não funcionava assim. Podia-se abrir mão de qualquer coisa, mas não de uma parte de si mesmo. Erriaga tinha razão: o que quer que ele fizesse, aonde quer que fosse, essa era sua natureza. Apesar das dúvidas que o atormentavam, não podia fazer nada a respeito. Assim, de vez em quando, quando encontrava uma igreja abandonada, entrava e celebrava uma missa. Às vezes acontecia algo que não sabia explicar. Durante a função, inesperadamente alguém chegava e começava a ouvir. Não tinha certeza se Deus existia mesmo, mas a necessidade de Deus unia as pessoas.

O homem negro e alto o estava seguindo havia quase uma semana.

Marcus notou-o mais uma vez enquanto dava uma volta no barulhento e colorido mercado de Balogun. Mantinha-se sempre a cerca de dez metros de distância. O lugar era um verdadeiro labirinto onde se vendia de tudo, e era fácil se misturar no meio das pessoas. Mas Marcus não demorou a notá-lo. Pelo modo como o seguia, podia-se deduzir que ele não era muito acostumado com aquele tipo de atividade, mas nunca se podia saber. Talvez a organização criminosa que estava investigando havia se dado conta dele e colocara um observador no seu pé.

Marcus parou ao lado do quiosque de um vendedor de água. Desabotoou o colarinho da camisa de linho branco e pediu um copo. Enquanto bebia, passou um lenço no pescoço para enxugar o suor, aproveitando para olhar à volta. O homem também parara e agora fingia observar os tecidos coloridos em uma barraca. Vestia uma espécie de túnica clara e carregava uma bolsa de pano.

Decidiu que precisava fazer alguma coisa.

Esperou que a voz do muezim começasse a chamar os fiéis para a prece. Uma parte do mercado parou, pois a metade da população de Lagos era muçulmana. Marcus aproveitou para acelerar o passo no labirinto de ruelas. O homem atrás dele o imitou. Tinha o dobro de seu tamanho, por isso Marcus não achava que podia vencê-lo em um confronto. Nem sequer sabia se estava armado, mas temia que estivesse. Tinha que ser esperto. Enfiou-se em um beco deserto e se escondeu atrás de uma cortina. Esperou o homem passar à sua frente e pulou atrás dele, fazendo-o cair de cara no chão. Então foi para cima dele, pressionando seu pescoço com os dois braços.

— Por que está me seguindo?

— Espere, me deixe falar. — O gigante não tentava reagir, apenas lutava contra o apertão para não sufocar.

— Foram eles que o mandaram?

— Não estou entendendo — o homem quis protestar em um francês imperfeito.

Marcus pressionou mais forte.

— Como me achou?

— Você é padre, certo?

Ao ouvi-lo dizer aquilo, soltou-o um pouco.

— Me contaram de um homem que investiga sobre as pessoas desaparecidas... — Então, com dois dedos, pegou do colarinho da túnica um cordão de couro no qual estava pendurada uma cruz de madeira. — Pode confiar, sou um missionário.

Marcus não tinha certeza se ele estava dizendo a verdade, mas soltou-o mesmo assim. Fazendo certo esforço, o homem se virou, sentando-se. Então levou a mão à garganta e tossiu, enquanto tentava recuperar o fôlego.

— Qual é seu nome?
— Padre Emile.

Marcus estendeu a mão e ajudou-o a se levantar.

— Por que me seguiu? Por que não veio falar comigo e pronto?
— Porque antes eu queria me assegurar de que era verdade o que se diz de você.

Marcus ficou impressionado com aquilo.

— E o que se diz?
— Que você é um padre, por isso é a pessoa certa.

Certa para o quê? Não estava entendendo.

— Como sabe?
— Viram você celebrar uma missa em uma igreja abandonada... Então, é verdade? Você é padre?
— Sou. — Então, deixou o sacerdote enorme continuar sua história.
— Meu vilarejo se chama Kivuli. Lá, há décadas se combate uma guerra que todos fingem não saber que existe. Às vezes também temos problemas com a água e há casos de cólera. Por causa do conflito, não vão médicos a Kivuli e os agentes humanitários muitas vezes são executados pelas partes que lutam porque acham que são espiões mandados pelo inimigo. Por isso estou em Lagos, para encontrar os remédios que precisamos para conter a epidemia... Enquanto eu estava aqui, ouvi falar de você e vim procurá-lo.

Marcus nunca imaginaria que fosse tão fácil achá-lo. Talvez ultimamente ele não tivesse tomado cuidado suficiente.

— Não sei quem lhe contou essas coisas, mas não é verdade que posso ajudá-lo. Sinto muito. — Virou-se e estava quase indo embora.

— Fiz um juramento.

O homem pronunciou a frase em um tom de súplica, mas Marcus o ignorou.

Padre Emile não desistiu.

— Prometi a um amigo sacerdote antes que a cólera o levasse embora. Ele me ensinou a ser tudo o que sou, era meu mestre.

A última frase fez Marcus pensar em Clemente, então ele parou.

— Padre Abel dirigiu a missão de Kivuli por 45 anos — continuou o homem, consciente de que tinha aberto uma brecha.

Marcus virou-se.

— As palavras exatas antes de morrer foram: "Não se esqueça do jardim dos mortos."

Marcus registrou a frase. Mas aquele plural, "mortos", não lhe agradava.

— Há cerca de vinte anos, houve alguns homicídios no vilarejo. Três jovens mulheres. Eu ainda não tinha chegado a Kivuli, sei que as encontraram na floresta, massacradas. Padre Abel não se conformava com o que tinha acontecido. Pelo resto da vida, ele só quis que o culpado fosse punido.

Marcus estava cético.

— Vinte anos são um espaço de tempo longo demais para poder realizar uma investigação: a essa altura, as pistas já foram perdidas. E talvez o culpado esteja morto, ainda mais se não aconteceram outros homicídios.

Mas o homem não desistia.

— Padre Abel chegou a escrever uma carta para o Vaticano, na qual contou o que aconteceu. Nunca recebeu uma resposta.

Marcus ficou chocado com a afirmação.

— Por que justamente o Vaticano?

— Porque, segundo padre Abel, o culpado era um padre.

A novidade o abalou.

— Você sabe o nome dele?

— Cornelius Van Buren, um holandês.

— Mas padre Abel não tinha certeza, certo?

— Não, mas suas suspeitas eram enormes. Até porque padre Van Buren sumiu de repente e então os homicídios também acabaram.

Sumiu, disse Marcus a si mesmo. Havia algo naquela velha história que o atraía. Talvez porque o culpado fosse um padre. Ou talvez porque o Vaticano, embora fosse encarregado pelo caso, o havia ignorado completamente.

— Onde fica seu vilarejo?

— Será uma longa viagem — disse o homem. — Kivuli é no Congo.

Levaram quase três semanas para chegar ao destino.

Duas delas acampados à espera, em um pequeno centro urbano a trezentos quilômetros da cidade de Goma. Havia quase um mês que na zona de Kivuli se alastrava uma batalha sangrenta.

De um lado estavam as milícias do CNDP.

— *Congrès National pour la Défensedu Peuple* — especificara padre Emile. — São tutsis ruandeses. O nome os faz parecerem revolucionários, mas na prática são apenas estupradores sedentos de sangue. — Do outro lado havia o Exército Regular da República Democrática do Congo, que, pouco a pouco, estava retomando os territórios das mãos dos rebeldes.

Passaram dezoito dias ao lado do rádio, esperando que a situação se acalmasse para que pudessem enfrentar a última etapa da viagem. Marcus tinha até conseguido convencer um piloto de helicóptero a aceitar uma quantidade de dinheiro para levá-los até lá. À meia-noite do 19º dia, finalmente chegara a notícia de uma frágil trégua.

Abrira-se uma janela de algumas horas e eles a aproveitaram de imediato.

O helicóptero voava baixo e de luzes apagadas na noite, para não ser abatido pela artilharia de um dos dois exércitos. A área era atingida por um forte temporal. Por um lado era uma vantagem, pois a chuva encobriria o barulho dos rotores. Por outro, constituía um perigo, porque cada vez que no céu se acendia um relâmpago alguém no chão poderia localizá-los.

Enquanto voavam em direção ao destino, Marcus olhava para baixo, perguntando-se o que deveria esperar daquela floresta e se não era arriscado ir até lá por algo que acontecera tanto tempo antes. Mas a essa altura não podia mais desistir, havia se comprometido com o padre Emile e parecia que para aquele homem era de importância vital que ele visse o que tinha para lhe mostrar.

Apertou a medalhinha de São Miguel Arcanjo e rezou para que valesse mesmo a pena.

Aterrissaram em uma clareira enlameada no meio da vegetação.

O piloto disse algo em um francês arranhado, em voz alta para que pudesse ser ouvido além do estrondo dos motores. Não compreenderam suas palavras, mas o sentido era que deviam ser rápidos, porque ele não os esperaria muito tempo.

Afastaram-se correndo em direção ao muro de arbustos. Enfiaram-se no emaranhado e dali em diante padre Emile andou alguns passos à frente de Marcus, que se perguntava como o sacerdote conseguia saber que estavam indo pelo caminho certo. Estava escuro e a chuva caía reta e pesada na cabeça deles, batendo na vegetação cerrada, como uma percussão confusa, ensurdecedora. Naquele ponto, padre Emile tirou o último ramo e eles apareceram de repente no meio de um vilarejo de argila e folhas de metal.

Diante deles, apresentou-se uma cena caótica.

Gente correndo de um lado para o outro debaixo da chuva incessante, um vaivém de sacos plásticos azuis que continham os pobres bens das famílias. Homens que reuniam o pouco rebanho na tentativa de abrigá-lo. Crianças chorando agarradas às pernas das mães e recém-nascidos carregados nas costas, enrolados em panos coloridos. Marcus teve logo a impressão de que ninguém sabia exatamente aonde ir.

Padre Emile intuiu seus pensamentos e começou a andar mais devagar a fim de explicar.

— Até ontem, aqui estavam os rebeldes, mas amanhã de manhã os militares entrarão no vilarejo e tomarão o lugar deles. Mas não chegarão como libertadores: queimarão as casas e os mantimentos para que os adversários não possam encontrar estoques, caso voltem. E matarão todo mundo, com a falsa acusação de terem colaborado com o inimigo. Servirá como advertência para os vilarejos vizinhos.

Enquanto olhava à volta, Marcus ergueu a cabeça como se tivesse interceptado um som. De fato, no meio da chuva estrondosa e das vozes nervosas, ouvia-se um canto. Vinha de um largo edifício de madeira. De dentro vazava uma luz amarelada.

Uma igreja.

— Nem todos deixarão este lugar hoje à noite — explicou padre Emile. — Os velhos e os doentes ficarão aqui.

Quem não era capaz de fugir permaneceria ali, Marcus repetiu para si mesmo. À mercê de sabe-se lá qual horror.

Padre Emile agarrou-o pelo braço e o sacudiu.

— Você ouviu o piloto, não ouviu? Daqui a pouco ele vai embora, temos que ser rápidos.

Estavam do lado de fora do vilarejo de novo, mas do lado oposto onde haviam pousado. Enquanto avançavam, padre Emile recrutou alguns homens para ajudá-los. Trouxeram pás e lanternas rudimentares.

Chegaram aos arredores de um pequeno vale que provavelmente no passado hospedava a praia de um rio. Na parte mais alta havia algumas sepulturas.

Um pequeno cemitério com três cruzes.

Padre Emile disse algo em um dialeto parecido com o suaíle e os homens começaram a cavar. Depois, passou uma pá para Marcus e, juntos, eles também deram uma ajuda.

— Na nossa língua, Kivuli significa "sombra" — afirmou o sacerdote. — O vilarejo tomou o nome do curso de água que escorre todos os anos neste pequeno vale. Na primavera, o rio surge ao pôr do sol, para depois desaparecer na manhã seguinte, justamente como uma sombra.

Marcus intuiu que o fenômeno era de algum modo ligado à natureza do solo.

— Vinte anos atrás, padre Abel quis que essas sepulturas fossem colocadas longe do cemitério do vilarejo, nesta área que, no verão, não tem vegetação, embora ele a chamasse de "o jardim dos mortos".

O terreno cárstico era o melhor lugar para conservar os corpos, preservando-os da ação do tempo. Um necrotério natural.

— Quando mataram as três moças, não havia como realizar nenhum tipo de investigação. Mas padre Abel sabia que, um dia, alguém viria para fazer perguntas. Quem quer que fosse, certamente desejaria ver os corpos.

E, de fato, aquele momento tinha chegado.

O primeiro cadáver foi exumado. Marcus largou a pá e se aproximou da vala. A água que caía do céu a enchia, mas os restos mortais estavam enrolados em um pedaço de plástico. Marcus ajoelhou-se na lama e o rasgou com as mãos. Padre Emile lhe estendeu um lampião.

Ao apontá-lo, Marcus percebeu que, de fato, o cadáver havia se conservado bem naquele berço de calcário. Sofrera uma espécie de mumificação. Por isso, mesmo depois de vinte anos, os ossos ainda estavam inteiros e revestidos de farrapos de tecidos, parecidos com um pergaminho escuro.

— Tinham 16, 18 e 22 anos — afirmou padre Emile, falando das vítimas. — Essa foi a primeira, a mais nova.

Marcus, porém, não conseguia entender como havia morrido. Então se aproximou, à procura da marca de uma ferida ou de um arranhão nos ossos. Avistou algo que o impressionou, mas a chuva apagou a chama.

Não pode ser, disse a si mesmo. Pediu logo outro lampião. Então *viu*, e saiu rapidamente do buraco, caindo para trás.

Ficou assim, com as mãos e as costas afundadas na lama e, no rosto, uma expressão atônita.

Padre Emile confirmou sua intuição.

— A cabeça foi cortada de chofre, assim como os braços e as pernas. Somente o torso havia permanecido inteiro. Os restos estavam espalhados em poucos metros e a moça havia sido despida de suas roupas, que viraram trapos.

Marcus mal conseguia respirar, enquanto a chuva despencava em cima dele, impedindo seu raciocínio. Já tinha visto um cadáver como aquele.

"Hic est diabolus."

A jovem freira de clausura esquartejada no bosque dos jardins vaticanos.

O diabo está aqui, pensou. O homem com a bolsa cinza a tiracolo no fotograma extraído do vídeo da câmera de segurança, o ser que tinha caçado sem sucesso estivera em Kivuli dezessete anos antes do crime no Vaticano, desde o qual haviam se passado três anos.

— Cornelius Van Buren — disse ele a padre Emile, lembrando-se do nome do missionário holandês que provavelmente tinha cometido aqueles homicídios. — Existe alguém no vilarejo que o conheceu?

— Passou-se muito tempo, a estimativa de vida é muito curta por essas bandas. — Mas depois pensou melhor: — Tem uma senhora idosa. Uma das garotas mortas era sua neta.

— Preciso falar com ela.

Padre Emile olhou-o, perplexo.

— O helicóptero — ele lhe lembrou.

— Vou correr o risco. Leve-me até ela.

Chegaram à frente da igreja e padre Emile foi o primeiro a entrar. Lá dentro, ao longo das paredes, os doentes de cólera estavam deitados. Os familiares os haviam abandonado para fugir e agora os idosos cuidavam deles. Um grande crucifixo de madeira velava sobre todos de um altar cheio de velas.

Os velhos cantavam para os mais jovens. Era um canto carregado de doçura e melancolia; cada um parecia ter aceitado o próprio destino.

Padre Emile começou a procurar a mulher; encontrou-a ao fundo da nave. Estava cuidando de um rapaz e colocando panos molhados em sua testa para baixar a febre. O sacerdote fez um sinal a Marcus, convocando-o. Os dois se agacharam ao lado dela. Padre Emile disse algo à senhora na língua deles. Ela olhou para o estranho, estudando-o com enormes e límpidos olhos castanhos.

— Ela vai falar com você — anunciou padre Emile. — O que quer que lhe pergunte?

— Se ela lembra alguma coisa de Van Buren.

O sacerdote traduziu a pergunta. A mulher pensou um tempo e depois respondeu, decidida. Marcus esperou que terminasse, na esperança de que suas palavras revelassem algo importante.

— Ela diz que aquele padre era diferente dos outros, parecia mais generoso, mas não era. E havia algo no modo como olhava as pessoas. E ela não gostava daquele algo.

A mulher voltou a falar.

— Disse que nos últimos anos tentou apagar para sempre o rosto dele da memória e conseguiu. Ela pede desculpas, mas não quer mais lembrar. Tem certeza de que foi ele que matou sua neta, mas agora ela está em paz e daqui a pouco se encontrarão no além.

Mas Marcus precisava de mais.

— Peça a ela para lhe contar alguma coisa sobre o dia em que Van Buren desapareceu.

Padre Emile obedeceu.

— Ela diz que, uma noite, os espíritos da floresta vieram buscá-lo para levá-lo ao inferno.

Os espíritos da floresta... Marcus desejava uma resposta diferente.

Padre Emile compreendeu seu desânimo.

— Você tem que entender que aqui convivem superstição e religião. Essa gente é católica, mas continua a cultivar crenças ligadas aos cultos do passado. Sempre foi assim.

Marcus agradeceu à mulher com um movimento de cabeça e estava a ponto de se levantar, mas ela apontou para algo. Em um primeiro momento, ele não entendeu. Então, se deu conta de que era a medalhinha que usava no pescoço.

São Miguel Arcanjo, o protetor dos penitencieiros.

Então Marcus a tirou, pegou a mão dela e pousou o cordãozinho na palma enrugada. Depois a fechou, como se fosse um porta-joias.

— Que este anjo a proteja esta noite.

A mulher recebeu o presente com um sorriso leve. Olharam-se ainda por alguns instantes, para se despedirem, e depois Marcus se levantou.

* * *

Percorreram de trás para a frente o trajeto em direção ao helicóptero. O piloto já tinha ligado o motor e as hélices volteavam no ar. Marcus chegou até a porta, mas depois se virou: padre Emile não estava ao lado dele, havia parado muito antes. Então o penitencieiro voltou, ignorando a reprovação do piloto.

— Venha, o que está esperando? — disse a ele.

Mas o missionário balançou a cabeça sem dizer nada. Marcus compreendeu que nem sequer procuraria abrigo na selva como os outros habitantes do vilarejo. Em vez disso, voltaria à igreja e esperaria a morte junto com seus fiéis que não podiam fugir.

— A Igreja fez grandes coisas com as missões em Kivuli e em lugares semelhantes, não deixe que um monstro destrua esse bem — afirmou padre Emile.

Marcus fez que sim e abraçou o gigante. Pouco depois, subiu a bordo do helicóptero, que, em poucos segundos, tomou altura na cortina cinza de chuva. No chão, o missionário ergueu a mão em um aceno de despedida. Marcus retribuiu o gesto, mas não se sentia aliviado. Queria ter a coragem daquele homem. Um dia, disse a si mesmo. Talvez.

Aquela noite havia sido repleta de surpresas. Ele tinha o nome de um assassino que até aquele momento era um demônio desconhecido. Haviam se passado vinte anos, mas talvez ainda existisse tempo para a verdade.

Para descobri-la, porém, Marcus teria que voltar a Roma.

Cornelius Van Buren havia matado outras vezes.

Conseguira encontrar rastros dele em vários lugares do planeta. Na Indonésia, no Peru, outros na África. O diabo aproveitava-se de seu status de missionário para viajar tranquilamente pelo mundo. Em todos os locais onde esteve, deixou uma marca de sua passagem. No fim, Marcus contou 46 cadáveres femininos.

Mas todas essas vítimas eram anteriores às vítimas de Kivuli.

O vilarejo do Congo havia sido sua última meta. Depois desaparecera no nada. "Uma noite os espíritos da floresta vieram buscá-lo para levá-lo ao inferno", dissera padre Emile ao traduzir as palavras da senhora do vilarejo.

Claro que Marcus não podia desconsiderar completamente que, enquanto isso, Van Buren atacara outras vezes e em outro lugar. E que ele simplesmente não tinha sido capaz de encontrar rastros daqueles crimes. No fundo, sempre aconteciam em lugares remotos e atrasados.

De todo modo, dezessete anos depois de Kivuli, Van Buren reaparecera com um cadáver mutilado nos jardins do Vaticano. E depois sumira de novo.

Por que aquela aparição fugaz? E aonde tinha ido nos três anos seguintes ao homicídio da freira? Marcus calculou que, a essa altura, o homem tinha uma idade que girava em torno dos 65 anos: seria provável que nesse meio-tempo tivesse morrido?

Um detalhe logo lhe saltou aos olhos. Van Buren escolhia cuidadosamente suas vítimas.

Eram jovens, inocentes e muito bonitas.

Seria possível que tivesse se cansado de seu passatempo?

O cardeal Erriaga havia profetizado que aconteceria.

"Você vai voltar", afirmara com uma risada.

E, de fato, às 17h30 de uma terça-feira à tarde, o penitencieiro se demorava na Capela Sistina junto com o último grupo de visitantes. Enquanto todos admiravam os afrescos, ele observava atentamente os movimentos dos funcionários da segurança.

Quando os vigias convidaram os presentes a se encaminharem porque os museus vaticanos estavam prestes a fechar, Marcus saiu da fila e entrou em um corredor lateral. De lá, desceu as escadas de serviço que levavam ao pátio da Pigna. Nos dias anteriores fizera outras visitas, mas na realidade eram inspeções para estudar as câmeras que vigiavam o perímetro interno da Cidade do Vaticano.

Encontrara falhas no sistema das câmeras de segurança. Graças a elas, conseguiu chegar tranquilo à área dos jardins.

O sol da primavera estava se pondo devagar, mas logo ficaria escuro. Assim, escondeu-se no meio das sebes de buxo e esperou. Lembrou-se da primeira vez que estivera ali com Clemente: a zona havia sido colocada em uma espécie de quarentena para permitir que os dois atravessassem o parque sossegados.

Quem tinha organizado aquela tarefa aparentemente impossível? Erriaga, naturalmente. Mas por que, depois, ninguém das altas esferas havia mexido um dedo para ajudar Marcus a concluir a investigação sobre a morte da freira?

Havia uma incoerência evidente.

O cardeal poderia ter enterrado o acontecimento no silêncio, mas quis que o penitencieiro visse e, sobretudo, soubesse.

* * *

Quando ficou tudo escuro, Marcus saiu do esconderijo e foi para a única parte dos jardins onde a vegetação podia crescer livre.

O bosque de dois hectares aonde os serventes iam unicamente para tirar os galhos secos.

Ao chegar, acendeu a pequena lanterna que trazia consigo, tentando lembrar onde estivera posicionado o cadáver da freira. Identificou o ponto que anos antes havia sido cercado com a fita amarela da gendarmaria. O mal é uma dimensão, lembrou a si mesmo, porque sabia bem o que devia fazer.

Procurar as *anomalias*.

Para fazer isso, precisava evocar a lembrança do que tinha acontecido naquele dia quando estava com Clemente.

Um torso humano.

Estava nu. Na época, havia pensado no mesmo instante no *Torso Belvedere*, a gigantesca estátua mutilada de Hércules conservada nos museus vaticanos. Mas a freira tivera um tratamento animal. *Alguém* havia arrancado de chofre cabeça, pernas e braços. Estavam caídos a poucos metros, espalhados junto com as roupas escuras, rasgadas.

Não, "alguém", não.

— Cornelius Van Buren. — Agora finalmente podia pronunciar naquele lugar o nome do culpado.

O assassinato havia sido brutal. Mas havia uma lógica por trás, um desenho. O diabo sabia como se mover do lado de dentro dos muros. Estudara os lugares, os procedimentos de controle, havia se esquivado das medidas de segurança, exatamente como ele fizera pouco antes.

"Quem quer que tenha sido, veio de fora", dissera Clemente.

"Como você sabe?"

"Conhecemos o rosto dele. O corpo está aqui há pelo menos oito, nove horas. Esta manhã, muito cedo, as câmeras de segurança filmaram um homem suspeito que circulava na área dos jardins. Estava vestido de servente, mas consta que um uniforme foi roubado."

"Por que ele?"

"Veja você mesmo."

Clemente lhe mostrara o fotograma das câmeras de segurança. Na imagem havia um homem vestido de jardineiro, com o rosto parcialmente coberto pela viseira de um boné. Caucasiano, idade indefinível, mas certamente com mais de 50 anos. Levava uma bolsa cinza a tiracolo. No fundo, via-se uma mancha mais escura.

"Os gendarmes têm certeza de que ali dentro havia um pequeno machado ou um objeto semelhante. Devia tê-lo usado havia pouco tempo, a mancha que você está vendo provavelmente é sangue."

"Por que logo um machado?"

"Porque era o único tipo de arma que podia encontrar aqui. Está fora de cogitação que tenha conseguido trazer algo de fora, atravessando as passagens de segurança, os guardas e os detectores de metal."

"Mas ele o levou embora para apagar os rastros, caso os gendarmes recorressem à polícia italiana."

"Na saída é muito mais simples, não há nenhuma inspeção. E, além do mais, para ir embora sem dar na vista basta se misturar com o fluxo de peregrinos ou de turistas."

Lembrando-se daquele diálogo, Marcus identificou imediatamente a falha.

Depois de Kivuli, Van Buren para de matar por dezessete anos e desaparece. Talvez não tenha parado, pensou. Simplesmente ficou mais cuidadoso e aprendeu a cobrir melhor os rastros de seus crimes.

Mas então por que correr um risco enorme vindo matar justamente no Vaticano?

Marcus intuiu ter se deixado enganar pelo modo como Van Buren escapou da inspeção. Tinha que admitir: ficara fascinado. Mas agora, naquele bosque deserto, reviu sua posição. Um predador como Van Buren não aceitaria o perigo de ser capturado.

Porque gostava demais de matar.

E então o que tinha acontecido?

Tanto ele quanto Clemente haviam presumido que o assassino tinha entrado e saído do Vaticano.

E se, em vez disso, sempre estivera ali?

No fundo, isso explicaria seu conhecimento perfeito dos sistemas de segurança. Mas Marcus excluiu a hipótese porque, durante sua investigação sem êxito, havia sondado a vida de todas as pessoas, laicas ou religiosas, que agiam dentro do pequeno Estado e que tinham algo em comum com o homem do fotograma: caucasiano e com mais de 50 anos de idade.

Um fantasma, disse a si mesmo. Um espectro capaz de aparecer e desaparecer quando quisesse.

Moveu a pequena lanterna para iluminar as árvores. O diabo havia escolhido o lugar perfeito para atacar. Longe dos olhares. E também escolhera a vítima perfeita.

"A identidade dela é um segredo", dissera Clemente referindo-se à jovem freira de clausura. "É uma das normas da ordem à qual pertence."

Em público, as freiras cobriam o rosto com um pano. Marcus o vira nas coirmãs, quando haviam chegado para recolher os restos mortais da pobrezinha.

"*Hic est diabolus.*"

Assim lhe dissera uma delas, aproximando-se enquanto Clemente o puxava.

O diabo está aqui.

Por que o assassino escolheu justamente uma delas?, Marcus se perguntou.

"De vez em quando as freiras passeiam no bosque", dissera Clemente. "Porque quase ninguém vem aqui, e elas podem rezar sossegadas."

A afirmação deveria lhe fazer pensar que o homicida a escolhera ao acaso. Uma mulher que decidira não existir mais para o resto da humanidade, e que além disso estava no único local isolado do Vaticano, o bosque. A pessoa certa no lugar certo. As outras vítimas, porém, ele quisera *jovens, inocentes e muito bonitas*.

Marcus lembrou-se de quando se inclinara para olhá-la melhor. A pele cândida, os seios pequenos, o sexo exposto tão impudicamente. Os cabelos loiros e curtíssimos na cabeça decepada. Os olhos azuis, erguidos ao céu como em uma súplica.

Ela também, portanto, era jovem, inocente e muito bonita. Mas se cobria o rosto com um pano, como o assassino podia saber?

— Ele a conhecia.

Disse isso de repente, sem nem perceber. No mesmo instante, as peças começaram a se encaixar. Compunham-se diante de seus olhos como em um antigo quadro de Caravaggio, como aquele conservado em San Luigi dei Francesi, onde começara seu treinamento.

E na pintura estavam todos eles: Cornelius Van Buren, a freira de clausura que lhe sussurrara *"Hic est diabolus"*, Battista Erriaga, São Miguel Arcanjo, a senhora idosa de Kivuli e até mesmo Clemente.

"Procure a anomalia, Marcus", dizia seu mentor. E Marcus a encontrou.

Desta vez, a anomalia era ele.

"Há um pequeno convento de clausura depois do bosque", dissera Clemente. E Marcus andou justamente naquela direção.

Pouco depois, a vegetação rareou e apareceu uma construção cinza baixa, austera. Atrás dos vidros das janelas podia-se avistar uma luz amarelada, como de velas. E sombras que se moviam devagar, mas em ordem.

O penitencieiro aproximou-se da portinha e bateu uma vez. Pouco depois, alguém tirou os batentes e abriu. A freira tinha o rosto coberto por um pano preto. Olhou-o e então recuou imediatamente para deixá-lo entrar, como se o esperasse.

Marcus avançou e, diante dele, as coirmãs estavam enfileiradas. Percebeu logo que não havia se enganado. Velas. As religiosas haviam decidido se isolar do resto da humanidade, abdicando de qualquer tecnologia ou instrumento de conforto. E aquele lugar de silêncio, atemporal, encontrava-se justamente no meio do território do Vaticano, no centro de uma enorme e caótica metrópole como Roma.

"É difícil compreender a escolha dessas freiras. Muitos acham que poderiam ir fazer o bem no meio das pessoas, em vez de se trancarem entre os muros de um convento", afirmara Clemente. "Mas minha avó sempre dizia: 'Você não sabe quantas vezes essas freirinhas salvaram o mundo com suas preces.'"

Agora ele sabia. Era verdade.

Ninguém indicou a Marcus aonde devia ir. Mas, assim que se moveu, as coirmãs começaram a afastar-se uma de cada vez, para lhe mostrar a direção. Assim, chegou à base de uma escadaria. Primeiro olhou parta o alto e depois começou a subir. Sua mente estava repleta de pensamentos, mas todos faziam sentido agora.

A risada de Erriaga... "*Você nunca terá uma vida como os outros. Não pode ser o que não é. É a sua natureza.*" O cardeal sabia: Marcus continuaria a ver as anomalias, os sinais do mal. Era seu talento e sua maldição. E nunca conseguiria esquecer o corpo dilacerado da freira. Van Buren havia disseminado cadáveres demais ao redor do mundo para que Marcus não topasse novamente com ele. E, além do mais, era sua *natureza*, ele não sabia fazer nada diferente disso. "*Você vai voltar.*" E, de fato, voltou.

"*E quando será minha última aula?*", perguntara a Clemente.

E ele sorrira.

— *No momento certo.*

Era aquela a última aula de seu treinamento. Por isso, Erriaga, três anos antes, quisera que ele fosse ao bosque ver o cadáver esquartejado. Não havia nada a descobrir que o cardeal já não soubesse.

"*Uma noite os espíritos da floresta vieram buscá-lo para levá-lo ao inferno.*" Padre Emile traduzira assim mesmo as palavras da senhora. Depois, a mulher apontara para a medalhinha que Marcus usava no pescoço e ele a dera a ela.

São Miguel Arcanjo, o protetor dos penitencieiros.

Mas a mulher não a indicara porque a queria: na realidade, ela estava simplesmente lhe dizendo que tinha visto medalhinhas idênticas na noite em que Van Buren desaparecera de Kivuli.

Os caçadores da escuridão — os espíritos da floresta — já estavam na pista do missionário. Eles o descobriram e o levaram embora.

Ao chegar no topo da escada, Marcus percebeu que no fim do corredor à sua esquerda havia um único cômodo de onde vinha um fraco brilho. Aproximou-se sem pressa, até chegar perto de pesadas grades de ferro polido.

A porta de uma cela.

Ele teve a confirmação de por que, nos dezessete anos sucessivos a Kivuli, Cornelius Van Buren não havia mais matado ninguém.

O velho estava sentado em uma cadeira de madeira escura. Tinha as costas curvadas e usava um pulôver preto puído. Havia uma cama dobrável encostada na parede. E havia apenas uma estante cheia de livros. De fato, Van Buren estava lendo.

Ele sempre esteve aqui, Marcus disse a si mesmo. O diabo nunca saíra do Vaticano.

"*Hic est diabolus.*" Assim lhe dissera a freira quando ia embora do bosque. Teria sido suficiente refletir melhor sobre suas palavras. Ela queria avisá-lo. Talvez estivesse horrorizada pelo que uma coirmã havia sofrido. Então decidira quebrar o voto do silêncio.

O diabo está aqui.

Um dia, Cornelius havia visto de modo fortuito o rosto de uma das freiras que cuidavam dele e o vigiavam. Era inocente, jovem e muito bonitinha. Então encontrara um jeito de escapar e atacá-la no bosque, enquanto estava sozinha. Mas sua fuga não devia ter durado muito. Logo depois, alguém devia tê-lo levado de volta à sua prisão. Marcus reconheceu em um canto a bolsa cinza; ainda era possível notar a mancha de sangue ressecado no fundo.

O velho desviou os olhos do livro e virou-se para ele. A barba desalinhada e branca em algumas partes manchava o rosto chupado. Fitou-o com um olhar gentil. Mas Marcus não se deixou enganar.

— Me disseram que você viria.

As palavras abalaram o penitencieiro. Mas eram apenas a confirmação daquilo que já sabia.

— O que quer de mim?

O velho padre lhe sorriu. Seus dentes eram poucos e amarelados.

— Não tema, esta é só uma nova aula do seu treinamento.

— E seria você minha aula? — perguntou, com desprezo.

— Não — respondeu-lhe o velho. — Eu sou o professor.

Uma conversa com o autor

A primeira pergunta que vem à mente de qualquer um que leia seus romances, especialmente O tribunal das almas *e depois* O caçador da escuridão *é: o quanto disso tudo é verdade? Bem, você pode revelar?*

Logo depois do lançamento de *O tribunal das almas*, o primeiro romance desta série, fui perseguido por uma pergunta dos leitores.

"Mas o arquivo dos pecados existe mesmo?"

Minha resposta sempre foi: "Existe e os penitencieiros têm até um site: www.penitenzieria.va."

Acho que ninguém achava possível que os acontecimentos do romance fossem baseados em fatos reais. Obviamente tomei a liberdade literária de manipulá-los para tirar uma narrativa deles. Mas não tive coragem de repreender quem havia posto em dúvida a veracidade de situações e personagens. O espanto de quem nunca tinha ouvido falar da Paenitentiaria Apostolica, a mais antiga congregação do Vaticano, era semelhante ao meu quando me revelaram pela primeira vez essa história. Nunca esquecerei o que aconteceu na minha cabeça naquele momento. Amadureci instantaneamente uma pergunta e uma consideração. A primeira: "Será possível que nenhum autor nunca tenha falado dos penitencieiros?". E depois: "É um tema maravilhoso para um romance!"

Como você se deparou com esta história tão incrível quanto verídica?

Todo escritor espera deparar-se com uma história "original"; é o Santo Graal de todos os narradores. Por isso, eu sempre serei devedor a uma pessoa.

Quando encontrei padre Jonathan pela primeira vez, não conseguia acreditar que estava diante de uma espécie de "tira", tão parecido com os protagonistas dos meus adorados policiais dos anos 1970, e que ele era um padre! Além disso, havia também algo de "gótico" em suas histórias, como se ele agisse mesmo na fronteira de uma dimensão obscura. Ainda hoje, padre Jonathan dá sua contribuição às forças da ordem quando há casos em que é difícil decifrar o mal. A experiência extraída do Arquivo às vezes é essencial para compreender, pelo menos em parte, aquilo que parece totalmente incompreensível.

Este percurso o ajudou a entender melhor a natureza humana? Em outras palavras, o que você aprendeu em relação aos conceitos de "bem" e de "mal"?

A verdade que ninguém quer ouvir é que, ao longo da história, o bem evoluiu junto com a humanidade, enquanto o mal sempre ficou igual a si mesmo.

Com exceção dos crimes ligados ao progresso tecnológico, os delitos, sobretudo os mais cruéis, permaneceram idênticos durante os séculos. Na época dos antigos romanos havia assassinos em série exatamente como agora (só que, obviamente, não os chamávamos de *serial killers*). Apesar de termos tido milênios para estudar e conhecer o mal, ainda hoje não conseguimos explicar o que incita um semelhante a realizar um ato feroz pelo puro prazer de realizá-lo. Na parte histórica do Arquivo dos Pecados, aquela que se pode consultar, há testemunhos precisos disso. Por exemplo, em 1997 concluí meus estudos universitários com uma tese sobre um famoso "monstro" italiano, um assassino de crianças. Acometido por um distúrbio narcisista de personalidade, ele nunca economizou os detalhes macabros dos crimes, quase se vangloriando de seus "feitos". Não por acaso, quando os policiais ainda o estavam procurando, deixou para eles um recado em um telefone público no qual assinava "o monstro". Pois bem, no Arquivo está guardada a confissão de um jovem que cometeu o mesmo tipo de delito. As palavras que usou para descrever o que tinha acontecido em sua mente quando matava aqueles inocentes eram muito parecidas com as usadas pelo meu monstro. Só que o jovem penitente viveu na primeira metade dos anos 1500!

Você tem uma formação em jurisprudência e em criminologia, é um profundo conhecedor das dobras mais obscuras da mente. Ainda existe algo nesse campo que o surpreende ou que o pega despreparado?

Padre Jonathan tinha me prevenido sobre a eventualidade de considerar inaceitáveis muitas das coisas que ele me contava. Às vezes foi muito difícil admitir que somos incrivelmente despreparados diante de certas manifestações do mal. Selecionei com cuidado as histórias para contar no romance, tentando não cair na tentação de revelar demais alguns casos que estudei para me informar. Existe um componente estranho da nossa natureza que sofre a perigosa atração daquilo que é perverso. É a mesma que, por exemplo, nos leva a condenar abertamente um assassino de crianças, mas também querer seguir morbidamente suas proezas na mídia. Prestem atenção, nós sempre nos lembramos mais dos nomes dos culpados do que os das vítimas...

Muitos detalhes, neste romance, são verídicos e históricos, não apenas a Penitenciaria Apostólica. Pode nos dizer algo mais sobre a Confraria de Judas, por exemplo?

Na Idade Média, alguns cristãos se convenceram da necessidade de preservar o Mal na história, porque, somente graças a ele, os homens ainda precisariam de Deus e, principalmente, da Igreja.
Mas como fazer para conciliar o Mal com a fé?

A solução era converter as pessoas más sem que elas soubessem. Elas deviam continuar a agir pelo Mal, porém ele deveria ter a finalidade do bem. Para atingir o objetivo, iniciaram novos adeptos entre os criminosos com a promessa enganosa de que venerariam o diabo. No templo deles havia uma estátua antropomorfa: um homem com cabeça de lobo. Só os verdadeiros coirmãos, porém, sabiam que sob a máscara se escondia o rosto de Cristo. Os outros rezavam para aquele ser que pensavam que fosse mau, mas estavam fazendo suas preces para o filho de Deus.

A heresia da Confraria de Judas foi punida gravemente pela Inquisição.

Por quanto tempo você trabalhou no romance, entre pesquisas e a escrita de fato?

Escrevi este romance durante um ano, mas sua gênese se remete há muito tempo antes. As histórias dos lugares que descrevi são fruto de pesquisas e de leituras, mas sobretudo são o presente que muitos amigos romanos me deram ao longo dos anos. A eles, devo a descoberta de lendas e de mistérios, a eles, devo a visita a cantos secretos e desconhecidos. Imaginem o que senti, por exemplo, quando soube da existência de um verdadeiro bosque de dois hectares no meio da Cidade do Vaticano!

Qual é sua relação com Roma?

Quem não nasceu em Roma ou não viveu nela por boa parte da vida não tem como saber o que esconde de fato a cidade mais única do mundo. Roma já me hospeda há muitos anos. Por isso, posso afirmar que não existe um lugar igual no planeta. Não por acaso, qualquer um que venha aqui sente que sempre fez parte deste local, e logo compreende que a definição de *Cidade Eterna* é perfeitamente merecida.

Agradecimentos

Stefano Mauri, meu editor. Fabrizio Cocco, meu editor. Giuseppe Strazzeri, o diretor editorial da Longanesi. Raffaella Roncato. Cristina Foschini. Elena Pavanetto. Giuseppe Somenzi. Graziella Cerutti.
Luigi Bernabò, meu agente.
Michele, Ottavio e Vito, minhas testemunhas. Achille.
Antonio e Fiettina, meu pai e minha mãe.
Chiara, minha irmã.
Elisabetta, *inseparavelmente*.

Este livro foi composto na tipografia Minion Pro,
em corpo 11,5/16, e impresso em
papel off-white no Sistema Cameron da
Divisão Gráfica da Distribuidora Record.